GOLDMANN

Buch

Was macht eine junge Frau, die gerade ihren vergötterten Vater nach einem entsetzlichen Krebsleiden verloren hat? Sie fährt nach New York, in der Hoffnung, im bunten Großstadttreiben auf andere Gedanken zu kommen. Aber so schnell wird sie ihre Erinnerungen nicht los: Für Papa war sie die »Prinzessin«; und doch verließ er sie immer wieder zugunsten anderer Frauen. Er hat sie verwöhnt und ihr die Welt zu Füßen gelegt, aber Verlaß war nie auf ihn. Er war und bleibt ihre große – unerfüllte – Liebe; er ist das Maß aller Männer, ob sie es will oder nicht.
So wandert sie gedankenverloren durch New York und beobachtet mit den Augen einer Europäerin das schrille Leben um sie herum. Heimliche Wünsche und große Illusionen kollidieren mit einer Wirklichkeit, in der es auch Täuschung, Verrat, Anmaßung und Einfalt gibt. Zwei Eigenschaften ebnen der jungen Französin den Weg durch das Dickicht: ihre Offenheit für alles Menschliche und ihr Humor. Und der vor allem bestimmt ihre Erzählung – sie ist prägnant, frech, manchmal frivol und voller Pointen.

»Wenn das der Prototyp der neuen Heldin des französischen Romans ist, breche ich alle Brücken hinter mir ab und ziehe mich in die Einsamkeit zurück. Mit Pancols Roman übrigens, der ausgezeichnet ist.« *François Nourissier, »Le Point«*

Autorin

Katherine Pancol, geb. 1949 in Casablanca, ist Lehrerin für französische Literatur und arbeitet als Journalistin für »Paris Match« und »Elle«. Sieben Jahre verbrachte sie in New York, heute lebt sie wieder in Paris. Seit 1979 hat sie vier Romane veröffentlicht, die in zahlreiche Sprachen übersetzt worden sind. Der vorliegende Roman kam in Frankreich sofort auf die Bestsellerlisten. Weitere Romane in Vorbereitung.

KATHERINE PANCOL

Ein Mann wie mein Vater

Roman

Aus dem Französischen
von Harald Riemann

GOLDMANN VERLAG

Deutsche Erstveröffentlichung

Die französische Originalausgabe erschien unter dem Titel
»Les hommes cruels ne courent pas les rues«
bei Éditions du Seuil, Paris.

Umwelthinweis:
Alle bedruckten Materialien dieses Taschenbuches sind
chlorfrei und umweltschonend.
Das Papier enthält Recycling-Anteile.

Der Goldmann Verlag
ist ein Unternehmen der Verlagsgruppe Bertelsmann

Umschlaggestaltung: Design Team München
Satz: IBV Satz- und Datentechnik GmbH, Berlin
Druck: Elsnerdruck, Berlin
Verlagsnummer: 42575
Lektorat: Ulrike Kloepfer
Redaktion: Susanne Wallbaum
Herstellung: Ludwig Weidenbeck
Made in Germany
ISBN 3-442-42575-1

1 3 5 7 9 10 8 6 4 2

Für Pico

Eines Abends hat es mich gepackt, einfach so. Ein Abend voller Elend. Ich saß auf meinem breiten, amerikanischen Bett. Gegenüber dem Spiegel, den ich mit Absicht dort aufgestellt hatte. Er sollte zu Ausschweifung und Perversion anregen. Geklappt hat's nie.

Als ich das Mädchen im Spiegel erblickte, begriff ich langsam. Sie sah wirklich daneben aus. Sie hörte zu, wie der 80er Bus unter dem Fenster bremste, die automatischen Türen aufgingen, Pom-pschiitt, und der erste Gang eingelegt wurde. Zu etwas anderem schien sie nicht imstande zu sein. Ich habe es einfach satt, sagte ich zum Spiegel. Satt, von meinem Kummer zu faseln. Habe es satt, daß man mir zuhört. Die Schnauze voll davon, daß man mich tröstet. Ich muß weg.

Er ist nicht mehr da.

Warum nur?

Ich brauche ihn doch. Heute mehr als je zuvor.

Mehr als zu der Zeit, als er noch da war.

Ich mache mit meinem Kummer alle krank. Kid, der Hund, stupst schnüffelnd seine Schnauze gegen mich und schenkt mir verstohlen einen Blick voller Liebe, wenn auch verschleiert von seiner dicken Linsentrübung. Er weicht mir nicht von der Pelle – voller Angst, ich könnte eine Dummheit begehen – und überwacht alle Ausgänge. Sogar die Klotür... Abends, wenn ich schlafen gehe, springt er auf das große Bett. Sein Atem riecht nach ranziger Wurst, und mir dreht sich der Magen um. Er raunzt, streckt sich, dreht sich auf der weißen Bettdecke im Kreis, als wollte er hohes Gras flachtreten, und läßt sich schließlich mit einem tiefen Seufzer fallen. Er schläft nur auf einem Auge. Beim ersten Schluchzer richtet er sich auf und heult, heult um sein Leben, bis ich still bin, voller

Scham in Anbetracht eines so großen Schmerzes. Mein Bruder hat sich durch sein ewiges Reiben eine Warze am linken Ohrläppchen zugezogen. Toto ist Linkshänder. Zweihundertfünfzig Francs pro Sitzung beim Dermatologen, der sie abschaben soll, und trotzdem... Es ist absolut nicht sicher, daß sie nicht wiederkommt. Warzen entstehen nun mal im Oberstübchen. Und solange er mich beim Schluchzen überrascht, wird auch die Warze nachwachsen.

Ich bin zu einer echten Belastung für meine Umgebung geworden. Ich verbreite nichts als Unglück um mich her.

Schlimmer noch: Je öfter ich über meinen Kummer spreche, desto weiter entfernt er sich. Der Mann. Er verschwimmt immer mehr. Ich kann ihn nicht mehr halten. Als ekelte ihn mein Geschwätz an. Dämliche Worte. Obwohl ich mir Mühe gebe. Ich gebrauche nicht einfach irgendwelche Worte, sondern wähle sie sorgfältig, um meinen Kummer in die Enge zu treiben und ihm den Garaus zu machen. Erst formuliere ich das eine, dann das andere, denke nach, visiere genau, spreche es aus, aber irgendwie ist es immer der gleiche Salat.

So kann es nicht weitergehen.

An diesem Abend, im Angesicht des Spiegels, spreche ich es aus: New York. Ich springe auf. Das ist es, was ich brauche: Anregung, Sehnsucht, Ekel. Ein paar tiefe Züge Wärme und Gemeinheit. Alles ist besser als diese schlaffe Trägheit unter meiner vertrauten Daunendecke.

Da drüben werde ich weitersehen.

Dort bricht man entweder völlig zusammen, oder man steht wieder auf und klopft sich den Staub von den Kleidern. Rasend vor Wut oder k. o. Morgen fahre ich. Oder übermorgen. Ich weiß auswendig, wann die Flüge gehen. Es ist schließlich nicht das erste Mal, daß ich dort Zuflucht suche.

Dort drüben werde ich gezwungen sein zu a-na-ly-sie-ren, wie Pimpin es nennt. Pimpin ist meine Freundin. Sie a-na-lysiert alles. Und oft ist gar nicht so falsch, was sie dabei herausfindet. Manchmal, wenn sie in zärtlicher Stimmung ist, sage ich ihr, wenn sie ein Kerl wäre, würde ich sie glatt heiraten. Denn eines ist völlig klar: Da sie sich nichts vormachen läßt und alles a-na-ly-siert, ist sie immer wieder allein. Mit achtundvierzig Jahren. Das ist das Problem von Leuten, die zuviel nachdenken: Sie drehen sich um, und auf einmal ist da niemand mehr, der ihnen folgt.

»Und du heulst, weil er zu dir gesagt hat: Wenn ich sterbe, stirbst du mit mir?«

...

»Aber das ist doch furchtbar! Einfach grauenvoll!«

»Nein, ist es nicht! Er hat mich geliebt! Wirklich geliebt!«

»Also bitte! Denk doch mal nach... Er kann dich gar nicht geliebt haben, denn wenn er dich geliebt hätte, hätte er das nicht gesagt!«

Pimpin rückt mit einer entschiedenen Geste ihre braune Brille zurecht, springt mit einem Satz auf ihre Tennisschuhe, Marke Supermarkt, Größe 36, und wedelt mit den Armen, während sie darlegt: »Das kann keine Liebe sein. Die Liebe ist genau das Gegenteil. Liebe bedeutet geben, alles für das Glücklichsein des anderen tun. Aber in dieser Welt voller Kretins kann gar niemand mehr lieben. Man will be-sit-zen. Was er wollte, war genau das: dich be-sit-zen. Dich verschlingen, dich auf ein Häuflein reduzieren, damit du niemanden mehr liebst. Und er hat es geschafft. Meinen Glückwunsch!«

Ich hasse sie, genau in diesem Moment. Aus der Tiefe meines Bauches heraus. Ein Haß, der in meinen Innereien brodelt und mir in die Kehle steigt; ich hätte nicht übel Lust, ihn ihr wie ein feuerspeiender Drache in die Fresse zu schleudern. Einen rotschwarzen Flammenstrahl, siedendheißes Pech, das sie zu Asche verglühen soll. Aber ich schweige. Aus Feigheit. Denn man braucht schon Mut, um mit ihr nicht einer Meinung zu sein.

Er hat mich geliebt. Er hat mich geliebt, dessen bin ich mir sicher.

Er hat mich geliebt und ist nicht mehr da.

Ich haue ab nach New York.

Konfrontiere mich mit Wolkenkratzern, all den meschuggenen Leuten, die geschlagen sind mit dem Rädchen-locker-

Syndrom, mit gelben, tollwütigen Taxen, dem zerlöcherten Asphalt und der U-Bahn, deren Bahnsteige stinken. Ich erkläre dem Hund Kid, daß er bei Pimpin und ihren drei Katzen für eine Zeit in Pension gehen wird. Er lauscht mir zutiefst betroffen, neigt den Kopf ein wenig und seufzt. Du wirst dich bei Pimpin wohl fühlen, mache ich ihm heuchlerisch weis. Es gibt dort einen Garten, unreife Äpfel, die du mit der Schnauze anstupsen kannst, und jeden Samstag abend Fleischfrikassee – ganz abgesehen von den Katzennäpfen, die du dir zu deinem Hundefutter hinzu ergaunern kannst... Er betrachtet betrübt meinen Koffer und seufzt erneut. Er weiß genau, daß es überhaupt keinen Sinn hat, Hartnäckigkeit zu zeigen, ich habe immer das letzte Wort.

Ich haue ab nach New York.

In Manhattan werde ich bei Bonnie Mailer wohnen. Ich werde durch die Straßen streifen und versuchen, ein Zipfelchen vom Leben zu erhaschen, um wieder ins Lot zu kommen. Ein Zipfelchen, das mich zum Lachen oder zum Schreien bringen soll. Oder, ganz einfach und bescheiden, zum Zuschauen. Ich will nur woanders sein. Ich reiße meine Augen weit auf und kann nichts sehen. Alles verschwimmt unter meinen Tränen.

Warum ist er fortgegangen?

Warum ist er gerade in dem Moment gegangen, in dem wir Frieden geschlossen hatten?

Ich werde mir einen Platz in der Bar suchen, die ich so sehr mag. Im zweiten Untergeschoß von Bloomingdales. Gleich links neben den Unterhosen. Man muß Forty Carrots kennen, um es zu finden. Es ist eine Art Milchbar, wo die vom Shopping erschöpften New Yorkerinnen stranden. Karottenabziehbilder zieren die Wände, und ein Plakat verkündet: »Not fat. No preservative. Cholesterol free.« Hier wird jede Kalorie genau abgewogen und der Teller der Nachbarin mit Argusaugen unter die Lupe genommen. Sogar Kaffee ist verdächtig. Hinter dem orangefarbenen Plastiktresen schwirren auf dicken weißen Sohlen muskulöse Kellnerinnen umher, die einem mit der mechanischen Armbewegung einer überforderten Familienmutter beim Frühstück den Tagessalat und Frozen Yoghurts hinknallen.

Jedesmal, wenn ich nach New York komme, stelle ich mein Gepäck bei Bonnie Mailer ab, und sause sofort an den Tresen von Forty Carrots. Das ist bereits ein Ritual. Die Kellnerinnen sind immer dieselben. Sie haben immer den gleichen elastischen Gang, die gleichen geblümten Blusen, das gleiche automatische Lächeln, das besagt: »Mach zu, hinter dir stehen sie Schlange, und ich lebe nur dank der Trinkgelder.« Und dann, vor allem, nennen sie ihre Kunden »Honey«. Da wird mir's ganz warm ums Herz. Ich kann keine Fremde in der Stadt sein, wenn man mich »Honey« nennt.

Heute bedient mich meine Lieblingskellnerin. Eine stämmige Schwarze, gut in den Fünfzigern, mit glänzender Haut und messerscharfem Blick. Sehr schick. Eine Frisur Marke Weihnachtsbaum, am Handgelenk eine falsche Cartier-Uhr und vergoldete Armbänder. »Hi, Honey?«

Sie trägt ihren Bleistift hinterm Ohr, hält den Bestellschein zum Vollkritzeln bereit und zeigt das Automatenlächeln, das nur so über den Tresen fegt.

»What do you want, Honey?«

Ich bestelle.

Immer das gleiche. Ein Frozen Bananenjoghurt mit allen Extras: Rosinen, Honig, Walnüssen, Haselnüssen, Mandelstreusel, Apfelkonfetti. Suche nach einem Aufblitzen in ihren Augen, welches beweisen würde, daß sie mich wiedererkannt hat. Den Kopf über ihren Bestellblock geneigt, kritzelt etwas auf meinen Wisch und entfernt sich auf ihren federnden Sohlen. Paf! Ein Guß Joghurt, paf! ein Löffel Honig, pif! purzeln die Rosinen, pif! die Nüsse, bumm! obendrauf als Zugabe die zerdrückte Banane. Fünfundvierzig Sekunden insgesamt! Am liebsten würde ich gleich noch eine Portion bestellen.

Aber als der Frozen Yoghurt über den Tresen gleitet und an meinen Ellenbogen stößt, habe ich keinen Appetit mehr.

Warum ist er fortgegangen?

Warum ist er gerade in dem Moment gegangen, in dem wir Frieden geschlossen hatten...?

Betrübt hebe ich den Kopf. Sie ist nicht mehr da, sagt zu einer anderen »Honey«. Ich nehme meinen Wisch, klettere von meinem Hocker, lasse ein Trinkgeld auf dem Tresen. Bezahle an der Kasse, wo die Kleine sich fragt, was sie in diesem Jahr zu Thanksgiving machen soll. Ihre Kollegin schlägt Truthahn mit Kastanien und Preiselbeeren vor. Die Kleine zieht ein Mäulchen. Das ist das erste Thanksgiving mit ihrem Verlobten, und sie will Eindruck auf ihn machen. Ich warte schweigend darauf, daß man sich um mich kümmert. Ich will nicht auffallen. Das schlimmste wäre im Moment, wenn sie mich ansähe, wenn sie bemerkte, daß ich nicht gerade im Lot bin, daß meine Nasenspitze und meine Lider gerötet sind. Daß ich meine Handtasche schief halte. Also wende ich mich ab, ziehe mein Portemonnaie heraus, bezahle gesenkten Blicks, in aller Eile. Ich will meinen Kummer ganz für mich bewahren. Nur so bleibt er intakt und lebendig. Mir ist aufgefallen, daß er sich verflüchtigt, sobald ich darüber spreche, daß er dann an Bedeutung verliert.

Ich durchquere die Kosmetikabteilung im Erdgeschoß. Ein richtiges Märchenland. Eine duftende Welt, bevölkert von sanften Geschöpfen. Es sind göttliche Erscheinungen, die zum Luxus verführen, indem sie mit ihren langen, zartgliederigen Händen Wunder offenbaren. Gewöhnlich verachte ich sie. Zermalme sie unter meinem logischen Verstand. Frage sie, warum sie versuchen, mir ihre angeblichen Wundermittel aufzuschwatzen, obwohl sie sehr gut wissen, daß NICHTS IN DIE HAUT EINDRINGT. Das ist wissenschaftlich bewiesen! Vielleicht wissen sie es nicht. Ich schnauze sie an, sie sollen mich in Ruhe lassen, um mir dann, zu Hause, in aller Ruhe die schillernden Schminkepröbchen aufzuschmieren.

Aber jetzt bin ich auf einmal kleinlaut. Ich meide die Traumtresen und lasse mich von der Menge bis zum Ausgang mitschleifen, während ich mit den Augen meinen Füßen folge.

Nichts klappt.

Ich erwarte nichts mehr.

Zwischen Lexington und Neunundfünfzigster komme ich wieder zu mir, genauso ratlos wie zuvor.

Warum ist er fortgegangen?

Warum ist er gegangen, gerade in dem Moment...

Das ist einfach nicht gerecht.

Ich habe keine Lust, zu Bonnie Mailer zurückzugehen. Ihr Apartment ist winzig und dunkel. Zwei Zimmer im Erdgeschoß eines Hochhauses mit vierzig Etagen. Tagsüber muß man entweder das Licht brennen lassen oder blindlings durchstolpern. Außerdem muß man das Fenster schließen, damit das Gebläse des Fast-food-Ladens im Hof nicht zu hören ist. Bonnie wohnt seit sechzehn Jahren hier, weil die Miete einfach lächerlich ist und die Adresse Eindruck schindet. In New York ist die Adresse wichtig. Sag, wo du wohnst, und man weiß sofort, wer du bist, wo du in deiner Karriere stehst, welches Parfüm du trägst, was dich auf deinem Bankkonto erwartet. Zwischen Madison und Zweiundsiebzigster – das sitzt. Aber Bonnie kann ihr Apartment ganz in Weiß ausstatten, soviel sie will, mit italienischen Kanapées, Lalique-Geschirr, einem Video-Bildschirm, der von der Decke herabgelassen wird; tagsüber muß man sich einfach vortasten. Das macht allerdings nichts, denn sie kommt erst abends nach Hause. In aller Eile. Nur um sich umzuziehen und gleich wieder auszugehen.

Bonnie Mailer ist eine sehr beschäftigte Frau. Sie leitet die Public-Relations-Abteilung einer großen Hunde- und Katzenfutterfirma, die, um Gnade für ihren Profit zu finden, in Kultur investiert. Ausstellungen für Maler, Nobelpreiskonferenzen, Seminare für hungerleidende Dissidenten. Ich habe sie vor vier Jahren auf einer abendlichen Veranstaltung kennengelernt, und sie hat mir völlig natürlich ihre Gastfreundschaft angeboten. Seitdem ist es zum Ritual geworden: Jeden New-York-Aufenthalt leite ich mit einem Besuch bei Bonnie ein.

Als ich diesmal ankam und mein Gepäck zusammen mit meinem Kummer ablud, hob sie für einen Moment den Blick von der Brosche, die sie sich gerade umständlich ans Kostüm steckte, und setzte sofort dagegen, solche Dinge passierten jedem einmal. Ich müßte mich einfach organisieren, und alles würde besser werden. Sie reichte mir ein Schlüsselbund, nannte Walter, den »doorman«, einen »wahren Schatz«, schlug mir vor, ihren Kühlschrank zu plündern, und war schon zur Tür hinaus – nachdem sie die Brosche durch ein Halstuch ersetzt hatte.

Was ich an Bonnie mag, ist, daß sie unentwegt lächelt und völlig unkompliziert Leute bei sich beherbergt. Ich habe mir nie eingehendere Gedanken darüber gemacht, aber es ist ein Faktum: Ihre Tür steht jedem offen. An manchen Abenden muß man etwas beiseite rücken, um einem türkischen Filmemacher oder einem rumänischen Dichter, die sich kein Hotel leisten können, etwas Platz zu machen. Hotels sind hier teuer, und wenn man nicht gleich zusammenbrechen will, sollte man sich im voraus um einen wohnlichen Unterschlupf mit Klimaanlage, Doorman und Statisten kümmern.

Ich gehe die Lexington hinauf, Richtung Hotel Carlyle. Die Autos hupen ununterbrochen. Man könnte meinen, daß sie schon so verkauft werden und daß der Knopf zum Ausschalten der Hupe nur auf Sonderbestellung erhältlich ist. Auch die Fußgänger sind in Eile. Ich, mittendrin, bin ein Hindernis. Ich mindere die Leistungsfähigkeit. An den Ampeln werde ich angerempelt. Ich stottere Entschuldigungen, presse meine Handtasche fest an den Bauch und spähe aus den Augenwinkeln zur Seite, ob nicht irgendein Verrückter vorhat, mich unter den Bus zu stoßen.

Das kommt alles daher, daß ich die *New York Post* lese, die ich wegen ihrer Sensationsberichte kaufe. Jeden Tag ein entsetzliches Verbrechen auf der Titelseite – und auf den Innenseiten noch entsetzlichere detaillierte Ausführungen. Liebhaber, die ihre Bettgenossinnen erstechen UND im Mixer zerkleinern, oder Spinner, die in der Stadt spazierenfahren, auf der Suche nach einem kleinen Mäuschen, das sie unter ihren vier Rädern zerquetschen können. Von Zeit zu Zeit verkündet die Titelseite eine wunderschöne Liebesgeschichte. Aber nur ganz selten...

Er hatte zu mir gesagt: »Eines Tages fahren wir nach New York, und du zeigst mir alles...« Er ist nie mitgekommen. Er versprach immer viel, vergaß es dann aber ebenso schnell. Wenn ich ihn dann hinterher darauf ansprach, lachte er: »Aber wir haben doch so viel Zeit vor uns!«

Es gab kaum etwas, das er ernst nahm. Mich am wenigsten. Er hörte mir zwanzig Sekunden zu, dann wanderte sein Blick auch schon woanders hin. Er sprach lieber von sich selbst. Von seinem Job, seinen Kollegen. Und ich hörte zu. Hinterher war ich ihm böse.

Als mein erstes Buch herauskam, las er lediglich die Passagen, in denen er sich wiederfand. Damit hat er dann eine dicke Weile angegeben. Bücher waren nicht sein Fall. Und dann scherzte er:

»Wann schreibst du mal ein ernsthaftes Buch?«

Meine Knie begannen zu zittern, Wasser trat mir in die Augen, aber ich tat so, als wäre nichts, und fragte:

»Was ist ein ernsthaftes Buch?«

»Was weiß ich... Ein Buch, in dem schön gesprochen wird... Na eben gut geschrieben. Ohne Grammatikfehler. So ein Ding im Stil von Chateaubriand, weißt du?«

»Aber Chateaubriand ist tot, und zwar seit langem! Niemand schreibt mehr wie er!«

»Mag sein, aber seine Beschreibungen waren so schön!«

»Beschreibungen kann man sich sonstwohin stecken... Man braucht keine mehr; es gibt Fernsehen und Kino...«

»Trotzdem. Ich jedenfalls ziehe Chateaubriand vor. Oder Balzac. Sie sind immerhin Monumente... Das wirst du doch nicht abstreiten wollen? Der Beweis ist, daß sie immer noch gelesen werden.«

»Und du? Liest du sie?«

»Nein. Aber ich kenne welche, die sie lesen.«

Danach gelang es mir nicht mehr, mein Buch ernst zu nehmen. Da konnte ich es auf der Hitliste noch so sehr klettern sehen, hören, wie mein Verleger mir immer wieder neue Auflagen verkündete, sehen, wie die Stapel in den Buchläden schwanden, ich glaubte einfach nicht daran. Ich redete mir ein, daß es einen einzigen Spinner geben mußte, der alle Exemplare aufkaufte, weil das Buch wenigstens ihm gefiel.

Mit einem einzigen Leser würde ich nicht weit kommen...

Zum anderen hatte ich beschlossen, mich zu bemühen und schön zu schreiben. Wie Chateaubriand. Ich zog nach New York und nahm mir ein Apartment. Zunächst im oberen Teil der Stadt, weil ich Moneten hatte, dann ganz unten, weil ich keine mehr hatte. Und ich schrieb mich für einen Kurs »creative writing« ein. How to... Die Amerikaner sind darin ganz groß. Sie sind sehr positiv. Man hat ihnen beigebracht, immer nur die gute Seite aller Dinge zu sehen. Insofern...

New School. Das ist der Name meiner Schule. Speziell für Leute, die ganz von vorn anfangen wollen. Und die die Mittel dafür haben. Nach drei Monaten habe ich Schluß gemacht. Es fehlte an Mitteln. Aber ich hatte noch Zeit, an Nicks Kurs teilzunehmen. Nick trug immer dieselbe graue, vom vielen Waschen ausgebleichte Joppe, dieselbe Hose von der Farbe eines verfaulten Apfels, und dieselben nach außen ausgetretenen Schlappen. Zehn Jahre zuvor hatte er einen Bestseller geschrieben, an den sich niemand erinnerte. Er erwähnte ihn oft zu Beginn des Kurses. Überhaupt nicht arrogant, sondern so ganz beiläufig. Um sein Gehalt zu rechtfertigen. Als eine Art Entschuldigung dafür, daß er da stand und uns Unterricht gab.

Er liebte Faulkner, Steinbeck und Flannery O'Connor. Meine große Entdeckung in jenem Jahr war Flannery. Besonders eine Novelle beeindruckte mich sehr: die von der Geranie. Ich mußte sie immer wieder lesen. Es ist die Geschichte eines alten Rentners aus dem Süden, der zu seiner Tochter in eine Sozialwohnung in der New Yorker Vorstadt zieht und sich in die Geranie auf dem gegenüberliegenden Fensterbrett verliebt. Eine arme Pelargonie, die dort zufällig gestrandet ist, fern von ihrem ursprünglichen Geranienfeld, angewiesen auf die gute Pflege eines städtischen Kretins. Der Rentner weiß wohl, was die Geranie empfindet, denn ihm ergeht es genauso. Verpflanzt nach New York – auf den Rat seiner Tochter und seines Schwiegersohns hin, die mit seiner monatlichen Rente liebäugeln – und abgeschnitten vom Süden, wo er geboren wurde und wo ein Schwarzer niemals blankgeputzte Schuhe trägt und niemals einem Weißen auf die Schulter klopft, kann er die Bewohner des Mietshauses einfach nicht verstehen. Auch seine Tochter nicht, übrigens. Er stört. Er stellt seltsame Fragen. Dauernd ist er jemandem im Weg. Er braucht unendlich lange, um die Treppen hinaufzusteigen. Das einzige, was ihn noch erwartet, ist das Grab... Genau wie am Ende der Novelle die Geranie.

Ich frage mich, wie es Flannery gelungen ist, uns mit ihrer Geschichte vom Blumentopf und dem alten Mann Tränen in die Augen zu treiben. Ohne humanitäre Gedanken zu strapazieren, ohne wie Chateaubriand schöne Sätze aneinanderzureihen, ohne in ihrem Lexikon die Angemessenheit der Worte überprüft zu haben.

Ich war zu der Zeit genauso wie die Amerikaner: sehr positiv. Für meinen zweiten Roman war ich dann ausgesprochen strebsam. Ich habe genau auf das gehört, was Nick sagte. Und ich wollte den da drüben in Frankreich, der nach Ernsthaftigkeit verlangte, in Erstaunen versetzen. Er sollte zehn oder hundert Exemplare von meinem Roman kaufen. Er sollte sich vor dem Buchhändler aufplustern, während er ihm das Foto auf der Rückseite zeigte: »Sehen Sie, dieses Mädchen hier, diese junge Frau, die das Buch geschrieben hat... Also, Sie hat es meinetwegen geschrieben! Ja doch, wie ich es Ihnen sage! Wenn Sie wollen, bringe ich sie eines Tages mit. Doch, doch... Sie werden sehen, daß ich die Wahrheit sage!« Ich wollte, daß er es überall mit hinschleppte, mein Buch. Wollte, daß er es gut sichtbar auf die hintere Ablage seines Wagens legte, daß er es in dem Restaurant, in dem er alleine zu Mittag aß, aufschlüge.

Das zweite hat er gar nicht erst gelesen.

Er hat nicht einmal versucht, das zu verheimlichen. Er hat es mir mitten ins Gesicht trompetet. In einem italienischen Restaurant. Die italienische Küche war das einzige, was ihm gefiel. Einfach und nicht teuer. Mit riesigen Mengen an geschmolzenem Käse, der zwischen seinem Mund und dem

Teller lange Fäden zog, und den er, kauend, in großen Kugeln von einer Backe in die andere schob.

»Und warum liest du es nicht?«

Ich hatte meinen ganzen Mut zusammengenommen, wollte eine Erklärung. Ich hatte das Gefühl, daß ein entscheidender Moment gekommen war; einer dieser Momente, an die man sich noch Jahre später erinnert. Und dann weiß man, daß an jenem Tag alles ins Schwanken geraten ist, daß man seine Selbstachtung verlor und sich auf einmal mit ganz anderen Augen sah.

»Weil...«

»Weil was?«

Es schien ihm nicht peinlich zu sein, daß ich weiterbohrte, allenfalls empfand er als etwas störend, daß ich ihn zwang, seine Gedanken zu präzisieren, sie in Worte zu fassen. Vielmehr war ich diejenige, die schwitzte und rot wurde. Er nahm nur einen Schluck Rotwein und wischte mit einem Stück Brot die Sauce von seinem Teller.

»Eine Freundin von mir hat mir geraten, es zu lesen... Sie behauptete, ich würde tausend Dinge über dich erfahren, über dich und mich, aber ich will gar nicht wissen...«

Er will nicht wissen, was sich zwischen ihm und mir abspielt! Also, da war ich echt geplättet! Ich hörte auf, ihm Fragen zu stellen und zu essen.

Er bestellte ein *Motta*-Eis, Vanille-Schokolade, zwei Kaffee und einen Armagnac; und dann erzählte er mir von seinem Kollegen Gambier, der Deutschland in Angriff nehmen wolle, wo doch Deutschland sein Lieblingsgebiet sei, wo er doch Deutsch aus dem Effeff spreche und wisse, wie man die Germanen rumkriegt.

»Blöder Wichtigtuer, dieser Gambier!« setzte er noch hinzu.

Ich knirschte mit den Zähnen: »Hau ab! Hau bloß ab, ich will dich nicht mehr sehen!«

Und da er nicht kapierte, sondern seelenruhig sein Biskuit über dem Eis zerbröselte, fing ich an zu schreien, ich schrie durch das ganze Restaurant:

»Bist du eigentlich noch ganz bei Trost? Machst du das mit Absicht? Es ist immer wieder das gleiche mit dir! Du behandelst mich wie den letzten Dreck! Du behauptest, daß du mich liebst, und siehst mich weder an, noch hörst du mir zu!«

Er hob den Kopf und wich gegen seine Stuhllehne zurück. Die Leute um uns herum machten »Oh!« und »Ah!« und versteckten sich hinter ihren Servietten. Ich suchte nach weiteren Wahrheiten, die ich ihm ins Gesicht spucken könnte. Ich wollte ihn noch derber stoßen, er sollte sein Gleichgewicht verlieren. Er versuchte, meine Hände zu ergreifen und mich zum Schweigen zu bringen, aber ich schrie: »Hau ab! Hau bloß ab!« Hing über meinen Teller gebeugt und hatte nicht einmal mehr die Kraft, mich davonzumachen. Meine Knie waren weich, die Waden zitterten; meine Wut aber machte sich in einem Schluckauf Luft. In dem Moment muß er verstanden haben, denn er stand auf und trat einen Schritt zurück. Ganz langsam. Er hielt die Serviette in der Hand, und streckte einen Arm gegen mich aus, während ich immer weiter schrie. Er wich zurück in Richtung Tür und sah mich absolut verständnislos an. Als ob ich verrückt geworden wäre. Er sah ausschließlich mich.

»HAU AB!«

Ich schrie es ein letztes Mal. Ich las in seinem Blick. Er versuchte sich zu erinnern, was er getan oder gesagt haben könnte, das eine solche Wut ausgelöst hatte. Er suchte und suchte, fand aber nichts. Er sah nicht einmal, wie der Kellner herankam, um uns zum Schweigen zu bringen, um uns zu bitten, wir möchten das Lokal verlassen. Er hörte ihn gar nicht, prallte gegen ihn und murmelte: »Entschuldigung«, während er mir ungläubig, beinahe unschuldig in die Augen sah. Aber ich hörte nicht auf. Da drehte er sich um, warf die Serviette auf das Küchenbüfett neben der Tür, zog seine Jacke an, rempelte den fuchtelnden Kellner an und lief hinaus.

Ich bin über meinem Teller zusammengesunken und habe geheult, aber wie. Leise wiederholte ich meine Verwünschungen. Ganz für mich. Damit ich sie mir gut einprägte und mich nie, nie wieder mit ihm einließ. Nie wieder...

Ich stolperte gegen jemanden, meine Handtasche fällt herunter und alles heraus. Er ist der mit Tressen und Gold besetzte Portier des Carlyle, der sich abstrampelt, um ein Taxi herbeizuwinken. Ich bin bestimmt zwanzig Blocks gelaufen. Schlafwandlerisch. Im Sog meiner Vergangenheit. Vor der Hotelhalle schwatzen zwei Frauen in Nerz, mit rotlackierten Fingernägeln, sie schlagen ihre Kragen hoch. Es ist kalt und dunkel. Dabei ist es erst halb sechs. Ich sehe zu, wie der Mann in Uniform sich auf die Straße stürzt, suche meine Sachen zusammen und stottere Entschuldigungen. Er hört mich nicht und sieht mich nicht, und ich setze meinen Weg fort.

Er taugt sowieso nur zu einem, sage ich mir. Dazu, dir weh zu tun. Wegzugehen. Und wiederzukommen. Und du hast es erduldet. Immer in der Hoffnung, er würde dir das nächste Mal Beachtung schenken. In der Erwartung, einmal würde es so sein...

Denn ich war seit langer Zeit daran gewöhnt, seit so langer Zeit.

Der Mann ist dahinter.

Hinter einer Zeitung.

Hinter einem Lächeln.

Hinter einer Melodie, die er vor sich hin pfeift.

Hinter dem Glas Rotwein, das er in einem Zug leert.

»Heute abend wird er mich ins Bett bringen, und ich werde ihn ganz für mich allein haben.«

Das kleine Mädchen klopft mit seiner Gabel auf die Resopalplatte des Küchentischs. Dann taucht es sie in das Püree auf dem Teller. Führt sie an den Mund. Schluckt das Püree. Hält die Gabel vor die Augen und beobachtet den Mann durch die Zinken. Seine langen Finger, die das Glas halten. Die gewölbten, durchsichtigen Nägel. Er achtet sehr auf seine Nägel. Bürstet sie, schrubbt sie, poliert sie. Mit Gerätschaften aus einem kleinen Necessaire, das er in der obersten Schublade des Badezimmerschränkchens über dem Waschbecken verstaut. Betrachtet seine Arme, die dicht mit braunen Haaren bedeckt sind. Seinen großen Mund. Seine gerade und starke Nase. Seine blauen Augen und die darunterliegenden Tränensäcke. Seine Haare, die zu einer kurzen Bürste geschnitten sind. Seine breiten, breiten Schultern...

»Heute abend wird er mich ins Bett bringen, und ich werde ihn ganz für mich allein haben.«

Der Mann erzählt von seinem Tag in der Fabrik. Er spricht, ißt, raucht, trinkt. Zwischen zwei Happen wirft er einen Blick auf seine Uhr.

Die Gabel durchtrennt erneut den Mund und damit das Lächeln, das, einmal ausgelöst, einer Welle ähnelt, die auf ihrem Weg alles mit sich reißt, um es einem vor die Füße zu schleudern.

»Iß, dein Püree wird kalt...«

Die Mutter tut, als höre sie dem Mann zu, aber ihren schwarzen Augen entgeht nichts. Sie gleiten von den Schüsseln zu den Tellern hinüber, über das nicht gerade kross gebackene Baguette und die Schinkenröllchen. Mit einem schnellen Griff zieht sie ein Stück Brot aus dem Mund des kleinen Bruders und stopft ein Löffelchen Püree hinein. Der kleine Bruder macht den Mund zu und weigert sich, es herunterzuschlucken.

Der Mann spricht immer weiter.

»Daraufhin sagte ich zu Lériney...«

Lériney. Das kleine Mädchen hat den Namen bereits am Nachmittag gehört. Mama hat ihn mit leiser Stimme ins Telefon gemurmelt und dabei die Leitung völlig verknotet.

»Iß jetzt, dein Püree wird kalt...«

Der Mann spricht immer weiter. Ohne auf den kleinen Bruder zu achten, der nicht essen will. Er wartet darauf, daß die Mutter ihn bittet, ein Machtwort zu sprechen. Er wird die Augen weit aufreißen, und der kleine Bruder wird sich verschlucken.

Es ist die Aufgabe des Mannes, ihnen angst zu machen.

Darüber zu wachen, daß sie ihr Püree essen.

Sie sonntags unter die Dusche zu stellen. Zu prüfen, ob sie saubere Fingernägel haben.

Sie abends zu Bett zu bringen.

Zuerst den kleinen Bruder, dann sie.

»Heute abend bringt er mich zu Bett, und dann habe ich ihn ganz für mich allein.« Sie ißt den Rest ihres Pürees und öffnet den Becher Joghurt mit Erdbeeren, ihren Lieblingsjoghurt, voller dicker Fruchtstücke, die zwischen den Zähnen knacken.

Die Mutter blickt starr auf die Weinflasche und sagt dem Mann, er habe am Morgen vergessen, ihr Geld dazulassen. Deshalb habe sie weder die Schuhe vom Schuster noch seinen Anzug aus der Reinigung holen können. Der Mann leert sein Glas in einem Zug. Wischt sich mit dem Handrücken über den Mund, zündet sich eine Zigarette an und fragt, ob der Kaffee fertig sei.

Er rülpst. Sagt, er habe keine Moneten mehr.

Die Mutter zuckt mit den Achseln, steht auf und räumt, laut klappernd, die Teller ab. Das kleine Mädchen sieht, wie sein voller Joghurtbecher auf dem Teller entschwindet.

»Das ist mir ganz egal. Heute abend wird er mich zu Bett bringen, und ich werde ihn ganz für mich allein haben...«

Er hat den kleinen Bruder zugedeckt und sich über sie gebeugt.

Hat ihr die Bettdecke bis unters Kinn gezogen.

Sie ist gefangen. Zwischen seinen großen Händen, die sich zu beiden Seiten aufstützen. Unter diesem langen, gestreckten Oberkörper. Von diesem Mund, der sich langsam nähert. Ein seltsames Wohlgefühl kitzelt in ihrem Bauch und läßt sie gleichzeitig erstarren. Als wäre es nicht gewiß, ob er sie schelten oder umarmen will. Und er nimmt sich Zeit.

»Schlaf, mein Prinzeßchen, meine Schönste von allen. Schlaf ein mit deinem dicken Bäuchlein...«

Die Hand des Mannes gleitet unter die Decke und legt sich wie ein Schild unter ihr Nachthemd.

Erlöst von ihrer Angst schlingt sie die Arme um seinen Hals, zieht ihn an sich und schließt die Augen, die Nase und die Lippen. Sie blinzelt ein wenig, um seinem Mund, der sich ihr nähert, folgen zu können, spreizt einen Nasenflügel, um sein Rasierwasser zu schnuppern. Sie läßt sich zurücksinken und schwelgt in der Dunkelheit, in der Wärme, die seinem Mund auf ihrem Nacken entströmt. Der Mund, der zärtliche Worte zu ihr sagt. Ihr Ohrläppchen streift. An ihrem Hals entlang gleitet. Wieder und wieder, meine Königin, meine Prinzessin, das Bäuchlein rund und voll. Die Arme des Mannes umschließen und wiegen sie. Sie streicht zart über die braunbehaarten Arme. Über die langen Hände mit den glatten Fingernägeln.

Sie segelt dahin. Mit geschlossenen Lidern, den Mund fest auf das Revers des Sakkos gepreßt. Sie segelt dahin.

»Zähl meine Finger«, murmelt sie.

Er zählt bis zehn. Ganz langsam. Berührt jede einzelne Fingerspitze.

»Zähl meine Zähne...«

Er stülpt ihre Lippen um und zählt. Neunzehn, zwanzig, einundzwanzig... Er tippt gegen den Schmelz eines jeden Zahns.

»Sie gehören dir. Ich schenke sie dir. Die Finger auch. Zähl meine Haare.«

Er lächelt und sagt, er könne die Haare nicht zählen. Dazu bräuchte er eine Ewigkeit und noch viel mehr...

»Doch, zähl sie. Ich schenke sie dir auch.«

»Eine Million, zwei Millionen, drei Millionen...«

Er wiegt die Strähnen ab, und sie schließt die Augen. Seine warme, kräftige Stimme läßt sie träumen. Ihren Lieblingstraum. Von einem fernen Land, am Fuße eines Bollwerks. Sie stellt sich vor, sie sei eine schöne Sklavin und würde auf dem Marktplatz einem Prinzen übergeben, der sie für immer und ewig mit sich fortnähme. Der Händler, ein dunkelhaariger, bärtiger Mann mit kalten, grausamen Augen, hält sie an den auf dem Rücken gefesselten Handgelenken fest, während der Prinz sie eingehend in Augenschein nimmt. Er untersucht das Zahnfleisch und die Haare. Reibt ihre Haut. Inspiziert die Zähne. Betastet den Hals, die Schultern und die Arme. Er sieht sie nicht an, sondern redet über ihren Kopf hinweg mit dem Händler. Er handelt den Preis aus. Schiebt ihr erneut einen Finger in den Mund. Erforscht ihre Zähne. Rüttelt grob an ihnen. Einen nach dem anderen. Sie rührt sich nicht. Wartet darauf, daß er sie mitnimmt. Er wird sie mit sich nehmen. Wird sie waschen, parfümieren, auf ein goldbesticktes Kanapee betten und sich reglos auf ihr ausstrekken. Mit seinem ganzen Gewicht. Wird ihr dabei Worte der Liebe sagen. Meine Geliebte, mein Liebes, meine Königin, meine Prinzessin. Wird ihr die schlimmsten Strafen androhen, falls sie fliehen sollte. Ich werde dich knebeln und auf das Folterrad binden. Werde kleine Esel anspannen, die ohne Unterlaß im Kreise laufen, bis jedes deiner Gliedmaßen zerrissen ist, bis dir die Schreie im Hals ersticken, bis dein Blut in den weißen Staub spritzt und große, violette Rosetten zeichnet, bis du mich schließlich um Verzeihung anflehst dafür, daß du fliehen und weit von mir entfernt sterben wolltest. Und wenn du geschrien und immer wieder geschrien hast, wenn die Sonne deine weißen Lippen aufgerissen hat, wenn ich in deinem letzten Seufzer meinen Namen winseln höre, werde ich die grauen Esel anhalten, werde dich von dem brennenden Rad reißen, werde dich in mein Schlafzimmer tragen, zärtlich deine Wunden waschen und dich um Verzeihung bitten, mein Liebes, meine Prinzessin mit dem runden Bäuchlein...

Sie träumt. Ihr Kopf wiegt sich auf dem Kissen hin und her.

Sie träumt.

Bis das Wort, das sie am Nachmittag gehört hat, die Geschichte, die sie sich allabendlich erzählt, während er sie wiegt, unterbricht.

»Sag... Madame Lériney, ist das deine Geliebte?«

Sie weiß nicht, wie das Wort in ihren Traum eingedrungen ist. Mißbilligend und herabwürdigend. Geheimnisvoll ebenfalls. Sie spricht es aus, um zu sehen, welchen Effekt es hat.

Er richtet sich lachend auf, das Kinn zur Decke hoch gestreckt.

Er lacht immer, wenn er nicht antworten will.

»Ist Madame Lériney deine Geliebte?«

Sie hat den dunklen Blick ihrer Mutter angenommen. Der Blick sendet unheilschwangere Signale aus, unter denen der Mann sich klein macht. Unbehaglich, versperrt, tölpelhaft. Ihm werden die Krawatte zu eng und die Ärmel des Hemdes zu kurz. Er lacht wieder.

»Ist das deine Geliebte?«

Was sie nicht weiß, ist, wozu eine Geliebte gut ist. Aber das wird sie ihn nicht fragen. Überhaupt hat er sich bereits zurückgezogen. Weit zurück. Hinter sein Lächeln. Hinter seine Uhr, auf die er, ohne es zu verbergen, schaut. Hinter seine Hände, die sanft auf das Kopfkissen klopfen.

Sie schlägt die Decke zurück und hebt ihr Nachthemd hoch.

»Heiß... so heiß...«

Sie zeigt auf ihren Bauch, und er drückt einen Kuß darauf.

Seine kratzige Wange verharrt einen Augenblick auf ihrer warmen Haut. Sie streckt eine Hand nach seinem Kopf aus. Atmet kaum. Und wenn er dabliebe? Sie würde sich nie wieder bewegen.

Gestern nachmittag hat sie zwischen seinen Sachen auf dem Boden des Kleiderschranks ein Buch gefunden. In dem Koffer, den er am letzten Wochenende benutzte. Einen Gedichtband mit einem handgeschriebenen Satz auf der ersten Seite. Es gelang ihr, ihn zu entziffern, hingekauert in der Dunkelheit, unter dem spärlichen Licht, das vom Flur hereindrang. Sie konnte nur mit Mühe lesen. Die Schrift beugte sich nach rechts, nach links, zeichnete senkrechte Steigungen. Zudem hatte sie Angst, man könnte sie überraschen, das Licht könnte zum Projektor werden, der kleine Bruder oder die Mutter könnten sich des Buches bemächtigen. Mit flüsternder Stimme und in der Dunkelheit zusammengekniffenen Augen war es ihr schließlich gelungen.

»Wegen einer... Frau. Für dich, mein Jamie. Sabine L.«

Jamie. Der Name, der den Blick des Mannes verdunkelt, wenn er in zärtlicher Stimmung ist. Ein Name, den er nicht mit jedem teilte.

Sie hatte solche Angst in dem Kleiderschrank, daß ihre Zähne zu klappern begannen. Sie vergrub ihr Gesicht in den Anzügen des Mannes und atmete tief durch. Atmete den Geruch, der ihr Sicherheit gab, der ihr den Schwindel nahm bei dem Gedanken, er könnte eines Tages fortgehen. Eines war sicher: Diese Angst war ein Teil des Mannes. Das unmittelbar drohende Gehen, das er in den Augen trug, in seinem Lächeln, in seiner Art, mit der Hand über ihr Haar zu streichen und sie anzusehen.

Morgens, wenn er sich zur Fabrik aufmacht, kommt er an ihr Bett, um ihr auf Wiedersehen zu sagen. Sie hängt sich an seinen Hals und stellt ihm jedesmal dieselbe Frage, immer wieder: »Sag, du ißt doch heute abend zu Hause?«

Er lacht. Richtet sich auf. Er ist so groß, daß er das ganze Zimmer verdeckt. Er fährt mit einer Hand über sein Bürstenhaar. Ihr strömt eine Duftwolke seines Rasierwassers entgegen; sie riecht nach Kälte und frühem Morgen. Er sagt, natürlich. Wie dumm sie doch sei!

Sie glaubt ihm nicht.

Bis sie am Abend den Schlüssel im Schloß vernimmt. Oder das zweimalige Türgeklingel. Gebieterisch und kurz. Dring, dring. Da ist er. Er ist nach Hause gekommen. Sie seufzt. Für heute abend hat sie gewonnen, aber morgen wird alles von vorn beginnen.

Das Warten.

Das Warten und die Angst.

Ihre Fäuste schließen sich um den Kopf des Mannes. Drükken ihn ganz, ganz fest. Er rafft sich auf, zieht das Nachthemd über ihren nackten Bauch, legt ihre Beine unter der Decke zusammen und zieht die Daunendecke mit fester Hand hoch.

Sie klammert sich an die Arme, die sich von ihr lösen. Die Seifenblase zerplatzt. Kälte und Angst dringen ein. Man hätte sie nicht in den Arm nehmen dürfen, um sie dann gleich wieder loszulassen. Das hätte man nicht tun dürfen. Es ist immer wieder das gleiche. Immer wieder geht er fort. Ihre Wangen glühen. Ihr Kopf fällt auf das Kissen.

Er steht vor ihr.

Er sagt, sie solle jetzt schlafen, sonst würde morgen...

Er drückt die Türklinke herunter.

»Wohin gehst du?«

Sie hat aufgeschrien. Hoch aufgerichtet im Bett, mit verzerrtem Mund, Tränen in den Augen.

Er ist fort.

Eine Wolke seines Duftwassers noch im Raum. Über dem Kopfkissen. Sie zieht eine Grimasse und spuckt. Wirft das Kopfkissen weit weg auf den Teppichboden.

Sie haßt ihn.

Sie wird ihn nie wieder lieben.

Sie wird ihn nie wieder an sich herankommen, sich von ihm in die Arme nehmen lassen.

Sie wird nicht mehr beim zweimaligen Läuten an die Tür stürzen.

Sie wird sich mit anderem beschäftigen. Als ob nichts gewesen sei.

Sie rollt sich in ihrem Bett zusammen und denkt sich schreckliche Rache aus. In einem fernen Land, am Fuße eines Bollwerks. Ein Prinz der Wüste auf seinem schwarzen Roß ... Sie läßt sich entführen, während der Mann sie anfleht, ihn nicht zu verlassen. Der Prinz ist groß und stark, schön und verführerisch. Der Mann streckt den Arm nach ihr aus. Er hat Tränen in den Augen. Sie lacht auf und wendet sich ab. Wikkelt sich in den großen, weißen Umhang des Unbekannten. Und verschwindet in der Wüste, weit weg von dem Mann.

Weit weg von dem Mann.

Auf der Höhe von Lexington und Zweiundfünfzigster Straße, am Fuße des Citicorp-Buildings, inmitten spießiger Peepshows, wo jeder Einfaltspinsel für einen Dollar ein Mädchen beim Aufknüpfen des BHs begaffen kann, direkt neben Hot-dog-Buden, Billigschmuckverkäufern und Schwarzen in Boubous, die falsche Vuitton-Taschen und Plastik-Elfenbein verramschen, verbirgt sich eine kleine Kapelle. Man betritt sie durch eine Hintertür. Es ist ein kleiner, ganz in Weiß gehaltener Raum, ausgestattet von Louise Nevelson. Mit Skulpturen, geschnitzt aus Bruchstücken weicher Barten. Friedlich. So friedlich, daß es mir zur Gewohnheit geworden ist einzutreten, wenn die Fußgänger allzu eilig durch die Straßen hasten und die Autofahrer beim Bremsen fast ihre Hupen zerdrücken.

Nicht um zu beten. Ich kann nicht mehr beten. Ich habe die Worte, die ich als kleines Mädchen lernte, vergessen. Von der Religion habe ich lediglich ein Schuldgefühl zurückbehalten, das mich bedrückt, wenn ich etwas Schlechtes tue. Das mich das Für und Wider erwägen läßt. Mir die Gewißheit gibt, daß ich bestraft werde und daß es mir ganz recht geschieht. Das Für der Sinnenlust, meinen Nächsten mit einem ganz neuen Nächsten zu betrügen, und das Wider des Ärgers, den es gibt, wenn ich mich dabei erwischen lasse.

Ich stemme die schwere Tür auf, und die Ruhe bricht über mich nieder. Wie ein Grabstein. Kühl, sanft, beruhigend. Ich setze mich auf eine Bank. Fange nach einer Weile zu zappeln an. Die majestätische Stille macht mich trübsinnig. Ich versuche mich hinzuknien. Wie Paul Claudel hinter seinem Pfeiler, als er Gott begegnete. Ich besinne mich eines anderen und setze mich wieder. Ich mißtraue Gott. Wenn ich mich vor Ihm beuge, wird Er mir befehlen, alles hinter mir zu lassen und Ihm zu folgen. Auf die Weise hat Er Claudel rekrutiert, oder die Apostel. Einfach im Vorbeigehen. Mit Seiner großen, weißen Robe, Seinem langen Bart, Seiner Hand auf dem Herzen und Seiner unnahbaren Miene. Ein Blick genügt, und schwupp! läßt man seinen Löffel liegen und folgt Ihm.

Ich habe kein Vertrauen zu ihm, diesem Gauner. Das fing an, als ich noch ganz klein war, mit der Geschichte von Hiob. Die ist mir für immer quer im Hals steckengeblieben. Hiob glaubte an Gott, und zur Belohnung wurden tausend Unheile über ihn verhängt. Einfach so.

Eine Phantasie göttlicher Gerechtigkeit. Als Er eines Tages nichts Besonderes zu tun und es sich nach dem Mittagessen auf Seinem Diwan bequem gemacht hatte, warf Gott einen Blick auf seine kleine irdische Welt und erblickte Hiob. Einen dicken Bauern. Glücklich und zufrieden. Der mehrmals am Tag auf die Knie fiel und Ihm huldigte. Ha! Ha! Liebst du Mich? fragt Gott. Du sagst, du liebst Mich mehr als alles andere? Ich will sehen, ob das wahr ist.

Gott macht sich ans Werk und dezimiert zunächst Hiobs Vieh. Dann verbrennt Er seine Felder und sein Haus und bläst ein schreckliches Virus umher, das Frau und Kinder dahinsiechen läßt. Hiob protestiert nicht, sondern betet noch inbrünstiger. Inmitten von Büffelkadavern, versengtem Gras, röchelnden Familienmitgliedern und Gräbern unter freiem Himmel. Er flüchtet sich mit einer Schale Graupenschleim auf einen kleinen Teppich und dankt Gott für die ihm auferlegten Prüfungen. Donner bricht los, der Blitz verbrennt die Fransen des Teppichs, Balken stürzen über Hiobs Kopf zusammen. Hiob zittert und schlottert vor Kälte, fährt aber nichtsdestoweniger fort, seinen Gott, den Allmächtigen, zu preisen. Je öfter er Ihm versichert, daß er Ihn liebt, desto öfter kriegt er eins übergebraten.

Sag mir, Du da oben, soll das Liebe sein?

Und als Hiob keine Träne mehr vergießen kann, als seine Augen ausgedörrt sind und wie Instantpulver auf den Teppich zu rieseln drohen, als sein ausgehöhltes Zahnfleisch schmerzlich knirscht, steigt Gott vom Himmel und tätschelt ihm den Schädel, während Er ihn beglückwünscht. Gut, Mein Sohn, du liebst Mich. Ich glaube dir jetzt. Weißt du, Ich werde deine Geschichte in der Bibel erzählen. Auf der Titelseite. Ich werde einen Star aus dir machen. Ein Beispiel für Gottesfurcht. Und Hiob sinkt auf seine mageren Knochen, sabbert vor Dankbarkeit, küßt Ihm die Zehen und dankt Ihm dafür, daß Er ihn so schwer geprüft hat. Die Geschichte von Hiob und dem Gauner hat mich nicht schlafen lassen. Ich lief zu Mama und fragte sie, warum. Warum hat Gott das getan, wenn Er Hiob doch liebte? Mama seufzte, daß das natürlich nicht ganz klar wäre, daß aber Gott im Gegenzug die Menschen dermaßen geliebt habe, daß Er ihnen Seinen einzigen Sohn schenkte. Und die Menschen hätten ihn ans Kreuz geschlagen.

Damit war ich nicht einverstanden.

»Er hat ihn ihnen nicht geschenkt, der Sohn ist doch auferstanden, und Er hat ihn sich wiedergeholt!«

»Das ist egal«, sagte Mama und stieß mich etwas zur Seite, um den Tisch fertig einzuwachsen. »Er hat ihn geschenkt, das ist es, was zählt.«

»Aber Er war es doch nicht, der die Lanzenstiche in die Rippen bekam und den Schwamm voller Weinessig aussaugte!«

»Das läuft aufs selbe hinaus«, erwiderte Mama und fluchte über die runden Flecken, die von Weinflaschen stammten, »weil Gott und Sein Sohn eins sind. Vielleicht hast du das vergessen.« Sie konnte mich nicht überzeugen. Und ich ging zurück ins Bett, um von dem armen Hiob zu träumen, von seinem verkohlten Haus, seinen vernichteten Kindern, von dem Ungeziefer, das seinen Körper annagte, knabber, knabber, knabber, während er Gott pries, der ihm den Wanst füllen sollte.

Das soll die Liebe sein? Die wahre? frage ich mich und betrachte die Dame auf der Bank vor mir in der kleinen Kapelle. Sie betet gesenkten Hauptes. Zwischendurch vergewissert sie sich ab und zu mit den Fingerspitzen, ob ihre Handtasche noch da ist. Zu ihren Füßen. Auch sie hat kein Vertrauen zu

Ihm, diesem Gott. Ansonsten ließe sie ihre Handtasche auf der Bank, und ich könnte das Ding seelenruhig ausräumen, während sie den Rosenkranz betet.

Das also soll sie sein? Daß man sich vergewissert, ob der andere einen wirklich liebt, indem man ihn quält? Ihn ausbluten läßt?

Und er? Er, der erst alles von mir nahm und sich dann wie ein Dieb davonstahl. Durch den ich erfuhr, was Abwesenheit bedeutet. Und was große Liebe. Jedesmal, wenn er zurückkam. Und wieder Abwesenheit.

Angst und Wut, wenn ich auf ihn wartete.

Er kam schließlich immer wieder zurück. Ich ging mit den Fäusten auf ihn los, beschimpfte ihn. Er faßte mich lachend um die Hüfte, umarmte mich ganz fest, schwor mir, daß er nur mich liebte. Das sagte er jedenfalls. Trällerte ein Wiegenlied, während ich müde wurde, auf ihn einzuhämmern. Mein Liebes, meine Geliebte, meine Prinzessin, du weißt genau, daß ich nur dich liebe, nur dich, für immer und ewig... Sein Mund hing an meinem Hals, und ich schmolz in seinen Armen dahin. Er brauchte mich nur noch hochzuheben, mich herumzuwirbeln und seine Liebesschwüre herunterzuleiern. Mich im Kreise zu drehen, bis ich meine Wut vergaß und mit ihm lachte.

Aber warum ist er fortgegangen?

Nicht für immer?

Sag mir, Du da oben: Nicht für immer?

Da haben wir's. Ich fange gleich wieder an zu heulen. Hör auf, dich zu quälen, armes Ding. Hör auf. Du wirst sonst noch völlig meschugge. Mach die Augen auf, öffne deinen Kopf, sag etwas Gutes.

ER IST TOT.

TOT. TOT. TOT.

TOT UND BEGRABEN.

Und mit deinen Grübeleien wirst auch du ihn nicht wieder zum Leben erwecken. Versuch dich zu erinnern.

Setz das Gedächtnis in Gang; es gibt die wahren Dinge wieder. Gnadenlos. Die kleine Kapelle des Ambroise-Paré-Krankenhauses. Den Sarg, in dem er ruhte. Den Weihwedel, der im Kreise schwang und ihn benetzte. Den Kaplan, der seine Grabrede abbrach, weil man ihn von einem anderen Todesfall unterrichtete, woanders... Amen. Er wirkte, als wäre ihm das alles völlig schnuppe, der Priester genauso wie der Weihwedel. Auf seinem Gesicht lag ein kleines Lächeln, er trug seine besten Kleider, seine Sonntagshose, lag da, die langen Finger gefaltet. Man hätte meinen können, er sei gerade mal vorbeigekommen und habe sich einen Moment hingelegt, um sich auszuruhen.

Mein Papa.

Als er starb, war ich nicht überrascht. Ich dachte, er würde mal eben dort drüben vorbeischauen, um zu sehen, wie es ist, und dann zurückkommen, um mir davon zu erzählen. Wie die kleine Italienerin, die für drei Stunden tot war, gerade genug Zeit hatte, alles zu inspizieren, und dann wieder herabstieg, um ihre Familie darüber zu unterrichten. Alles in Ordnung. Ihr könnt mitkommen. Das Jenseits und das Paradies sind ein und dasselbe. Rosen und Honig. Zarte Cherubim, die ein frisches Zephirlüftchen blasen. Ein freundlicher, sanfter Obstgarten, wo man eine ruhige Kugel schieben kann. Kein Grund, Bammel zu haben. Reinstes Zuckerschlecken.

Bei ihm ist es nicht so sicher, ob er direkt ins Paradies aufgestiegen ist. Er hat bestimmt einen Zwischenstopp eingelegt. Um sich die Seele zu erneuern.

Aber na ja... Ich habe trotzdem gewartet.

Er war groß. Große Nase, großer Mund. Lange Beine, lange Arme. Große Klappe. Untreu. Gegenüber allen Frauen. Oft abwesend. Aber wenn er da war, nahm er den ganzen Raum ein. Die Männer tasteten in ihren Taschen nach Geld, die Frauen entblößten ihre Schultern. Er traf seine Wahl. Einen Kumpel für die nächtliche Sause oder eine Frau für eine Nacht. Zu verführen war sein Lebensinhalt. Er wandte sich jedem Blick zu wie einem Spiegel. Ließ seine Augen samtig weich werden, setzte ein Lächeln auf, stopfte die Hände in die Hosentaschen, glättete sein dickes Haar, rieb es aus dem Gesicht, küßte und war wieder fort. Woandershin.

Gewisse Leute ziehen, wenn sie älter werden, Bilanz über ihr Leben, reden über ihren Seelenhaushalt. Er nicht. Er war nicht stolz auf sein Leben im allgemeinen, prahlte aber leichtfertig damit. In allen Einzelheiten. Das war seine große Schwäche. Er spielte den Chef, plusterte sich auf und begann den Verkehr zu regeln. Links, rechts, mach es so und nicht anders. Aber man konnte ihn leicht zur Ordnung rufen. »Hör auf«, konnte man zu ihm sagen, »hör auf. Du bist als Klassenprimus nicht glaubwürdig.« Dann lächelte er und hörte auf der Stelle auf. Aber sonst...

Er wollte nicht rechnen. Nicht denken. Wollte nicht vernünftig werden. Er kämpfte darum, so lange wie möglich lebendig zu bleiben, aber als ihm klar war, daß es zu Ende ging, machte er kein Drama daraus. Es schien, als wäre es ihm ziemlich egal. Er bekam seine Rechnung, und das war normal. Er war weder neidisch noch verbittert. War niemandem böse. Und er machte sich nicht interessant. Mit seinen Schläuchen in Armen und Nase.

Er wußte.

Auch ich wußte.

Seit dem Tag, an dem Doktor Nennard, der Chirurg, seiner Wissenschaft sicher und mit unwiderlegbaren Röntgenaufnahmen versehen, in klinischem Tonfall das Todesurteil für meinen Vater gesprochen hatte: »Zu viele Zigaretten, zuviel Alkohol, zuviel...«

Ich könnte die Liste der »Zuviels«, ohne rot zu werden, weiterführen. Zu viele zufällig aufgegabelte Frauchen. Zu viele durchzockte Nächte in den Bars. Zuviel weinbeseelte Wut auf die Welt, die Kretins, die Hochstapler, die Angsthasen, die Speichellecker, auf die aalglatten und verlogenen Äußerlichkeiten, die arrogante Sicherheit der Stubenhocker. Zuviel Unvermögen, sich den Normen anzupassen. Zu viele Mißerfolge, die wie stinkende Kugeln in ihn eingedrungen waren und an seinen Eingeweiden fraßen. »Lungenkrebs mit gestreuten Metastasen. Er hat höchstens noch zwei Monate. Wird Weihnachten nicht überleben.«

Es ist November, und Doktor Nennard, den ich in meiner

ohnmächtigen Wut im selben Augenblick in Doktor Connard (Blödmann) umtaufe, hat soeben gesprochen. Hat die Röntgenbilder in den Ordner geheftet und klappt diesen mit einer energischen Bewegung zu, wobei er noch einmal glättend über den Rand streicht, damit nichts übersteht. Die Sitzung ist aufgehoben. Verbeißt euch eure Tränen im Flur. Der ungeduldige Zeigefinger klopft auf die Platte des Schreibtisches. Streichelt über den dünnen Schnurrbart. Streicht noch einmal den Rand des Aktenordners glatt, nach einem Stück Papier ausspähend, das aus der Reihe tanzt, und nimmt, da er nichts zu korrigieren findet, sein Getrommel wieder auf. Das Urteil ist gesprochen; es wäre ihm nun ganz lieb, wenn ich den Weg zur Tür fände.

Ich bleibe.

Als würde ich, wenn ich mich nicht bewege, eine Lebenszusage erhalten. Für meinen Papa, bitte, Doktor Connard.

Das Telefon klingelt. Er hebt ab, ziemlich erleichtert. Nachdem er mich endgültig auf den Korridor verbannt hat, lehne ich mich gegen die eiskalte Wand und betrachte die vorbeieilenden Krankenschwestern und die Kranken in ihren Bademänteln. Mechanisch suche ich in meiner Handtasche nach einer Zigarette. Als ich jedoch mein Paket roter Rothmanns schließlich in der Hand halte, werfe ich sie in den erstbesten Mülleimer.

Mein Papa…

Mein Papa… wird Weihnachten nicht überleben.

Ich wiederhole die Worte und lasse die Schluchzer aus mir herausströmen. Dann nehme ich mich zusammen. Ich darf nicht weinen. Darf nicht. Er erwartet mich in seinem Zimmer. Er wird mich genau unter die Lupe nehmen. Und sofort verstehen. Ich atme tief durch, tupfe mir die Augen trocken, versuche, ein fröhliches Lächeln aufzusetzen, und drücke die Tür zu Zimmer 322 auf.

»Hast du meinen Rotwein mitgebracht?«

Das ist im Moment die größte Sorge meines Vaters.

Ich habe vergessen, beim Lebensmittelhändler vorbeizugehen, um die drei Liter Vieux Papes zu kaufen, die sein tägliches Menü ausmachen. Kein guter Wein, sondern ein sehr herber, der im Hals kratzt. Der ihn an seine Schichten auf den Baustellen erinnert.

»Glaubst du, daß das zur Zeit angeraten ist?«

Er zuckte mit den Schultern und verkündet schnaufend seine Verachtung für das Medizinwesen.

»Eine kleine, völlig unbedeutende Operation. Ich bin in Höchstform, Kleines.«

Ich betrachte den jodbefleckten Verband um seine Schulter, seine rechte Hand, die schlaff am Körper herunterbaumelt.

»Das? Das ist überhaupt nichts. Sie haben mir einen Nerv abschnüren müssen. Ein Monat Erholung, und alles ist vergessen. Ich wette, daß ich dir Weihnachten die Champagnerkorken um die Ohren fliegen lassen kann! Ruf deinen Bruder an, er soll mir den Wein vorbeibringen!«

Ich wende den Kopf und wähle Totos Nummer.

»Und dann: Leg Puder auf. Deine Nase ist ganz rot. Du läßt dich gehen, Kleines, du läßt dich gehen...«

Mir ist danach aufzulegen. Dieses Krankenhaus schnellstens zu verlassen. Draußen die Sonne und die zum Leben Verurteilten wiederzusehen. Aber da sagt Toto: »Hallo«, und ich bestelle drei Liter Rotwein. Drehe mich zu Papa um und ziehe meine Puderdose hervor.

»Geht es so?«

»Ich mag es, wenn du schön aussiehst, Kleines.«

Ich lächle ihm zu, mit zusammengepreßten Lippen, damit ich nicht weine. Meine Nase kribbelt, und die Erinnerungen wirbeln durcheinander. Die Erinnerungen an ein kleines Mädchen, das sich der ganzen Welt überlegen fühlt, weil ihm zu Hause ein Mann immer wieder sagt, es sei die Schönste, die Stärkste, die Intelligenteste, die Witzigste. Die Brust herausgestreckt vor lauter Ehrungen, geht sie leichtfüßig voran. Wie auf einem fliegenden Teppich. Getragen vom Blick eines Mannes. Bis sie mit Doktor Connard zusammenprallt. Und mit dem Tod. Der ihr den Teppich wegzieht.

»Du bist schön, Kleines, wunderschön.«

Ich stehe auf und drücke meine Nase gegen die Fensterscheibe, damit er die Tränen nicht sieht, dic über die Wimperntusche fluten. Lege meinen Finger unter die Wimpern und murmele:

»Du hast ja wirklich eine schöne Aussicht von hier...«

Fest gegen die Scheibe gepreßt, halte ich meinen Vortrag. Über den herbstlichen Schmuck der Bäume, den monotonen Fall der Blätter, die Anhebung der Autosteuer, die Majestät des roten Krans auf der gegenüberliegenden Baustelle. Das Kinn angespannt, die Schultern gerade, kämpfe ich um einen ausgewogenen Tonfall. Er unterbricht mich und bittet mich wieder zu sich ans Bett.

Ich richte mein fröhliches Lächeln, schlucke den Kloß im Hals herunter, wische mir das Wasser von den Wimpern, atme tief durch und setze mich neben ihn. Ein bißchen gerötet, aber sonst makellos. Bereit, mit abgespreiztem kleinen Finger die Tasse-Tee-Komödie zu spielen. »Und wie geht es bei euch? Was gibt es Neues?« Den Rücken aufrecht gegen die Lehne gedrückt, die Hände über den Knien verschränkt.

Auch er richtet sich auf, streicht sich übers Haar, glättet das Laken über seiner Brust, legt die langen Hände mit den gewölbten, transparenten Fingernägeln auf die Bettdecke, blickt mir direkt in die Augen und sagt unvermittelt:

»Du weißt es also?«

...

»Ich habe Krebs, Kleines. Ich weiß es. Ich weiß auch, daß du gerade mit Doktor Nennard gesprochen hast. Ich bin nicht blöd... Du hattest dich mit ihm verabredet.«

Er sieht mich unverwandt an, aber ich muß den Blick auf meine Schuhspitzen senken. Wenn ich ihn jetzt belüge, kommen wir beide nicht weit.

»Ich will nicht, daß die anderen es erfahren. Ich will keine Heulsusen um mein Bett herumstehen haben. Ich werde es deinem Bruder erzählen, das ist alles. Ich habe alle Vorkehrungen getroffen. Du kommst morgen abend und schreibst alles auf, denn ich kann nicht mehr schreiben.«

Er weist mit dem Kinn auf seine herabbaumelnde Hand.

»Wie du siehst. Hör auf zu weinen. Ich lasse mir das nicht gefallen. Ich werde versuchen, sie aufs Kreuz zu legen, diese Dreckskrankheit.«

Ich schüttele den Kopf wie eine Blöde. Stumm. Mit unter Tränen zusammengebissenen Zähnen. Ich ergreife seine schlaffe Hand und drücke sie. Er sieht mich spöttisch an.

»Weine nicht. Du bist nicht schön, wenn du weinst...«

Und wieder einmal ist er derjenige, der die Spielregeln bestimmt.

Es war mir nicht erlaubt zu weinen, an jenem Tag. Ebensowenig wie irgend jemandem sonst. Unter Androhung der Strafe, nicht mehr dem Bild zu entsprechen, das er sich von mir gemacht hatte. Die betende Dame auf der Bank vor mir streckt eine Hand nach ihrer Tasche aus. Sie umfaßt den Henkel und richtet sich auf. Reckt das Kinn ein letztes Mal in Richtung Altar, bekreuzigt sich und geht hinaus. Ich höre das Geräusch ihrer Schritte unter der kleinen Wölbung widerhallen, klipp-klapp-klipp-klapp, und fühle mich allein und verlassen.

Ich hätte diese Kapelle nicht betreten sollen. Man gibt sich in diesen Gotteshäusern bloß der Melancholie hin. Die ganze Stille, diese Sanftmut sind beabsichtigt; man soll sich Ihm ausliefern. Diesem kleinen, roten Licht, das auf dem unbefleckten Altar glänzt. Das versucht, einen zu unterwerfen, damit man seinen Löffel abgibt und Ihm folgt. Wetten, daß ich es abschalten kann? Gott existiert nicht mehr! Das kommt auf die Titelseite der *New York Post*. »God Gone. A French Tourist in the Nevelson Chapel...« Mit einem Schlag Nietzsche und Freud zusammen recht geben. Amerika driftet nach links. Reagan und die ganzen Evangelistengauner werden in ein Lager gesperrt, und Nancy opfert sich in ihrem kleinen roten Kostüm auf dem Stacheldraht.

Ich fange an zu phantasieren. Ich muß unbedingt raus hier. Wenn ich nur zwei Minuten länger bleibe, gehe ich um den Altar herum und ziehe den Stecker raus. Ich lache hysterisch. Wie während der Messe bei Papas Beerdigung, als ich nur noch eines sah: das Kinn des Pfarrers, das über den Altar strich, und dazu die Arme, die den Segen erteilten, als versuchten sie sich im Brustschwimmen. Hoch auf den Zehenspitzen in seinen Schnürschuhen las er die Messe! Gott, Dir sei es gedankt, daß Du mich zum Zwerg machtest, damit ich Dir besser dienen kann.

Draußen muß ich im grellen Licht blinzeln. Und der Krach läßt mich zurückprallen. Aber ich nehme hartnäckig meinen Platz wieder ein in der Menschenmenge, die dem Tod entgegenstürzt. Durch exzessive Geschwindigkeit.

Inbrünstig meckernd bringe ich meine Seele wieder ins Gleichgewicht.

Das ist ein guter Trick, um weichlichen, klebrigen Kummer zu verjagen. Zur Zeit sogar mein Lieblingstrick. Mal so richtig die Wut und den geschärften Haß rauslassen, und der Schmerz wird immer schwächer. Macht einem höhnischen Grinsen Platz. Neuen Lebensgeistern. Aber man muß schon wissen, wen man sich als Feind aussucht! Eine präzise, vollkommene Zielscheibe, auf die man seine spitzen Pfeile richtet.

Hart knalle ich meine Hacken auf das Pflaster und ereifere mich. Noch nirgends habe ich einen so harten Bürgersteig gesehen. Eine derart dünne Schicht Teer, daß das Beben des Verkehrs einem direkt die Wirbelsäule hochläuft und man die Schuhe alle vierzehn Tage neu besohlen lassen muß. Ein Geschäft, das an jeder Straßenecke blüht. Die echten New Yorkerinnen haben begriffen: Um vom Bus in die U-Bahn, vom Bürgersteig in den Rinnstein zu hopsen, schlüpfen sie in Nikes, die sie vor der Tür ihres Büros gegen leichte Schuhe eintauschen. Eine wahre Armee von gummibesohlten Geschäftsfrauen, die ihre obligatorischen Attachékoffer hin und her schwenken. Ebenfalls obligatorisch: Das beige oder marineblaue Kostüm mit geradegeschnittenem oder Faltenrock, die Bluse mit Rüschen, das in Plastik eingeschweißte Sandwich – damit keine Zeit fürs Mittagessen verschwendet wird –, die deodorantversiegelten Achselhöhlen, die strenge, aber geschminkte Miene, die demonstriert, daß alles in Ordnung ist, daß alle Emotionen völlig unter Kontrolle sind. Emotionen sind in der Geschäftswelt gefährlich! Sie führen geradewegs zu Zweifeln. Man gleitet. Schätzt ein. Jagt alles Verständnis durch den Reißwolf. Worauf es ankommt, ist ein Geist, unnachgiebig wie ein Baumstamm.

Und so eilten die Nike-Frauen mit gepudertem Gesicht, gekünsteltem Lächeln und strammen Waden ihrem einzigen Ziel entgegen: es zu schaffen.

Meine Wut beginnt zu brodeln, macht sich breit, stößt das Phantom Papa zurück. In diesem Lande gibt es keinen Dämpfer, der den Zorn bannt. Ihn ableitet. Ihn besänftigt. Man gibt sich ihm hin, offen und brutal. Ohne Hintergedanken. Verrückte rasten aus, Gangster ballern um sich, Limousinen blitzen auf. Am hellichten Tag.

Ich beschleunige den Schritt, damit das Soufflé nicht in sich zusammenfällt. Suche nach einer Nike-Frau in der Menge, entdecke erst eine, dann eine weitere, die mich mit ihrer geschäftsträchtigen Gesundheit noch mehr aufregt. Ich schlage sie in Stücke, drehe sie hin und her, taxiere alles an ihr. Und spritze ihr mein ganzes Gift hinterher.

Um der Versuchung von Zerstreuung und Wiederkehr wohlgesonnener Gefühle nicht zu erliegen, projiziere ich über den schlaffen Hintern meiner Nike-Frau den platten von Marjorie. Einer Freundin von Bonnie Mailer. Sie hatte Wohlgefallen an mir gefunden. Das glaubte ich wenigstens. Sie arbeitete in Wall Street und lud mich zum Mittagessen ein, wenn sie eine kleine Lücke in ihrem Terminkalender hatte. Erzählte mir von den Millionen und Abermillionen Dollars, mit denen sie und ihr Mann Ollie hantierten. Ich rechnete das in meinem kleinen französischen Köpfchen sogleich um, und mir wurde ganz schwindelig. Mach dir Notizen, altes Mädchen, schreib es gleich auf. So was gibt es nicht in Frankreich. Eine Tante in Turnschuhen, mit dem Teint einer Jungfrau, die genauso schwer wiegt wie das nationale Budget für Ausbildung. Ich überhäufte sie mit Fragen. Folgte ihr begierig in eine Welt voller Giftnattern, in der der Profit wie ein fetter Buddha über allem thront. Gnadenlos und durchtrieben.

Eines Abends lud sie mich zum Essen ein. Schönes Gebäude, gute Adresse, bestimmt fünfzehn »Doormen«, die in Polizeimanier die Eingangshalle überwachten. »Darf man wissen, wohin Sie wollen?« fragen sie mich. »Sie haben doch sicherlich einen Besucherschein?« Denn bevor man bei Marjorie den Fahrstuhl nehmen darf, muß man sich einer Identitätskontrolle unterzogen haben. Dreißigster Stock. Ich klingele. Ein kleines haitianisches Dienstmädchen mit Ptosis öffnet mir die Tür. Überraschung: Ich habe eine echte Araberhöhle vor mir. Das Apartment beherbergt ein einziges Durcheinander. Aufgeschlitzte Kisten, aus denen Stroh quillt, durchgesessene Sessel, zu Säulen gestapelte Bücher, elektrische Kabel, die wie Lianen von der Decke hängen, eingerollte Teppiche, zerbrochene und mit Klebeband geflickte Fliesen, in einer Ecke Bügel, auf denen die Uniformen der Nike-Frauen hängen. Na gut, sage ich mir, sie sind bestimmt gerade erst eingezogen.

Auf der Erde, geduckt unter einen alten, völlig ausgedörrten Weihnachtsbaum, von dem ununterbrochen braune Nadeln niederrieseln, patscht ein dreijähriges Baby auf einen Globus. Ein mickerig kleines Kind in einem mickerig kleinen, verwaschenen T-Shirt. So fleischig und üppig Marjorie ist, glatt gesalbt, mit feucht glänzendem Lächeln, reich an Falten um den Hals und Perlen darin, so bedauernswert fröstelt das Baby, weiß, mager, mit am Schädel klebenden Haaren und gelblichen Krusten in den Augenwinkeln.

Marjorie taucht auf, schick, ein Glas in der Hand.

»Christopher, zeig unserer französischen Freundin, wo Frankreich liegt«, sagt sie zu dem Knirps und hinterläßt fettiges Rot auf dem Rand ihres Glases.

Er zögert ein wenig und zeigt dann mit einem vollgesabberten Finger auf Frankreich.

»Bravo, mein Schätzchen. Und Tokyo? Und Washington?«

Es nimmt kein Ende. Und er folgt ihr gehorsam; verteilt seinen Sabber über den Globus. Der Finger schmiert, rutscht aus, fängt sich aber wieder. Etwas peinlich berührt, unterbreche ich die Kindergeographiestunde und frage Marjorie, seit wann sie hier wohnt. Seit vier Jahren, aber sie hätten noch keine Zeit gehabt, die Kisten auszupacken. Ollie und sie seien dauernd auf Reisen. Es habe sie sogar unglaubliche Mühe gekostet, Christopher zustande zu bringen. Ha, ha, ha! Sie klatscht in die Hände, entzückt bei der Aussicht, mir zu erzählen, wie es – noch vor der Menopause – zur wunderbaren Vereinigung von Ei und Spermien kam.

»Ich wußte meine fruchtbaren Tage auswendig, hatte mir ein Diagramm gemacht... und an dem Tag wußte ich, daß es gelingen würde. Ich rufe also Ollie in Arizona an und sage ihm, er solle sofort nach Hause kommen, ansonsten würden wir es nie hinkriegen...«

Sie füllt sich das Glas erneut bis zum Rand mit Wild Turkey, streicht völlig verzaubert über die Perlen um ihren Hals, bemächtigt sich Christophers und nimmt ihn auf den Schoß, damit er die wunderbare Geschichte seiner Empfängnis vernimmt.

»Ollie rast also zum Flughafen. Großes Pech, alle Flüge nach New York sind ausgebucht. Ollie ist einfach großartig...«

Als sie »großartig« sagt, verformt sich ihr Mund zu einer salbungsvollen und gleichzeitig ungestümen Grimasse. Man sieht alle ihre Zähne. Grausame Zähne eines industrialisierten Kannibalen.

»Weißt du, was Ollie daraufhin gemacht hat?«

Ich schlucke trocken und verneine. Schiele auf ihr Glas Wild Turkey. Sage mir, daß ein Schluck davon sicherlich den Kloß in meinem Hals hinunterspülen und meinen aufsteigenden Haß beschwichtigen würde. Meinen Haß auf Marjorie, auf diese Stadt, die ihre Bewohner dazu zwingt, die letzten Überreste von Menschlichkeit aus sich herauszureißen, damit sie nicht gänzlich zermalmt werden. Mir wird ganz schwindelig angesichts des Abgrunds, der sich zwischen Marjories Welt und der meinen auftut. Ich verspüre den Drang, die Hand auszustrecken und mich zu vergewissern, ob sie menschlich ist, ob Blut in ihren Adern fließt. Aber diese Menschenähnliche nimmt einen Riesenschluck Bourbon.

Nur ein Schlückchen davon, und ich lache mit ihr. Ich würde in der Leere zwischen unseren beiden Hemisphären strampeln und mich kaputtlachen. Ha, ha, ha! Ich finde Ollie großar-tig und die Geschichte von der Befruchtung einfach unbezahlbar!

»Ollie hat dann also den Zwischenlandungschef von American Airlines aufgesucht und ihm alles erzählt. Daß dies mein einziger fruchtbarer Tag sei, daß ich vierzig Jahre alt sei und man die Gelegenheit nicht einfach verstreichen lassen dürfe, daß er also absolut auf einen Flug nach New York kommen müsse! Na ja, es klappte! Und du verdankst es diesem netten Herrn von American Airlines, daß du das Licht der Welt erblickt hast, mein Schatz«, erklärt sie Christopher und zerquetscht ihn dabei fast zwischen ihren Armen.

Ich strecke meine Hand in Richtung des Glases aus, um auf diese Weise klar meinem Bedürfnis nach Flüssigkeit Ausdruck zu verleihen. Sie kapiert schließlich, entschuldigt sich und ruft nach der Haitianerin, die sogleich mit einem Tablett, darauf eine Flasche Wild Turkey und Eiswürfel, herbeigeeilt kommt. Ich tue gut daran, etwas zu trinken, denn was nun folgt, läßt nichts zu wünschen übrig. Schwanger zu sein sei irre gut, eine auf-re-gen-de Erfahrung, johlt sie, aber für das nächste, DENN SIE WILL NOCH EINS, habe sie eine viel bessere Idee: eine Leihmutter. Sie habe bereits eine ausfindig gemacht. Eine Studentin der New York University.

»Sie ist weiß und gesund. Sehr intelligent. Der Vater des Kindes ist ein kalifornischer Surfer, sie hat ihn im vergangenen Sommer in Florida am Strand getroffen. Aus religiöser Überzeugung will sie nicht abtreiben... Kannst du dir vorstellen, wie hübsch das Baby sein wird, das wir kriegen, Ollie und ich! Ich habe bereits zugesagt, daß wir alle medizinischen Kosten übernehmen werden – und einen Teil ihrer Studienkosten. Sie ist einverstanden. Ollie findet meine Idee wahn-sin-nig toll!«

Wir können einfach nicht derselben Rasse angehören, sie und ich. Ich versuche mir Pimpin mit dieser Nike-beschuhten Menschin vorzustellen. Sie würde auf ihre Tennisschuhe springen, mühsam ihre Wut bezähmen, Christopher den Armen seiner Mutter entreißen, die Krusten aus seinen Augenwinkeln entfernen, den Globus zertrümmern, Marjorie mit Beschimpfungen überhäufen und sie augenblicklich bei Amnesty International anzeigen. Ich statt dessen bleibe ganz gelassen. Stecke meine Nase in meinen Bourbon, fasele, sage Ungereimtes, suche nach Worten, die sie nicht beleidigen und mich nicht allzusehr bloßstellen, und finde sie schließlich:

»Äähem... das finde ich originell...«

Aber dann brennt mir eine tückische und scharfsinnige Frage auf der Zunge, eine Frage, die ich mir von Zeit zu Zeit stelle, aus Bequemlichkeit und Neugier auf die Spezies jedoch immer wieder von mir wegschiebe und die ich nun plötzlich, um wieder etwas an Würde zu gewinnen, loslasse: Warum will Marjorie meine Freundin sein? Mal ehrlich. Wir haben überhaupt nichts gemeinsam. Ich kann ihr nichts bieten. Und wenn ich auf meine Kosten komme, indem ich sie eingehend beobachte, als wäre sie eine kuriose, buntgescheckte Giraffe hinter Zoogittern, was hat sie dann für einen Grund?

Na ja, den gleichen.

»Because you're French. It's so chic, you know, to have a French friend!«

Das geschieht mir ganz recht. Jedem das Seine. Auch sie genießt bei allen unseren Verabredungen ihren Besuch im Zoo. Ganz hübsch, seinem Lebenslauf einen »French friend« beizufügen. Eine Kelle Béchamel und Impressionismus, um die Wall-Street-Sauce zu verfeinern.

»Frankreich... Ah, Frankreich! Eines Tages werden wir unsere französische Freundin zu Hause besuchen, und du wirst sehen, wie schön es dort ist... Wie in einem Museum!«

Ich schrumpfe zusammen. Marjorie macht aus mir einen Winzling, einen äthiopischen Zwerg. Ich bin also zu nichts gut. Höchstens dazu, über Mode, Parfüms und Wein zu nörgeln. Denn was alles andere angeht... Ich bin wie die Mona Lisa im nichtklimatisierten Louvre. Ohnmächtig hinter ihrem Panzerglas. Und warum, frage ich euch? Weil man dort, woher ich komme, nicht soviel Kohle hat wie bei ihr. Das ist der ganze Grund. Und jedermann weiß, daß es nichts Besseres auf der ganzen Welt gibt. Mit Geld wird man intelligent, leistungsbewußt, Künstler und Experte. Geld macht Haut, Seele und Lächeln samtweich. Ein universelles Wunderheilmittel, in der Tat!

In mir steigt Wut auf, aber ich sage keinen Piep. Nicht so sehr aus Feigheit, sondern vielmehr aufgrund der grausamen Wirklichkeit: Wozu sollte es gut sein? Es ist nicht ihr Fehler, daß ihr diese Information mit auf den Weg gegeben wurde. Es ist nicht mein Fehler, daß ich ohne Gebrauchsanweisung geboren wurde. Wir gehören zwei verschiedenen Welten an, das ist alles.

Marjorie würde nicht rastlos wie ein Maikäfer in der Stadt umhersausen, weil ihr Papa gestorben ist. Eher würde sie sich einer Analyse unterziehen. So würde sie dem kleinen Mädchen in ihr, das weint und keinen Schritt weitergehen will, nachgeben. Sie ist nicht imstande zu begreifen, warum es mir so weh tut, daß er nicht mehr da ist.

Mein Papa...

Wieder und wieder stritten wir uns. Mit echten Argumenten und Flüchen. Schaum vor dem Mund, heraustretende Augen, angeschwollene Halsschlagadern und Worte, die das Herz wie Napalm verbrannten. Und wenn wir Frieden geschlossen hatten, saßen wir da, mit schlaff herunterhängenden Armen und beunruhigter Miene. Peinlich berührt von der großen Stille, die zwischen uns entstand. Er streckte mir die Arme entgegen, und ich wurde stocksteif. Ich wußte nichts vom Verlassenwerden, von Zärtlichkeit, Verzeihung. Ich kannte nur den Krieg.

Ich habe meine Nike-Frau in der Menschenmenge verloren, und ich habe nicht länger die Kraft, einer anderen die Schuld zu geben. Habe vielmehr Lust, mich an Pimpins Arm zu klammern. Oder an Totos Warze. An etwas Menschliches jedenfalls. Will, daß man mir über den Kopf streicht und mir versichert, daß das alles nicht so schlimm ist. Daß es vorübergeht. Es ist sehr gesund, daß ich mich aufrege. Eine Art, meine Trauer auszuleben. »Man sollte nicht versuchen, dem Schmerz zu entfliehen«, sagte mir Pimpin. »Im Gegenteil, man sollte ihn vertiefen. Sollte wissen, warum es so weh tut. Schmerz macht jeden einzigartig. Wenn du dich dem Tod deines Vaters direkt gestellt hast, wirst du vieles über dich erfahren haben, und du wirst nie wieder dieselbe sein ...« Pimpin ist weit weg, und ich muß ganz allein a-na-ly-sie-ren. Das ist das Blöde am Exil. Ich habe meine vertrauten Marken verloren und bin noch nicht bescheuert, gierig oder stark genug, um in die Nikes der Eingeborenen zu schlüpfen, den Blick resolut der Zukunft zugewandt.

Ich wende meinen Blick eher zurück...

Der Mann hat sich hingehockt.

Neben dem Bett.

Zunächst erkennt sie ihn gar nicht.

Sie wähnt sich in einem Alptraum: Ein Mann nähert sich ihr Nacht für Nacht, ein langes Messer in der Hand, um sie zu töten. Wie festgenagelt liegt sie auf der Matratze, mit eiskalten Füßen, und das Blut weicht aus all ihren Gliedern, um in ihrem Hals zu einer großen Kugel zusammenzulaufen, die es ihr unmöglich macht zu schreien, die ihr Herz laut pochen läßt. Die Klinge kommt näher, wird ihr jeden Moment den Bauch aufschlitzen. Sie liefert sich aus. Gleich wird sie sterben. Das borstige Haar streicht über ihr Kinn, die Armbanduhr drückt auf ihren nackten Arm. Sie reißt den Mund weit auf, um zu schreien, aber eine Hand legt sich wie ein Knebel darüber. Rasierwasser steigt ihr in die Nase. Sie öffnet die Augen.

Es ist nicht der Mann aus dem Alptraum.

Er ist es.

Sie atmet auf und entspannt sich.

Er legt seinen Kopf neben den ihren auf das Kissen, wühlt ihn in die leichten Daunen und seufzt. Sie bewegt sich sanft, um ihm zu zeigen, daß sie wach ist.

»Ich möchte ganz, ganz klein sein und neben dir schlafen.« Er legt sich auf die Bettdecke und nimmt sie in die Arme. Sie wendet den Kopf und schaut auf die Zeiger des Weckers; es ist halb zwölf. Beinahe Mitternacht. Schwer und warm liegt er halb auf ihr. Murmelt ein paar weitere Worte, die sie nicht versteht. Sie rückt ein wenig von ihm ab, um wieder zu Atem zu kommen.

Er hat eine Idee, die er ihr ins Ohr flüstert: Ob sie nicht Lust hätte, mit ihm im Royal Villiers Austern zu essen?

»Aber Mama...«

Sie wird nichts davon erfahren. Sie wird sie gar nicht hören. Auf Samtpfoten werden sie sich davonschleichen, keine Tür zuknallen.

Nur sie beide, in der Nacht?

Wie damals?

Und das Mal zuvor?

Sie ist einverstanden.

»Ich will mein rotes Kleid mit den Bändern anziehen.«

Er schleicht sich zum Schrank und nimmt das rote Kleid vom Bügel. Macht ein paar Luftsprünge im Dunkeln, dreht und wendet sich mit dem Kleid. Bedeckt es mit Küssen, wobei seine langen Finger achtgeben, daß sie es nicht knittern. Sie schlüpft in ihre Ballerinen, bürstet sich das Haar und bindet es mit einer großen schwarzen Schleife zusammen. Er tanzt nicht mehr, sondern kniet da, betrachtet sie und streckt ihr das Kleid entgegen. »Prinzessin, wenn du willst, entführe ich dich heute abend. Mein brandneuer Panhard erwartet uns am Fuße der Treppe.« Sie legt ihm einen Finger auf den Mund und wendet sich zu dem Zimmer hin, in dem ihre Mutter schläft, erschrickt bei dem Gedanken, sie könnte sie beide überraschen. Als könnte der dunkle Blick die Wand durchdringen. Er zuckt die Schultern.

»Sie schläft... Gehen wir?«

Wie Diebe stehlen sie sich davon.

Er spielt. Schleicht voran, gebückt unter einem großen Sack. Schnauft und keucht.

»Da sind wir ja bei piekfeinen Leuten gelandet. Das rieche ich sofort... Ich sag' dir, Kohle, hier ist Kohle zu holen.«

Er wischt sich über die Stirn. Zieht sich die Schuhe aus, um Lärm zu vermeiden, und geht weiter mit gebuckeltem Rükken. Sanft zieht sie die Tür zu. Die Tür kracht, bläht sich, widersteht, und das Schloß hallt beim Schließen wider wie eine Ohrfeige.

Gerettet! Er tut so, als würfe er seinen Sack mit Diebesgut über das Treppengeländer, reißt seine Arme hoch in die Luft und zieht sie an sich. Sie hebt den Kopf und sagt:

»Nur wir zwei heute abend, versprochen?«

Er streckt den Arm aus und schwört.

»Spuck auf den Boden.«

Er spuckt. Und schwört noch einmal. Nimmt sie an die Hand und schleift sie die Treppe hinunter. Durch das Portal, auf die Straße.

Sie läßt ihn gewähren und zählt. Das ist ihr zum gewohnten Mittel geworden, die Angst zu bannen. Die Angst, er könnte verschwinden und sie zurücklassen. Könnte sie einfach vergessen, hier auf dem Bürgersteig, oder später im Restaurant. Könnte sich nach einer anderen Frau umdrehen und sie nicht mehr ansehen. Eine vertraute Bedrohung, die auf Schritt und Tritt von dem Mann ausgeht.

26, 27, 28, 29, 30, 31...

Die Zahlen geben ihr Sicherheit. Vertreiben ihre furchtbare Angst vor dem Verlassensein. Wenn man zählt, erwartet man etwas am Ende. Daß er zurückkommen wird.

Sie schmiegt sich an das Bein des Mannes und greift nach seinem Gürtel. Umfangen von seiner Wärme, die Schulter gegen seine harte Hüfte gepreßt, läßt sie ihren Finger in eine Gürtelschlaufe gleiten. Sie gehen weiter in der dunklen Nacht. Er schreitet weit aus, sie trippelt nebenher. Sie ist noch schläfrig und sperrt die Augen weit auf, um wach zu werden.

Die Tür des Panhard öffnet sich. Das eiskalte Skai unter ihren Schenkeln und die Stimme des Mannes, der die Vorteile der Gangschaltung erläutert, während er die Gänge wechselt, wecken sie schließlich vollständig. Sie streckt sich und gähnt.

Im Restaurant bestellt er »Belons« und »Fines-de-Claires«. Er knausert nicht. Sagt ganz stolz, sie solle genau das gleiche nehmen wie er, und setzt hinzu:

»Eine Flasche trockenen Weißen.«

Die Kellnerin hat einen großen, roten Mund und lächelt sie an.

Er betrachtet sich im Spiegel, streckt die Brust heraus und umschlingt sie.

»Sieh nur, wie gut wir beide zusammen aussehen! Schau nur, wie schön du bist!«

»Du hast eine neue Krawatte... Die kenne ich gar nicht.«

Er hat sie zwei Tage zuvor in Hamburg gekauft. Eine Geschäftsreise. Er hat entschieden, sie müsse Deutsch lernen.

»Aber ich lerne doch schon Englisch!«

»Englisch! Eine Sprache für Kaufleute! Das Englische hat keine Seele...«

Er schnippst mit den Fingern und runzelt die Brauen wie ein Krämer, der sein Kleingeld zählt.

»Dann also nur Deutsch!«

Seine Hand ergreift einen imaginären Bogen und läßt ihn über den ausgestreckten linken Arm streichen. Er schließt die Augen und lehnt den Kopf auf die Violine. Imitiert den ekstatischen Gesichtsausdruck des Virtuosen.

Die Kellnerin stellt das Tablett mit den Austern auf den Tisch, entkorkt die Flasche Weißwein und füllt ihre Gläser. Sie hält sie mit einer Handbewegung auf.

»Nicht so viel, Madame...«

»Nun komm schon... Auf dich, mein Kleines!«

»Prost, Papa, auf dich!«

»Ich liebe dich, Kleines!«

»Ich liebe dich, Papa!«

Sie richtet sich auf und errötet vor Stolz. Sie wünscht, alle könnten sie sehen. Aber es ist spät, und der Saal ist fast leer. Sie stoßen an.

Er stellt sein Glas ab und langt nach einer »Belon«. Schlürft sie geräuschvoll mit eingesogenen Wangen aus. Er erzählt von seiner Reise nach Hamburg. Wie er seinen Geschäftspartner zwang, drei statt zwei Werkzeugmaschinen zu kaufen, und so dessen Gewinnspanne herunterschraubte, denn der Gauner dort täte nichts anderes... Er hat ihn schon seit langem im Visier gehabt, aber diesmal hat er ihn gekriegt. Na ja.

Diese Geschichte von den Dingsbumsmaschinen ist uralt. Aber er wirkt so glücklich über seinen Sieg, daß sie fragt:

»Und wie hast du es angestellt?«

Ein Kinderspiel. Es komme darauf an, wie man vorgehe. Eine Anspielung auf einen Konkurrenten, eine richtig plazierte Zahl, untermauert von Rechnungsbelegen, und alles sei geregelt. Zufrieden wischt er sich den Mund ab. Trinkt einen Schluck. Die Wangen gerötet. Da hat er es ihm aber mal gezeigt, diesem Trottel Lériney.

Lériney… Ihre Angst vorhin war begründet gewesen: Der Feind hat sie eingeholt und packt sie am Kragen.

Sie hört nicht mehr zu. Konzentriert sich mit gerunzelter Stirn auf ihre Austern, die Finger fest um die Gabel geklammert. Er will ihr helfen, aber sie erklärt ihm grimmig, daß sie das allein könne. Daß sie niemanden brauche. Niemanden. Und mit einem einzigen Ruck durchtrennt sie die Schale.

Er klatscht Beifall. Es gefällt ihm, wenn sie dickköpfig ist. Das ist die Art, wie man die Welt erobert. Nicht nach der Hälfte des Weges stehenbleiben.

»Du bist schön, mein Kleines, zu schön in deiner Wut auf die Auster. Dein Schnäuzchen verzieht sich wie das einer Bulldogge.«

Er zieht die Nase kraus und imitiert die Bulldogge. Sie lacht auf, erleichtert. Die Angst verfliegt. Er hat sie angesehen. Sogar sehr aufmerksam, denn er bezeichnet sie als Bulldogge. An sie hat er gedacht, nicht an Madame Lériney. Er hat sie also lieb. Sie hebt den Kopf und lacht erneut.

Bald sind sie beide die letzten Gäste im Restaurant. Die Kellner rücken die Stühle zur Seite und fegen den Boden. Die Kassiererin zählt die Rechnungen des Abends. Der Patron schreibt mit Kreide die Gerichte für den nächsten Tag auf eine schwarze Tafel. Sie sind ganz allein.

Sie schließt die Augen und läßt sich gegen die Rückenlehne der Bank sinken. Für heute abend hat sie gewonnen. Erleichtert läßt sie ihre Beine baumeln. Er glaubt, sie sei müde. Sie protestiert mit einer Geste der Hand. Er bestellt eine zweite Flasche Weißwein, und die Kellnerin bleibt, nachdem sie sie entkorkt hat, wie angenagelt stehen, die Hüfte an die Tischkante gelehnt.

»Wünschen Sie sonst noch etwas?«

Er gibt ihr mit vollem Mund, das Glas an den Lippen, zu verstehen, daß sie nichts mehr wollen. Aber angesichts der Hüften des Mädchens – sie lehnen neben dem Tablett mit den Schalentieren – scheint er seine Meinung zu ändern; er hebt den Kopf. Mustert sie amüsiert. Aus glänzenden Augen. Sein Blick verharrt auf den Brüsten, die sich unter dem Trikot erahnen lassen. Die Frau lächelt und streckt mit einem Ruck ihren Oberkörper heraus, etwa so, wie ein Zauberer ein Kaninchen aus dem Zylinder zieht. Und zack! Ein Hüftschwung nach links. Und zack! Ein Schwung nach rechts...

Der Mann hört auf zu kauen und zu trinken, sein halbgeöffneter Mund erwartet die Fortsetzung. Er lächelt und sieht der Kellnerin direkt in die Augen. Das kleine Mädchen erkennt diesen Blick wieder. Es wird wie das letzte Mal sein: Die Frau wird sich zu ihnen an den Tisch setzen, und er wird sich für den Rest des Abend ihr zuwenden, den Arm um ihre Taille gelegt. Er wird sie duzen, und sie wird ihm ihre Telefonnummer geben. Oder wird ganz und gar mit ihnen in den Panhard steigen, und er wird sie nach Hause fahren. Wird sie, das kleine Mädchen, bitten, im Auto zu warten, und sie wird auf dem Rücksitz einschlafen. Vor sich hin zählend.

»Ich würde gern Deutsch lernen.«

Er wendet sich wieder ihr zu, noch immer das Lächeln für die Kellnerin auf den Lippen.

»Ich würde gern Deutsch lernen.«

Er sagt, das müsse gefeiert werden, und füllt ihr Glas.

»Nicht so viel, Papa, nicht so viel...«

Die Kellnerin steht immer noch wie angewurzelt an ihrem Tisch. Das kleine Mädchen trinkt einen Schluck, der ihm brennend durch die Kehle rinnt, ihm aber auch die Kraft gibt, der Kellnerin die Stirn zu bieten. Ein dunkler Blick, präzise und stechend, der die Frau an die Wand nagelt, das Rot auf ihren Lippen verwischt, die Brüste glatthobelt, die schwingenden Hüften bannt, die Absätze platt macht und den Bauch hervortreten läßt. Die Kellnerin zuckt mit den Schultern und entfernt sich in Richtung Küche. Das kleine Mädchen folgt ihr mit dem Blick, um sicherzugehen, daß sie sich nicht umdreht und dem Blick des Mannes eine Verabredung entreißt.

»Hast du gesehen? Sie trägt einen schwarzen Büstenhalter unter ihrem Pulli... Potthäßlich.«

Er macht »Aah...« und wischt sich den Mund. Sie taucht einen Finger in eine leere Muschelschale und hält ihn ihm hin. Er leckt daran.

»Schmeckt salzig...«

»Wie das Meer. Sag, fahren wir bald ans Meer?«

Er verspricht es ihr. Morgen. Oder übermorgen. Er nimmt ihre Hand. Sie wünscht, er ließe sie nie mehr los.

Sie freut sich, daß sie ihr rotes Kleid angezogen hat.

Ich habe nichts dagegen, daß du bei mir wohnst, aber ich will dich nicht heulen sehen... Das deprimiert mich. Wer bei mir wohnt, ist fröhlich.«

Bonnie Mailer zieht vor dem Spiegel ihrer Frisierkommode die Augenbrauen zusammen und rupft sich drei Haare aus. Mit erhobener Pinzette lehnt sie sich zurück, um das Ergebnis zu begutachten.

»Du sitzt bloß da und grübelst. Das ist gar nicht gut. Ich an deiner Stelle...«

Bonnie Mailer weiß alles und auf alles eine Antwort. Hat ihr Leben auf Karteikarten geordnet, um nicht mehr denken zu müssen. Das ist die Liebe. Das ist der Erfolg. Das ist die Schokoladen-Mousse. Sie verfügt über einen Liebhaber in London, einen in Paris und mehrere in New York. »Es ist alles eine Frage der Organisation«, stellt sie immer wieder fest. Bonnie Mailer ist sehr organisiert. Wenn sie über Männer spricht, könnte man meinen, es handele sich um eine gesonderte Rasse. Eine Kreuzung zwischen Nobelpreisträger, feinem Pinkel und kleinen Jungen, deren Aufgabe es ist, in der Limousine vorzufahren, sich breit über Nicaragua oder die Zukunft am Golf auszulassen und den Pimmel zu schwingen, wenn die Stunde des Koitus geschlagen hat. Nie sagt sie Tom, Jim oder Paul, sondern schlicht »Männer«. Mit säuerlicher Schnute weist sie ihnen den Rang von Supermarktartikeln zu: zwischen Fernsehern und Mikrowellenöfen. Irgend so ein Schnickschnack, der das Leben einfacher macht – unter der Voraussetzung, daß man die Gebrauchsanleitung kennt. Ein Gegenstand, den sie einsetzt, um ihre Dinner oder ihr Bett zu dekorieren. Vergleichbar dem Berg Zierkissen, der den gesamten Platz auf ihrem King-size-Bett ausfüllt. Übrigens widmet sich Bonnie Mailer dem Sex wie ein Kissen. Eines Abends hatte ich sie überrascht. Ich war aufgestanden um Pipi zu machen, und sie hatte vergessen, die Tür zu ihrem Schlafzimmer zu schließen. Wie ein gerupftes Federvieh lag sie da, schlaff hingegossen, während der Mann, die Hosen bis zu den Waden heruntergelassen, sie unter sich plattdrückte. Sie hüpfte auf und nieder, riß an den Plünnen, rieb sich an dem Stückchen entblößter Haut. Versuchte, sich dieses anonyme Fleisch, das ihr für einige Minuten gewährt wurde, einzuverleiben. Er mühte sich ab, die herunterbaumelnden Arme und die um seinen Körper schlenkernden Beine zusammenzuhalten. Ein Kissen, sage ich euch.

Aber es war ihr Gesicht, das Bände sprach. Zur Seite gedreht, mit abwesendem Blick, ohne jede Regung, als ginge sie all das, was sich da über ihr abspielte, überhaupt nichts an. Es schien sie eher anzuekeln. Ein schlechter Moment, den es zu überstehen galt, um Jim oder Paul für die Limousine, für den perfekten Einsatz während des Abends und die neidischen Blicke der anderen Frauen zu danken.

»Hör mal... Willst du, daß ich hier bei mir ein Dinner für dich organisiere? Dann kannst du Leute kennenlernen. Zum Beispiel Allan... Erinnerst du dich an Allan? Er ist im Moment solo. Alle Mädchen laufen ihm hinterher. Zufällig werde ich ihn heute abend sehen, da kann ich ihn gleich einladen...«

Heute abend hat sie den Vorsitz bei einer Gala, die von Kriskie, dem königlichen Nahrungshersteller für Katzen und Hunde, veranstaltet wird, zu Ehren osteuropäischer Schriftsteller, denen Feder und freies Wort versagt sind. Fünfhundert Dollar für das Recht, auf einem Stuhl aus rotem Plüsch sitzend zu lauschen: einer zwischen Hummerzange und Kaviarperlen schwankenden Silbergabel und den eiskalten Beschreibungen rumänischer und bulgarischer Gefängnisse. Mit einer Hand dreht sie sich die erhitzbaren Lockenwickler ins Haar, mit der anderen zieht sie Abendkleid und -mantel hervor und wirft alles aufs Bett. Zieht den Strich an einem Auge nach, pudert die Nase, vertieft ihr Dekolleté, befestigt eine Haarklammer, streift Ringe über, inspiziert ihre Nylonstrümpfe, geht ans Telefon, schaltet den Fernseher ein, verharrt einen Moment lang vor dem Bericht über die letzten amerikanisch-sowjetischen Verhandlungen, plötzlich mit der ernsthaften, betroffenen Miene derer, denen Geld das Recht verleiht zu urteilen, sich unter die Großen dieser Welt zu mischen.

»Wir sollten wirklich nicht mit den Russen verhandeln... Soll ich das hier anziehen?«

Ich zeige auf ein langes schwarzes Kleid von Balenciaga. Der Reißverschluß knirscht, das Haar fällt in Locken, Puder patscht auf die Nase, Haarspray zischt, Parfüm pschscht. Sie ist fertig. Greift nach der Handtasche aus schwarzem Satin, dem schwarzen Cape, runzelt vorm Spiegel ein letztes Mal die Augenbrauen, schaut auf die Uhr und bittet Walter über die Sprechanlage, ihr ein Taxi zu besorgen.

»Ciao, ciao... Sitz nicht so tatenlos zu Hause herum. Gehst du heute abend aus?«

Ich mache eine abwehrende Bewegung. Sie seufzt verzweifelt auf.

»Hast du etwas zu essen?«

Ich sage nein.

»Auf dem Kühlschrank steht das Telefon, daneben liegt die Speisekarte vom Chinesen. Ruf ihn an, und bestell dir was. Aber sitz nicht so untätig herum! Beweg dich ein bißchen!«

Ich sage ja.

Sie wirft mir eine manikürte Kußhand zu und verschwindet.

Mich bewegen...

Ich kann gar nicht mehr aufhören.

Ich durchforste die Stadt von oben bis unten. Uptown. East. West, East, West. Upper East Side und Hell's Kitchen. Und eine Schuhbesohlung alle acht Tage. Ich versuche, meinen Platz im Karomuster der Straßen und Avenues auszumachen. Den Geschmack von Bananen-Joghurt wiederzufinden. Ziemlich schwierig in dieser Stadt, in der kein Zwischenstop vorgesehen ist: keine Bistros, keine Plätze, keine

Sitzbänke. So was könnte die Dollarzirkulation hemmen. Es gibt nicht einmal das Freizeitvergnügen, sich in einen anderen Blick zu versenken, ein komplizenhaftes Augenzwinkern zu erhaschen. Die Leute haben keine Zeit. Sie rennen.

Im oberen Teil der Stadt, in den schönen Wohnvierteln der Geschäftsleute, sehen alle gleich aus: sauber, ordentlich gebügelt, ohne daß ein Haar oder ein Zahn abstünde. Anfangs findet man sie gutaussehend. Man schnuppert, wenn man ihnen begegnet, den gesunden und beruhigenden Duft von Seife. Wacker marschieren sie voran. Ohne das geringste Zögern. In Gruppen. Nach Geschlechtern unterteilt. Im Gleichschritt. Gestaltlos. Wie Milchflaschen. Sie stürzen in die Hallen der Banken und Multinationalen. Sie grüßen einander liebenswürdig. Kommen mit schwenkenden Aktenkoffern wieder heraus. Beglückwünschen und reden einander mit ihren kurzen Vornamen an. Hi, Jim! Hi, Paul! Hi, Stevie! Ein wahrhaftiges Gewinnervolk. Voller Knete, aber Seele nicht für fünf Pfennig. Im Angesicht von so viel Uniformität wächst der Verdacht. Weder alte Leute noch Babys. Nicht einmal ein Bierbauch. Ausschließlich junge, straffe Haut. Stupsnasen, Lächeln der Lippen, die sich öffnen und schließen wir Fahrstuhltüren, rosige, glatte Gesichter. Die Leute hier sind nicht menschlich. Sie sind synthetisch. Befreit von Launen, die nur Hautrötungen, Mitesser, Karies, schillernde Zinken, bläuliche Augenränder, schleifende Füße, schwitzende Poren und rieselnde Schuppen mit sich bringen würden. Clean, clean, clean. Die Schwarzen übersieht man fast, gebleicht wie sie sind in ihrem beflissenen Angestelltendasein in den klimatisierten Bürotürmen. Man muß schon in den untersten oder den obersten Teil der Stadt fahren, wenn man Abwechslung fürs Auge wünscht: die italienische Mamma, die ihren von Lockenwicklern gekrönten Kopf in die Sonne hält, mit gespreizten Schenkeln auf einem Plastikstuhl mitten auf dem Bürgersteig sitzend; die Kartenlegerin, die unter einem Riesenporträt von Maria oder Marilyn auf ihre Kunden wartet; den fipsigen Kubaner, der auf einer chromblitzenden Motorhaube hockt. Ein Leben in Jogginghosen oder Umstandskleidern, mit Essensmarken und Elendsgeschrei. Existenzen, die noch nicht vor dem Dollar in Uniformität erstarrt sind. Voller kleiner Risse, aus denen das Leben sickert wie Geschichten zum Weitererzählen.

Und ich halte Ausschau nach einem Spalt, in den ich gleiten kann. Will den Geschmack des Wahren wiederfinden. Den Geruch von Pizza oder von Schweiß, die schwerfällige Erscheinung eines Bullen in der Metro oder einen schwankenden Verwirrten, der an den Mauern entlangtaumelt. Die müden, blauen Augen dieser kleinen Alten in der 6er Linie, die sich die Nase am Henkel ihrer Plastiktüte schnaubt. Ich kreuze ihren verwaschenen Blick, halte ihn, hoffe von ganzem Herzen, mitempfinden, aufstehen und ihr einen Geldschein entgegenstrecken zu können, aber mein Hintern verharrt unbeweglich und betrübt auf der Sitzbank. Es ist mir schnuppe. Nicht mein Problem. Sie hätte einfach nicht so vertrauensselig dreinschauen dürfen. Hätte ein bißchen Bosheit in ihren gütigen, zärtlichen blauen Blick legen sollen. Etwas Anstößiges. Alles gleitet an der Schale meiner zimperlichen Trauer ab, die ich wie eine Puppe verhätschele. Ist es zu spät? Dafür, daß er mich mit hinüber nimmt, auf die andere Seite? Deswegen hat er in seinem Sarg so gelächelt... Er hatte sein letztes Wort noch nicht gesagt. Könnte es nicht sein, daß er gar nicht weit ist, hier irgendwo, in den Straßen von New York? Er läuft und läuft, und wir flitzen aneinander vorbei. Er fragt mit fuchtelnden Armen nach dem Weg, und kein Mensch versteht ihn. Was für Dummköpfe, diese Amerikaner, wettert er, mit ihrer Brillantine und ihren pasteurisierten Fressen! Zudem sehen sie noch alle gleich aus!

Ich glaube ihn zu sehen. Bleibe ruckartig vor einer allzu großen, mageren Gestalt stehen, die ihren Trenchcoat über dem Arm trägt und mit großen Schritten voraneilt. Ich weiche erschrocken zurück. Lehne mich rücklings gegen die Mauer.

Papa?

Ich laufe hinter ihm her, bleibe aber, kurz bevor ich ihn berühren kann, stehen.

Papa? Bist du zurückgekommen?

Ich strecke die Hand aus, um sie auf sein Tweedjackett zu legen. Zögere. Flüchte mich atemlos in einen Türwinkel. Trete wieder hervor. Aber der Mann ist verschwunden.

Mist.

Es ist immer das gleiche Lied. Du eiltest mit großen Schritten voraus, und ich heftete mich an deine Hacken. An jeder Straßenecke die Angst, abgehängt zu werden. Und ich wurde es. Jedesmal. Ich streckte die Arme aus, rief nach dir, aber du zucktest nur mit den Schultern und machtest dich von mir los. Du sagtest, ich würde dramatisieren. Würde dich mit meiner allzu großen Liebe ersticken. Sei wie alle Frauen. Eine Klette.

ICH BIN NICHT WIE ANDERE FRAUEN.

Das stimmt einfach nicht.

Ich lief davon und schloß mich im Bad ein. Klammerte mich an das Waschbecken vor dem Spiegel. ICH BIN NICHT WIE ANDERE FRAUEN, sagte ich ein ums andere Mal, mit einem forschenden Blick in den Spiegel. ICH BIN NICHT WIE ANDERE FRAUEN. Ich versuchte herauszubekommen, wer ich sei. Schwer zu sagen. Ich stand da und wartete. Aber nichts geschah. Ich gab auf. Und dennoch, wenn du mich ansahst, wußte ich Bescheid. Niemand sah mich so an wie du. Wenn du die Zeit hattest.

Letzten Endes, an deinem Bett im Krankenhaus, hatten wir viel Zeit. Du wagtest es nicht mehr, vor mir davonzulaufen. Du mußtest einfach Stellung beziehen. Durftest dich nicht wieder drücken. Denn sonst wäre wieder ich die Verliererin gewesen.

Zunächst hast du nicht geantwortet. Hast Scherze gemacht. Aber ich habe weitergebohrt, bis du kapituliertest. Und dann hast du gesprochen. Ohne zu prahlen oder den Apostel zu spielen. Eine nach der anderen hast du die Wahrheiten herausgelassen.

In dem Moment zirpt die Sprechanlage.

Ich bewege mich nicht. Ich bin in Paris. Mit meinem Papa. Im Hospital Ambroise-Paré.

Bitte nicht stören.

Es zirpt wieder.

Das muß Walter sein, mit einem Paket für Bonnie. Ein Nerzmantel, der vom Kürschner kommt, oder ein Stück weißer Teppichboden fürs Badezimmer. Der Nerzmantel hat für Bonnie dieselbe Bedeutung wie das Apartment: Beides richtet sie auf. Ebenso der weiße Teppichboden. Denn Weiß ist schmutzempfindlich. Muß dauernd gereinigt werden. Und dafür, daß das Weiß weiß bleibt, braucht man das nötige Kleingeld. Ich werde für ein Stück Teppichboden oder Pelz Papas Bettstatt nicht verlassen. Aber Walter ist beharrlich. Er weiß, daß ich da bin. Er wird Bonnie petzen, daß ich nicht aufmachen wollte.

»Da ist ein Herr in der Halle, der nach Miss Mailer fragt. Ich schicke ihn hinauf«, sagt Walter.

Das hat mir gerade noch gefehlt.

Was kann das für ein Nervtöter sein, der meinen Dialog mit dem Jenseits unterbricht? Ein Verrückter, der ein langes Messer unter seinem Regenmantel verbirgt? Der mich gegen die Wand drückt, mir den Rock hochzieht, mich vergewaltigt und in kleine Stücke schneidet... Oder ein Sektenvertreter, der mir Prospekte über Gott andrehen will? Womöglich lande ich noch auf der Titelseite der *New York Post*.

»Kennen Sie ihn?« frage ich Walter und tue völlig gelassen.

»Jedenfalls ein sehr gutaussehender Herr. Trägt einen Smoking und lächelt. Ich schicke ihn hinauf zu Ihnen...«

Ich entriegele die drei Schlösser oben und die zwei unten. Öffne die Tür einen Spalt, bereit, sie blitzschnell wieder zu schließen.

Es ist Allan. Er entschuldigt sich für die Störung. Ich knurre, das mache überhaupt nichts, und lasse ihn herein.

Er tritt ein.

Tritt ein und läßt sich auf eines der weißen Kanapees fallen.

Und da gehen mir die Augen auf.

Ich reiße sie sogar sehr weit auf.

Ich sehe.

Wäre ich nicht so höflich und wohlerzogen, durch das jahrelange »Das tut man nicht, das ist fehl am Platze«, würde ich mich jetzt auf ihn stürzen, würde mich an seinem Gürtel festkrallen und meine Nase in die Mulde seines Schlüsselbeines bohren. Ich würde mich an seinen Hals klammern und ihn fragen: »Und wohin gehen wir jetzt?« Während ich seine Lippen verschlinge, seine Zähne, seine Nase, seine Wangen, an seinem Hals schnüffle, an seinen Ohren, und mich an dem ganz Offensichtlichen erfreue. Er ist es.

Er ist es.

Diesen Mann habe ich wie eine Verrückte gesucht. Zu diesem Mann habe ich aufgeschaut, an jenem elenden Abend in Paris. Seinetwegen habe ich Wutanfälle bekommen, war gereizt, weil ich ihn nicht finden konnte, verdächtigte alle Welt, ihn mir weggenommen zu haben.

Ich hatte ein Rendezvous, ohne es zu wissen.

Atemlos lehne ich mich gegen die Tür. Das ist wirklich der bestaussehende Kerl, den ich je gesehen habe. So schön, daß es mir den Atem raubt. Groß, dunkelhaarig, mit langen Beinen, die ihm gegen das Kinn stoßen, wenn er sich setzt, langen Händen, mit denen er sich durch das dicke, schwarze Haar fährt, und einem Lächeln... Das echte Lächeln eines Menschen, in dem sich Wärme und Liebe die Waage halten. Überhaupt nicht anonym. Der wahrhaftig wissen will: »Wie geht es dir?« Von mir, nicht von Zuschauern. Von dem Moment an bin ich wie gelähmt. Ein Wrack. Ich bemühe mich, Arme, Beine und Kopf zu koordinieren und die Riegel an der Tür in die richtige Richtung zu schieben. Er hat seine Einladungskarte für diese verdammte Abendveranstaltung verloren und weiß nicht mehr, wo sie stattfindet. Nicht, daß er sonderlich davon angetan sei, aber er habe Bonnie versprochen, sie zu begleiten. Ich fange mich wieder. Antworte, daß Bonnie vor zehn Minuten gegangen ist und daß ich von der Adresse nicht die blasseste Ahnung habe. Er sieht ziemlich verärgert aus. Ich biete mich an, auf Bonnies Frisiertoilette herumzuschnüffeln, für den Fall... Er nutzt die Zeit, um sich ein Glas einzuschenken. Völlig unbefangen. Er gehört zu den Leuten, die überall zu Hause sind, sage ich mir, während ich zwischen Lippenstiften und Lidschatten suche. Wenn man so gut aussieht, ist das Leben einfach. Man kommt irgendwohin, sagt guten Tag, und die Leute lieben einen sofort. Sie bieten einem umgehend ein Glas, ihre Frau, ihre Tochter und eine Gehaltszulage an. Unverrichteterdinge kehre ich ins Wohnzimmer zurück. Bleibe auf halbem Wege vor dem Garderobenspiegel neben der Küche stehen, tue so, als wollte ich nachsehen, ob nichts anbrennt, und inspiziere mich von oben bis unten. Ziehe den Bauch ein, nehme die Schultern zurück, fahre mir durchs Haar, damit es sitzt, und vergewissere mich, daß ich nichts zwischen den Zähnen habe. Etwa ein Stück Salat oder Nußschale. Hauche meinen Atem in die Handfläche.

Er telefoniert, lacht. Seine langen Finger spielen mit dem Kabel. Ich bleibe stehen und betrachte ihn. Wie Kid, der Hund, vor dem Kühlschrank, wenn es sechs Uhr schlägt und die Zeit fürs Freßchen gekommen ist. Es gelingt mir nicht, meine Augen abzuwenden. Sage mir, daß ich wieder Haltung gewinnen werde, sobald mir eine Kleinigkeit auffällt, die nicht zu der schönen Gesamtheit paßt. Daß ich meine Identität wiederfinden werde, die gerade in Windeseile vor die Hunde geht. Was weiß ich. Ein zu kurzer Strumpf, ein Angeberkettchen oder eine gefönte Haartolle. Amerikaner fönen ihr Haar jeden Morgen. Sie reihen Fläschchen für Haarwellen und -glanz auf die Regale, dazu eine kleine Rundbürste zum säuberlichen Eindrehen der Pracht. Aber ich kann nichts entdekken. Muß mich anstrengen, um zu verstehen, was er mir sagt. Er hat Nelly Soundso erreicht, die ihm die Adresse gegeben hat. Er verzieht sein Gesicht zu einem Lächeln. Fügt hinzu, daß er diese blöde Einladung wahrscheinlich mit Absicht verloren hat. Macht Anstalten zum Aufbruch und zwinkert mir komplizenhaft zu. Ich wünschte, er würde seine Smokingfliege aufbinden und dableiben. Er sagt, daß wir uns schon einmal getroffen hätten. Ja, das stimmt, auf einer Party bei ihm; dort habe ich auch Bonnie Mailer kennengelernt. Er wirft einen Blick auf die Uhr.

Ich will nicht, daß er geht.

»Kennst du Bonnie schon lange?« frage ich ihn, einfach nur, damit er noch ein bißchen auf dem Kanapee sitzen bleibt.

»O ja, Himmel, seit Jahrhunderten!«

Sie wohnten im selben miserablen Gebäude gegenüber der Columbia Universität. Er studierte Jura und Wirtschaft. Besaß keinen roten Heller. Er riecht gut. Seine Fingernägel sind transparent. Seine Haare glänzend schwarz wie auf den Shampoo-Etiketten. Aus seinem Ärmel lugt ein Büschel brauner Haare und kringelt sich über dem Handgelenk. Abend für Abend aß er im Ray's Pizza, wo Bonnie die Stücke zu einem Dollar heißmachte und die Tische abräumte. Sie war gerade aus Ohio angekommen und sprach mit einem grauenhaften Akzent. Er verbesserte ihre Aussprache, und sie spendierte ihm dafür heimlich einen Erdbeer-Milchshake.

»Damals war sie ein völlig anderer Typ. Sie war pummelig und rothaarig und wußte nichts vom Leben. Sie muß ungefähr achtzehn gewesen sein und wollte New York erobern. Sie war zu allem bereit...«

»Wußte ich gar nicht...«, murmele ich und schlage die Füße übereinander, um zu verhindern, daß ich mich ihm an die Brust werfe.

»Sag ihr nichts davon. Sie wäre wütend. Ich an ihrer Stelle wäre eher stolz, aber sie... Wenn ich sie wütend machen will, flüstere ich ihr *Ohio* ins Ohr, und sie wird knallrot. Sieht sich schon in einem Greyhound-Bus sitzen, der sie heim zu ihren Eltern bringt. An den Füßen Holzpantinen und dazu einen Haufen Kinder, der an ihrer Schürze hängt!«

Er lacht und verursacht Wellen, die bis zu mir herüberschwappen. Warme Wellen, die mich umfangen. Mir wieder Appetit aufs Glücklichsein machen, auf dieses sanfte Vertrauen in ein fröhliches, einfaches, ganz schlichtes Leben. Diese absurde Gläubigkeit, die ich von ihm habe. Von meinem Papa. Er jedenfalls glaubte an das Glücklichsein. An kleine Glücksmomente, Tag für Tag. Nicht an das organisierte Glück. Mit Bürgermeister, Kindern und dem ganzen Tralala. Denn dem gegenüber war er wesentlich skeptischer.

»Und wie waren ihre Ehemänner?«

»Alt, aber reich. Sehr reich!«

»War sie es, die sie verlassen hat, oder war es umgekehrt?«

Ich nehme ihn mit meinen Fragen völlig in Beschlag. Er weiß es nicht, aber genau in dieser Minute sind wir bereits eins, er und ich. Er ist verloren. Wir kritzeln unter Schluchzern unsere Namen in das Register des Standesbeamten, und unsere Trauzeugen löschen die Tinte mit ihren Ärmeln. In meiner Tasche habe ich seine Gehaltsabrechnung und in meinem Bauch ein Baby. Ich vergesse den Kummer, den ich seit Monaten mit mir herumschleppe wie einen fetten, blinden und trotzigen Hund. Ich versetze dem Köter einen Fußtritt. Zum Teufel mit ihm. Jeder ist sich selbst der nächste. Ich entdecke erneut die Ungeduld der Liebe, die mich aufpeitscht, mich Pläne schmieden läßt, den Feind zu umgarnen. Den Geschmack am Kriegführen. Ich reihe die Pirouetten aneinander. Fröhlich und leichtfüßig. Wie früher.

»Der erste ist gestorben. Eine Embolie vor versammeltem Betriebsrat... Der zweite hat sie wegen eines jungen Dings sitzenlassen. Hat sie dir das nie erzählt? Es war schrecklich. Sie liebte ihn abgöttisch. Seitdem beendet sie eine Geschichte, sobald es ernst wird... bevor sie leidet. Das ist ihre Theorie.«

Er setzt sein Glas ab und sagt, er müsse jetzt abhauen.

Du kommst nicht weit, Alter, ich fange dich schon wieder ein.

Ich begleite ihn zur Tür, zurückhaltend und artig. Er sagt zu mir auf Wiedersehen, benutzt die gewohnte Floskel: »It was nice to see you again«, und so weiter. Nichts Persönliches, das auf ein baldiges Wiedersehen hoffen lassen könnte.

Kaum ist die Tür hinter ihm ins Schloß gefallen, verbiegen sich die scharfen Spitzen meiner Geschosse. Zweifel überfällt mich. Ich pflanze mich vor dem Spiegel auf.

Was kann er gesehen haben?

Ich betrachte das Mädchen im Spiegel und sehe nichts.

Schließe einen Moment lang die Augen und öffne sie wieder.

Was siehst du?

Nichts Besonderes. Eine falsche Blondine in grauen Shorts und T-Shirt.

Gib dir Mühe, altes Mädchen. Es ist wichtig. Willst du diesen Mann?

JA. JA. JA.

Ich schließe erneut die Augen, warte ein bißchen länger, zwinge mich zu vergessen, daß ich es bin, die mich ansieht. Öffne sie. Schnell. Eine spontane Reaktion auf das Mädchen gegenüber.

Na ja...

Na ja, und? Ist sie hübsch oder häßlich?

Keine Ahnung.

Also wirklich, gib dir Mühe.

Nicht so übel... groß, schlank, aber zu ihrem Gesicht kann ich nicht so recht etwas sagen.

Aber das Gesicht ist wichtig, dort scheint immerhin die Seele durch. Und die macht die wahre Schönheit aus. Das weißt du doch!

Es ist alles so verschwommen.

Soll das heißen, daß du keine Seele hast?

Doch, doch, doch, ich habe eine. Aber nicht heute abend.

Jeden Abend das gleiche. Wenn es um mein Leben geht, packt meine Seele ein.

Ich öffne das dampfende Gefrierfach und nehme mir ein Eis. Ein richtiges, das ich nebenan im Delikatessengeschäft gekauft habe. Eine Kalorienbombe aus Sahne, Haselnüssen, nicht entfetteter Schokolade und Zucker, nicht Saccharin. Vielleicht habe ich wirklich keine Seele? So eine schön robuste, die Hagel und Sturm durchqueren kann. Meine ist eher aus überdehntem Styropor. Sie zerbröckelt, sobald ich die Hand nach ihr ausstrecke.

Mit dem kalten Töpfchen auf dem Bauch, den in die Vanille eintauchenden Löffel führend, auf der Jagd nach verborgenen Schokoladen- und Nougatstückchen, denke ich nach. Ich will diesen Mann. Er gehört mir. Ich habe ihn wiedererkannt. Wenn er mich in die Arme nimmt, höre ich augenblicklich auf zu weinen. Beende meinen Streit mit dem Jenseits. Ich springe mit beiden Füßen ins Leben. Auf einmal vernehme ich eine Stimme. Von der anderen Seite des Atlantik her. Den Aufschrei von Pimpin. Was? Du fährst da rüber, um alles zu a-na-ly-sieren, und die einzige Lösung, die du findest, ist die Versenkung in Liebestaumel? Also bravo, meine Liebe. Bravo. Reife Leistung. Du machst es dir wirklich einfach. Du kotzt mich an. Ich rede nie wieder ein Wort mit dir.

Das ist das Problem mit Pimpin: Widerspricht man ihr, wird sie gleich wütend. Man läuft Gefahr, als Kretin eingestuft und aus ihrem Blickfeld verbannt zu werden. Wegen Mangels an Geschmack und falscher Situationsanalyse.

Pimpin ist mir völlig schnuppe. Ich ergötze mich an meinem Jungmädchentraum und flattere im rosa Tüllröckchen vor meinem Traumprinzen hin und her.

Aber so leicht komme ich ihr nicht davon. Was hat es nun mit dieser Geschichte vom Traumprinzen auf sich?

Na ja … Als ich klein war, erzählte ich mir, wenn ich nicht einschlafen konnte oder wenn es zu laut um mich herum war, Geschichten. Schöne Geschichten, zu deren Beginn ich sehr unglücklich war, die aber immer sehr, sehr, sehr gut ausgingen. Darunter die vom Traumprinzen. Er wartete auf mich, irgendwo auf der Welt, neben einer Straßenlaterne, trat von einem Fuß auf den anderen und schaute auf seine Uhr. Alle anderen Mädchen rauften sich um ihn, und als ich schließlich ankam, nach tausend bestandenen Abenteuern, mußte ich darum kämpfen, daß er mich wiedererkannte. Aber am Ende habe ich ihn immer bekommen. Er war schön und stark und dunkelhaarig. Ganz wie Allan. Das ist alles. Also dachte ich, daß Papa ihn mir vielleicht geschickt hat. Um mich zu trösten.

»Also wirklich …«, sagte die Nörglerin aus der Ferne, »jetzt bring auch noch deinen Vater ins Spiel. Das ist schön bequem für dich.«

Ja klar … Da hatte sie nicht unrecht.

Ich löffle mein Eis weiter. Mache mich aufs neue daran, die

Schokoladenkrümel in die Enge zu treiben, bis der Rand des Löffels nur noch auf Pappwände trifft und als einzige Ausbeute ein paar Tropfen Eiscreme bringt, die mir übers Handgelenk laufen.

Sie hat nicht unrecht...

Aber ich habe nun mal Lust auf Liebesgesäusel! Das Feld zu durchstreifen und mir den Verstand zu benebeln! Das ist mein gutes Recht, oder etwa nicht? Jeder hat seine schwache Seite. Ihre sind Flaschen über Flaschen Jibi, meine sind die Kerle. Und vorzugsweise charmante Kerle.

Ich treffe ihn oft unter einer alten Straßenlaterne. Ich rufe ihn zu mir. Bekomme ihn zu fassen. Niste mich in ihm ein. Verschwinde in ihm. Werde wahlweise Kuscheltier, Enttäuschte, Austrägerin von Bomben- oder zerbrechlichen Paketen. Irgendwas, damit er mich in seine Arme nimmt. Mich fest an die Scharniere seiner Rüstung zieht. Mich wie eine Standarte hin- und herschwenkt. Mich vor den Räubern im Walde schützt. Irgendwas... Bis ich eine Störung, einen Fehler, eine Schwäche bemerke und Betrug schreie. Entschädigung verlange. Das war nicht der Richtige! Man hat mich mit der Ware hinters Licht geführt! Ich zücke meinen Dolch und mache den Ehrlosen auf der Stelle nieder. Aber ich verliere nicht den Mut.

Sage mir, eines Tages...

Eines Tages werde ich den Richtigen treffen und ihn heiraten.

Kein Wunder, daß ich meine Seele nicht finde. Ich vergeude meine Zeit mit dusseligen Prinzen! Ich wälze mich auf Bonnies Bettüberzug hin und her, inmitten spitzenbesetzter, fein mit groben Sprichwörtern bestickter Kissen, Sprüchen wie: »I've said No and it's final«, »No guts no glory«, und fühle mich elend wegen der vielen Eiscreme.

Es wird mich einiges kosten, all das zu verdauen.

Es scheint, als warte sie immer auf ihn.

Auf den Mann.

Dabei hat er seinen Platz. Seinen Namen an der Klingel. Seinen Sessel, seinen Aschenbecher, sein Radio, seine Schallplatten. Am Sonntag morgen trödelt er durch die Wohnung, barfuß, die Pyjamajacke offen, die Schale Milchkaffee in einer Hand, die Gitane in der anderen. Er legt eine Platte auf, macht einen Tanzschritt, dann zwei, drei, und sein Körper füllt das Wohnzimmer aus. Cachito-cachito-cachito-mio. Seine langen Beine knicken ein, seine Schultern rucken nach vorne, seine Arme breiten sich aus. Er schließt die Augen. Tanzt. Er singt mit geschürztem Mund, wirft die Lippen auf, daß er aussieht wie der Neger auf der Plattenhülle. In die Diele gehockt, folgt ihm das kleine Mädchen mit dem Blick. Dauernd spielt er dieses Lied. Sie wagte es nicht, ihn zu stören. Er ist schön. Einfach schön. Das Glück: ihn tanzen zu sehen. Von weitem. Ihm den ganzen Raum zu überlassen, damit er tanzt und weitertanzt. Sie bewegt sanft die Arme und Handgelenke und fällt in sein Tanzen ein. Von weitem.

»Er bewegt sich wie ein Neger«, sagt Mama, die gerade mit einer Waschschüssel auftaucht.

Die Ärmel hochgekrempelt, stellt sie den Trog ab und wischt sich über die Stirn.

»Jeden Sonntag das gleiche. Er spielt den Neger und ich die Putzfrau.«

Der düstere Blick folgt dem Mann. Feindselig. Das kleine Mädchen sieht den feuchten Kreis auf dem lavendelfarbenen Teppichboden, die Arme mit den dicken blauen Adern, die schweißbedeckte Stirn; und der Mann wird ganz mager in seinem Pyjama.

»Soll ich dir sagen, was wir sind?« fragt der düstere Blick.

»Soll ich es dir wirklich sagen? Eine Samstagabend-Familie, jawohl, genau das. Seinetwegen... Sieh ihn dir gut an, und mach dir klar, daß wir seinetwegen hier gelandet sind und daß wir, wenn er so weitermacht, unter den Brücken bei den Clochards enden werden. Eine Samstagabend-Familie, nicht weniger und nicht mehr. Und ich rackere mich ab, während er den großen Herrn markiert! Aber damit ist eines Tages Schluß. Das verspreche ich dir. Er weiß es nicht. Aber wenn er glaubt, ich würde noch lange die Putzfrau spielen, dann hat er sich getäuscht...«

Sie lacht böse.

Er tanzt. Schließt die Augen, bewegt sich sanft, umschlingt eine erträumte Partnerin.

Er tanzt.

Die Kleine streckt die Hände nach der Waschschüssel aus, um der Mutter zu helfen, aber die stößt sie mit einer erschöpften Bewegung zurück.

»Hast du deine Schulaufgaben gemacht? Kannst du sie auswendig? Sag ihm, er soll dich abhören... falls er dazu noch fähig ist!«

Sie packt die Waschschüssel und geht davon, während sie weiter mit sich selbst spricht. Sie spricht oft mit sich selbst. Mit gedämpfter Stimme läßt sie ihrem Zorn freien Lauf, und das kleine Mädchen hat das Gefühl zu stören. Bei all dem Zorn überflüssig zu sein. Das Gefühl, daß die Frau mit ihrem Zorn viel inniger verbunden ist als mit ihm, dem kleinen Mädchen.

Sie geht zu dem Mann und hält ihm ihren Sammelband mit den Fabeln von La Fontaine hin. Er nimmt das Buch, dreht und wendet es, nimmt es genauer in Augenschein und wirft es lachend auf den Teppich.

»Schon wieder Moral! Das ist alles, was man dir in der Schule beibringt! Komm, Kleines, ich werde dir etwas viel Schöneres vorlesen, etwas Zauberhaftes.«

Sie weiß, was er ihr vorlesen wird. Sie muß gar nicht mehr sehen, welches Buch er aus dem Regal nimmt. Immer liest er ihr dasselbe vor. Immer »Das verrückte Schiff«. Er zieht sie auf seinen Schoß, auf den großen Holzstuhl, preßt sie an seine Brust und öffnet den Gedichtband.

»Du wirst schon sehen, meine kleine Königin, wie schön das ist. Ich verstehe überhaupt nichts davon, aber es ist schön... Hör dir die Worte an! Hör zu!«

Sein Arm umschließt sie. Seine langen, feinen Finger liegen auf ihrem Bauch und halten zugleich das Buch. Er legt die andere Hand an ihre Wange und fängt an zu lesen. Sie hört zu, die Stirn unter seiner Pyjamajacke verborgen. Lauscht der Melodie der Worte, die er tanzen läßt wie Cachitocachitocachitomio. Sie versucht nicht, den Sinn der Geschichte zu erfassen. Das wäre zu kompliziert. Sie schließt die Augen und hört zu. Gefangen in seinen Armen, segelt sie dahin. Für sie gibt es nur noch seine Arme, die sie von der übrigen Welt trennen, seine Stimme, die trägen, wollüstigen und zärtlichen Laute, den Geruch seiner Haut, der aus der offenen Jacke strömt, die Hand, die schwer auf ihrer Wange liegt. Sie kauert sich zusammen und lauscht. Er singt. Seine Stimme schwingt, gleitet auf und ab. Bei einigen Worten hält er inne, wirft den Kopf zurück und verharrt träumend, um sie zu wiederholen.

»Hör zu, Kleines, hör dir diese Worte an. Hör nur, wie schön sie sind... Zehn Nächte, ohne sich nach dem einfältigen Auge der Windlichter zurückzusehnen... Das einfältige Auge der Windlichter... Das Fleisch säuerlicher Äpfel... Gären die bitteren Rötungen der Liebe... Die bitteren Rötungen der Liebe.«

Nur er und sie, eingeschlossen von den Worten. Sie steckt den Kopf tiefer in die Pyjamajacke und betet, »Das verrückte Schiff« möge niemals enden.

Bitte, niemals.

Niemals.

Weiterhin Worte und nochmals Worte, weiterhin seine Hand auf meiner Wange, seine Finger und der kalte Rand des Buches auf meinem Bauch. Weiterhin er und ich eingeschlossen.

Nur wir beide. Er und ich. Er und ich und die sanfte,

warme Glückseligkeit. Die Angst weicht. Die Schule weicht. Mamas Zorn weicht. Die Schreie und der Zorn.

Nur weiter.

Sie bittet ihn inständig.

»Du mußt auch deine Augen zumachen, damit es für immer anhält...«

Er schließt die Augen und preßt sie noch fester an sich.

»Versprich, daß es für immer andauern wird...«

»Ich verspreche es.«

Er ist ganz ernst. Sie vergewissert sich, daß er die Augen fest geschlossen hält, und läßt sich gehen, versinkt in dem Rasierwasserduft, der aus der Pyjamajacke steigt.

»Mein Papa...«, seufzt sie und hebt ihre Knie gegen sein Kinn, um sich in seinen Armen noch kleiner zu machen. »Papa, weißt du, in der Schule hat ein Mädchen orangefarbene und grüne Heftumschläge, und ich möchte auch solche haben, aber...«

Aber da steht die Mutter neben dem Stuhl, in der Hand das Fabelbuch. Sie streckt es ihnen hin wie ein belastendes Beweisstück. Schreit, daß es ihr jetzt reicht. Daß es so nicht weitergehen kann.

Sie öffnen die Augen, und die Musik ist vorbei. Ebenso die Wärme und die Sicherheit. Das Glück, so leicht und so intensiv, daß sie es mit einer Hand hatte fangen und für immer darin festhalten wollen. Verborgen unter dem Pyjama, geschützt durch die Armlehne des Sessels, sieht das kleine Mädchen zu, wie sie miteinander streiten. Der Mann und der düstere Blick. Der Mann hält sie fest an sich gedrückt wie einen Schild. Seine harte Faust preßt sich gegen ihren Bauch.

Er schreit.

Man solle ihn, verdammt noch mal, in Ruhe lassen, Scheiße! Er arbeite die ganze Woche über, sie könne gut und gern am Sonntag mal was tun, ohne ihm dauernd mit ihrer Waschschüssel und ihrem reinen Gewissen auf die Nerven zu gehen!

Der düstere Blick fällt auf das kleine Mädchen und beschuldigt es. Das kleine Mädchen erinnert sich an die Waschschüssel, an das Rund auf dem Teppich. Es schämt sich. Es ist böse.

Sie schließt die Augen wieder und zählt. 23, 24, 25, 26, 27, 28, 29, 30... Sie hat Angst. Sie weiß nicht mehr, wer unrecht hat. Wer recht hat. Ist es böse, sich am Sonntag morgen, gegen den Pyjama gelehnt, so wohl zu fühlen? Der Mann spricht mit ihr. Er ignoriert den düsteren Blick. Er spricht zu ihr, nur zu ihr. Direkt an ihrem Ohr. »Was deine Mutter liebt, sind Moneten. Nie werde ich genug Moneten für sie haben...« Die Mutter sagt, daß er es sich wirklich leichtmache, indem er das kleine Mädchen gegen sie aufwiegele. »Klar doch, wiegele sie ruhig gegen mich auf, wiegele sie auf.« Und sie sagt, daß sie es satt habe, mit einem Versager zu leben. Daß alle ihre Freundinnen eine Waschmaschine hätten, während sie sich die Hände in der Schüssel wundscheuere.

Da steht der Mann auf. Er brüllt. Brüllt, er könne sie nicht mehr ertragen, mit ihren endlosen Ansprüchen, mit ihren Träumen einer Kleinbürgerin und ihrem Verlangen nach einer Waschmaschine. Er reißt das kleine Mädchen aus seiner Pyjamajacke, das Mädchen fällt auf den Teppich.

Der Mann und der düstere Blick beachten sie nicht mehr. Die Beschimpfungen schlagen über ihrem Kopf zusammen. Der Mann wirft einen Aschenbecher gegen die Wand. Zerbricht eine Schallplatte. Die Mutter hebt die Arme, um sich zu schützen, und weint. Ohne sie anzusehen. Ganz still. Als hielte sie Zwiesprache mit ihrem Zorn.

Das kleine Mädchen weint nicht: Das würde zu nichts führen. Sie zieht sich, auf allen vieren über den Teppich krabbelnd, zurück. Kauert sich in einen Winkel im Hausflur, wo sich der kleine Bruder, angelockt durch die Schreie, zu ihr gesellt. Er schmiegt sich an sie. Fragt, warum sie schreien und Aschenbecher zerbrechen.

Es ist immer wegen der Moneten.

Der kleine Bruder versteht nicht.

»Was ist das, Moneten?«

Sie erklärt ihm, das sei nicht schlimm. Das passiere den Eltern dauernd. Bestimmt sei das bei allen Eltern dasselbe.

Der Mann geht an ihnen vorbei. Nimmt im Eingang seinen Mantel vom Haken, streift die Schuhe über seine nackten Füße, ohne sie zuzubinden, und murmelt grobe Schimpfworte. Verdammte, verdammte, verdammte Scheiße!

Die Tür fällt ins Schloß. Er ist weg.

Er wird wiederkommen.

Sie wartet auf ihn.

Der düstere Blick sagt ihr, er sei zu nichts gut. Sie solle ihre Zeit nicht mit einem Mann wie ihm vergeuden. Er ist ein Taugenichts. Er wird dein Leben ebenso verhunzen, wie er meines verhunzt hat. Die Ehe ist ein Lotteriespiel. Alle Männer sind Taugenichtse. Sie hört, was der düstere Blick sagt, kann sich aber nicht entschließen, ihren Wachposten an der Tür zu verlassen.

Er wird zurückkommen.

Sie wartet auf ihn.

Sie wartet auf ihn.

Es kommt ihr vor, als warte sie immer noch.

Am nächsten Morgen ruft Allan an. Um mich zum Abendessen einzuladen. »Heute abend um acht bei Bonnie«, sagte er. Fügt noch hinzu: »Wenn du nichts vorhast.«

Ich antworte nicht sofort. Nicht daß ich in meinem Terminkalender nachschauen müßte, aber ich habe mich im Verdacht, einer Verblendung aufzusitzen. Erst gestern abend habe ich ihn, diesen smokingbekleideten Begleiter von Bonnie, anonym und höflich verabschiedet, und schon schlägt er mir eine Vesper in trauter Zweisamkeit vor. Ich frage mich, ob ich nicht vielleicht unter Halluzinationen leide. Nicht ausgeschlossen, in meinem Zustand. Einer Tante, die sich die Hacken abläuft, weil sie nach einem Bananenjoghurt lechzt, in einer Kirche hart mit Gott umspringt, ihren verstorbenen Vater auf offener Straße überrascht und im Spiegel nach ihrer Seele forscht, ist alles zuzutrauen.

Um wieder klare Verhältnisse zu schaffen, kann ich nur eines tun: Ich muß mich der Wirklichkeit stellen. Muß sehen, wo ich stehe. Ich zögere keine Sekunde. Nehme Anlauf, schlenkere meinen rechten Fuß, ohne Strumpf und Pantoffel, meinen nackten, warmen Fuß, und lande ihn auf der Kante des Marmor-Telefontischs. Weiche dem Aufprall nicht aus.

Es geschieht unvermittelt. Ein elektrischer Schlag spaltet mich in zwei Teile. Eine kleine verblüffende Störung. Ich stoße einen Schrei aus und lasse den Telefonhörer fallen. Greife mir ans Herz, aus Angst, es könne mich im Stich lassen. Kurzschluß. Danach schlägt es einfach überall, mein Herz. Im Ohr, im Bein, in den Rippen, im großen Zeh. Es weiß überhaupt nicht mehr, wo die Glocken hängen. Mein rechtes Bein brodelt und droht zu explodieren. Die Haut am kleinen Zeh spaltet sich, platzt, und das Blut läuft auf den weißen Teppichboden. All das nehme ich zur Kenntnis, und verrückt vor Freude, trunken vor Glück, sage ich mir, daß ich nicht träume. ICH TRÄUME NICHT. Er lädt mich zum Abendessen ein. HEUTE ABEND! ER UND ICH! HEUTE ABEND! Er hat mich also wahrgenommen! Er hat mich wahrgenommen! Das ist nicht einfach so ein harmloser Anruf. Um acht Uhr morgens. Keinesfalls harmlos. Dahinter verbirgt sich was. Er muß Angst gehabt haben, mich zu verpassen, wenn er später angerufen hätte. Das ist doch völlig klar. Und möglicherweise liebt er mich...

Er liebt mich...

Ich ziehe meinen blutüberströmten Fuß heran, wiege ihn, demütige mich, danke Gott für seine Güte. Danke, mein Gott, danke, Du, den ich den ganzen lieben langen Tag beschimpfe, den ich für alles mögliche verantwortlich mache, dem ich jedes Vergehen auf der Welt zur Last lege, den ich für jedes Kinkerlitzchen anklage, du bist wirklich nicht nachtragend. Wirklich ein Wahnsinnstyp... Wie man ihn selten trifft!

»Hey? What's happening there?«

Es ist Allans Stimme, die aus dem am Boden liegenden Telefonhörer dringt.

»Ich habe mir gerade den Fuß an Bonnies Marmortisch gestoßen...« Ich jaule, mit hechelndem Atem und gespitztem Mund.

»What... What...«, krächzt die Stimme auf dem Teppichboden. Ich wiederhole es, halte mir aber diesmal den Hörer gegen das Ohr.

»Steck deinen Fuß sofort in Eis, sonst kriegst du mindestens vierzehn Tage lang keinen Schuh drüber! Und laß ihn mindestens eine halbe Stunde lang drin! Und wickel hinterher eine feste Bandage drum...«

Er kümmert sich um mich! Behandelt meinen Fuß per Fernleitung! Wiegt mein aufgewühltes Herz! Setzt sich die Sanitätermütze auf! Ich werde wieder ganz klein und lege mein Schicksal in seine Hände. Schließe die Augen und genieße es. Gib mir weitere Anweisungen... Mehr davon... Ich habe

Lust, ihm zu gehorchen. Ihm zu gehören. Will zum Schlüsselanhänger an seinem Gürtel werden.

»Allan...«, hauche ich.

»Ja.«

»Allan...«

»Ja?«

Doch dann reiße ich mich zusammen. Allzuviel Hingabe könnte ihm verdächtig sein.

»Es ist okay für heute abend.«

»Bist du sicher, daß es gehen wird?«

Ich seufze ja, ja. Mehr kann ich nicht dazu sagen. Ich bebe vor Schmerz und Glück, hingesunken auf den Teppichboden.

Erst hinterher sehe ich das Ausmaß der Katastrophe.

Gerade habe ich aufgelegt, stütze meinen blutenden Fuß mit dem gesunden, atme tief, durch die Bronchien, um den Schmerz zu lindern – als ich den Fleck sehe. Den riesigen Fleck roten dickflüssigen Bluts, geronnene, kleine, braune Bläschen, die jeden Faden des weißen Teppichbodens verkleben. Ihn vollständig okkupieren. Die Fasern durchdringen, sie sanft aufrichten und jedes einzelne rubinrote Tröpfchen tief in den Grund sickern lassen. Eins nach dem anderen. Wobei jedesmal eines der kleinen Bläschen an der Oberfläche fröhlich zerplatzt: Auftrag ausgeführt.

Bonnie! Bonnie Mailer!

Ich werde rausfliegen. Werde gezwungen sein, mir im YWCA zwischen Lexington und Einundfünfzigster eine Bleibe zu suchen. Mit der Bibel in der Nachttischschublade und in trauter Zweisamkeit mit Hiob. Gemeinschaftsduschen, auf Kakerlaken ausgleitende Füße und aufgelöste Seifenreste in der gräulichen Seifenschale. In den Toiletten kratzendes Papier. Eine Zufluchtsstätte für alle Verwirrten dieser Welt, die einander die Hände reichen wollen. Ich kenne das schon. Zwei Wochen lang habe ich dort gewohnt, als ich keine andere Unterkunft fand. Unterdessen höre ich Bonnie Mailer in ihrem Schlafzimmer rumoren. Ich greife nach einer *New York Post*. Wickele meinen Fuß darin ein. Streife eine

Socke drüber. Dann noch eine. Vermummele den anderen Fuß und tue so, als wäre nichts geschehen. Mein Gehirn rast. Zunächst einmal den Fleck verbergen. Dann geduldig lösen. Sobald Bonnie fort ist. Andernfalls bin ich reif, ihr eine neue Elle Teppichboden zu spendieren. Während meines letzten Aufenthaltes habe ich ihrer Maya-Statue ein Ohr abgeschlagen; ich hatte das Fenster einen Spalt offen gelassen. Ich war gezwungen, in den untersten Teil der Stadt zu marschieren, den Maya unter dem Arm und sein Ohr in einer Plastiktüte. Dreihundert Dollar für die Operation! Zudem zog der kleine Alte, der sie vornahm, noch ein mürrisches Gesicht! Arbeit für einen plastischen Chirurgen! Das hätte überhaupt keinen Sinn, versicherte er. Es käme viel teurer als die Statue selbst! Warum ich meiner Freundin keine andere kaufte? Sie würde begeistert sein. Maya-Statuen fände man haufenweise in der Canal Street. »Ich kann nicht«, antwortete ich ihm, »ihre Gefühle hängen daran. Sie hat sich den Maya mit den langen Ohren aus Palenque mitgebracht! Von ihrer Hochzeitsreise. Wo sie mit Ronald Hand in Hand die große Pyramide erklommen hat, wissen Sie, die, die mit Coladosen und Kleenex übersät ist. Sie wird es wittern, wenn ich ihr einen Maya mitbringe, der ganz neu riecht. Nein, ich versichere Ihnen, ich habe keine andere Wahl.« – »Na also wirklich«, sagte er schließlich angewidert. »Ihre Gefühle werden Sie teuer zu stehen kommen!« Ich entdecke ein ziemlich dickes Kunstbuch und lege es über den Blutfleck. Erhebe mich hinkend und humpele in die Küche, um das Frühstück für Bonnie zu bereiten. Einen Kaffee ohne Zucker, einen ganz dünn mit Butter bestrichenen Toast. Dann stoße ich mit dem Tablett die Tür zu ihrem Schlafzimmer auf.

Letzte Nacht ist sie mit Martin nach Hause gekommen. Ich habe getan, als schliefe ich, um sie nicht zu stören. Als ich in ihr Zimmer komme, ist Martin nicht mehr da. Sie gehen immer gleich auseinander, sowie sie sich geliebt haben. Um am nächsten Tag im Büro fit zu sein. Bonnie verzieht ihr Gesicht zu einem Lächeln, sieht das Tablett und fragt, wie spät es ist. Ich ziehe die Vorhänge zurück und setze mich auf den Bettrand. Ich komme nicht mal dazu, den Mund aufzumachen, da überfällt sie mich auch schon mit ihrem Bericht vom Vorabend. Ein Riesenerfolg für die Kriskie-Klopse. Alle waren sie da. Alles, was New York zu den medienwirksamen Politikern und dekorativen Exilierten zählt, zu den Poeten und Poetinnen, den Stars und Starletts, den Bankern und Banken, den alten Schachteln und Schmachtlocken. Ein Erfolg auf der ganzen Linie. Der Präsident der Klopse hat ihr am Ende des Abends persönlich gratuliert. Sie saß am selben Tisch wie Brooke Shields. Sie überlegt, ob sie sich nicht die Haare mit blonden Strähnen leicht aufhellen sollte. Wie Brooke.

»Findest du nicht? Was sagst du dazu? Was würdest du machen? Vielleicht sollte ich sie ein wenig aufhellen... Was hältst du davon?«

Sie ruft ihren Friseur an, ohne meine Antwort abzuwarten. Ich spüre ihre Mißbilligung meiner Neutralität. Bestimmt hat sie die ganze Nacht darüber nachgedacht. Die ganze Zeit über ist ihr, während Martin sie plattdrückte, der Gedanke nicht aus dem sorgsam zur Seite gewandten kleinen Kopf gegangen. »Helle ich meine Haare nun auf oder nicht?« Also teile ich ihr meine Meinung mit: Ich finde sie gut, so wie sie ist. Wenn sie es macht, wird sie aussehen wie all die Blondinen, denen man auf der Straße begegnet.

Aber das ist absolut nicht das, was sie hören wollte. Wie eine Gewehrsalve durchlöchert mich ihr Blick. Und ich lese in dem auf mich gerichteten Lauf, welche Rolle mir zugedacht ist: die der armen »Verwandten«, deren Pflicht und Schuldigkeit es ist, allen Initiativen der Hand, die sie füttert, Beifall zu zollen. Mit welchem Recht äußere ich eine entgegengesetzte Meinung, ich, die ich auf ihre Kosten logiert, beheizt und gebadet werde? Hä? Ich habe die Spielregeln vergessen. Ich bin da, um sie zu bestärken. Um sie in ihrem Kampf gegen die Verwüstungen des Alters zu ermutigen. Bonnie Mailer ist ein junger Trotzkopf.

Ich reibe verärgert meinen Fuß und unterdrücke einen Schmerzensschrei.

»Hallo, Pierre...«, quiekt sie.

Pierre ist ihr Friseur. Sie sucht ihn alle zwei Tage auf und verfällt, wenn sie mit ihm spricht, in den Ton eines kleinen, untergebenen Mädchens.

»Ich war gestern abend mit Brooke Shields essen und... ja, du kennst ihre Haarfarbe?... und ich habe überlegt, ob...ja, genau. Glaubst du wirklich? Meinst du, es würde mir stehen? Bist du sicher? O Pierre, das wäre wunderbar!«

Sie umarmt das Telefon, mit glasigen Augen. Und ich verspüre plötzlich aufwallende Sympathie für Bonnie, die sich so hart abrackert, um schön zu bleiben. Immerhin ist das harte Arbeit! Und was für harte! Es geht darum, nicht für eine Sekunde die Kontrolle zu verlieren und keinem noch so verführerischen Vergnügen nachzugeben. Etwa eine Tafel Schokolade oder einen Becher Sahne in eins zu verschlingen. Denn einem Vergnügen verfällt man schnell, und es bedarf immer mehr Riegel und kleiner Becherchen, um Befriedigung zu erlangen. Besser ist es, ein für allemal darauf zu verzichten. Ohne Murren fettfreie Joghurts, Cola mit Saccharin, Selleriestengel und Karrotten zu sich zu nehmen. Außerdem muß man lernen, bei weit geöffneten Augen zu lächeln. Um Fältchen zu vermeiden. Unnachgiebige Selbstkontrolle. Eine Vollzeitbeschäftigung. Und dann, das schwierigste, niemals in der Aufmerksamkeit nachlassen! Es genügt ein Moment des Sichgehenlassens, und das Alter packt dich an der Kehle! Was ich bei Bonnie Mailer nicht ganz verstehe, ist, warum sie sich solche Mühe macht. Nicht wegen der Männer, so viel ist sicher. Um ihre Freundinnen in Rage zu versetzen? Für sich selbst? Im Grunde ist es wohl beides...

»Wer hat heute morgen so früh angerufen?« fragt sie, nachdem sie den Termin mit Pierre in ihrem Notizbuch vermerkt hat.

»Äh... Das war Allan. Ich esse heute mit ihm zu Abend.«

Ich strecke meine Fußspitzen, entzückt, ihr zu dieser frühen Stunde eine Überraschung zu bieten.

»Ah, siehst du... Du mußt nur auf mich hören... Das wird dir mit Sicherheit guttun...«

Sie plustert sich auf. Ist hocherfreut. Sie hat recht. Und sie liebt mich vor allem, weil ich ihr recht gebe. Sie bedenkt mich mit einem mütterlich-zärtlichen Blick. Und ich werde von einer zuckersüßen Dankbarkeit ergriffen, gegenüber Bonnie, der Kupplerin. Bin heuchlerisch der ergeben, die meinen Interessen so dienlich ist. Bereit, ihr noch eine Tasse Kaffee zu bringen, die Zeitung von der Fußmatte zu holen und für sie zu entfalten. Ihr das Badewasser einzulassen. Ihr das Rasiermesser für die tägliche Entfernung überflüssiger Haare zu schärfen, den Morgenrock aufzuhalten, die Festigkeit ihres Bauches zu preisen, ihrer Brüste, ihrer Schenkel...

»Also hat er angerufen. Gut so. Übrigens ist Allan ein sehr guter Typ...«

Ich lasse es in mir nachhallen. Trete dem Chor der Weibchen bei, die von der Anmut, der Schönheit und männlichen Sicherheit dieses Mannes erschlagen werden. Und natürlich von seiner Klasse! Denn schöne Männer gibt es hier zuhauf. Vor allem die von der Westküste importierten. Es gibt sie massenweise, aber man sollte lieber keinen allzu genauen Blick auf sie werfen, weil man sonst schnell auf den Hund kommt. Beim Nullpunkt der Schönheit anlangt, wo sich die Seele vor langer Zeit zurückgezogen hat, angewidert von den Gesprächen. In all den Muskeln gibt es keinen Fingerbreit Platz, wo sich eine Idee einrichten könnte. Seien wir mal ehrlich, um sowohl im Kopf als auch in der Haut schön zu sein, bedarf es schwindelerregender Anstrengungen. Ich weiß nicht, warum, aber eine innere Stimme flüstert mir zu, daß Allan überall Gutes birgt.

»Wir haben gestern abend während des Essens über dich gesprochen...«, sagt sie, während sie vorsichtig ein gezacktes Stück von ihrem extra-leichten Toast abbricht und genießerisch einen Schluck Kaffee nimmt.

»Ich habe ihn gebeten, dich ein bißchen auszuführen. Damit du mit dem Trübsalblasen aufhörst...«

Er lädt mich zum Abendessen ein, weil ihn Bonnie Mailer darum gebeten hat! Er opfert sich auf als guter Boy-scout, jederzeit bereit, und verzeichnet seine gute Tat in seinem perforierten Heft fürs Paradies! Und ich leite die Gigue der Sylphiden ein, beim Gedanken daran, ihn betört zu haben! Brachte ihm meinen Fuß zum Opfer! Bot meinen Schmerz diesem Gauner dar! Verneigte mich vor Seiner allzu großen Güte und Seinem Fair play!

Sei nett zu ihr, hat sie ihm wahrscheinlich zwischen einem faltenlosen Lächeln für einen der den totalitären Kerkern entkommenen Poeten und einem Blick auf Brooke Shields strähnchendurchzogenem Haar zugeflüstert, es geht ihr nicht gut. Geh mal einen Abend mit ihr aus. Das wird sie auf andere Gedanken bringen. Und was kostet dich das schon, he? Du schlägst zwei Fliegen mit einer Klappe. Eine gute Tat und einen Französischkurs. Ha, ha, ha! Wirklich phantastisch, Bonnie! hat der immer bereite Boy-scout mit den weißen Zähnen, den schwellenden Muskeln und den breiten Schultern, die nur darauf warten, die leidende, rachitische Menschheit zu schützen, geantwortet. Ich habe noch nie jemanden getroffen, der so praktisch veranlagt ist. Weißt du, obendrein bist du noch nett! Doch, doch, das meine ich wirklich. Du bist wahnsinnig nett. Sogar großzügig. Sensibel für das Leid deiner armen Freundin. Und sie protestiert, entzückt, daß man ihr ein wenig Seele zugesteht. Fügt entsetzliche Einzelheiten hinzu, um zu demonstrieren, wie sehr sie mitleidet; schwindelt ihm ein Stück von Papas Todeskampf im Ambroise-Paré-Hospital vor. Zehn Zentimeter Schlauch in der Nase, das Röcheln aus der linken Lunge. Lungenkrebs ist furchtbar, weißt du. Man stirbt nicht einfach, sondern man erstickt. Man bekommt keine Luft mehr. Haucht sein Leben nach und nach aus. Er muß schrecklich gelitten haben. Und sie an seinem Bettrand natürlich auch... Wirklich nicht übel, diese blonden Strähnen. Gar nicht so übel. Morgen rufe ich Pierre an. Und außerdem trifft sie sich hier mit niemandem. Niemandem. Einverstanden. Ich lade sie ein, hat er schließlich eingewilligt, um nicht länger etwas über Krankenhaus und Tropfgerät hören zu müssen. Obwohl man sich, unter uns gesagt, fragt, wozu Französisch heutzutage noch gut ist. Hast du nicht eine Japanerin bei dir wohnen?

Ha, ha, ha.

Er erweist mir eine Barmherzigkeit. Er bietet sich an, eine von Kopf bis Fuß Verkrüppelte spazierenzuführen, wegen der schönen Augen von Madame Kriskie. In Erinnerung an Ray's Pizza und die Columbia Universität. Ich spüre, wie das Blut in meiner Schlagader rast, und betrachte meine Socke. Ich ziehe eine Grimasse und tue mir selbst so leid, daß ich ganz krank davon werde. Thronte Bonnie nicht direkt vor mir in ihrem Bett, würde ich mich auf die Kissen werfen und mir die Seele aus dem Hals schluchzen. Die Tränen würden alles überschwemmen, und ich würde die ganze Welt dafür verantwortlich machen. Ich würde bis an die Spitze der Hierarchie gehen, würde Einspruch erheben, denn es ist einfach nicht normal, daß ich immer nur Pech habe.

Das muß eine Lektion von Papa da oben sein. Oder von Gott. Sie stecken beide unter einer Decke. Das soll mich lehren, mich allzu schnell von der Trauer zu lösen! Ein kleiner Schlenker, der mich darin bestärken soll, den einzigen Weg, der meiner würdig ist, zu beschreiten; den des Leides und der Anstrengung. Weil man ohne Anstrengung zu nichts kommt. Und ich hatte für eine Sekunde geglaubt, daß... pfft! Also das war's. Aus den Augen, aus dem Sinn. Ich wollte mich von meinem schwarzen Flitterkram loslösen und kopfüber in einen rosaroten Liebesroman eintauchen. Du wolltest es dir ziemlich einfach machen, meine Gute. Würde sich die Welt so drehen, wohin kämen wir dann? Hä? Wie sollte man dann wohl mit den Männern klarkommen? Sie würden alles für sich beanspruchen. Ein kleines Stückchen Zärtlichkeit, und noch eins und noch ein weiteres, und so heimsen sie die ganze Tafel ein, als wäre es ihr gutes Recht. Nein! Nein! So funktioniert das nicht... Man muß leiden. Na ja, jetzt weißt du's.

Die beiden halten mir eine lange Rede, während sie sich unter ihren langen, weißen Togen gegenseitig mit den Ellbogen anstoßen. Aber du kannst es einfach nicht lassen, daran zu glauben, fügt mein Papa eifrig hinzu, um wieder gut dazustehen. Das ist dein Problem. Da konnte ich dich noch so sehr entmutigen, du wolltest partout mit dem Kopf durch die Wand. Wolltest unbedingt hoffen. Hoffen, daß ich zurückkommen und bleiben würde. Für immer... Soll ich dir was sagen? Du bist auch nicht besser als dieser naive Hiob. Ihr beiden seid wie Pott und Deckel. Einmütige Opferlämmer – unter der Bedingung, daß man euch den Glauben nicht nimmt. An die Liebe... Du machst dir was vor, Töchterchen. Schon immer hast du dir Geschichten ausgedacht.

Schon immer...

Baumstämme gleiten am Wagen vorüber, die Blätter rascheln wie ein geraffter Seidenunterrock. Kilometersteine gleiten vorbei, und das kleine Mädchen zählt sie mit lauter Stimme. – 24, 25, 26, zähl weiter, du wirst deinen Rekord brechen!

Nur sie und der Mann. Bei einer rasanten Autofahrt. Auf der Route Nationale Nr. 7, die der Panhard nur so frißt. Parallel ausgerichtete Profile, die gleichen offenen Münder, die bei jedem Kilometerstein aufschreien. Der Mann klammert seine Hände um das Lenkrad. Sie preßt ihre Hände auf den Sitz. Ein gemeinsamer Blick. Ein gemeinsamer Jubel. Schneller! Schneller! Die gleichen glühenden Wangen, das gleiche Rinnsal Schweiß unter den Achseln. Von Zeit zu Zeit ein verstohlener Blick. Als wollten sie sich der völligen Übereinstimmung mit dem anderen vergewissern. Auch wenn sie ihnen seit langem klar ist. Sie belauern einander in den Spiegeln, den Scheiben und Wasserpfützen. Ohne es zu verbergen. Passen die Spiegelung des anderen ab, die zwillingshafte Reflexion, die ihnen Mut macht, haben gleichzeitig den Kopf und rufen aus, daß sie völlig gleich sind. Völlig gleich.

Meine Tochter!

Mein Papa!

Der Mann und das kleine Mädchen. Sie sagen es einander immer wieder, wie eine Beschwörungsformel.

»Ich liebe dich, meine Königin, ich liebe dich, du bist mein Leben, mein Atem, mein Blut, kleines rundes Bäuchlein.«

»Ich wünsche mir, daß die Straße nie aufhört.«

»Nichts wird uns je auseinanderbringen. Kein Mann, keine Frau, weder ein Zug noch ein Ozean. Niemals.«

Die Bäume und Kilometersteine verschwimmen, und sie steigen zusammen auf in den Himmel.

Nur sie beide.

Sie weiß nicht, wohin sie fahren.

Er legt den Finger auf seinen Mund. Überraschung!

Gemeinsam auf einer Fahrt ins Blaue.

Gemeinsam an der Tankstelle. Sie kratzt die zerquetschten Fliegen von der Windschutzscheibe, er kniet vor den Reifen und trällert: »Ach, ist das Leben wunderbar«. Willst du was Süßes, Kleines? Hier, ich schenke dir den ganzen Laden. Mit Pfefferminzgeschmack. Und Lakritze. Und Tutti-Frutti.

»Was willst du noch, mein Kleines, mein Liebling, meine Allerschönste?«

»Ich möchte, daß du Onkel Dagobert nachmachst, wie er seine Taler zählt.«

»Onkel Dagobert, der seine Taler zählt? Ein Kinderspiel, mein Kleines, meine Allerschönste, mein Liebling. Ein Kinderspiel.«

Er stampft mit den Füßen auf, winkelt die Arme an, geht in die Knie und schwingt die Hüften. Fängt an zu schnattern und wackelt mit dem Hintern.

Die Tankstelle glänzt. Das Auto glänzt. Der Tankwart klatscht Beifall und winkt ihnen bei der Abfahrt mit seinem Lappen hinterher. Sie winkt fröhlich zurück.

Alles gehört ihr.

Der Panhard, die Straße, die Platanen, der Mann, die ganze Welt. Sie breitet die Arme weit aus und gibt Freudenschreie von sich.

Vorwärts! Vorwärts! Weiter! Schneller!

Die Bäume neigen sich. Die Kilometersteine krümmen sich. Es sind nicht irgendwelche Bäume, nicht irgendwelche Kilometersteine. Kleine, weiße Steine, die ihr im Gedächtnis bleiben.

»Ich will, daß du an dem Tag, an dem ich sterben muß, mit mir stirbst, schwörst du das?«

Sie streckt die Hand aus und schwört.

Er sagt: »Halt, warte.«

Er fährt langsamer, öffnet die Autotür und spuckt aus. Kräftig. Ganz weit. Sie hat vor nichts mehr Angst.

Schneller! Schneller!

»Was ist Sterben?« fragt sie.

Er weiß es nicht. Wird es ihr erzählen, wenn es soweit ist. Er überholt andere Autos, hupt. Und sie klatscht in die Hände. Sie dreht sich um, um zu sehen, wie die Schnecken hinter ihnen zurückbleiben. Dann klammert sie sich an ihn und küßt ihn ganz heftig. Das Gummiband ihres Höschens kneift sie in der Taille. Um es ein bißchen zu lockern, würde sie von ihm abrücken müssen, aber das wagt sie nicht. Sie kratzt sich rasch mit einer Hand und klammert sich gleich wieder an ihn.

»Wenn wir ankommen, werde ich allen erzählen, was für ein wunderbares Gespann wir beide sind!«

»Wenn wir wo ankommen?« fragt sie und senkt den Kopf.

»Du wirst schon sehen... Ein großes Haus voller Leute. Du wirst viel Spaß haben. Du mußt schön artig sein.«

»Aha...«

Sie wird also nicht mit ihm allein sein. Man wird ihn ihr nehmen. Der Tag wird grau, die Bäume schwarz. Sie übersieht einen Kilometerstein, dann noch einen. Müdigkeit sticht ihr in den Augen. Aber sie bleibt sehr aufrecht an seiner Seite. Klammert sich an seinen Ellbogen. Legt ihr Gesicht auf seinen Arm. Atmet den Geruch seiner Jacke. Will, daß er seinen Rekord bricht. Daß er der Schnellste der Welt ist. Daß er sie alle an Geschwindigkeit übertrifft. Sie erfindet sich Kilometersteine. Er tritt das Gaspedal durch. Die Bäume zu beiden Seiten des Wagens werden zu Vorhängen. Sie schließt die Augen.

Schneller, schneller.

Plötzlich wird er langsamer. Macht seinen Arm frei. Strafft sich und dreht den Rückspiegel zu sich hin. Fährt sich mit der Hand übers Haar. Fingert an seiner Krawatte herum.

»Zehn Nächte, ohne das einfältige Auge der Windlichter zu missen...«

Sie murmelt die Worte ganz leise vor sich hin. Um die Angst zu beschwören, die in ihr aufsteigt. Immer wieder die gleiche Angst. Die sie befällt und kneift. Ihr das Blut und die

Freude stocken läßt, ihr als Königin der Welt das Zepter entreißt. Sie auf der Strecke läßt, verhutzelt und überflüssig. Ganz klein. Sie hat nicht die nötige Größe, um zu kämpfen. Sie weiß es. Sie wiederholt die Worte, die magischen Worte.

»Das einfältige Auge der Windlichter... Das Fleisch säuerlicher Äpfel...« Aber er hört nicht zu. Er fährt in eine kleine Straße. Noch eine kleine Straße. Das Land und die Schatten ersetzen die Bäume und die Neonlichter der Tankstellen.

Der Mann hält. Beugt sich über eine Karte, die er entfaltet. Läßt sein Feuerzeug aufflammen, und sie bläst die Flamme aus.

Nur zum Spaß.

Damit er mit ihr lacht und ihre Angst verjagt.

»Hör auf. Das ist nicht witzig. Wir sind sowieso schon zu spät dran.«

Zurückgewiesen mit einem einzigen Satz.

Wie eine Fremde.

Ihr Herz krampft sich zusammen: Die Gefahr ist ganz nahe. Die Angst schleudert sie gegen ihren Sitz, fesselt ihr Hände und Beine. Macht ihr den Mund trocken und stumm, den Bauch hohl und die Beine taub. In ihrem Kopf dreht sich alles. Sie weiß nicht mehr, wo sie ist. Sie sieht den Mann an, will sich an ihn klammern. Damit er ihr Mut macht. Damit er sieht, wie sehr sie ihn liebt. Aber er sieht sie nicht mehr.

Er parkt den Wagen vor einem Haustor. Steigt aus. Drückt auf die Hupe. Eine Dame öffnet ihm. Sie kann die Füße im Scheinwerferlicht sehen. Rotlackierte Nägel in schwarzen, hochhackigen Sandalen. Füße, die sich auf die Spitze stellen, wegen der Größe des Mannes. Die wieder heruntergehen und sich erneut aufrichten. Die sich um sich selbst drehen. Sich unter das Kleid zurückziehen. Ein schwarzes, bis zu den Schenkeln geschlitztes Kleid. Dazu die Hände des Mannes, die es knittern. Sie blendet die Scheinwerfer auf, und die Frau erscheint vollständig. Sie kann sie jetzt ganz sehen. Den Ellbogen erhoben, um die Augen zu schützen. Den Hals vorgestreckt, um auszumachen, wer in dem Wagen sitzt. Der Mund rot und rund.

Und der Mann stellt sie vor. Die eine der anderen. Stolz. Mit Besitzermiene.

Meine Tochter...

Sie sitzt aufrecht, bereit, den Schlag in Empfang zu nehmen.

Mit feuchten Händen, die über den Sitz gleiten, und sich langsam krümmendem Rücken. Den Nacken gehorsam gebeugt. Artig. Ganz artig.

Bereit, den Namen der anderen anzuhören.

Ihr ist kalt. Das Portal ist häßlich. Farbe abgeblättert. Rostig. Eine Rose hängt abgeknickt am Stiel. Sie möchte weinen. Es entspricht nicht ihrer Rolle zu weinen. Er würde wütend werden. Würde sich entfernen. Ihre Rolle schreibt vor, ihm das Treffen mit den schwarzen Absätzen völlig straffrei zu gestatten.

Mit den schwarzen Absätzen von Madame Lériney.

Gezwungenermaßen hat der Abend mit Allan also ziemlich mies begonnen. Zunächst war da mein Fuß. Er war mir ziemlich lästig, so eingewickelt in einen dicken, weißen Strumpf. Machte meinen Gang plump wie beim letzten Tolpatsch. Ich mußte nicht nur auf meinen zierlichen Pumps und den flachen Halbschuh verzichten, sondern auch auf den dünnen Sportschuh und den spitzen Stiefel. Mir blieb nur der alte Pantoffel. Dieser dicke, ausgetretene Latsch, alles andere als sexy, in dem ich bei diesem schlechten Wetter herumschlurfen muß und dessen Vorderteil ich mit dicker, warmer Wolle ausgestopft habe. Ganz zu schweigen von den Händen! Eine echte Katastrophe! Rot, aufgerauht, mit plüschigen Fingern, durchzogen von tausend kleinen rosa Rissen und gekrönt von anämischen, welligen Nägeln. Kaum hatte Bonnie ihr heißes Bad und den Putz vor der Frisierkommode beendet, als ich auch schon zum Drugstore an der Ecke raste, um den Wunderfleckentferner zu erwerben, der aus dem Blut heraus das Weiß wieder sichtbar machen sollte. Fünfzehn Dollar fünfundneunzig Cents die Flasche. Nicht so teuer wie das Mayaohr, aber auch nicht gerade geschenkt für irgendein Ammoniakgebräu. Bewaffnet mit dem kostbaren Flacon und einem weißen Lappen, wäre ich bei der Fleckentfernung beinahe erstickt. Die gräßliche Flüssigkeit griff meine Finger an, zerfraß mir die Haut, brachte mich an den Rand der Übelkeit, des Ekels, des Schwindelgefühls, trug mir Gravitationsverlust ein und ließ die Couches kreisen. Aber immerhin, es funktionierte. Es funktionierte sogar so gut, daß anstelle des Blutflecks ein Fleck zum Vorschein kam, der viel weißer war als das übrige. Ich mußte eine ganze Weile nachdenken, um darauf zu kommen, wie ich das angleichen konnte. Um die Stelle wieder so einzuschmutzen, daß das Weiß sein Strahlen verlor und so schmuddelig wurde wie der Rest. Eine echte Aufgabe für die geschulte Hausfrau. Ich rubbelte mit dem Lappen, scheuerte mir die Haut wund bis aufs Blut, bis sich meine Fingerkuppen auflösten – als mir eine geniale Idee kam. Ich schminkte das Stück Teppichboden. Mit etwas Teintgrundierung. Denn Cremes ziehen gut in Teppichböden ein! Ich habe mich bei der ganzen Geschichte wie Bolle amüsiert. Ich saß da, benebelt von verdächtigen Dämpfen, und sah voller Freude zu, wie der Fleck langsam die Farbe von Elfenbein annahm und mit dem übrigen verschmolz. Darüber vergaß ich fast die Zeit und damit das Rendezvous mit Allan. Genauer gesagt, ich war ziemlich angesäuselt.

Es ist das Geräusch des Schlüssels in der Tür, das mich zur Ordnung ruft. Bonnie kommt zurück. Quietschvergnügt. Sagt noch ein paar Worte zu Walter und schenkt mir ihr breitestes Lächeln, das aber augenblicklich einer mißbilligenden Miene weicht, als sie mich in Unterhose und Socken dastehen sieht.

»Du bist noch nicht fertig? Es ist halb acht. Allan wird in einer halben Stunde da sein, und du bist nicht fertig...«

Ich verschwinde im Badezimmer. Aber sie läßt mich nicht aus ihren Fängen und kommt hinterher. Setzt sich auf den Klodeckel und fährt fort: »Was ziehst du heute abend an?«

Ich habe nicht die geringste Ahnung.

»Willst du, daß ich dir etwas leihe?«

Ich brummele etwas hinter dem Duschvorhang hervor, um sie auf Distanz zu halten, und grübele darüber nach. Ich habe ein Problem mit Klamotten. Mit Klamotten für Frauen. Sie sind meine persönlichen Feinde. Die ganze Zeit über stellen sie mir Fallen. Glitzernde Fummel, die wie Sternschnuppen über mir verlöschen. Ich begehre sie, wenn ich sie in den Schaufenstern und Magazinen sehe. Sie zwinkern mir zu. Ködern mich. Völlig hingerissen, kaufe ich sie. Wie eine Monarchin hänge ich sie in meinen Kleiderschrank, sehe sie begehrlich an, stelle mir vor, wie sie die Treppe hinunterschreiten, über das Kanapee fließen, wie sie in unbekannten Armen schmachten... ohne mich.

Totgeburten in meinen Schränken.

Ich schaffe es nicht, mich in figurbetonten Kostümen, ausgeschnittenen Kleidern oder geschlitzten Röcken zu drehen und zu wenden. Wahre Eleganz bedeutet, wie es scheint, seine textilen Trümpfe zu beherrschen. Sie von oben herab zu betrachten. Sie wie grazile, aber auf der Stelle kündbare Untergebene zu behandeln. Bei mir ist es das Gegenteil: Sie sind diejenigen, die mich von oben bis unten mustern, die mir kündigen, die hinter meinem Rücken losprusten vor Lachen. Ganz nackt, okay. In Jeans, auch gut. Auf hohe Absätze gehievt, kommt nicht in Frage. Ich kann einfach nicht.

Aus den Schränken schwebt ein Phantom und verbietet mir, mich in eine Frau zu verwandeln.

Dabei versuche ich es. Ich kaufe sie, diese Traumgewänder! Sogar ohne Unterlaß. Klebe mit der Nase an der Kleiderstange, streichele sie. Bezähme sie. Nehme sie behutsam vom Bügel. Breite sie übers Bett. Schmeichle ihnen. Und da fängt es an... Sie sehen mich an. Ich schwöre es. Sie machen mich herunter, sagen zu mir: »Du wirst wirklich lächerlich aussehen! Hast du dich mal im Spiegel angeschaut? Dem wirst du niemals gewachsen sein!«

Welcher Sache werde ich niemals gewachsen sein?

Wem werde ich niemals gewachsen sein?

Hä? Ich habe euch eine Frage gestellt.

Manchmal widerstehe ich ihnen. Ich zwinge sie, sich über mich zu legen und dort einen ganzen Abend zu verbringen. Ich stopfe mir die Ohren zu. Presse meine Ellbogen an den Körper, damit sie sich nicht verziehen. Klammere mich an meiner Entscheidung fest, Frau zu sein.

Aber meistens gebe ich auf.

Streife mir Jeans und T-Shirt über und mache ihnen eine lange Nase.

Heute abend jedenfalls habe ich keine Wahl, mit meinen Pantoffeln. Meine Unterhose, und nichts anderes. Außerdem werde ich mich nicht verrückt machen für einen Abend, der unter dem Zeichen der Barmherzigkeit steht.

»Also?« beharrt Bonnie, verärgert über mein Schweigen.

»Weiß nicht. Ich überlege noch. Ist nicht so einfach mit meinem Fuß... Habe einen Kantstein übersehen, und hier ist das Ergebnis!«

Ich strecke meinen großen Zeh heraus, damit sie versteht. Damit sie dieselben Ausgangspunkte hat wie ich und zur selben Schlußfolgerung gelangt. Sie begutachtet meinen Zeh ziemlich angewidert und bestätigt mich schließlich wie eine Erwachsene ein Kind in dem Schluß, daß es nicht so einfach ist. Von dem Augenblick an interessiere ich sie nicht mehr. Sie zieht sich von ihrem Klodeckel zurück und läßt mich in Ruhe.

Und als Allan klingelt, stehe ich auf flachen Absätzen, in grauen Hosen, grauer Strickjacke und grauem Männerjackett bereit, ihn zu empfangen. Kein Hintern, kein Busen, keine provokanten Rundungen. Drückebergerin. Ganz ruhig. Beinahe freundlich lächelnd.

Meine Seele ist voll da. Aber in was für einem Zustand! Sie ist nicht gebrochen, da dieser Abend sowieso keinen Pfifferling wert ist, aber lange hält sie nicht durch. Sie bläht sich auf, gerät ganz aus dem Häuschen, droht jeden Moment zu verschwinden und meine letzten Effekte mit sich fortzutragen. Ich versuche sie zu beruhigen, zähle innerlich 24, 25, 26, 27... und senke die Augen auf meine verwüsteten Fingernägel, meinen verunstalteten Fuß und meine Ausstattung, die wahrhaftig nicht der Gipfel ist.

Er hat mein Eintreten ins Wohnzimmer kaum bemerkt. Hat sich mit Bonnie auf das große weiße Kanapé gesetzt, ein Glas in der Hand. Sofort drängt es mich, die Augen zu schließen und mich an seine Brust zu schmeißen. Mich an seinen Gürtel zu klammern und ihn zu fragen: »Also dann, wohin gehen wir?« Ich halte mich zurück. Eile hinüber zu dem anderen weißen Kanapé, setze mich und schlage die Beine übereinander. Presse sie fest gegeneinander. Damit sie aufhören, mir Streiche zu spielen. Bonnie drückt auf einen Knopf an ihrer Kompaktanlage. Einfach so, im Vorübergehen. Ein bißchen Musik, um Stimmung zu schaffen.

Und ich betrachte ihn, als wenn nichts wäre.

Er spricht. Hinter seinem Glas. Hinter seinem Lächeln. Seine dichten, schwarzen Haare glänzen, seine langen Finger umklammern das Glas, seine langen Beine ... Ich sehne mich nach ihnen, nach diesen langen Beinen. Wünsche sie mir an mich gepreßt. Stelle sie mir nackt vor, verschlungen mit meinen eigenen. Ich schnuppere an ihnen, lasse sie nicht mehr los. Wandere höher, zu seiner Brust, versenke meine Nase darin, liebäugele mit dem Mund, der Zunge ... Er beachtet mich gar nicht, und das kommt mir sehr gelegen. Laß mich einfach in Ruhe. Gib mir Zeit. Zeit für meine schier übergehenden Augen. Für meinen Traum, mich an dich zu schmiegen und in deinem Mund zu verlieren.

Ich betrachte sie aus der Entfernung. Bonnie und Allan. Kann sie kaum hören. Es ist mir schnuppe, sage ich mir, dies ist der beste Moment des ganzen Abends. Denn anschließend wird es darum gehen, so zu tun, als ob. Seine Sätze zu parieren. Und ich werde nicht mehr träumen können.

Schließlich spricht er mich an. Wendet sich mir zu, und ich nehme seinen Geruch wahr. Den Geruch sauberer Haut, vermischt mit einem frischen, leichten Rasierwasser, das mir unter der Nase tanzt. Zitrone, Sandelholz und vielleicht Lavendel. Ich bin davon so betäubt, daß ich beschließe, nicht mehr zu atmen. Ich bitte um ein Glas Scotch. Um meine Nase darin zu versenken. Glücklicherweise schmeißt Bonnie die ganze Unterhaltung. Lacht aus vollem Hals. Ich verstehe nicht, warum sie so laut lacht. Bei jeder Gelegenheit, die sich bietet. Als wäre das ein vorgeschriebenes Satzzeichen. Das beweist, daß alles in Ordnung und sie bester Gesundheit ist. Voller Lebensfreude. Sie lacht. Ha, ha, ha! Und ich lache auch. Ha, ha, ha! Nicht so gut wie sie. Ein wenig verzögert. Ich höre mein Lachen. Es ist mir richtig peinlich, wie dumm es klingt. Es scheint von einer ganz anderen Person zu stammen. Von einer anderen, die ich hasse, von der, die sich immer mit Bonnie Mailer unterhält. Als könnte ich mit Bonnie nur diese andere sein: die blöd lacht und dummes Zeug schwatzt. Ich höre auf zu lachen und setze meine Füße fest auf. Was für eine Beziehung besteht zwischen dieser töricht Lachenden und der anderen, der wahren? Wann werde ich ernsthaft anfangen, ich selbst zu sein? Zwecklos, es mit Bonnie Mailer zu versuchen, sage ich mir. Sie würde nichts davon begreifen.

Ich fühle mich plötzlich noch viel unglücklicher.

Auf einmal sieht Bonnie auf die Uhr und sagt, wir sollten abhauen. Fast hätte ich sie gebeten, mit uns zu kommen. Denn dieser Abend ist eh keinen Pfifferling wert. Aber mir ist klar, daß sie ein solches Angebot nur wütend machen würde. Das ist nicht das, was sie vorgesehen hat. Sie drängt uns zur Tür und wünscht uns einen schönen Abend. Das Telefon klingelt. Sie macht ihren Abschied kurz.

»Ciao! Ciao!« ruft sie und schließt die Tür.

Walter sagt kein Wort. Aber er sieht mich zufrieden und stolz an. Hebt hinter Allans Rücken den Daumen, um mich zu einer so gutaussehenden Begleitung zu beglückwünschen. Ich frage mich, ob Walter auch zu dem Komplott gehört. Ob ich bei ihm ebenfalls Mitleid erwecke. Genau in dem Moment fällt mein Blick auf meinen gräßlichen Pantoffel, und ich finde mich wirklich erbärmlich. Das macht mich wütend und erfüllt mich mit Haß auf die ganze Welt. Es ist immer dasselbe. Ich will schon leiden, aber strikt inkognito. Ich ertrage kein gehässiges oder süßliches Mitleid. Ich bin drauf und dran, auf dem Absatz kehrtzumachen, meine Sachen zu schnappen und mir im YWCA ein Zimmer mit Hiob in der Schublade zu nehmen. Aber genau in dem Moment fragt mich Allan, ob es mir etwas ausmache zu laufen. Er liebt es, nachts durch die Straßen zu bummeln. Ich schiebe meinen Groll beiseite und sage nein.

Es stimmt, das ist es, was ich in New York am meisten mag: nachts zu laufen. Wenn die Nike-beschuhten, strammen Waden sich ausruhen und die Banker ihre Computer abgeschaltet haben. Wenn die Außenseiter, die durch die Mühle gedrehten, die Vagabunden und Verrückten frei durch die Straßen irren und den schmutzigen, glänzenden Pfützen ihre Halluzinations-Monologe vortragen. Das ist die Zeit, in der die Gosse sich belebt und die Asphalt-Cowboys ihr Bier trinken und einander von guten alten Zeiten erzählen. Von Zeiten, in denen sie noch daran glaubten, es zu schaffen. Als sie noch dämlich genug waren, dem amerikanischen Traum auf den Leim zu gehen.

»Warst du schon einmal in Moskau?« frage ich Allan.

Er verneint.

»In Moskau gibt es auch Wolkenkratzer. Solche wie hier. Ich meine, wie die alten hier...«

»Die müssen dann wohl zur gleichen Zeit gebaut worden sein.«

»Ja. Sicherlich.«

»Nicht von denselben Leuten...«, fügt er hinzu, um den Unterschied zwischen seinem Land und dem anderen hervorzuheben. Zwischen der freien Welt und dem Gulag.

»Dabei frage ich mich tatsächlich manchmal, ob es nicht dieselben Leute sind...«

Das habe ich laut und deutlich gesagt, damit er es auch wirklich hört.

Es ist stärker als ich. Ich spüre sofort, wie er sich zurückzieht. Wie er sich anspannt. Er geht langsamer und sieht mich an. Und ich fahre fort, ohne eine Minute zu verlieren.

»Sicher... Dort drüben ist es der Kommunismus, der den Leuten das Elend bringt, hier ist es die Kohle. Die Kohle, die alles bestimmt. Entweder verdienst du genügend Knete, oder du verreckst. Du bist in der Partei und läßt dich mittreiben, oder du bist es nicht und rackerst dich ab. Doch letzten Endes läuft es aufs gleiche hinaus, nicht wahr?«

Ich zahle ihm alles heim. Jedem zahle ich es heim. Sie sollen bloß aufhören, Almosen an mich zu verteilen. Und dann packt mich der Wahnwitz, und ich setze stolz hinzu:

»Es gibt sogar Momente, in denen ich mir sage, daß ich, wenn ich hier leben müßte, Kommunistin würde...«

»Warum?« fragt er verblüfft. »Magst du Amerika nicht?«

»Nicht mehr. Vorher habe ich es sehr gemocht.«

»Vorher?«

»Bevor...«

Als Hollywood uns seine Träume und Weiten brachte, Jimmy Stewart und Frank Capra, schöne Dinge, die es wert waren, daß man sie verteidigte, Versager, an die man sein Herz hängte, Stars, die es zu entdecken galt.

»Wußtest du«, füge ich hinzu, »daß der Sohn von Hemingway den Namen seines Vaters an eine Gesellschaft verkauft hat, die Safari-Anzüge und große Kaliber herstellt? Wußtest du das?«

»Nein... Schockiert dich das?«

»Dich etwa nicht?«

»Warum bist du eigentlich hergekommen?«

»Weil man hier keine Zeit hat zu denken, und ich hatte genug vom Denken. In Frankreich tut man nichts anderes: Man denkt und wird ganz schlaff davon, ganz blöde. Man dreht sich im Kreise und fühlt sich auch noch sehr intelligent dabei! Soll ich dir mal etwas sagen? Am Ende macht man sich ein X für ein U vor, weil man sich so intelligent glaubt!«

»Sag mal«, erwidert er sichtlich erheitert, »gibt es eigentlich etwas, was dir gefällt? Du kritisierst einfach alles. Eine wahre Französin.«

»Mag sein, aber ich mache mir wenigstens keine Geschichten vor. Ihr rast hier nur so voran. Ihr platzt vor Energie, aber ihr fangt mit all eurer Energie nichts Rechtes an. Nichts als Dollars. Die Dollars hängen einem zum Halse raus! Also wirklich! Ihr denkt an nichts anderes! Lebt nur dafür!«

Er legt einen Schritt zu, und ich habe Mühe, ihm zu folgen. Schlurfe in meinem Pantoffel hinterher. Stolpere sogar über eine Bordsteinkante, nur weil ich mit ihm Schritt halten will, und stoße mit meinem Zeh dagegen, daß ich vor Schmerz fast aufheule. Ich halte die Luft an, werde langsamer und verbeiße mir die Tränen. Er bemerkt es nicht und geht weiter. Steuert direkt auf das Restaurant zu. Es heißt Chatfield's. Ich kenne es schon.

Die Nike-Frauen kommen hierher, um sich nach der Arbeit für ein paar Stunden auszuruhen. Um ein paar grüne Oliven und süßsaure Gurken zu knabbern und um eine Margarita zu trinken. Um auf den Nachbarn zu schielen, ob er vielleicht das große Geschäft abschließt. Eine Nacht lang. Um sich ein wenig die Hände zu wärmen, bevor sie dem Rhythmus der

Bürostunden wieder verfallen. Das Interieur ist bonbonrosa, der Küchenchef natürlich Franzose, die Weinkarte weit gefächert. Raffinierte Holzverkleidung, englische Stiche und gedämpftes Licht. Der Patron hat sich hinter seinem Sekretär eingeigelt, der junge Manager versteckt sich hinter seiner Marketingchefin, die sich unter dem Tisch die Waden massiert und sich fragt, ob das Abenteuer die ganze Aufregung wert ist.

An der Bar finden sich die Amazonen zusammen. Lauern hinterhältig, mit zusammengekniffenen Augen, auf das Eintreten eines Paares, wie Allan und ich es sind. Bereit, ihre Chancen gegen meine abzuwiegen, mir den Mann wegzuködern und sich vor meiner Nase um ihn zu streiten. Ich werfe ihnen einen möglichst triumphierenden Blick zu, der aber elendig über ihre hohen Absätze strauchelt sowie über ihre Hälse, die in genau den Abendroben stecken, die bei mir zu Hause auf dem Bügel hängen.

In bin wirklich nicht auf der Höhe.

Allan verhandelt mit der Kellnerin, um den Tisch zu bekommen, den er haben möchte, und nicht den in der Ecke neben den Toiletten, den man ihm reserviert hat. Normalerweise müßten wir warten. Müßten an der Bar mit allen anderen auf der Stelle treten, bevor man sich überhaupt für uns interessiert. Aber im Angesicht von Allans Größe, seinem Aussehen und seiner Selbstsicherheit läßt sie sich überreden. Und unter viel Geziere weist sie uns einen anderen Tisch zu.

Wir setzen uns. Studieren die Speisekarte. Er besonders. Er scheint sich wirklich Mühe zu geben, damit dieser Abend zu einem Fest wird.

»Du hast doch nichts gegen amerikanisches Essen?« fragt er mich und widmet mir eines dieser Lächeln, die Wellen schlagen. »Hier ist es eigentlich nicht so sehr amerikanisch...«

Seine langen Finger mit den durchsichtigen Nägeln blättern in der Weinkarte, und mein Herz schlägt so stark, daß ich nicht einmal mehr die Kraft habe, mir selbst etwas auszusuchen.

»Bestell für mich mit.«

Er hebt erstaunt die Augen.

»Bestell für mich mit. Ich habe keine Lust, mich darum zu kümmern...« Ich will ihm noch etwas Schönheit klauen. Solange er den Blick auf die Karte gesenkt hat. Will sein Porträt aufnehmen. Für später.

»Du bist schon ein komisches Mädchen, weißt du.«

Er sieht mich an, als habe er gerade keinen Dienst. Ich will gar nicht wissen, was er mit »komisches Mädchen« meint. Ich will zurückbehalten, was mir in den Kram paßt: Ich bin etwas Besonderes. Ich schlage unter dem Tisch die Beine übereinander und schlüpfe tiefer in meine Pantoffeln. Ich möchte ihm am liebsten alles sagen. Weil ich es wichtig finde, daß er Bescheid weiß. Er glaubt, dies sei ein Abend wie jeder andere. Aber er hat keine Ahnung. Schon die ganze Zeit über möchte ich nicht mehr wütend sein. Es ist so ermüdend. Ich möchte die Waffen strecken und es ihm erzählen. Daß ich weiß, daß Bonnie alles ausgeheckt hat, und daß mich das anwidert. Daß ich mir schon, als ich ihn das erste Mal sah, innigst wünschte, ihn wiederzusehen. Daß ich seine Handgelenke, seine Ellbogen und sein Lächeln mag und daß es mir völlig egal ist, ob amerikanisch oder nicht. Und daß ich das Amerika von heute so sehr herabgesetzt habe, weil ich es zuvor allzusehr liebte. Daß ich es liebe, wenn er mich mit Augen ansieht, die zuhören. Die mir sagen, ich sei einzigartig. Einzigartig.

Er sieht mich mit Augen an, die zuhören. Er wartet darauf, daß ich spreche. Und ich werde es ihm sagen. Aber da setzt sich dieser Typ ans Klavier und fällt mir ins Wort. Er nimmt einen dieser Klassiker in Angriff, die jeden nur so dahinschmelzen lassen, so in der Art von »Wenn ich in deine Augen seh', kann ich auf anderes Licht verzichten...«; und Allan verläßt mich, um sich der Musik zuzuwenden. Er zuckt nicht die Achseln, als der Typ diese idiotische Melodie klimpert und dazu die idiotischen Worte brabbelt. Er setzt eine Kennermiene auf, und das Herz schwillt ihm. Er zerfließt in seinem rosa Plüschsessel, streichelt die Armlehnen und diskutiert mit dem Weinkellner, der ihm eine gute Flasche empfiehlt. Ich gebe alle Vertraulichkeiten auf. Nehme mich zusammen. Ich werde mich ihm doch nicht einfach in die Arme schmeißen!

Eines Tages kam der Mann in ihr Zimmer und sagte ihr, er werde fortgehen.

Ganz im Ernst.

Er könne nicht mehr mit dem düsteren Blick leben.

Eine Geschichte unter Erwachsenen.

Sie aber liebe er, und zwar für immer. Sie werde die einzige Frau in seinem Leben sein. Nie wieder würde er heiraten.

Niemals würde er ein anderes Kind haben.

Niemals ein anderes kleines Mädchen.

Er hatte sie in die Arme genommen und hielt sie ganz fest. So saßen sie auf der karierten Bettdecke in ihrem Zimmer. Den Mund an ihrer Wange, sagte er, die Liebe sei nun mal so, sie beginne und sie ende eines Tages. Sie fragte ihn, ob es immer so sei, daß man aufstünde und wegginge?

Immer?

Immer?

Wie ein Film, der ende und wieder von vorn beginne, und wenn man über mehrere Vorstellungen bliebe, habe man ununterbrochen Ende und Anfang, Anfang und Ende und immer wieder die gleiche Geschichte. Nur die Schauspieler wüßten nicht, daß sie immer wieder dieselbe Geschichte spielten und daß man ihren Film schon hundertmal gesehen habe. Sie glaubten an ihre Geschichte und spielten alles wie bei der ersten Vorstellung.

Er lachte und drückte sie noch fester an sich.

Sie glaubte schon, sie habe gewonnen.

Er hatte seine Geschichte mit dem düsteren Blick beendet, aber sie war davon nicht betroffen. Sie würde in der nächsten Vorstellung und bei allen weiteren bei ihm bleiben. Nur der düstere Blick würde den Saal verlassen.

Sie lief zum Kleiderschrank und nahm das gelb-grün gemusterte Kleid heraus, das er ihr neulich in den Galeries Lafayettes gekauft hatte. Das war immer das Schönste für ihn, wenn er Moneten ausgezahlt bekommen hatte. Er führte sie in die Galeries Lafayettes oder ins Printemps, stellte sich mit gezücktem Scheckheft neben eine Kasse und sagte zu ihr: »Geh schon, nimm, was dir gefällt. Ich bezahle.« Sie lief von einer Abteilung in die nächste und griff nach allem, was ihr gefiel. Querbeet. Einen Haufen rosa, blauer, grüner Kleider mit bunten Aufdrucken, violetten Streifen, Sonnenblumen und Schokoladenvierecken. Rot auf Blau, Blau auf Grün, Grün auf Orange. Dazu passende Bänder für ihr Haar, Schleifen aus Samt, Satin, vergoldete und versilberte Spangen. Und die Schuhe? Rote und königsblaue, warum nicht. Er sagte ja, ja. Sagte, mehr noch, mehr, alles, was du willst. Und er bezahlte.

Er tat, als müsse er die Augen zumachen, während er den Scheck ausschrieb – so groß war die Summe, aber er bezahlte. Fragte: »Warum behältst du nicht gleich alles an?« Sie schüttelte den Kopf und nahm ihre Kleider wieder auf. Schlüpfte in die Kabine und streifte sich das schönste über, legte den Kopf zurück, zerzauste ihr Haar, befestigte eine Schleife und schritt hinaus wie eine Prinzessin. Er lehnte an der Kasse. Folgte ihr mit dem Blick. Einem Blick, der vor Stolz strahlte. Beugte sich zu der Verkäuferin hinüber und sagte zu ihr: »Haben Sie meine Tochter gesehen? Sie ist einfach wunderbar. Warten Sie nur, bis sie größer geworden ist, dann werden Sie sehen, was für ein wunderbares Mädchen sie geworden ist. Nichts und niemand wird ihr widerstehen können...« Sie tat, als höre sie nicht hin, aber sie verstand jedes Wort. Vorsichtig ging sie zwischen den Kleiderständern hindurch, von einer Abteilung zur anderen, und wiederholte sich: Ich bin ein wunderbares Mädchen. Ich bin ein wunderbares Mädchen, und nichts und niemand wird mir widerstehen können. Dann nickte sie der Verkäuferin leicht zu, um ihr zu danken, und ging davon, eingehakt, am Arm ihres Papas.

Sie streifte sich das gelb-grüne Kleid über, legte den Kopf

in den Nacken, bürstete sich das Haar und streckte ihm den Arm hin. Sie wollte hübsch sein. Beim Weggehen. Sie beide allein. Zusammen. Da er sich nicht bewegte, sprang sie von einem Fuß auf den anderen und drehte ihr Kleid im Kreis, bis es sich über ihre Schenkel hob, drehte und drehte und drehte sich, bis ihr schwindelig wurde, bis sich das Grün und das Gelb, die Vierecke und die Kreise vermischten, bis sie die karierte Bettdecke überall wie ein breites Banner über der Tapete und der getünchten Zimmerdecke sah, drehte sich, bis sie das Gleichgewicht verlor und in seine Arme sank.

»Hast du gesehen, wie ich mich drehen kann, wenn ich will?«

Sie tat sich dicke.

Damit er nicht dachte, sie würde eine Last für ihn bedeuten, in seinem neuen Leben. Ganz bestimmt nicht. Sie würde sich allein durchschlagen. Er sah sie an, ohne etwas zu sagen. Unbeweglich. Er lächelte nicht mehr.

Er hat Angst, ich könnte ihm eine Last sein. Ich könnte weinen, nach ihm verlangen. Ich könnte traurig und schwermütig werden.

Sie drehte eine Pirouette, dann eine zweite, schlug ein Rad und fiel wieder auf die Füße. Dann machte sie den Clown. Mit breit verzogenem Mund, runder, roter Nase, weit aufgerissenen Augen, die Hände in die Hüften gestützt, die abgespreizten Füße in dicken, gelben Latschen mit schwarzen Schnürsenkeln.

Lachst du immer noch nicht, Jamie?

Nein, er lachte nicht.

Er stand bewegungslos da und sah sie an. Oder besser gesagt: Seine Augen waren zwar weit geöffnet, aber sie hatte den Eindruck, daß sein Blick eher transparent war. Er ging durch ihren Körper hindurch, ohne sie zu sehen.

Vielleicht langweilte er sich?

Sie spielte die Italienerin. Die Hände zum grün-weiß-roten Bouquet geformt, mit angewinkelten Ellenbogen. Zitierte die Worte, die er ihr beigebracht hatte. Prego Signore . . . ti voglio bene. Molto bene. Moltissimo.

Er bewegte sich noch immer nicht.

Sie wurde langsam unruhig. Irgend etwas stimmte nicht. Sonst hätte er schon lange geklatscht und wäre in ihr Spiel eingestiegen. Hätte eine Miene aufgesetzt, als wollte er sie entführen, ciao, ciao, Kameraden, wir beide ziehen jetzt davon! Salut, kleiner Bruder, salut, düsterer Blick! Nicht wir, sondern die Liebe hat es so gewollt. Auf, auf zur nächsten Vorstellung! Und beim Hinausgehen wären sie vor Lachen geplatzt.

Sie hatte nicht mehr genügend Kraft, um weiter den Clown zu spielen, also krümmte sie den Rücken und streckte die Beine. Legte einen Finger ans Kinn und stellte ihm stumm eine Frage. Du nimmst mich doch mit, oder? Du nimmst mich doch mit dir?

Sie mußte sich einfach sicher sein, sie konnte nicht länger warten.

Sag, du nimmst mich doch mit?

Er ließ sich gegen das gelb-grüne Kleid fallen. Hielt sein Gesicht an ihre Beine gepreßt. Stammelte Worte der Liebe, und sie tätschelte ihm das Haar. Ganz ruhig, ganz ruhig. Er brauchte doch nicht zu weinen, gleich würden sie doch beide hinuntergehen und in den Wagen steigen, in den Panhard, der am Fuße der Stufen stand und wie eine Karosse auf sie wartete.

Er schüttelte den Kopf.

Es sei nicht möglich.

Sie müsse bei dem düsteren Blick bleiben. Das sei die Regelung.

Die Regelung.

Aber er werde sie besuchen kommen, oft, ganz oft. Er habe ein Recht auf Besuche.

Besuche.

Ihre Beine fingen an zu zittern. Sie bewegte sich nicht. Wenn sie anfinge zu weinen, wie er, würde er mit Sicherheit gehen. Das würde sie nicht ertragen.

Wann? Wann? Wann das nächste Mal?

Wann der erste Besuch?

Bald.

Bald...

Er löste langsam ihre Arme, ganz langsam. Sie spürte, wie er sich zurückzog, wie er von ihr weg über den Teppich glitt. Wie seine Hände das Kleid hinunterglitten. Wie er sie auf Armeslänge hielt. Wie er sie überhaupt nicht mehr hielt. Er entfernte sich und wollte sie in dem Glauben lassen, er würde nicht ganz gehen. Sie öffnete den Mund und wollte weinen, die Tränen stiegen ihr schon im Hals auf, aber sie beherrschte sich. Vielleicht gab es doch noch eine Chance, daß er seinen Entschluß änderte.

Wenn sie ganz besonders lieb wäre.

Man wußte ja nie. Er würde sich sagen können, sie sei so lieb, so verständnisvoll, so entzückend, daß er sie auf gar keinen Fall zurücklassen könne.

Sie zwang sich zu lächeln.

Er schien erleichtert.

Sagte ihr, er freue sich, daß sie die Dinge wie eine Erwachsene nehme. Er freue sich darüber, daß sie so vernünftig sei. Gestand ihr sogar lächelnd, daß er einen Moment lang Angst gehabt habe, Angst, es könne zu einem Drama werden. Denn was Dramen anginge, habe er sein Quantum bereits bekommen. Er machte eine Bewegung, als habe er tatsächlich bis über beide Ohren genug davon. Aber durch sie habe er wieder Mut gefaßt. Sie sei wirklich seine Tochter, sein Schatz, seine Prinzessin. Er stand endgültig auf, klopfte den Staub von seiner Hose, fuhr sich mit der Hand übers Haar und drückte ihr einen dicken Kuß auf die Wange. Den Kuß eines guten Kameraden, eines fröhlichen Kumpels. »Du und ich, mein Kleines, wir gehören der gleichen Rasse an.«

Sie schüttelte den Kopf und sah zu, wie er ging.

Ihr Blick glitt über das ganze karierte Zimmer. Verharrte dann auf dem gelb-grünen Kleid. Am liebsten hätte sie es sich vom Leibe gerissen und es zerfetzt. Dieses Kleid war zu nichts gut, denn es hatte nicht ausgereicht, den Mann zurückzuhalten.

Sie ließ es zu Boden gleiten, stieß es mit einem Fußtritt unter den Schrank und rollte sich unter dem karierten Bettüberzug zusammen. Blieb regungslos liegen. Besaß nicht einmal mehr die Kraft zu weinen. Hatte den Eindruck, daß nichts mehr um sie herum wirklich war. Sie berührte das Kopfkissen, die Bettdecke, den Bettüberzug.

Alles war weiß. Die Farben waren verschwunden. Die Laken, weiß. Die Poster an der Wand, weiß. Ihr Schreibtisch, weiß. Ihr Plüschtiger, weiß. Und die Bäume vor dem Fenster. Und der Innenhof des Gebäudes. Und der Himmel. Alles weiß.

Ganz weiß.

Sie setzte sich rittlings auf ihr Kopfkissen und drückte es zwischen ihren Beinen ganz fest zusammen.

Das war doch nicht möglich. Er würde wiederkommen. Das war alles ein Irrtum. Er kam immer wieder.

Vielleicht würde er beim nächsten Besuch...

Mama mußte das Datum seines nächsten Besuchs wissen.

Mama war im Wohnzimmer. Mit dem kleinen Bruder.

Auch das Wohnzimmer war weiß.

Mama und der kleine Bruder waren weiß.

Jeder saß in seiner Ecke. Mit ernstem Gesicht. Stumm. Unbeweglich. Beinahe erleichtert. Hörte auf die Stille. Der düstere Blick glitt durch den ganzen Raum. Machte eine Bestandsaufnahme. Von einem neuen Raum. Zeichnete nicht mehr wütende Dreiecke. Ruhte melancholisch, erstaunt, beinahe furchtsam auf der Tischlampe, dann auf dem Diwan, dann auf dem Plattenspieler. Der kleine Bruder hielt den Blick auf den Boden gerichtet. Er hatte beschlossen, keine Fragen mehr zu stellen.

Sie waren beide weiß und regungslos.

Sie dachte an den Mann.

Völlig normal, daß er gegangen war.

All das Weiß...

Er würde zurückkommen, bestimmt.

Er würde nicht ohne sie leben können.

Ja, genau, er würde zurückkommen.

Sie würde ihm viel zu sehr fehlen.

Sie setzte sich in den weißen Salon, neben den kleinen Bruder und die Mutter, und begann zu warten.

Die Besuche fanden jeden zweiten Sonntagnachmittag statt. Das war die Regelung.

Dann wusch die Mutter sie, zog sie an, frisierte sie, tupfte ihr ein wenig Duftwasser hinters Ohr. Wobei sie ständig wiederholte: »Er wird schon sehen, wie gut ich mich um euch kümmere. Er wird schon sehen.« Dann setzte sie sie auf die kleine Bank am Eingang, und sie durften sich nicht bewegen, bis der Mann an der Tür klingelte.

Zweimal kurz. Dring, dring, ich bin's, ich komme euch abholen. Dann sprangen sie von der Bank und folgten ihm. Zuerst ins Restaurant. Sie aßen Hackfleisch mit Sauerkraut und riesige Schokoladenéclairs. Dann gingen sie ins Tageskino auf der Avenue de l'Opéra und sahen sich Zeichentrickfilme mit Titi und Gros Minet an. Oder in den zoologischen Garten. Machten eine Fahrt im Elektroauto und aßen türkischen Honig und Zuckerwatte. Wenn das Wetter schön war, stiegen sie sogar in eins der Holzboote auf dem See im Bois de Boulogne und ruderten. Es war immer etwa das gleiche Programm. Aber das war ihnen nur recht. Jeder von ihnen hielt eine Hand des Mannes. Ganz fest. Im Kino wie im zoologischen Garten. Und sie erzählten das Neueste von sich und aus der Schule. Von den Tauben im Käfig im Klassenzimmer des kleinen Bruders, oder vom Mathe-Lehrer des kleinen Mädchens. Es war wichtig, daß man nichts vergaß.

Denn die Besuche fanden nur jeden zweiten Sonntag statt, und wenn man etwas vergaß, mußte man vierzehn Tage warten, um alles aufzuholen. In der Zwischenzeit konnte man leicht etwas vergessen. Man konnte den Faden verlieren, und der Mann würde sich Schritt für Schritt entfernen.

Das war die Gefahr. In der Regelung nicht vorgesehen.

Das kleine Mädchen hatte diese Gefahr sofort erkannt.

Das setzte Vorsicht in jedem Moment voraus, ansonsten entfernte sich der Mann und verlor seine Farben. Wurde auch ganz weiß.

Man mußte an diesen Nachmittagen höllisch aufpassen. Durfte sich nicht von Titi und Gros Minet ablenken lassen, oder von dem kleinen Bruder im Boot, der Wasser auf das Jackett des Mannes spritzte, ebensowenig von dem türkischen Honig, der weich und grün vom Stiel tropfte, oder dem elektrischen Auto, wenn es wegen einer Panne am Rande der Piste stand. Andernfalls kam sie unzufrieden und traurig nach Hause.

Litt unter dem Mangel an Vertrautheit mit dem Mann.

Unter dem Mangel an liebevollen Blicken und Verständnis.

Und man mußte vierzehn Tage warten, um das Gespräch dort aufzunehmen, wo man es abgebrochen hatte.

Natürlich unter der Bedingung, daß...

Denn es gab andere Sonntage.

Sonntage, an denen die Mutter sie wusch, ankleidete, kämmte, etwas Duftwasser hinters Ohr rieb, einen Schritt zurücktrat, sie zufrieden betrachtete und ihnen sagte, sie sollten auf der Bank am Eingang sitzen bleiben. Daß es ein Vergnügen sei, sie anzusehen. Hübsch sauber und artig. Daß der Mann nicht umhin kommen würde, es zu bemerken und festzustellen, daß sie sehr gut ohne ihn zurechtkäme.

Sie verharrten dort, ohne sich zu bewegen. Ihre Füße baumelten ins Leere, ihre Schultern waren ein wenig vorgebeugt. So warteten sie auf das zweimalige Klingelzeichen. Dring, dring. Mit sauber gezogenem Scheitel, in ihren schönen Sachen und mit dem Duftwasser, dessen Kraft langsam schwächer wurde.

Sie warteten.

Und warteten.

Sie wagten nicht, einander anzusehen, aus Angst, in den Augen des anderen die Angst zu lesen. Die gleiche Angst wie am vorausgegangenen Sonntag. Sie versuchten zu vergessen, nicht daran zu denken, obwohl sie es seit dem Morgen wußten. Sie hatten nicht gewagt, es dem düsteren Blick zu sagen, als sie hinter den Ohren, an den Knien und zwischen den Zehen geschrubbt wurden. Immer wieder geschrubbt, mit dem Waschlappen und der Nagelbürste. Abgerieben mit dem Handtuch. Das Haar trockengerubbelt.

Er würde kommen, doch, doch, er würde kommen, wiederholten sie, ohne einander anzusehen.

Der kleine Bruder hampelte ein wenig auf der Bank umher.

Das kleine Mädchen strich die Falten des Kleides glatt und hob die Zöpfe, die ihm schwer über den Rücken fielen.

Sie warteten.

Die Mutter ging auf und ab und seufzte: »Was für eine Schande...«

Sie warteten.

Der Abend brach herein.

Die Mutter sagte ihnen, sie sollten gehen und sich ausziehen.

Der kleine Bruder sprang von der Bank, ohne ein Wort zu sagen.

Weiß.

Das kleine Mädchen schloß sich in seinem Zimmer ein, um zu weinen, und warf die Kissen gegen die Wand. Rote Flekken der Wut auf dem ganzen Gesicht.

Am nächsten Tag rief der Mann an. Die Mutter schrie ins Telefon. Das kleine Mädchen schrie ins Telefon. Der kleine Bruder weigerte sich, ans Telefon zu gehen.

Beim nächsten Besuch kam er pünktlich, mit Geschenken, Entschuldigungen, liebevollen Worten. Er verdoppelte die Zahl der Schokoladenéclairs, der Eistüten, der Runden mit dem elektrischen Auto.

Aber am Sonntag danach, als sie sich auf die kleine Bank am Eingang setzten, fingen ihre Herzen heftig zu klopfen an. Und die Angst umkreiste sie. Die Angst, die mit dem Mann zusammenhing. Sie durchdrang den ganzen Körper. Sie warteten. Ohne daß sie einander zu berühren wagten, aus Angst, das laut klopfende Herz des anderen zu hören. Sie warteten. Und dann, nach etlichen Sonntagen, kam der Sonntag, an dem der Mann ihnen erzählte, er wolle wieder heiraten.

Weil er ein Kind bekäme.

Ein anderes Kind.

Nach dem Sonntag weigerten sie sich, den Mann und die andere Frau und das Kind zu sehen.

Weigerten sich, auf der Bank zu sitzen.

Verweigerten die Besuche.

Und die Regelung.

Die Geschenke, die der Mann schickte.

Die kurzen Briefe, die die andere Frau schrieb.

Die Fotos von dem neuen Kind, das auf den Holzplanken am Meer laufen lernte.

Ein Junge.

Der kleine Bruder entschied, daß er mit dem Mann abgeschlossen habe.

Das kleine Mädchen verkündete, daß er es sich zu leicht mache, daß er sich nicht einfach so davonstehlen könne. In Anwesenheit des düsteren Blicks und des kleinen Bruders erklärte sie dem Mann feierlich den Krieg.

Der Pianist neigt den Kopf zur Seite, um inspiriert zu wirken, und wiegt, einfältig lächelnd, die Schultern über den weißen Tasten hin und her. Allan hat nach eingehendem Studium der Weinkarte einen Bordeaux gewählt, von dem er mir den Himmel auf Erden verspricht. Einen ganz besonderen »Cru«, der, so scheint es, eine Wurzel in der Sonne und eine im Schatten hat. Irgend so was. Er verzieht das Gesicht zu einer komischen Grimasse, während er einen Schluck probiert. Es sieht aus wie ein Hühnerarsch – oder wie ein nervöser Tick. Der Kellner wartet respektvoll darauf, daß das Urteil der Geschworenen fällt, und darf uns schließlich – unter den glückselig geschlossenen Augen und einer winzigen, ermutigenden Kinnbewegung Allans – einschenken.

»Enjoy your wine.«

Sagt er. Während er die Flasche auf einem kleinen, runden Tischchen absetzt.

Dann bringt er kleine, weiche Krabben. Soft Shell Crabs.

»Enjoy your meal«, ordnet er mit einem breiten Lächeln an.

»Es ist köstlich, du wirst sehen«, erklärt Allan. So was kriegt man nur in Amerika zu essen. Man fängt die Krabben, wenn sie gerade ihre Panzerschale wechseln, wenn sie ganz nackt sind, sich unter schützenden Felsen verschnaufen. Dann schneidet man ihnen den Kopf ab. Mit einem Schnitt. Es gibt dafür eine Saison, die nicht lange anhält. Also muß man sich beeilen.

Ich betrachte die weiche Krabbe auf meinem Teller und bin den Tränen nahe. Die Krabbe ist ein wunderbares Tierchen. Ich habe sie vor Zeiten einmal genau studiert. Toto hob die Steine an, und ich hielt nach der versteckten Krabbe Ausschau. Dann bauten wir ihr eine Burg und beobachteten sie.

Ausgerüstet mit einem Buch über Schalentiere. Zunächst einmal hat die Krabbe ein Herz. Eines, das wild klopft, wenn sie ein Krabbenweibchen erspäht hat. Und dann hat sie blaues Blut. Und ein Gehirn! Krabben sind nicht irgendwer. Ich will ja gern harte Krabben essen, Krabben, die sich mit ihren scharfen Zangen verteidigen, aber diese nackten Tierchen...

Der Pianist fetzt eine andere saublöde Melodie herunter, und Allan kaut im Takt dazu. Äußerst schmackhaft, sagt er. Und ganz mühelos, he? Man muß sie nicht erst schälen, um an ein Stückchen Fleisch zu kommen. Man kann alles mitessen. Läßt nichts auf dem Teller...

»Schmeckt sie dir?« fragt er.

»Ich weiß nicht«, sage ich und schiebe meine Krabbe von einem Rand des Tellers zum anderen, verstecke sie unter einem Salatblättchen oder unter einem Scheibchen eingelegter Rübe.

Zudem denke ich an meinen kleinen Zeh. In gewisser Weise ähnelt er der weichen Krabbe. Und dann überkommt mich Ekel. Um das Thema zu wechseln, beginne ich ein Gespräch. Stelle übliche Fragen, um Allan zu zeigen, daß ich mich für ihn interessiere. Frage ihn, womit er seine Zeit verbringt. Er ist im Import-Export. Kauft zum Beispiel Strumpfhosen in Frankreich und verkauft sie in den Vereinigten Staaten. Billige Strumpfhosen für Großmärkte. Strumpfhosen, damit bin ich vertraut. Ununterbrochen kaufe ich welche, weil sie immer gleich reißen. Also stelle ich ihm tausend Fragen über das Warum und Wieso seiner Geschäfte. Er wirkt sehr zufrieden. Verdient viel Geld. Manchmal bis zu zwanzigtausend Dollar an einem Morgen. Gezwungenermaßen verbringt er viel Zeit am Telefon. Am Nervenstrang der Geschäfte! Aber er ist unabhängig. Ist sein eigener Boss. Er kann, wann immer er will, nach Maine zu seinem Boot fahren. Und das ist ein nicht zu verachtender Vorteil. Er erträgt Hierarchien nicht. Da bin ich mit ihm völlig einer Meinung.

Daraufhin fragt er mich, was ich mache. Ob es mir gefiele, nichts zu tun? Nein. Und warum ich dann im Moment

Däumchen drehte? Schon wieder vertraue ich mich ihm um ein Haar an. Bin kurz davor, ihm von Papa und seinen achtzehn Monaten Krankenhaus zu erzählen. Und dann muß ich wirklich an Papa denken und habe keine Lust mehr zu sprechen. Darüber zu reden, daß mir der Kummer den Magen umdreht. Statt dessen sage ich irgendwas. Ich höre meine Stimme und kann nicht fassen, was ich da plappere. So idiotisches Zeug, daß ich mich am liebsten in Luft auflösen und die verblödete Tante mit ihrem dusseligen Geschwätz verschwinden lassen würde. Ich rede über das Schreiben, das man nicht herbeibefehlen kann, über Inspiration papperlapapp, über den Zauber der Worte blah, blah, blah und über die Einsamkeit des Schriftstellers tingelingeling. Nichts als Blödsinn! Ich schäme mich richtig. Schäme mich dermaßen, daß ich mir selbst die Ohren zuhalte, um nicht mehr hören zu müssen, was diese dumme Kuh sagt.

Und verziehe mich woandershin.

Dorthin, wo es mild und warm ist.

In ein Krankenhauszimmer.

An die Bettkante meines Papas.

Er beklagt sich nicht. Er hat beschlossen, gegen seine Krankheit anzukämpfen. Hat sogar beschlossen zu gewinnen. Nicht wie ein Held. Wie ein guter Durchschnittsfranzose. Oder wie ein kleines Kind, das sich unsterblich glaubt. Das nicht glauben kann, daß es sterben wird. Er blättert den Katalog der Sozialversicherung durch, auf der Suche nach Erholungsheimen, in denen er sich einer Chemotherapie unterziehen kann und deren Kosten die Versicherung übernimmt. Entwirft Pläne, arbeitet Strategien aus, erwägt verschiedene Angriffe aus unterschiedlichen Stellungen. Und er hat nicht ganz unrecht. Von Doktor Connard zu zwei Monaten Überleben verdammt, bleiben ihm doch gute achtzehn Monate. Drei Monate bevor er stirbt, lädt er Tod und mich ins Restaurant ein und zeichnet den Anzug, den er sich beim Verlassen des Krankenhauses anfertigen lassen will, auf die tomatensaucenbefleckte Tischdecke. Weil ihm die alten Anzüge um die Gelenke schlottern. Er wird zur Betriebsnudel des achten

Stocks. Läßt sich zu Weihnachten Gänseleberpastete und eine Flasche Sauternes anliefern. Schielt nach den Krankenschwestern. Macht Bemerkungen über ihre Formen. Läßt sich gegenüber dem Mädchen, das sein Bett macht, sabbernd darüber aus.

»Ah, die Liebe, Mademoiselle...«

»Sie ist widerlich, Monsieur, glauben Sie mir, sie ist widerlich, die Liebe...«

»Nur wenn man sie gut macht, Mademoiselle.«

Die Patienten der Inneren finden sich allabendlich am Fußende seines Bettes ein. Sie erzählen ihm von ihren Problemen bei der Arbeit und in der Beziehung. Er hört zu. Holt seinen Rosenkranz heraus. Ernst wie der Papst selbst. Er hat den Glauben seiner Kindheit wiedergefunden.

Er will keine Tränen.

Will Blumen und Wein.

Einen elektrischen Rasierapparat und immer einen sauberen Pyjama.

Die Zeitung und sein Radio.

Sein Rasierwasser und Kreuzworträtsel.

Kranke, die sich beklagen, quengelig ihr Tablett zurückweisen und mit den Krankenschwestern herumzanken, sind ihm zuwider. Er sagt, sie leisteten bemerkenswerte Arbeit, noch dazu für ein kaum nennenswertes Entgelt! Andere Male ist mir klar, daß er weiß. Wenn er eines Tages losläßt, wird alles nur halb so schlimm sein. Es gibt nichts, was er bereut. Der Tod macht den Leuten angst, die nicht gelebt, sondern immer nur gespart haben. Aber was soll's, wenn man alles gut ausgenutzt hat? Er schreibt Schecks für alles mögliche aus. Für ein Kinderdorf oder für den Bruder der kleinen, blonden Krankenschwester, der Musiker und völlig abgebrannt ist. Unbeholfen kritzelt er mit seiner linken Hand eine zittrige Unterschrift. Er will sich seiner Kohle entledigen. Von seiner Drei-Groschen-Rente befreien. Es gelingt mir einfach nicht, traurig zu sein, wenn ich in seinem weißen Krankenzimmer sitze. Ich halte seine Hand. Kämme ihn. Rasiere ihn. Schneide ihm die Nägel. Ich habe keinen Rivalen. Er ist von allen Seiten geschieden. Seine dritte Frau will nichts mehr von ihm hören. Er übrigens auch nichts von ihr. Das hat er mir ganz klar gesagt. Als sie eines Tages schließlich doch anruft, um zu hören, wie es ihm geht, legt er den Hörer umgehend wieder auf. Sagt, er wolle kein Mitleid. Und sie wird es nicht wieder versuchen. Sagt einfach, sie habe nur angerufen, um ihrem guten Gewissen als Christin Genüge zu tun, im übrigen werde sie alles, was sie mit ihm durchgemacht habe, Gott als Pfand für ihren Seelenfrieden darbieten. Er zuckt die Schultern. Nimmt einen guten Schluck Wein und pfeift durch die Zähne. »Ihre Seele... Ihr Arsch... Ihr Gott... Ihre Rente...«

Auch Mama kommt nicht. Sie ist nachtragend. Nur eine kleine Stippvisite, ganz kurz, bitte ich sie eindringlich. Er schreit deinen Namen in seinen Träumen. Nein, nein, wiederholt sie und schüttelt den Kopf. Er hat mir zuviel zugemutet. Und das werde ich nie vergessen. Er hat mein Leben ruiniert. Meine schönsten Jahre.

Also bleibe ich allein mit ihm. Und es ist mir ganz recht.

Von Zeit zu Zeit ruft er lauthals, und seine Stimme hallt durch die Station, auf der die ermatteten Kranken in Pantoffeln umherschlurfen, schreit, als wolle er sich beweisen, daß er noch am Leben sei:

»MEINE TOCHTER!«

Und ich antworte ihm im gleichen Ton, mit gleicher Lautstärke:

»MEIN PAPA!«

Wir lauschen den Worten, die im Raum vibrieren und uns aufmuntern. Diesen Worten, die mir allen Mut gaben, als ich noch klein war. Ich will nicht, daß MEINE TOCHTER Geschirr spült oder den Feudel schwingt! MEINE TOCHTER ist eine Königin. MEINE TOCHTER ist die Beste in der Schule. MEINE TOCHTER wird ihnen allen den Kopf verdrehen. Habt ihr euch mal MEINE TOCHTER angeschaut... Manchmal sagt er, er habe es satt. Er wolle wissen, was draußen vor sich gehe. Schlägt die Bettdecke zurück und versucht aufzustehen. Aber er fällt. Und es bedarf zweier, dreier Leute, um diesen großen Körper von einem Meter neunzig Länge – der nur noch aus Haut und Knochen besteht, aber an allem teilhaben will – wieder aufzusammeln. Man legt ihn wieder hin. Er schneidet eine Grimasse. Sagt, jetzt gehe es also dem Ende zu. Es müsse wirklich dem Ende zugehen, wenn er nicht mehr sehen könne, was draußen los sei.

So wie früher.

»Erinnerst du dich, Kleines, wie ich die kleinen Kellnerinnen nach dem Abendessen abgeschleppt habe ...«

Er erinnert sich und prahlt damit. Seine blauen Augen blitzen aus dem weißen Kopfkissen, sein großer Mund lächelt, und er streckt die Hand nach seinen Erinnerungen aus. Nach dem Würstelbaum aus dem Schlaraffenland seiner Erinnerungen, den er wieder und wieder schüttelt ...

Und ich sitze neben ihm und vergesse alles.

Die Wutanfälle, die mich lähmten oder gegen Wände rennen ließen. Die Worte der Liebe, die meine Wut niedermähten. Vergesse den Krieg. Auge um Auge, Zahn um Zahn. Den Dolch, den ich sorgfältig schliff, um ihn ihm an den Tag, an dem er mich einmal brauchen sollte, in den Rücken zu jagen. Schließlich war der Tag tatsächlich gekommen. Friede! sagte er zu mir und streckte mir die Arme entgegen. Laß uns Frieden schließen. Bitte ... An dem Tag habe ich ihm ins Gesicht gelacht. Du träumst, mein Alter! Du träumst! Jetzt bin ich an der Reihe, jung zu sein und das Leben von allen Seiten zu verschlingen. Jungs abzuschleppen und erst am frühen Morgen nach Hause zu kommen! Und ich werde mich nicht von einem alten, flatterhaften Säuferpapa stören lassen. Ja, was glaubst du denn? Jeder ist sich selbst der Nächste.

Ich ließ ihn auflaufen. Und er alterte allein vor sich hin, in einer armseligen Zweizimmerwohnung, rauchte kettenweise seine Gitanes und trank seinen Vieux Papes. In trauter Zweisamkeit mit seinem Fernseher, neben einem überquellenden Aschenbecher. Niemand wußte, wie sehr ich ihn liebte.

Nicht einmal ich selbst.

Ich sah ihn, wie er da in seinem Krankenhausbett lag. Und

es war, als holte er sein Schicksal ein und schnitte es sich auf sein Maß zurecht. Er, der ihm ein ganzes Leben lang hinterhergelaufen war...

Er gab mir Anweisungen für seine Beerdigung. Bestimmte die Art des Holzes für den Sarg, hell und billig, weder Eisenbeschläge noch Schnörkel. Die Inschrift auf dem Grabstein: »Euer Wille geschehe«. »Gott in der Höflichkeitsform, Kleines, darauf bestehe ich... Wir haben noch keinen zusammen gehoben, Er und ich!« Kannte seinen Platz auf dem Friedhof von Saint-Crépin, dem Dorf seiner Kindheit, am Fuße der Berge. Nannte den Betrag der Lebensversicherung, die er für seine Kinder abgeschlossen hatte. Eine letzte lange Nase denen, die ihn für verantwortungslos hielten: Er würde uns Moneten hinterlassen! Ha, ha, ha! Noch dazu einen ganzen Packen, sagte er und kugelte sich vor Lachen. Und irrte sich, weil er falsch gerechnet hatte. Vielleicht hat er mir nichts Nennenswertes hinterlassen, aber er hat mir etwas vermacht, das keinen Preis hat und das man Appetit nennt. Appetit darauf zu leben, zu essen und zu bumsen, ohne sich dabei von Schuldgefühlen oder vom düsteren Blick der anderen innerlich zerfressen zu lassen.

Die Krankheit hatte uns gezwungen, die Masken fallen zu lassen. Wir konnten nicht mehr mogeln: Der Tod erwartete ihn an der nächsten Straßenecke.

Dies war meine letzte Chance zu verstehen, wer ich war. Woher ich stammte. Hätte ich nur den Mut gehabt, ihm gegenüberzutreten. Die Rechnung und die Wahrheit von ihm zu verlangen. Hätte ich den Mut gehabt, nicht zu mogeln und die richtigen Worte zu sagen. Mich nicht dem Kokon der Krankheit zu ergeben, den gedämpften Schritten der Krankenschwestern, die ein- und ausgingen, ohne daß man sie hörte, dem metallischen Geräusch der Arzneiwagen, die schlenkernd über die Flure geschoben wurden...

Den Mut, vor nichts Respekt zu haben.

Wie er es mir so schön beigebracht hatte, als ich klein war.

Auf dem Rand seines Bettes kommt mir alles wieder in Erinnerung. Ich war sieben Jahre alt und sah zu, wie die schwarzen Absätze im Scheinwerferlicht tänzelten. Ich haßte sie. Ich haßte das geschlitzte Kleid, die roten Nägel. Ich haßte das alte Portal, den kleinen Garten, ihre grüne Visitenkarte, ihren Köter. Wir hatten uns mit den Lérineys angefreundet. Die beiden Familien hatten einander schließlich sympathisch gefunden. Was meinem Vater sehr gelegen kam. Ich kniff die älteste Tochter der Lérineys bis aufs Blut, zog dem kleinen Sohn auf der Toilette die Hosen aus und ließ ihn mitten im Winter völlig nackt stehen. Mama sah mich böse an, ich bekam keinen Nachtisch, aber das machte mir nichts aus. Als ich erfuhr, daß Madame Lériney beim Einkaufen im Supermarkt von einem Laster überfahren worden war, blieb ich völlig unbeeindruckt. Ich spendierte dem Gauner sofort eine Kerze, um ihm dafür zu danken, daß er mir meinen Papa zurückgegeben hatte, ganz für mich allein. Als ich zehn Jahre alt war, verbrachten wir die Osterferien bei meiner Großmutter in den Niederalpen. Sie bestand darauf, daß am Ostersonntag die Schokoladeneier im Garten versteckt wurden. Zum Spaß für die kleinen Cousins. Im Entengang watschelten wir hintereinander her und gaben Schreie des Entzükkens von uns, sobald wir glänzendes Papier, ein Büschel Gras und einen Erdklumpen in Form eines Eis fanden, wakkelten mit dem Hintern, riefen »Oh!« und »Ah!« und durchwühlten die Erde mit den Fingern, als ich es ganz plötzlich satt hatte und aus dem Gänsemarsch ausscherte. Ich richtete mich auf, strich meinen Rock glatt und unternahm einen kleinen Spaziergang neben dem Bocciafeld. Dort war niemand. Es war die Zeit für den Pastis. Auf einmal hörte ich das Lachen einer Frau aus der Gartenlaube, wo wir uns immer ausruhten, wenn es gar zu heiß wurde, und Bier und Limo tranken. Vorsichtig drückte ich die Hecke auseinander und riskierte einen Blick. Es war mein Vater. Mit einer Frau, die im Hotel zur Quelle wohnte. Eine Österreicherin, die an Mamas Rockschößen hing, seit sie angekommen war. Um sich zu erholen, wie sie behauptete. Sie hatte ihren Mann verloren und war sehr schwach. Wollte ihre Nerven beruhigen. Man müsse nett zu ihr sein, sie sei völlig durcheinander, sagte

Mama und lud sie dauernd ein, Ausflüge mit uns zu unternehmen. In was für einem Zustand die beiden waren! Gerötet, erhitzt und völlig aufgelöst. Papa muß mich durch die Rosen- und Hagedornhecke hindurch gesehen haben, denn er richtete sich auf und machte ihr ein Zeichen, sie solle verschwinden.

»Mach 'ne Fliege«, sagte er. Ich erinnere mich ganz genau. Es war das erste Mal, daß ich den Ausdruck hörte. Er gefiel mir sofort. Mach 'ne Fliege ... So ähnlich wie: Mach dir 'nen Dutt, was ich immer komisch fand. Sie machte sich einen Dutt und ging. Waff, waff, waff!

Er kam zu mir herüber. Ging neben mir her. Ohne wie sonst seinen Arm um mich zu legen. An dem Tag habe ich ihn gefragt, sanft und geduldig. Wie eine Schülerin, die etwas lernen will.

»Warum gehst du fort und kommst zurück und gehst wieder fort und kommst zurück, und Mama sagt nichts dazu? Warum?«

»Das ist nun mal so, Kleines. Du kannst davon ausgehen, daß deine Mutter, wenn sie mich erträgt, auch auf ihre Kosten kommt. Vergiß das nie: Es kommt ihr gelegen. Sonst würde sie fortgehen. Und warum geht deine Mutter nicht? Warum wohl? Oh! Wenn du sie fragst, wird sie dir wahrscheinlich verschiedene falsche Gründe anführen. Weil sie sich der wahren Gründe schämt oder Angst hat, aber halte dir das für später in Erinnerung: Sie kommt dabei auf ihre Kosten. Wenn nicht, geht sie. Und das ist ihr gutes Recht.«

Wir gingen noch ein Stück weiter. Er mußte noch weiter darüber nachgedacht haben, denn ganz plötzlich kniete er vor mir nieder, faßte mich an den Schultern und fügte so eindringlich, als wäre das, was er da sagte, das Ernsteste der Welt, an das ich mich für den Rest meines Lebens erinnern sollte, hinzu:

»Nimm nie die Vergehen anderer auf dich, Kleines, niemals, hörst du? All ihre ängstlichen, kleinmütigen Sünden, die sie auf dich abwälzen, damit du ihnen ähnelst. Verstehst du das?«

Ich verstand kein Wort. Behielt die Worte aber in Erinnerung und sagte mir, daß ich sie eines Tages verstehen würde.

»Jeder hat seine Gründe, weißt du, wenn er einen anderen ertragen kann, aber niemand sagt je die Wahrheit... Man macht sich was vor, spielt den Märtyrer, spricht sich die edelste Rolle zu, mit einem Harnisch vor der Brust, aber im Grunde... ist es nicht ehrlich. Gib dich keinen Illusionen hin. Jeder ist sich selbst der Nächste. Jeder verteidigt seine kleinen Vorteile...«

Und dann sagte er noch ganz leise für sich:

»So kann das nicht weitergehen... So kann das nicht weitergehen...«

Ich kann mich sehr gut erinnern, weil er uns kurz danach, wieder in Paris, ankündigte, daß er gehen werde. Der Satz ist mir also genau im Gedächtnis geblieben...

Im Krankenhaus dann habe ich mich wieder erinnert. Nach Doktor Connards Röntgenaufnahme, nach den ersten Tagen, während derer ich meine Tränen mit den Fingern zurückgehalten und eine gesellige Miene aufgesetzt hatte, kerzengerade auf meinem Stuhl, Füße und Knie schön parallel nebeneinander. Ich schwor mir, ihm keine Ruhe zu lassen, ihm Fragen zu stellen, ihn dazu zu zwingen, mir zurückzugeben, was mir rechtmäßig zuzustehen schien: mich.

Mich ohne ihn.

Ohne ihn.

Ich hatte auch verstanden, daß es nicht zu spät war und daß wir beide uns auf ein neues Liebesverhältnis einlassen konnten. Ohne daß er den Helden spielen mußte und ich die Prinzessin. Ein Liebesverhältnis, in dem ich ihn um seiner Person willen liebte. Um seines halben Liters Roten und der Hintern der Krankenschwestern, um seines Rosenkranzes und der Schecks, die er verteilte, um seiner leblosen Hand und seiner lachenden Augen.

Er hat mir beigebracht zu lieben.

In extremis.

Und hat sich dann aus der Affäre gezogen.

Und ich fand mich wieder einmal ganz allein. Vermißte

ihn. Empfand einen Mangel, der mich taub machte, blind und gemein. Wer hat behauptet, Schmerz heilige? Schmerz macht mich böse. Ohnmächtig.

Ich muß das Wort laut gesagt haben, denn ich vernehme ihn wieder, den Schmerz. Ausgesprochen von der anderen. Dieser Blah-blah-Tante. Ich rutsche von Papas Bettkante und stoße mit der Nase auf die weiche Krabbe. Und auf Allan.

»Du kannst also nicht mehr schreiben?« fragt Allan.

»Nein. Nichts mehr. Nicht einmal einen Zeitungsartikel.«

Er fragt, ob ich ein Dessert möchte. Einen Pecan Pie. Ich nicke. Aber nur aus Höflichkeit. Ich kann diesen Kuchen mit Pecan-Nüssen nicht ausstehen. Er klebt zwischen den Zähnen, schmeckt widerlich, und man nimmt ein Kilo pro Happen zu.

Der Kellner bringt zwei Pecan-Pies. Wünscht uns guten Appetit:

»Enjoy your Pie...«

Und ich beginne das gleiche Treiben wie mit den weichen Krabben: zerstückele den Kuchen und schiebe die Stücke unter die Schlagsahne.

Nicht einmal den Kaffee bekomme ich runter. Gefärbtes Wasser, das nach Kräutertee schmeckt. Wie auch immer, der Abend war von vornherein zum Scheitern verurteilt. Wir sind nicht auf derselben Linie. Deshalb sehe ich auch überhaupt keinen Grund, warum ich versuchen sollte, etwas Wahrhaftiges zu sagen. Ich bedanke mich und füge hinzu, das Abendessen sei exquisit gewesen.

So viel Geflunkere für heute abend.

Er schaut auf die Rechnung. Holt seine Kreditkarten hervor. Eine wahre Sammlung. Er besitzt für alles mögliche eine: für Benzin, Supermarkt, Telefon, Parkhaus, den Sportclub, Bloomingdales... Schließlich wirft er eine goldene auf den Tisch. Völlig achtlos. Ich frage mich, ob er wohl die Quittung mitnehmen wird, um das Essen abzuschreiben. Aber er läßt sie liegen. Ein Pluspunkt für ihn, sage ich mir. Er hat mich eingeladen. Rechnet mich nicht als Geschäftsessen ab. Unter seinen Strumpfhosen.

Wir stehen auf. Durchqueren das Lokal. Und wieder habe ich Lust, mich an ihn zu schmeißen. Das wird ja richtig zur Manie. Aber wieder halte ich mich zurück. Sage mir, daß es wie ein Haar in der Suppe wäre, wenn ich mich jetzt an seinen Hals schmeiße. Ich werde rot. Er sieht es. Ich erröte noch mehr. Versuche, möglichst unbeteiligt auszusehen, spüre aber, daß ich puterrot bin. Daß ich bis in die Knochen schwitze. Ich hasse das. Wie sieht denn das aus, he? Noch so eine Laune meiner Seele. Ich spiele die Starke, die Unbeteiligte, und wutsch! eine Hitzewelle, und ich habe ein hochrotes Gesicht.

Dann treten wir auf die Straße hinaus. Und wieder ist es dunkle Nacht.

»Warte, ich halte ein Taxi an.«

Ich gehorche. Dabei bin ich Meisterin darin, in Manhattan ein Taxi aufzutreiben. Völlig unbefangen drehe ich meine Runden und peile die betriebsamen Verkehrsadern und die günstigen Kreuzungen an, um das begehrte Vehikel anzuhalten. Aber ich gehorche. Sehe zu, wie er mitten auf die Straße stürzt, um eines der gelben Taxis heranzuwinken.

Ob er wohl eine Freundin hat?

Die Taxis fahren an uns vorbei.

»Um diese Zeit sind sie mißtrauisch«, erklärt Allan.

Die Nacht ist ruhig, mild, einsam. Man könnte meinen, man sei in einem Wald, wo die Bäume knarren, der Wind sich in den Zweigen fängt, die Eulen einander von Wipfel zu Wipfel etwas zurufen und man sich furchtsam durch die Dunkelheit tastet. Man geht gedämpften Schrittes. Muß an Wölfe und Füchse denken. An Räuber, die vielleicht im Hinterhalt lauern. Wettert los und beschimpft sich selbst als Waschlappen. Der Wind gleitet an den Mauern entlang, die Wolkenkratzer schwenken ihre Schatten zu unseren Füßen, Papierfetzen fliegen durch die Luft, bleiben an den Stahlträgern der Ampeln hängen, bevor sie sich wieder lösen, um woanders hängenzubleiben. Mülltonnendeckel rollen durch den Rinnstein. Ein Mann geht mit in den Taschen geballten Fäusten und hochgeschlagenem Mantelkragen quer über die Kreuzung. Kickt gegen eine Bierflasche, die scheppernd gegen eine Mülltonne aus Metall prallt. Dann verschwindet er um die Ecke eines Hochhauses. Aus der Ferne hört man Autogehupe und das Geräusch eines gußeisernen Sieldeckels, über den ein Auto fährt.

Vom Bürgersteig aus rufe ich Allan zu:

»Sag mal, warum ist die Freiheitsstatue grün?«

Ein Taxi hat gerade vor uns gehalten. Er hält mir die Tür auf, und ich springe mit einem Satz hinein.

»Stimmt überhaupt. Warum ist sie grün, die Freiheitsstatue?«

Das Taxi fährt los, und Allan nennt dem Fahrer unser beider Adressen. Zuerst meine, dann seine am Central Park West.

»Stell dir vor, diese Frage habe ich mir noch nie gestellt.«

Er sitzt ganz in der Ecke des Rücksitzes. Weit von mir entfernt. Ganz weit. Er hat Mühe, seine langen Beine unterzubringen, probiert verschiedene Positionen aus, bis er eine bequeme findet.

»Ich hasse diese Taxen mit der Trennwand zwischen Fahrer und Kunde. Ich fühle mich eingezwängt.«

»Denn in Paris ist sie nicht grün, sondern grau«, insistiere ich.

»Schon möglich...«

Er sieht mich lächelnd an.

»Du bist schon ein komisches Wesen... Ich habe dich während des Abendessens genau betrachtet, und...«

Er hat keine Zeit, seinen Satz zu Ende zu sprechen, denn das Taxi macht einen Schlenker, der uns nach vorn wirft, mit der Stirn gegen die Trennscheibe. Gegen die gelben Aufkleber, die Rauchen, Essen und Bezahlen mit großen Geldscheinen verbieten. Allan ist sofort vorgeschnellt, um mich mit seinem Arm zu schützen, die Hand auf meinem Kopf...

Der gleiche Arm.

Die gleiche Hand. Auf meinem Schädel.

Das gleiche Handgelenk voller brauner Haare.

Die gleichen langen, schlanken Finger.

Die gleichen transparenten, glatten Fingernägel.
Der gleiche Duft von Rasierwasser, der sich von der Wange bis hinters Ohr hochzieht.

Die gleiche Wärme...

Das gleiche in sich geschlossene, blinde, beharrliche Glücksgefühl.

Genau das gleiche.

Ich schließe die Augen und bleibe an ihn gelehnt. An seinen Arm, an diese Hand. Tue so, als hätte ich Schmerzen, als hätte ich Angst, während er den Taxifahrer barsch zusammenstaucht. Fucking hole in this fucking street, fucking city with this fucking Mayor. Er hatte ein Schlagloch umfahren wollen. Denn er ist der Besitzer des Wagens und hat keine Lust, ihn zu beschädigen. Dreimal hat er bereits die Stoßdämpfer ausgewechselt; wie soll man bei all den Ausgaben noch zu Verdienst kommen! Die Nase an Allans Hals, bitte ich den Taxifahrer inständig, seine Liste der Beschimpfungen fortzusetzen, sie auf das Bundessystem, die Steuern, den Gouverneur, das Kapitol, die Abgeordnetenkammer, den Senat... und so weiter auszudehnen. Nur er und ich, eingeschlossen auf dem Rücksitz eines New Yorker Taxis. Ich wühle meinen Kopf in sein Jackett und bete, daß der Fahrer noch in weitere Löcher rast, daß seine Klapperkiste zusammenbricht, daß sie über eine Mine fährt und explodiert, damit ich ihn für immer und ewig bei mir habe. Er und ich. Nur er und ich.

»Alles in Ordnung?« fragt mich Allan, löst seine Arme und Hände und lehnt sich zurück.

Ich schüttele den Kopf, unfähig, ein Wort von mir zu geben. Meine Kehle ist wie zugeschnürt.

»Diese Typen sind völlig verrückt! Bist du sicher, daß alles in Ordnung ist?«

Das gleiche.

Genau das gleiche.

Zehn Nächte, ohne das einfältige Auge der Windlichter zu vermissen. Das einfältige Auge der Windlichter. Süßer als den Kindern das säuerliche Fleisch der Äpfel. Das Fleisch der

Äpfel. Es gären die bitteren Rötungen der Liebe. Die bitteren Rötungen der Liebe. Hör dir diese Worte an, hör nur, wie schön sie klingen...

Warum hat er seinen Arm und seine Hand weggenommen? Warum hat er sich wieder in die äußerste Ecke des Sitzes zurückgezogen?

Hat er eine Freundin?

Wir schweigen.

Ich fröstele und mache in meiner Ecke ein saures Gesicht.

Die numerierten Straßen ziehen vorüber. Wir nähern uns Bonnies Wohnung. Es bleibt nur noch wenig Zeit. Im Radio läuft eine Werbung für Rechtsanwälte. Soll ich mir einen in meiner Sache nehmen? Die Werbung empfiehlt es: »Was immer auch Ihnen oder Ihrer Familie widerfährt, wenn Sie sich beeinträchtigt, ausgenutzt oder schlecht geschützt fühlen und Ihre Rechte nicht kennen, wählen Sie am Telefon ANWALT, und ein Mann übernimmt Ihre Verteidigung. Er kommt sogar zu Ihnen ins Haus. Kostenlos. Also, nicht vergessen: Wählen Sie ANWALT...« Ich schaue aus dem Fenster. Ich könnte ihn wegen seelischer Grausamkeit anzeigen. Weil er mich nicht ansieht. Mir Mitleid entgegenbringt... Wir fahren die zweiundsiebzigste Straße hinauf. Ich erkenne die Kreuzungen, Ampeln und Straßen wieder, wo ich seit meiner Ankunft dauernd herumlaufe. Vor dem Eingang von Bonnies Hochhaus bleibt das Taxi stehen. Allan steigt aus, um mich bis zur Tür zu begleiten. Ich habe meine Fäuste tief in den Taschen vergraben und schaue ihn von unten her an. Trotzig. Stumm.

Ich will nicht, daß er geht.

Er sagt, er wird jetzt nach Hause fahren. Es ist spät.

Ich will das nicht.

Ich stampfe mit den Absätzen auf den Asphalt und bearbeite meine Taschen mit den geballten Fäusten. Den Blick fest auf den Bürgersteig gerichtet. In großer Bedrängnis. Seine Stimme. Ich bin außerstande, den Schmerz unter Kontrolle zu halten, der mich beim Gedanken daran, daß er sich gleich entfernen wird, in das Taxi steigen und durch den Park davonfahren wird, um sich ins Bett zu legen, innerlich zerreißt. Nimm mich mit dir, nimm mich bitte mit. Fahr nicht weg. Bitte. Nicht heute abend. Nicht heute abend. Ich stampfe im Rhythmus zu meinem stummen Flehen mit den Pantoffeln, aber er hört mich nicht.

Er ist mir ganz nahe. Wir stehen uns gegenüber.

Das gleiche Äußere, die gleichen Schultern, die mir die Sicht auf die ganze Straße versperren, der gleiche frische Duft, wenn ich näher an ihn herantrete.

Gleich. Völlig gleich.

Ich will nicht, daß er geht.

Er sieht auf die Uhr.

Ich will, daß er etwas zu mir sagt.

Er bleibt stumm.

Ich will, daß er mich entführt.

Er bleibt unbeweglich.

Ich strecke die Arme nach ihm aus.

Er rührt sich nicht.

Ich ziehe sie wieder zurück, als wäre nichts gewesen.

Er ahnt nicht, wie entschlossen ich bin.

Ich schwanke auf meinen Pantoffeln, komme wieder ins Gleichgewicht und lasse mich gegen ihn fallen. Ohne ihn anzusehen. Mit gesenktem Kopf, geschürzten Lippen, den Blick fest auf meine Fußspitzen gerichtet. Die Stirn vorgestreckt, bereit, gegen seine Brust zu prallen, ihm ein paar Stöße mit den Hörnern zu versetzen, ihn zu durchbohren, bis er versteht und mich nimmt. Nimm mich, nimm mich doch, fleht die leise Stimme.

Ich wiege mich hin und her, trete einen Schritt näher.

Er sagt kein Wort.

Läßt mich stillschweigend hin und her schaukeln. Auf ihn zu. Auf der nächtlichen Madison Avenue. In der milden und bedrohlichen Nacht im Walde. Dann falle ich gegen ihn. Mit geschlossenen Augen, um sein Gesicht nicht zu sehen, falls er mich zurückstößt, mich auf meinen Platz verweist. Mit am Körper herabbaumelnden Händen falle ich, blindlings. Er breitet seine Arme aus und empfängt mich mit seinem Körper. Hält mich umschlungen und wiegt mich sanft, den Mund auf mein Haar gepreßt. Er sagt kein Wort. Hält mich und wiegt mich. Als wollte er mich beruhigen.

So verharren wir auf dem Bürgersteig. Ich habe meine Hände in den Taschen vergraben. Bin wie versteinert. Wage es nicht, mich zu bewegen, aus Furcht, ich könnte einer Täuschung unterliegen. Ich weiß nicht, woran der Mann, der mich mit seinen Armen umschließt, denkt. Dieser stumme, weit entfernte Mann, der seine Arme ausgebreitet hat, um mich in Empfang zu nehmen. Ich will ihn nie mehr verlassen. Nie wieder. Hier ist mein Platz. Das weiß ich. Ich strecke die Waffen. Es ist nicht nur dein Mund, den ich will, weder deine Beine zwischen meinen noch deine Brust, die schwer auf mir liegt, sondern die sanfte, sichere Geborgenheit, die du gibst, während du mich an dich ziehst. Was den Rest angeht, die Lust, werden wir später sehen. Sie erscheint mir leicht, einfach zu erringen, sogar überflüssig im Vergleich zu dem Frieden, den ich jetzt genieße.

Aber der Taxifahrer hupt, und Allan richtet sich auf. Wir bringen ihn ums Monetenverdienen, den Cab Driver, während wir uns so die Beine in den Bauch stehen. Noch dazu ohne die geringste schweinische Einlage, die ihm was zu gucken liefern würde. Allan steckt seine Hände wieder in die Tasche und tritt einen Schritt von mir zurück.

Er hat eine Freundin.

Dieses Ende war von Bonnie nicht vorgesehen. Es muß ihm ziemlich peinlich sein, mit diesem Mädchen hier im Arm. Diesem Mädchen, das kein Wort sagt, um überzuleiten, um aus dem Traum in die Wirklichkeit einzutreten. Die das Schweigen ausdehnt, um sich eine letzte Chance zu geben. Er kratzt sich am Hals. Sucht nach einem Übergang. Ruft dem Fahrer ein paar Worte zu, damit er sich geduldet.

»Und wie geht es deinem Fuß?«

Mein Fuß ist mir scheißegal.

Aber ich habe verstanden. Er hat nichts mit mir zu schaffen. Überhaupt nichts. Er hat Bonnie einen Gefallen getan, und das war's. Ich verspüre einen Kloß im Hals und habe schon wieder Lust zu heulen. Der Traum ist vorbei. Wir gehen nach Hause. Jeder zu sich. Er mit seinem guten Gewissen, ich mit meinem verklumpten Zeh.

»Alles in Ordnung...«

Er stößt einen Seufzer der Erleichterung aus. Sagt sich, daß ich wieder vernünftig geworden bin.

»It was nice to see you. I hope to see you again...«

Schlimmer kann es nicht mehr werden. Er sagt mir Floskeln der Höflichkeit. Wir werden uns mit Ihnen in Verbindung setzen. Wir haben Ihr Gesuch dankend erhalten, können Ihnen aber zur Zeit keine Anstellung in Aussicht stellen. Das ist meine Interpretation. Wütend und verzweifelt.

»Es tut mir leid«, sage ich, »daß ich dir die Zeit gestohlen habe.«

»Aber nicht doch, nein«, protestiert er gut erzogen. »Es war mir ein Vergnügen, dich wiederzusehen, seit dem Abend vor... vor wie vielen Jahren? Schon vier Jahre her...? Wie die Zeit vergeht! Nicht wahr?« Sagt er, wirft einen Blick auf das Taxi und rechnet sich aus, wie lange es wohl noch dauern wird, bis er die gelbe Tür wieder erreicht, sich zurückziehen kann von diesem Stückchen Bürgersteig und dieser Verrückten, die zu alledem jetzt auch noch beleidigt ist.

»Denn Zeit ist Geld, hä? Das hat man dir doch beigebracht, als du klein warst...«

Er antwortet nicht. Schaut nach rechts und nach links. Hält Ausschau nach Beistand. Oder nach einer kleinen Alten, der er seine Hilfe anbieten könnte. Irgend etwas, um diesem Wespennest zu entkommen. Aber es ist ein Uhr in der Nacht, und die Straßen sind leer. Er wagt es nicht, sich einfach aus dem Staube zu machen. Dazu ist er zu gut erzogen.

Wenn er glaubt, ich würde es ihm leichtmachen. Von wegen, es ihm gleichtun und die guten Umgangsformen strapazieren! Von der Zeit schwatzen, die so schnell verfliegt, vom Wetter und hormongespritzten Hühnern. Im Gegenteil, ich greife an. Bin bereit, ihm den Gnadenstoß zu versetzen. Während ich ihm ganz direkt in die Augen sehe.

»He! Weißt du nun, warum die Freiheitsstatue grün ist?«

Nein, er weiß es immer noch nicht, und es ist ihm auch völlig schnuppe, ehrlich gesagt. Völlig. Er sieht auf seine Uhr.

»Also, ich weiß es... Sie ist grün wie der Dollar. Völlig normal, nicht wahr? Glaubst du nicht?«

Jetzt ist er echt verärgert. Er spürt, daß eine Szene im Anzug ist, und denkt nur noch daran loszukommen. Er bereut es wirklich, auf Bonnie gehört zu haben. Schwört sich, nie, nie wieder jemandem einen Gefallen zu tun. Er reicht mir die Hand, um hier abzubrechen, aber diesmal bin ich diejenige, die sie ihm entzieht, mit ausgestrecktem, steifem Arm.

»Vielen Dank für alles. Es war sehr nett von dir, dich so aufzuopfern... Und sag Bonnie, daß sie das nicht wieder zu tun braucht. Ich mag keine Almosen annehmen! Ich komme ganz gut allein zurecht. Bin von klein auf daran gewöhnt. Ganz bestimmt. Niemand hat mir je Barmherzigkeit entgegengebracht, und du wirst gar nicht erst damit anfangen. Salut!«

Ich schlucke die Tränen, die mir im Hals stecken, herunter, drehe mich auf dem Absatz um und lasse ihn einfach stehen. Rausche an Walter, dem Doorman vorbei, der kerzengerade, die Schirmmütze auf der Nase, auf seinem Nachtwächterstuhl pennt. Kämpfe gegen die Verriegelungen der Wohnungstür und werfe mich schluchzend in meine Kissen.

Kuschele mich in meine Witwenlaken.

Wälze mich auf meinem Sofabett hin und her.

Verfluche die Klimaanlage des Fast-food-Ladens, die im Hof schnarcht.

Stehe wieder auf.

Husche in die Küche, auf der Suche nach Eiscreme, die den Kummer lindern soll.

Sehe Bonnie durch die halbgeöffnete Tür.

Der Fernseher läuft noch, und sie ist eingeschlafen.

David Letterman interviewt Diane Keaton, die auf ihrem Sessel herumhampelt und ihr Kleinmädchengesicht aufsetzt, eingewickelt in die Ärmel ihres Pullovers, die Fransen ihres Mützchens und umgestülpte Wollsocken. Sie spricht nicht, sondern gluckst, immer nach dem Notausgang des Studios schielend. Bonnie schläft mit zurückgebogenem Kopf, offenem Mund, in der verkrampften Hand noch immer die Zeitschrift. Ihre Brille ist ihr ins Dekolleté gerutscht. Das Gesicht glänzt von der Nachtcreme. Sanft entwende ich ihr die Zeitschrift und die Brille. Lege ihren Kopf flach auf das Kissen und streiche ihr das Haar zurecht. Sie protestiert etwas, läßt es aber geschehen. Wenn sie schläft, sieht sie völlig verloren aus. Sie seufzt. Ihr Gesicht spannt sich, und ein Schatten huscht darüber. Sie legt die Stirn in Falten und murmelt unverständliche Worte. Ich möchte sie auf einmal beschützen, in Sicherheit wiegen. Ich bin ja da, Bonnie, bin ja da. Du brauchst keine Alpträume mehr zu haben. Schlaf ganz ruhig...

Ich schalte den Fernseher und die Lampe aus und gehe auf Zehenspitzen hinaus. In der Küche öffne ich das Tiefkühlfach. Nehme mir ein Eis aus meiner persönlichen Sammlung. Ein Chocolate-Chips-Häagen-Dasz. Bald werde ich mich neu eindecken müssen, mache ich mir klar, denn bei allem, was sich so ereignet, verschlinge ich Unmengen. Ich lege mich wieder hin und kratze meinen Becher im Dunklen leer.

Am nächsten Morgen kommt Bonnie hereingeschneit und setzt sich an mein Bett. Mit lauernden Augen und der spitzen Miene der Puffmutter, die wissen will, wie der Abend gelaufen ist. Ich habe einen pappigen Geschmack im Mund. Das muß von dem Chocolate-Chips-Eis kommen. Und von der Tafel Schokolade und dem Becher Peanut-Butter, die ich in der Nacht noch aufgemacht habe. Ich konnte einfach nicht schlafen.

»Also?« fragt mich Bonnie und zappelt in ihrem Morgenrock, die Tasse Tee in der Hand. Ich sehe mich vor. Weiche einer zänkischen Erklärung aus. Antworte, daß alles gut verlaufen sei und daß ich nur auf eines warte: nämlich darauf, daß er wieder anruft.

»Ha, ha!« plustert sie sich auf, trinkt ein Schlückchen und klopft sich auf die Brust. »Aber was noch?«

Ich erzähle. Irgend etwas. Der schönste Abend meines Lebens. Mit dem schönsten Mann der Welt. Und den besten weichen Krabben der Welt. Ich übertreibe so sehr, daß ich mir nicht ganz sicher bin, ob sie etwas ahnt. Sie schielt auf die Überreste meines nächtlichen Freßgelages. Aber sie zuckt nicht mit der Wimper. Was soll man ihr sonst sagen? Sie würde es eh nicht verstehen, und außerdem bräuchte man viel zuviel Zeit für Erklärungen. Da bleibt dann doch lieber jeder für sich.

»Hat Allan eine Freundin?« frage ich und strecke meinen Fuß mit dem angeschwollenen Zeh zum anderen Ende der Bettdecke.

»Er hat gerade mit Amy gebrochen...«

»Aha... Ist das lange her?«

»Vielleicht sechs Monate...«

»Aha!... Und seitdem?«

»Ich weiß nicht. Aber als ich ihn gebeten habe, mit dir auszugehen, hat er nicht eine Sekunde gezögert. Als hätte er nur darauf gewartet. Und darin täusche ich mich nie, trau meiner Erfahrung. Meiner Meinung nach hat er nur darauf gewartet!«

Und da, genau in dem Moment, geschieht ein Wunder. Ein wahres Wunder. So wunderbar, daß ich mich verdutzt in meinen Kissen aufsetze, während mich ein schrecklicher Verdacht durchfährt. Ich würde am liebsten meine Hand nach Bonnies Gesicht ausstrecken, um das verblüffende Ereignis mit den eigenen Fingern zu berühren: Bonnie lächelt mich zärtlich an. Ein echtes Lächeln, das Freude über das Glück des anderen signalisiert. Das vor Liebe strahlt.

»Glaubst du wirklich?« frage ich, um sicherzugehen, daß ich nicht träume.

»Genau wie ich es dir sage. Er wartete nur darauf. Dessen bin ich mir sicher. Ich habe ihn lediglich etwas angestupst... Auch wenn man es ihm nicht ansieht: Allan ist sich seiner nicht so sicher, wie er nach außen hin vorgibt. Und dann kennst du ja die Frauen in New York. Immer bereit, sich dem erstbesten Kerl an den Hals zu werfen. Also ist er etwas mißtrauisch...«

Und erneut lächelt sie mir zu. Verständnisvoll. Ruhig und zärtlich. Jungfrau Maria, wie sie sich über das Jesuskindlein beugt, das an ihrer Brust nuckelt. Sie lächelt mir vom Grund ihres Herzens zu. Klopft mir auf die Schulter und murmelt:

»Du wirst sehen. Das klappt...«

In der Küche bimmelt das Telefon; sie sieht auf die Uhr und verschwindet kreischend:

»Himmel noch mal! Wie spät ist es? Ich bin entsetzlich spät dran!«

Ich sinke in die Kissen zurück und beschimpfe mich. Schonungslos. Tituliere mich mit allen möglichen Namen. Warum habe ich nie, niemals, Bonnie Mailers echtes Lächeln bemerkt?

Warum?

Weil ich nicht verstanden hatte, daß der weiße Teppichboden und die effektvolle Adresse ihre Art sind, sich zu behaupten. Daß sie nach New York gekommen ist, um sich einen Platz an der Sonne zu schneidern, und daß sie gezwungen ist zu tun, was alle anderen tun: sich zu or-ga-ni-sie-ren. Sich zu blondieren, herumzuhüpfen, abzumagern, ein Stück Nerz zu tragen, mehrere Liebhaber, ein gut gefülltes Bankkonto und morgens im Büro eine frische Gesichtsfarbe zu haben. Einen reichen Typen zu heiraten und sich die Haare wie Brooke Shields aufzuhellen. Nur dann kann sie verschnaufen und sich sagen: »Ich habe es geschafft: die Haare, das Lächeln, der Teppichboden, die Adresse, das Bankkonto, die Liebhaber, die Magerjoghurts, ich bin eine echte New Yorkerin.«

Aber wenn sie unseligerweise ihre Wurzeln durchdringen läßt, aus Spaß ein paar Pfunde zunimmt, die ganze Nacht bis zur Atemlosigkeit bumst und am Morgen abgeschlafft im Aufsichtsrat der Kriskie-Klopse erscheint, wird sie abgeschossen. An der Tür steht schon die nächste im Gabardinerock, mit Wespentaille, windfester Fönfrisur, Lackpumps und Rüschenbluse, die nur darauf wartet, sich auf Bonnies noch warmen Stuhl zu setzen.

Und das ist nicht alles... Als sie sich entschließt, den Mann, den sie liebt, zu heiraten, als sie dieses törichte Risiko auf sich nimmt, bezahlt sie dafür einen schrecklichen Preis. Dabei war es eine wahre Liebesheirat. Der Beweis: Das Foto steht immer noch auf der Frisierkommode. Bonnies Lächeln darauf ist echt. Ganz klein klammert sie sich an den Arm des schönen, silbergrauen Mannes. In ihrer weißen Spitze sieht sie aus wie bei ihrer eigenen Kommunion. Wie bei der Beichte. Flüstert ihm ins Ohr, daß sie aus Ohio stammt und manchmal, wenn sie müde ist, noch immer mit dem Akzent von dort spricht. Daß ihr Vater einen roten Hals hat und einen abgenutzten Overall trägt. Daß sie nicht eine Folge von »Dallas« versäumt. Daß das Wasser aus ihrer Haut verdampft. Daß sie davor zittert, nicht genügend Dollars auf ihrem Konto bei der Citibank liegen zu haben. Daß sie ein Kind von ihm möchte... Sie bietet ihm ihre Seele und all ihre Blessuren dar. Und er? Wie dankt er es ihr? Er macht sich mit einem jungen, glatten Häschen mit festem Fleisch aus dem Staube.

Läßt Bonnie sitzen. Nachdem er ihr ihre grundlegendsten Wahrheiten gestohlen hat. Ausgeplündert steht sie da. Ihrer Kindheitserinnerungen und ihrer Schürze als Hilfskellnerin beraubt. All ihrer Schätze, die sie nie zuvor jemandem offenbart hatte. Denn es ist zu gefährlich. Eines schönen Tages bekommt man sie dann an den Kopf geworfen. Los, los, Bonnie, kleine Landpomeranze, bring mir einen gut gemixten Milk-shake!

Nie wieder, beschließt sie.

Nie wieder dieses flatternde Gefühl, das einem den Hals zuschnürt. Die Wahrheit, die einen bloßstellt. Sie hat beschlossen, in Deckung weiterzuleben. Auf Automatik umzuschalten.

Und was blieb ihr anderes übrig?

War die große Stadt daran schuld?

Die einem nicht erlaubt, auf beiden Ohren zu schlafen. Einen zwingt, immer mit einem Auge auf der Hut zu sein. Zudem muß sie stets auf der Höhe sein, die gute Bonnie. Denn es geht nicht nur um sie. Da sind ihre Alten. Ihre Alten in Ohio. Die im Drugstore auf der Hauptstraße die Zeitung kaufen, dem Höker an der Ecke Fotos von New York zeigen und sagen: »Da wohnt sie, unsere Bonnie ... Da ist sie wer geworden ...« Die mit einem Auge zwinkern und mit den Fingern schnalzen, damit der Höker auch wirklich begreift, daß sie jemand geworden ist. Und damit er ihnen die Anschreibeliste erweitert. Auch dazu ist Bonnie gut. Wenn sie ihnen einen ihrer großen Briefe schreibt, in denen sie sagt, alles laufe gut. Sehr gut sogar. Mit Fotos, die es belegen. Auf denen sie in sehr eleganter Begleitung zu sehen ist. Fotos zum Aufhängen im Drugstore an der Hauptstraße. Und dazu ein Scheck, den man heimlich über den Tresen schieben kann. Man löscht alles aus und fängt von vorn an. Solange Bonnie dort ist ... In der großen Stadt ...

Ich muß an Bonnies Alte denken. Und an Bonnie.

Und habe eine Sauwut auf mich.

Soll das heißen, daß die Leute erst krepieren müssen, bevor ich anfange, sie zu mögen?

Ist es das?

Daß sie erst krepieren müssen, bevor ich ihre wahren Seiten erkenne?

Und Allan?

Der muß mich wirklich für eine blöde Pute halten. Für eine Hysterikerin. Eine Kommunistin.

Ich habe alles vermasselt.

Ich vermassele immer alles. Ich kann nichts dafür. Es ist wie ein Befehl, der von außen kommt und mich boshaft werden läßt. Ich entschließe mich, ihm zu schreiben. Um den schlechten Nachgeschmack von gestern abend zu vertreiben. Schreibe ihm, daß ich zur Zeit nicht sehr gut drauf sei. Daß es nicht seine Schuld sei. Daß ich alles durcheinanderbrächte. Daß sicherlich alles wieder ins Lot käme und ich mich dann bei ihm melden würde. Und daß wir uns wiedersehen könnten, wenn er nicht allzu eingeschnappt sei. Und dann würde ich ihn mit der Freiheitsstatue und dem Sohn von Hemingway in Frieden lassen, großes Ehrenwort.

Was ich ihm sagen möchte, ist viel komplizierter. Aber na ja...

Ich kann es Allan nicht sagen. Die wahren Erklärungen sind später dran. Falls ich ihn wiedersehen sollte.

Nichtsdestotrotz... Ich habe wahnsinnig Lust, ihn wiederzusehen.

Kritzele »Je t'aime, Allan« auf all meine kleinen, grünen Dollarnoten. Und ich werde sie ausgeben. Für Ice-Creams. Im Delicatessen an der Ecke. Im Erdgeschoß von Bloomingdales. Bei Rizzoli. Im Tower Records. Für Pizzastücke bei Ray Barri Pizza. Enjoy your day with a Barri Ray Pizza. Ich überschwemme die Stadt mit meinen Liebeserklärungen zu einem Dollar und stelle mir vor...

Ich stelle mir Allan vor, wie er in seinem Büro sitzt, die Füße auf dem Tisch; wie er am Telefon kartonweise Strumpfhosen ordert und den Boten, der ihm sein Mittags-Sandwich und seine eisgekühlte Cola bringt, bezahlt. Er reicht ihm einen Zwanzig-Dollar-Schein. Während er fortfährt, mit dem Kunden, der nicht nachgeben will, die Prozente zu diskutieren. Der Bote, eingemummelt in Ölzeug, Helm und seine riesige, ausgebeulte Umhängetasche aus Leder, gibt ihm das Wechselgeld in kleinen, zerknitterten Ein-Dollar-Scheinen. Allan nickt ihm dankend zu, nimmt die Scheine entgegen, hebt eine Hüfte von seinem italienischen Sessel und ist kurz davor, die Scheine in seine Tasche zu stopfen, als er zerstreut einen Blick auf den alten Washington wirft und auf einmal ganz still wird. Genau über der Adlernase vom Alten George kringeln sich in schwarzem Kuli folgende Worte: »Je t'aime, Allan.«

Auf französisch.

Er dreht und wendet den Schein.

Schaut wieder ganz verblüfft auf den Zinken von Washington.

Antwortet dem Boten, ja, er könne telefonieren, aber am anderen Apparat.

Verliert zehn Prozent Kommission bei dem habgierigen Kunden.

Versteht, wer die Worte, die sich über Washingtons Nasenspitze schlängeln, geschrieben hat.

Legt den Hörer auf.

Knabbert an einem Fingernagel und fragt sich, was er tun soll.

Das Mädchen hat zwar 'ne kleine Macke, aber trotzdem, rekapituliert er.

Sie trägt Männershorts, kann der Freiheitsstatue nicht aufs Fell gucken und schmiert Graffiti auf die grünen Scheine.

Was soll ich davon halten?

Er lächelt, sagt ciao zu dem Boten, der im Gehen mit seiner großen Ledertasche gegen die zuschlagende Tür prallt.

Fährt sich mit der Hand übers Gesicht.

Richtet sich in seinem italienischen Sessel auf.

Entfernt die Plastikfolie von seinem Sandwich und beißt hinein.

Nimmt einen Schluck eisgekühlte Cola.

Zieht einen Quarter aus der Tasche. Wirft ihn in die Luft. Zahl, dann rufe ich an. Kopf, dann nicht.

Kopf...

Er wirft noch einmal. Der erste Wurf gilt nicht...

Kopf.

Noch ein letztes Mal...

Kopf.

Er schleudert den Quarter in den Papierkorb.

Nimmt wieder einen Schluck Cola. Beißt in das Salamisandwich.

Betrachtet das Geschlängel auf der Nase vom alten Washington. Dieses Mädchen hat echt 'ne Macke...

Sie ist ein komisches Mädchen. Ein komisches Tierchen... Alles in allem gehe ich kein Risiko ein. Ich bin was... Er zieht das Telefon heran, wählt Bonnies Nummer, zögert. Legt wieder auf. Nach der Geschichte mit Amy hab ich mir geschworen, keine dieser Durchgedrehten mehr... Noch so eine, die mir den letzten Nerv rauben wird... Eine von denen, die alles von hinten und vorn sehen wollen. Sie sieht so aus, als müßte sie immer nachhaken...

Ich mag, wie sie aussieht...

Er wählt erneut. Läßt es mehrmals klingeln.

Hört eine Stimme, die »Hallo« sagt.

Lacht leise.

Hallo. Das ist ja lustig...

Wenn du mich auf deinem Motorrad mitnimmst wie Maryse, werde ich alles tun, was du willst...«

Auf Gérards Motorrad mitzufahren ist der Traum aller Mädchen von La Fresquière. Es ist heiß. Die Fontäne des Springbrunnens auf dem Platz steigt auf wie dünnes Gewebe, das von Zeit zu Zeit von einem Windhauch zur Seite abgedrängt wird. Großvater, Großmutter, Onkel und Tanten, Cousins und Cousinen, Mama und der kleine Bruder halten Mittagsschlaf. Das kleine Mädchen hat auf der Bank vor der Garage darauf gewartet, daß Gérard mit seinem Motorrad aus Barcelo zurückkommt. Ein Problem mit der Kupplung, hat er am Morgen gesagt, als er aufbrach.

Die Sonne brennt ihm in den Augen, brennt auf seinen Lenker, auf den Tank und auf die fettige Strähne über seiner Stirn.

Gérard lacht und richtet sich auf seinem Motorrad auf.

»Ich gehe sogar mit auf dein Zimmer, wenn du willst...«

Sie hat nicht einmal den Blick gesenkt, als sie das sagte. Sie sah ihn direkt an und beugte sich so weit vor, daß sie spürte, wie der kühle Lenker gegen ihren Bauch stieß. Dann stützte sie sich mit den Armen auf beide Seiten des Lenkers und wartete auf seine Antwort. Er sieht das kleine Mädchen an. Sieht auf seine Stiefelspitzen. Fragt:

»Wie alt bist du überhaupt?«

»Zwölf Jahre. Dreizehn in vier Monaten...«

Er lacht laut auf und sieht sie von oben bis unten an.

»Dann bist du völlig uninteressant.«

Er tritt aufs Pedal und läßt den Motor aufknattern.

»Komm wieder zu mir, wenn du interessant bist!«

Sonntag ist Tanzfest. In der Garage. Sie wird ihm zeigen, daß sie interessant ist.

Sonntag ist Tanzfest. Gérard tanzt mit Maryse. Das kleine Mädchen preßt sich an das rosa Hemd eines Fleischerlehrlings aus Marseille, der übers Wochenende heraufgekommen ist. Zum Tanzfest. Sie sieht seinen Kopf nicht. Spürt nur die dicken Arme, die sie festhalten, den Druck seines starken Bauches, die Brusthaare, die ihr in der Nase kitzeln.

»Gehen wir in die Scheune?« fragt er.

Sie toben miteinander durchs Heu. Er sagt, daß er Lucien heißt. Und fragt sie, wie ihr kleiner Name ist. Sie antwortet nicht. Er knöpft ihr die Bluse auf. Sie hat keine Angst. Er hat ihr die Bluse ausgezogen und betrachtet sie. Dann wendet er sich ab und sagt, sie solle sich wieder anziehen. Sie versteht nicht. Greift nach ihm. Er macht sich los. Steht wieder auf. Zupft das Stroh von seiner schwarzen Hose und dem rosa Hemd. Sie läuft mit bloßem Oberkörper zu ihm hin. Hängt sich an ihn. Er stößt sie brutal zurück. Sie fällt auf den Boden und stößt einen Schrei aus. Reibt sich die Ellbogen und die Knie.

»Bist du noch ganz dicht?«

»Du bist nicht ganz dicht! Wie alt bist du? Willst du, daß man mich verhaftet? Komm, wir gehen zum Fest zurück.«

Kaum sind sie zurück im Tanzsaal, da läßt er sie, ohne ein Wort zu sagen, sitzen. Sie bleibt allein. Auf einem Stuhl. Mit den Cousins, Cousinen und dem kleinen Bruder, die Mauerblümchen spielen. Sie verachtet sie. Sie können nichts anderes, als mit Pfeil und Bogen schießen, Staudämme bauen und Quatsch machen. Sie fächelt sich einen Moment lang Luft zu und springt dann von ihrem Stuhl.

»Völlig uninteressant hier ... Ich gehe nach Hause!«

Eines Tages wird sie groß sein, dann werden sie schon sehen!

Eines Tages ist sie sechzehn.

Ihr ältester Cousin ist Radfahrer. Er trainiert für den Wettkampf des Dauphiné libéré. Er hat einen Freund, André, mit dem er die Pässe hinauffährt, die Kurbellager einfettet, über Gangschaltungen diskutiert. Eines Abends im Sommer machen der Cousin und André in La Fresquière Zwischenstation. Es regnet. Ihre Gesichter sind von den Kapuzen ihrer Anoraks umrahmt, und auf den Nasenspitzen glitzern Regentropfen. Sie sind müde. Haben Hunger. Sie wollen nur Suppe und dann schlafen.

Großmutter schiebt ihr die Terrine hin und sagt, sie solle ihnen etwas auftun.

Sie bedient sie. Sieht André an und wird rot. Ihr Gesicht glüht. Sie wechseln kein Wort miteinander. Er richtet seine Worte an die anderen, aber immer wieder kehrt sein Blick zu ihr zurück. Sie ist bereit, für ihn zu sterben. Wagt nicht, die Augen zu heben, und als sie es dann doch tut, fängt er ihren Blick auf. Ohne zu sprechen. Sie errötet. Er sieht gut aus. Er ist groß. Hat schwarze, glänzende Augen. Ganz rote Wangen und nasse Haare.

Der Cousin sagt, das sei noch nicht alles, sie würden jetzt schlafen gehen, denn morgen früh um sechs müßten sie ihr Training wieder aufnehmen. Es gelte, den Staudamm von Serre-Poncon zu bewältigen.

Am nächsten Morgen um sechs Uhr steht sie auf, öffnet die Fensterläden ein wenig und sieht ihnen nach, während sie sich entfernen. André radelt mit zurückgewandtem Kopf. Sucht sie. Aber sie drückt sich in eine Ecke, damit er sie nicht sehen kann.

Das ganze Jahr über schreiben sie einander.

Tolle Briefe. Er will sie heiraten. Sie drückt einen Kuß auf den Brief und trägt ihn unter ihrem Pullover. Weigert sich, tanzen zu gehen. Die Jungs, die ihr nachstellen, widern sie an. Jedesmal, wenn ihr jemand zu nahe gekommen ist und versucht hat, sie zu küssen, putzt sie sich die Zähne.

Sie wartet auf ihn.

Sie schläft mit über der Brust gekreuzten Armen, damit ihre Seele keinem anderen als ihm zufliegt. Er ist für sie zu allem bereit. Bereit, sich bei der Arbeit ein Bein auszureißen, sein Abi zu machen, eine der großen Hochschulen zu besuchen, Fabriken, Brücken und Staudämme zu bauen, die alle ihren Namen tragen sollen.

Weiter, weiter, schreibt sie ihm.

Er wird die Note Sehr Gut erhalten. Am Ersten wird er in das Polytechnikum eintreten. Und beim Examensball im Foyer der Oper werden sie zusammen Walzer tanzen. Sie und er. Monsieur und Madame. Fürs ganze Leben.

Sie küßt den Brief.

Fürs ganze Leben.

Bis zum Tod.

Sie legt sich in ihr Bett. Wartet auf ihn.

Die Arme über der Brust gekreuzt.

Morgen wird er den Vals-Paß bewältigen.

Morgen wird er in La Fresnière sein. Sie wird sich an seine Brust schmiegen und ihm folgen. Egal, wohin. Ruhig, friedlich. Ganz still.

Sie ist so bange, daß sie aus dem Bett springt und im Spiegel nachprüft, ob sie auch hübsch ist. Ob alles für seine Ankunft bereit ist. Sie legt sich wieder hin und kreuzt ein letztes Mal die Arme über ihrer Seele. Durch die Fensterläden hindurch sieht sie die Sonne aufgehen. Er wird kommen. Glücklich schläft sie wieder ein.

Er stellt sein Fahrrad ab und sieht sie an.

Es ist ihr Geheimnis. Niemand kennt es. Weder die Großmutter noch der Cousin, weder Mama noch der kleine Bruder. Der Cousin erzählt, die Kleinen stellen Fragen. Ja, ja, antwortet André, während sein Blick mit ihrem verschmilzt. Wobei seine Finger ganz fest den Lenker umklammern. Und seine Augen sie verbrennen. Getrennt von den anderen, die unruhig hin und her laufen. Ihm Fragen stellen. Note Sehr Gut im Abi! Alle Achtung! Das Polytechnikum! Einfach großartig! Oh, meine Güte, sagen die Tanten und Onkel, Großvater und Großmutter, Mama und die Cousins im Chor. Mensch, dieser André! Was für ein Prachtkerl!

Der kleine Bruder sieht sie an und sagt, sie sei ganz heiß. Ganz rot. Warum ist sie so rot? Was soll sie sein? Rot? Dummkopf! Blödmann! Sie kneift ihn bis aufs Blut und wischt ihre feuchten Hände an den Shorts ab. Tritt noch einen Schritt zurück, damit niemand weiter auf sie achtet.

Sollen sie doch.

Mach die Augen zu.

Er ist da.

Sieht sie an.

Über die anderen hinweg. Weit. Hinter seinem Lenker. Hinter seinen schwarzen Haaren. Hinter den Ausrufen von Onkel und Tanten.

Die Suppe ist kochend heiß. Sie sagt, sie wolle servieren.

Ihm servieren.

Den Kopf über die Kelle gebeugt, die die Suppe in seinen Teller schöpft.

Sie setzt sich wieder. Er sucht unter dem Tisch ihre Hand. Sie entzieht sie ihm und legt beide Hände auf die Tischdecke. Er rückt sein Knie näher an ihres heran und sieht woandershin. Sie überläßt ihm ihr Knie, preßt ihren Schenkel gegen seinen und wendet den Kopf ab.

Sie hört zu, als er erzählt. Über die Pässe, den Berg, über Paris und die Schule. Lauscht seinen Ansichten über Fleiß und Arbeit. Sie ist glücklich, sagt kein Wort.

Es ist Zeit, zu Bett zu gehen. Die Jungen haben in der Scheune ein Zelt aufgeschlagen. Großvater meint, es sei eine gute Idee. Großmutter macht sich Gedanken über Vipern im frischen Heu. Die Kleinen gähnen. Die Onkel und Tanten spielen Bridge. Mama trinkt ihren Kräutertee. Sie zieht sich zurück, ohne ihn anzusehen. »Aber gib André doch einen Kuß!« sagt einer der Onkel nachdrücklich und schlägt mit dem Messergriff auf die Tischdecke. Sie macht, daß sie fortkommt, und schlägt die Tür zum Eßzimmer zu. Die Onkel lachen. »Wie dumm man doch in dem Alter ist! Wie außerordentlich schamhaft!« Sie läuft in ihr Zimmer.

Er holt sie ein. Im Flur.

Er macht das Licht aus und zieht sie an sich.

Küßt sie.

Ohne ein Wort.

Seine beiden Hände gegen die Wand gestemmt, seinen Körper fest gegen sie gepreßt. Sein Mund verschlingt ihren Mund, und sie läßt es geschehen. Sein Mund gleitet zu ihrem Hals hinunter, seine Hände halten sie ganz fest. Und sie ist weich, so weich... Sie verliert sich an ihn, bohrt ihre Hände in ihn, ein Knie zwischen seine Beine, preßt ihren Bauch an seinen.

Völlig allein.

Ohne ein Wort.

Hingegeben dem gleichen Atem ihrer Münder, der gleichen Zunge, dem gleichen angenehmen Gefühl, das unaufhaltsam in ihnen aufsteigt. Er windet sich über ihr, möchte sie verschlingen. Sie windet sich unter ihm. Streckt ihm ihren Hals, ihre Lippen, ihren Busen entgegen.

Plötzlich Schritte...

Der Cousin sucht André, ruft nach ihm.

»Ich werde es ihm sagen, er muß uns helfen! Ich möchte diese Nacht bei dir schlafen. Nur er kann uns helfen...«

»Nein! Nein!« fleht sie und schlägt ihm die Hand auf den Mund.

»Warum?«

»Nein! Er darf es nicht wissen...«

»Ich werde es ihm sagen...«

»Nein! Ich bitte dich!«

Sie zieht ihn in ihr Zimmer und schließt die Tür. Dreht den Schlüssel um. Klammert sich an ihn. Zieht ihn aufs Bett. Berührt seine Haut. Will seine nackte Haut an ihrer. Entkleidet ihn. Entkleidet sich. Die Hand weiterhin auf seinem Mund, damit er nicht spricht. Nichts sagt. Sie hören, wie sich die Schritte des Cousins entfernen. Seine Stimme, die eine Etage höher »André« ruft. Er seufzt. Legt sich auf sie. Er ist warm und schwer.

Sie liebt ihn. Sie klammert sich an ihn, stumm und verzweifelt. Schließt fest ihre Arme um ihn, aus Angst, er könnte ihr entkommen. Schaudert beim Gedanken daran, daß er wieder weggehen könnte. Er wird gleich wieder gehen, das steht fest. Er war sicherlich enttäuscht, als er sie wiedersah. Sie ist nicht so toll wie die anderen Mädchen, die er das ganze Jahr über sieht. Nicht so intelligent. Also wird er gehen. Er sagt nichts, um ihr nicht weh zu tun, aber sie ist ihm nicht gewachsen. Wann wird sie ihn wohl wiedersehen? Wann?

Sie fröstelt und lehnt sich zurück. Möchte weinen. Legt den Kopf in den Nacken, damit er noch mehr Haut zum Küssen hat. Er drückt sie an sich und flüstert Worte an ihrem Hals.

»Ich liebe dich! Oh, ich liebe dich! Niemals werde ich eine andere lieben. Du bist meine Frau! Meine Liebe! Du bist alles für mich!«

Sie wird stocksteif. Knirscht mit den Zähnen. Stößt ihn mit beiden Armen zurück. Stößt ihn so stark, daß er fällt. Dann wirft sie sich nach hinten. Zieht das Laken über ihre Schultern. Dreht ihm den Rücken zu.

Eine Fremde. Haß auf den Lippen. Zischt durch die Zähne.

»Hau ab! Hau bloß ab! Ich hasse dich! Ich will dich nie wiedersehen! Nie wieder!«

Und da er nicht begreift und versucht, sie wieder in den Arm zu nehmen, stößt sie ihn noch stärker zurück. Prustet vor Lachen, als sie ihn so dusselig daliegen sieht, mit offenem Mund, völlig nackt, mit der von ihren Küssen geröteten Haut und den weißen Hemdmarkierungen auf seinen gebräunten Armen.

»Du bist häßlich! Potthäßlich... Und sieh dich bloß an, du hast deine Socken anbehalten!«

Sie platzt fast vor Lachen, springt vom Bett, wirft ihm seine Kleidungsstücke eines nach dem anderen zu, damit er sich wieder anziehe. Öffnet die Tür ganz weit.

»Hau ab, oder ich erzähle allen, daß du mich vergewaltigen wolltest!«

Sie drängt ihn auf den Flur, wo er sich in Windeseile anzieht. Aber nicht schnell genug, um dem Cousin zu entgehen.

»Aber... André!«

»Jawohl. Ganz schön dreist, dein Freund... Los jetzt, zieht Leine, alle beide, ich bin müde!«

Und sie schließt die Tür wieder. Erleichtert. Sie ist noch mal davongekommen. Was für ein saublöder Trottel! Sagt doch glatt, er wolle sie heiraten! Sie ganz für sich allein behalten! Ja, für wen hält der sich denn? Was für eine blöde Geschichte! Was war nur in mich gefahren, an all das zu glauben? Allein der Gedanke, ich könnte mit diesem Idioten, mit seinen roten Wangen und seiner Klassenprimusfresse, zusammenleben!

Sie läßt sich aufs Bett fallen und seufzt. Ihr tut der Bauch weh. Die ganze Nacht über tut ihr der Bauch weh. Sie läuft ununterbrochen vom Bett zur Toilette. Schläft endlich ein, als die Sonne durch die Fensterläden scheint.

Am nächsten Morgen beim Frühstück ist er traurig.

Und schneeweiß.

Er spricht kaum. Weicht ihrem Blick aus.

Wie gut er doch aussieht! sagt sie sich, während sie Honig auf ihr Brot schmiert. Wie schön ist er doch, wenn er traurig ist! Zudem so geheimnisvoll! Sie fängt an zu zittern und stippt das Honigbrot in ihren Milchkaffee.

Sie will nicht mehr, daß er geht.

Er spricht davon, sich wieder auf den Weg zu machen, aber die Onkel und Tanten bestehen darauf, daß er noch bleibt. Nicht so schnell! Er muß doch noch etwas bleiben!

»Nein! Nein!« antwortet er und weicht noch immer ihrem Blick aus. »Ich habe noch Dinge zu erledigen. Auf mich wartet Arbeit. Ich muß noch einiges vorbereiten, also ist es besser, wenn ich... Übrigens muß ich erst einmal überprüfen, ob an meinem Fahrrad alles in Ordnung ist, und nach dem Frühstück fahre ich...«

»Oh!« machen die Onkel und Tanten enttäuscht und schütteln die Köpfe. »Dann werden wir Ihnen mal was Gutes als Proviant zurechtmachen.«

Er geht hinaus zum Cousin, der bereits bei dem Fahrrad steht.

Sie sieht ihn weggehen.

Es gefällt ihr, wenn er traurig ist. Wenn er sie nicht ansieht. Sich auf der Straße entfernt. Sie läuft ihm nach, greift ihn am Arm. Bittet ihn um Entschuldigung. Sagt, sie sei völlig verrückt. Er könne sie bestrafen, falls ihm danach zumute sei. Aber vor allen Dingen solle er sie doch bei sich behalten. Er gibt nicht nach, stößt sie zurück. Sie bleibt beharrlich, er widersteht noch, will ihr einen Schlag versetzen, der ihr die Flötentöne beibringen soll, aber sie preßt ihren Mund auf seinen, und er verlangsamt den Schritt. Sie klammert sich an ihn und fleht:

»Laß mich nicht allein, laß mich nicht zurück... Nimm mich mit dir...«

Er antwortet noch immer nicht, aber seine Schritte werden zögerlich.

Sie hängt sich mit ihrem ganzen Gewicht an seinen Arm.

»Ich liebe dich, weißt du, ich liebe dich.«

Er zuckt mit den Schultern und sagt, sie solle aufhören, solchen Unsinn zu reden.

Sie zittert. Das ist kein Unsinn. Das gestern habe sie nicht gewollt. Sie selbst verstünde es nicht. Sie würde es nie wieder tun. Das sei versprochen.

Sie gehen an der Scheune und dem Zelt vorbei. Sie hat ihren Arm um seine Hüften geschlungen, und er hat nichts gesagt. Sie geht mit ihm im Gleichschritt.

»Glaubst du mir nicht?« sagt sie, wirft den Kopf zurück und sieht ihm direkt in die Augen.

Er antwortet nicht, wirkt immer noch traurig und geheimnisvoll. Dann zieht sie ihn in Richtung Zelt. In die Scheune. Legt sich auf die Matte am Boden, zieht ihr Kleid hoch und streckt ihm die Arme entgegen.

»Komm...«

Er sieht sie an. Traut sich nicht. Er bleibt stehen, und sie sieht seine langen Beine und seine Nase. Seine roten Wangen. Das ist alles. Sie setzt sich auf, nimmt seine Hand und legt sie auf ihren Bauch. Auf ihren nackten Bauch.

Er kniet sich ganz nah vor sie hin und schließt die Augen.

Läßt sich neben sie fallen. Noch näher an sie heran.

Sie umfängt ihn mit ihren Armen und drückt ihn, als wolle sie ihn ersticken.

»O verzeih mir, bitte verzeih... Ich werde alles tun, was du willst. Glaubst du mir?«

Er antwortet weder ja noch nein. Sie nimmt seine Hand und führt sie sanft zwischen ihre Beine. Er zögert. Dann streifen seine Finger über die Innenseiten ihrer Schenkel. Werden kühner. Streicheln sie zärtlich.

Sie sagt ja, ja und schließt die Augen.

Aber dann, kurz bevor er sich auf sie legt, bringt sie ihren Mund nahe an sein Ohr und bittet eindringlich:

»Sprich nicht, bitte, sprich nicht...«

Am nächsten Tag gebe ich den Brief an Allan auf.

Ich hätte ihn gern selbst in seinen Briefkasten gleiten lassen, um sicherzugehen, daß er ihn auch wirklich erreicht, aber dann sage ich mir, daß zuviel Eifer den großen Gauner da oben irritieren könnte. Also bringe ich den Brief ergeben zum Postamt auf der Third Avenue Ecke Dreiundfünfzigster Straße und steige dann in die U-Bahn. Ich fahre mit dem Express ganz in den unteren Teil der Stadt, bis Canal Street.

Ich habe beschlossen, Rita aufzusuchen.

Auf der Bank mir gegenüber schmust ein Pärchen. Sie: blond, frisch, lachend, mit kleiner Stupsnase, geraden Zähnen und vitaminisiertem Haar. Er: dunkel, strotzend vor Gesundheit, muskulös und mit einem Lächeln voller Leere. Standardisierte Schönheiten, wie sie in der Werbung die Errungenschaften von Kaugummi und Coca-Cola anpreisen. Hygienische Schönheiten ohne Seele und Sinne, die jedermann gefallen und bestens geeignet sind, je nach Bedarf, den Verkauf von Fertighäusern, Zahnpasta oder des neuesten Geschreibsels eines alten, pomadierten Schnulzensängers zu fördern. Sie gehen mir auf die Nerven, wie sie so direkt vor meiner Nase herumschnäbeln. Um uns andere arme Fahrgäste daran zu erinnern, daß eine Romanze in dieser Stadt nicht gerade auf Schritt und Tritt zu finden ist. Und daß man, wenn man sie schließlich aufgespürt hat, sich selbst auf die Schulter klopfen und sie zur Schau stellen kann. Ich bin ziemlich verärgert und halte einen inneren Monolog. Einen Moment lang überlege ich, ob ich den Waggon wechseln sollte, aber dann denke ich nach und sage mir: Pfft! Reg dich nicht auf. Du bist nicht mal sicher, ob du im Waggon nebenan einen Sitzplatz bekommst, und außerdem bist du nicht die einzige, die nach Liebe schreit! In dieser Stadt auf einen ungebundenen Mann zu stoßen, widerlegt alle Statistik. Ihn zu verführen grenzt an eine ballistische Heldentat. Ihn zu halten bedarf es kabbalistischer Zauberformeln.

Ich kann darüber einiges sagen: Ich habe hier gewohnt. Nachdem mich mein Vater, während er seine Pizza kaute, aufgefordert hatte, ein »ernsthaftes« Buch zu schreiben, dachte ich nach und wählte das Exil. Ich mußte an Hemingway, Miller, Gertrude Stein und Scott Fitzgerald denken. Auf einmal fühlte ich mich ganz romantisch. Das hat meine Seele davongetragen, und ich habe es ihnen nachgemacht. Genau umgekehrt.

Eines Tages, ganz zu Beginn meines Exils, kam mir der Gedanke, mein Fenster hochzuschieben und meinem Nachbarn gegenüber – ungefähr sechzig Zentimeter entfernt – ein paar Nettigkeiten zu sagen. Jeden Tag sah ich ihn über seinem Zeichenbrett wüten, während ich selbst an meiner Olivetti schuftete, mich für Flannery hielt und immer wieder auf Nicks Rat starrte, den ich mit Klebeband an die weiße Wand geheftet hatte: »Redet nicht, sondern zeigt.« Kurz gesagt, daß ich meinen Nachbarn dauernd vor meinem Fenster kritzeln sah, brachte mich auf die Idee, ihn zu einem späten Frühstück, von den Eigenborenen »Brunch« genannt, zu mir zu bitten. Es schien ihm außerordentlich peinlich zu sein, und ich mußte mehrmals darauf bestehen, bis er schließlich seinen Hintern in Bewegung setzte und auf zwei Spiegeleier, »sunny-side up«, und French Toasts zu mir herüberkam.

Nachdem er von meinem Status als Fremde in der Stadt Kenntnis genommen hatte, gestand er mir, warum ihm das Ganze peinlich war. Meine Einladung zeugte von allergrößter Kühnheit, leider außerordentlich verbreitet bei den Frauen dieser Stadt, die vor keinem Trick zurückschrecken, um ein männliches Wesen in ihr Bett zu zerren. Und er, weder verheiratet noch verkehrt gepolt oder drogensüchtig, wußte nicht mehr, wo er Zuflucht suchen sollte. So war er gezwungen, die Augen offen zu halten, von der Redaktion unverzüglich nach Hause zurückzukehren, seine Tür dreifach zu verriegeln und seine Eier nur in angenehmer Gesellschaft zu verspeisen. An jenem Tag wurde mir eine regelrechte Unterrichtsstunde über die Geschlechterbeziehungen in New York zuteil. Übrigens habe ich mein Gegenüber danach nie wiedergesehen. Vielleicht glaubte er, meine naive Einladung sei eine Kriegslist gewesen, um mich in sein Leben zu schmuggeln...

Aber die Abfolge meiner Abenteuer in Amerika bestätigte seine pessimistische Vorhersage nur. Ich lernte Terry im Bus kennen. Abends, mitten im Menschengedränge. Von allen Seiten eingezwängt, krampfhaft in meinen ledernen Haltegriff verkrallt, fühlte ich mich plötzlich aus dem Gleichgewicht gebracht: Eine Studentenmappe (im vorliegenden Fall seine) entleerte sich über meine Umhängetasche von Bloomingdales. Er entschuldigte sich. Ich entschuldigte ihn. Er stellte sich vor. Ich stellte mich vor. Meine französische Herkunft schien ihn zu interessieren, und mit feinsinnigem Wohlwollen fragte er mich über meine Kultur aus.

Terry besaß eine wohlklingende Stimme, ein meilenumfassendes Wissen, wächserne Wangen, blaue Augen, wie eine Puppe, lange Wimpern und gepflegte Fingernägel. Er trug nie einen Mantel. Er war dagegen. Er studierte an der Columbia Universität die Sprachgewohnheiten indianischer Nomaden und steuerte auf seinen Doktor zu. Wir sahen uns wieder. Er nahm mich mit ins Kino, wo wir uns mit gutturalen Lauten unterlegte Filme von altgedienten, meckernden Soziologen ansahen. Wir gingen in Konzerte, wo ich gegen die Monotonie in John Cages Harmonien ankämpfte. Wir besuchten das Museum of Modern Art, wo er mir den Unterschied zwischen Jasper Jones und Rauschenberg klarmachte. Suchten Cafés im unteren Teil der Stadt auf, in denen er mir rückhaltlos die Rolle der Potlatch-Sprache in primitiven Zivilisationen erklärte. Ich fröstelte unter seinem eisblauen Blick. Seine Äußerungen waren von Unerbittlichkeit geprägt, und er referierte mit der liebevollen Herablassung des Professors für den etwas einfältigen Schüler. Ich wagte nicht, ihn zu berühren, aus Angst, die Büchern entstammende Verzauberung, in die er mich versetzt hatte, zu zerschlagen, und so wartete ich ab und hörte zu. Endlich, nach fünfzehn Cafés, fünf Kinos und drei Konzerten, entschloß er sich eines Abends, mich zu küssen und in mein Bett zu kriechen.

Ich war fassungslos. Genauer gesagt, mir erschien das Ganze ziemlich irreal.

Als er drauf und dran war, mich in die Arme zu nehmen, als seine Arme weiß im Nachtlicht glänzten und seine Lippen sich lüstern meinem Ohr näherten – während der Geruch festen Fleisches meine ergebene Nase umschmeichelte –, unterbrach er sich plötzlich, stützte sich auf die Ellbogen und sagte mir, er wolle eines klarstellen, bevor er sich Taumel und Gemüt ausliefere und, man müsse es einfach so sagen, an geistigem Einfluß verlöre: Er habe eine Freundin. Seit genau vier Jahren. Er gab ihr Alter, ihre Religionszugehörigkeit und ihren Beruf an, lobte zudem die Qualitäten der Gedichte, die sie auf Karten schrieb. Des weiteren die Schmackhaftigkeit der Brownies, die sie ihm jeden Sonntag morgen backte, während er vor seiner kleinen Stereoanlage dem großartigen Schubert lauschte. Er sagte, er liebe sie zärtlich und sie heiße Violet. Zwischen ihnen bestünde ein Abkommen, in dem eine gewisse beiderseitige Freiheit vereinbart war, und ich verdankte dieser zusätzlichen Vertragsklausel, daß ich mich hier fände, aller Kleidung entblößt und an seiner Seite. Er wartete darauf, daß ich nickend Einverständnis signalisierte, zeigte, daß ich verstanden hätte, welcher Platz mir in seinem Leben bestimmt war; dann legte er sich auf mich und liebte mich mit der gleichen Ernsthaftigkeit und Aufmerksamkeit, die er allen seinen Unternehmungen zuteil werden ließ.

Verwirrt von dieser verspäteten Klarstellung, spürte ich nichts. Absolut nichts. Weder den kleinsten Schauer noch die leiseste Hingabe. So konnte ich müßig, aus halbgeschlossenen Augen, seine Physiognomie im Vergnügen genau betrachten. Er schäkerte mit mir mit dem ganzen Eifer und all der Technik, die das zwanzigste Jahrhundert und seine überreichliche Dokumentation bewußten Liebhabern beigebracht haben. Keine erogene Zone entging seinem Gelehrtenwissen. Keine Technik war ihm unbekannt, und er führte alle

Varianten mit der gleichen Virtuosität aus, aufgeweckt, mit schwingenden Schenkeln, rhythmischen Bewegungen und präziser Zunge. Ich brauchte nicht einmal zu simulieren und auf meiner Decke lustvoll die Fäuste zu ballen; er war viel zu sehr damit beschäftigt, nichts auszulassen, zu sorgsam darauf bedacht, mich von A bis Z zu rupfen, als daß er meine Abwesenheit bemerkt hätte. Nachdem er schließlich durch eine leichte Berührung meines rechten Jochbeins zum Abschluß gekommen war, setzte er ein winziges Lächeln auf – das bedeuten sollte: »Na, bist du glücklich?« – und zog sich genauso zart zurück, wie er sich eingeführt hatte. Ich nahm meinen Körper wieder in Besitz. Befühlte ihn, um sicherzugehen, daß er mir auch alles zurückerstattet hatte. Dann sah ich Terry an.

Was genau ist eigentlich geschehen? fragte ich mich.

Ich habe gerade Liebe gemacht. Mit diesem Mann, der am Fußende meines Bettes sitzt. Der seine Socken überstreift, sein Hemd in die Hose stopft, sich das Haar glättet. Dieser Mann ist mein Liebhaber.

Ach ja...?

Terry, und weiter?

Ich weiß nicht. Ich weiß nichts über ihn. Fast alles über seine Freundin und alles, absolut alles über Potlatch und die Indianer, die mit ihren Tipis umherziehen.

Und ich sollte auch nichts mehr über ihn erfahren.

Nach einem letzten zärtlichen Kuß verließ er mich an jenem Abend. Für immer. Ohne eine Spur zu hinterlassen. Nicht einmal ein Haar auf dem Kopfkissen, das ich hätte untersuchen lassen können. Vergebens wartete ich auf einen Anruf. Auf einen Brief. Ein Telegramm. Eine Benachrichtigung vom Krankenhaus. Eine Kurznotiz in der *New York Post*. Ich stellte meine Libido ernsthaft in Frage. Schnupperte meinen Atem und prüfte ihn auf Mundgeruch. Nahm alle meine physischen Unzulänglichkeiten eine nach der anderen unter die Lupe und kam zu dem Schluß, daß ich nicht auf der Höhe war. Violet dagegen mußte alle Qualitäten besitzen.

Als ich zwei Jahre später kurz in New York war und bei

Dean und Deluca in der Schlange stand, ein Sortiment französischen Käses im Arm, sah ich das Profil eines Mannes mit wächsernen Wangen und blauen Augen, umrahmt von langen Wimpern, der mit langen Fingern und gepflegten Nägeln sein Kleingeld zusammenkratzte. Er drehte sich um und entschuldigte sich, weil seine Einkaufstüte gegen meine Einkaufstüte geprallt war. Ich entschuldigte ihn. Lächelte. Rückte meine Tüte und meinen Käse beiseite. Streckte ihm die Hand des Freundes entgegen. Ergab mich bereitwillig der guten Erinnerung. Ohne ihm etwas nachzutragen. Voller Neugierde auf den Verlauf seiner Ausbildung und seiner Liebschaft mit Violet.

Er war schon weg…

Mein Blick legt sich wieder auf die beiden küssenden Kannibalen, und ich denke an Allan:

Hat er eine Freundin?

Rita wird es mir sagen.

Rita weiß alles, denn Rita kann »sehen«. In einer kleinen Bude, im Erdgeschoß meines letzten New Yorker Domizils, legt sie Karten. In der Forsythe Street. Dort wohnte ich, während ich mich mit der Idee herumschlug, ein »ernsthaftes« Buch zu schreiben. Ich versuchte herauszufinden, was er unter »ernsthaft« verstand. Das lag nicht gerade auf der Hand. Er zitierte Namen. Immer dieselben. Chateaubriand, Émile Zola, José Maria de Heredia, Jean Valjean. »Aber Jean Valjean ist doch gar kein Schriftsteller«, rief ich aus, entzückt darüber, einen Punkt gemacht zu haben. »Du weißt schon, wen ich meine«, antwortete er und fegte meinen Einwand zur Seite. »Und außerdem wird dich deine Telefonrechnung für nichts und wieder nichts ruinieren…« Ich legte auf, Tränen in den Augen. Pflanzte mich vor dem Spiegel auf. Fand mich gräßlich. Zu nichts nutze. Ein Dutzendgesicht…

Pimpin zitierte mir angesichts meines Kummers einen Satz von Montesquieu, der ungefähr besagte: »Die Ernsthaftigkeit ist der Schutzschild des Dummkopfs.« Ich habe mich nicht geniert, ihm das zuzuschicken. In sorgfältiger Schönschrift. Als eingeschriebene Eilsendung. Er hat nicht aufgemuckst.

Aber es war zu spät. Er hatte Zweifel in meinen Geist gesät. Ich betrachtete mein Buch, das zweite, an dem ich gerade schrieb, und sagte mir: Das ist kein ernstes Buch. Es geht mir zu leicht von der Hand. Das ist ziemlich verdächtig. Ich stellte mir Fragen, die mich schon im voraus irritierten. Zum Beispiel: Schrieb Chateaubriand genauso, wie er sprach? Ja. Ganz bestimmt. Und da er weder einen Fernseher noch all diesen anderen Blödsinn besaß, der ihm die Sprache hätte verderben können, war er imstande, ernst zu sprechen. Und er schrieb ernst. Er hatte nichts anderes zu tun, als ernst zu sein. Im übrigen nahm sich Frankreich zu seiner Zeit überhaupt außerordentlich ernst. Und er in seinem großen Schloß Combourg lehnte sich eng an seine Epoche an. Wenn er mit seiner Freundin Récamier Tee trank, haben sie wahrscheinlich beide ihre Worte wohl erwogen, wunderschöne Wendungen benutzt und zusammen eine äußerst anmutige Konversation betrieben. Der reinste Genuß. Ein Rosenkranz aus Nebensätzen, schwungvollen Konjunktiven und romantischen Beschreibungen.

Und Paul Valéry, der uns näher ist? Also, da wird's kompliziert. Sagte er zu seinem Kumpel: »Ich werde mir ein paar Augenblicke der Erholung gönnen« oder: »Ich werde mal ein Nickerchen einlegen?« Meiner Meinung nach sagte er »Nikkerchen«.

ER SPRACH SCHLECHT, SCHRIEB ABER NICHT SO.

Weil er als ernsthaft angesehen werden wollte.

Und ich saß da mit meinem Hintern zwischen zwei Stühlen. Schreiben, wie ich sprach, oder schreiben, wie man vor zweihundert Jahren sprach... Ein Himmelbett über zehn Seiten hinweg beschreiben oder direkt in die Aufregung eines kleinen Dienstmädchens einsteigen, das sich gerade vom Sohn des Hausherrn aufs Kreuz legen läßt?

In Nicks Kurs stellte sich keiner der Studenten alle diese Fragen. Ihr Kriterium war die Emotion. Und die Emotion... Es genügte, nach dem lauten Vorlesen deines Textes einen Blick auf die Gesichter zu werfen, und du wußtest, woran du warst. Und Nick in seinen ausgetretenen Latschen sagte immer wieder: »Vergeßt das ›Wie‹, denkt lieber an das ›Was‹.« Ich war außerordentlich verblüfft und schrieb immer weniger, verloren in diesem unlösbaren Dilemma. Die Zeit verging, ich dachte nach, und meine Ersparnisse schmolzen dahin. Zu Beginn meines Aufenthalts hatte ich mich in den schickeren Vierteln eingemietet, doch als der Franc gegenüber dem Dollar sank, mußte ich in die weitaus weniger schicken ausweichen. Bis ich in diesem ziemlich elenden Ein-Zimmer-Studio auf der Forsythe Street landete, gegenüber einem Park, den die Stadtstreicher besetzt hielten und in dem die leichten Mädchen auf und ab spazierten.

Ich war gezwungen, mein Äußeres zu verändern. Um unbemerkt vorbeizukommen. Alte Jeans, alter Parka, alte Turnschuhe. Die Haare in den Augen, die Augen in den Schultern, die Schultern an der Wand entlangstreichend, die Finger um das Kleingeld gekrampft, bereit, es dem erstbesten Streuner zu geben, der mich mit etwas Nachdruck und einer Messerklinge darum bitten sollte.

In dem kleinen dreistöckigen Haus gab es keinen »Doorman«. Und keine Sprechanlage; man rief von der Straße aus nach mir, und ich warf die Schlüssel aus dem Fenster. Eingewickelt in einen Handschuh oder in einer Socke. Man mußte schon genau zielen, damit sie nicht in die Mülltonnen auf den Straßen fielen. Es gab auch kein privates WC. Ich teilte die sanitären Anlagen mit einem fünfzigjährigen Maler, der permanent unter Verstopfung litt, und einer jungen Emigrantin aus Polen. Beide wohnten auf derselben Etage wie ich.

Die Polin hieß Katya und gehörte zu diesen Leuten, die glauben, sie besäßen eine Vision von der Welt, nur weil sie zwei oder drei fixe Ideen haben, die sie bei jedem Anlaß ausbreiten. Sie ging mir auf die Nerven, aber ich brauchte sie: Sie kannte die Nachbarschaft und half mir, gegen die Kakerlaken anzukämpfen. Sie war es, die mich auf »Kakerlaken-Motels« hinwies. Kleine Kartons, vom Format einer großen Streichholzschachtel, hübsch und zierlich von außen, von innen aber ausgestrichen mit einem abscheulichen Klebstoff. Das Insekt sollte dort hineinkrabbeln und, sich windend, verrekken. »They check in, they never check out«, besagte die Werbung. Die Werbung log nicht, aber die Kakerlaken checkten selten ein. Sie waren nicht blöd: Sie mißtrauten diesen kleinen Schachteln mit dem verlockenden Etikett, und nur die Gagas, die Depressiven und Zerstreuten fanden sich ein. Ein verschwindend geringer Prozentsatz unter all den Kakerlaken, dieser einmalig robusten Spezies, die sogar die Atombombe überlebte.

Ich habe auch überlebt.

Sehr gut sogar.

Am Ende mochte ich das Viertel wirklich gern.

Seine Bewohner. Die spanisch gehaltenen Messen und die elektrische Orgel, die mich dreimal die Woche aus dem Bett riß; die Mütter, die, die Schürze locker um den Bauch, ihre Nachkommenschaft nicht zur Ruhe kommen ließ; die Bengel, die Feueralarm auslösten und ihre riesigen Transistoranlagen – die sie kaum heben konnten – schwangen; die Stadtstreicher, die ihre mit Pfandflaschen und Kartons überladenen Einkaufswagen vor sich herschoben; die Nutten, die sich ihre Joints drehten oder, wenn die Geschäfte besser liefen, Kokslinien von der Motorhaube eines Autowracks in die Nase zogen, unter den gleichgültigen Augen der Bullen, die vorbeipatrouillierten. Man rief sich gegenseitig zu: »Hi! Sweetie, how are you today? Fine and you? Fine, thank you«. Ich verneigte mich ein wenig, sie ließen die Träger ihrer Büstenhalter schnippen, und abends, gegen Mitternacht, wenn mir die Zigaretten knapp geworden waren, traf ich sie in der »Bodega« gleich unter mir wieder. Eine Hüfte an den Tresen gelehnt, strichen sie zwischen zwei Aufrissen roten Nagellack auf die Ränder ihrer Nägel, kratzten den alten Lack ab, kauten ihr Kaugummi und diskutierten über ihre Kunden.

Zum größten Teil kleine Weiße in Anzug und zu enger Krawatte, die die Zeit zwischen zwei Geschäftsverabredungen nutzten, um sich ein Häppchen schmutzigen Sex einzuverleiben. Was ihnen ihre weißen, parfümierten und manikürten Frauen verweigerten. Für »Blow-Jobs« zogen meine Nachbarinnen die Amerikaner vor. Aber was das Übrige anging, fühlten sie sich mit Vertretern anderer ethnischer Gruppen viel wohler.

»Die Amerikaner sind im Schritt sauber und im Kopf verknotet«, faßte Maria Cruz zusammen, eine kleine, achtzehnjährige Puertorikanerin, stämmig gebaut, in enganliegenden Jeans und rosa Venylstiefeln mit spitzen Absätzen. Maria Cruz spielte die Anführerin. »Die Zugeknöpften, sage ich dir, die bis oben hin Zugeknöpften! Wir sind diejenigen, die sie aufknöpfen, mit einem starken Zungenschlag.«

Ihre Freundinnen lachten sich kaputt. Maria Cruz schlug mit der Hand auf den Tresen und gab eine Runde Kaffee aus. Sie war der Star. Mit fünfzehn war sie von zu Hause, aus Spanish Harlem, weggelaufen. Hatte sich einer dieser Kinderbanden angeschlossen, die durch die Bronx streunen, von Diebereien leben, zu Einbrüchen in die besseren Stadtviertel hinunter kommen und sich wieder nach oben verziehen, um ihre Beute aufzuteilen. Eines Abends war Maria Cruz nicht in den oberen Teil zurückgekehrt. War auf der Fifth Avenue herumgeschlendert, die Hände in den Taschen des Blousons vergraben, den sie auf dem Broadway geklaut hatte. Hatte die Limousinen beobachtet, die die schönen Kleider und Smokings vor den Hochhäusern mit den tressengeschmückten Portiers absetzten. Sie hatte sich geschworen, daß sie eines Tages ihren Hintern auf die Polster dieser Wagen setzen würde. Danach hatte sie sich ganz leicht gefühlt. Als hätte sie ihren sozialen Status bereits verändert. Hatte sich mit beiden Füßen auf einen Hocker gestellt und sich ganz groß gemacht. »Man muß so tun, als ob... Sich darin üben, eine andere zu sein. Eine Stärkere. Wenn es dann eines Tages geschieht, bist du vorbereitet. Nicht erstaunt. Einfach der Situation gewachsen. Und dann, wenn du so tust, lernst du Wagemut... Und wenn du Wagemut besitzt...«

An jenem Abend hatte Maria Cruz geträumt. An ihrem einzigen freien Abend. Sie hatte so getan, als ob. Als ob sie Miss Maria Cruz wäre. Die berühmte Miss Maria Cruz. Die berühmte Coiffeuse-Kosmetikerin, die einen Schönheitssalon auf der Madison Avenue besitzt. Drei Stockwerke himmelblaue Kabinen... himmelblau auch der Teppichboden und die Türen, die durch einen zarten grauen Streifen abgesetzt sind und auf denen in silbernen Lettern jeweils der Name der Kosmetikerin prangt. Leichten Fußes, beschwingt durch ihre Träumerei, war sie die Fifth Avenue hinunter geschlendert. Glücklich, daß sie nicht mehr der Bande angehörte und nur noch das Geräusch ihrer Stiefel und der spitzen Absätze auf dem Asphalt wiederhallen hörte. Gegen zwei Uhr morgens hatte sie sich auf die Stufen eines dieser kleinen reichen Häuser an der Upper East Side gelegt und war über den Gedanken an Vorhänge für ihr Institut, an die Uniform der Kosmetikerinnen, an Empfangsdamen und Coiffeusen sowie an Tarife, Lohnskala und Öffnungszeiten eingeschlummert. Um sich am nächsten Morgen einen Kaffee und zwei Spiegeleier leisten zu können, war sie einem Mann gefolgt. »Mein erster Aufriß: zwei Dollar fünfundsiebzig Cents! Ha! Man kann wirklich behaupten, daß ich seitdem ein gutes Stück vorangekommen bin: Ich habe die Preise angehoben. Und ich wohne in Manhattan. Nicht gerade im schicksten Viertel, aber das kommt noch... Wenn ich mit José in Rente gehe, werde ich genug Geld zur Seite gelegt haben, um mir meinen Salon zu kaufen...«

Ich hätte Maria Cruz die ganze Nacht zuhören können. Wenn da nicht José gewesen wäre, der auf sie aufpaßte. José und die anderen. Verborgen in langen Limousinen, drehten sie ihre Runden um den Park. Maria Cruz schluckte ihren Kaffee hastig hinunter, zupfte ihre Strumpfhose zurecht, glättete ihren Minirock aus Skai, blies ihre Backen auf wie ein professioneller Trompeter und ging wieder an die Arbeit; bald darauf folgten auch alle ihre Freundinnen.

Es gab noch einen anderen Grund dafür, daß ich nachts in die »Bodega« hinunterging: Rita. Sie litt unter Schlaflosigkeit und legte auf dem Tresen Karten. Rita war zu der Zeit in einem elenden Zustand. Sie versuchte abzunehmen und schaffte es nicht. Ihre Nerven waren angegriffen, und sie verbrachte ihre Abende auf einem Hocker mit Rädern thronend; durch Hüftstöße bewegte sie sich vorwärts. Sie war so schwach, daß sie alles in Reichweite hatte: ihre Karten, ihren Kaffee, ihre Karottenstückchen, ihren nullprozentigen Tofu, ihre Zigaretten, ihre Kleenextücher und ihr Rouge. Manchmal ließ der Besitzer der »Bodega« sie die ganze Nacht über den Laden hüten. Das war keine sonderlich gute Idee. Denn aufgrund ihrer Diät gelang es Rita nicht, sich zu konzentrieren. Wenn man zum Beispiel Salamischeibchen bei ihr bestellte, gab sie einem eine Stange Salem. Man getraute sich nicht, es ihr zu sagen, denn sie legte uns gratis die Karten. Und was Visionen anging, so war sie darin immer noch sehr stark. Die Diät konnte dem nichts anhaben. Eher im Gegenteil: Sie schärfte ihre Hellsichtigkeit noch. »Man kann sagen, was man will«, erklärte Katya feierlich, »Nahrung macht den Geist schwer. Mens sana in corporc sano ... Die wissen hier nicht, wie man sich ernährt. Essen bloß Konserven, die ihnen das Hirn vergiften.«

Katya wollte wissen, ob sie es eines Tages schaffen würde, ob sie uptown, unter den Reichen und Besitzenden, wohnen würde ... Und ich, ob es mir gelingen würde, ein »ernstes« Buch zu schreiben. Rita begriff nicht, was ich darunter verstand. Und da ich es ihr auch nicht erklären konnte, kamen wir beide nicht weit. Die Antwort der Karten erwies sich als ziemlich obskur. Zum Ausgleich sagte sie mir Liebschaften und Liebhaber voraus, Brüche und Reisen im Flugzeug. Einen dunkelhaarigen Mann, zwei dunkelhaarige Männer, drei dunkelhaarige Männer und ... die große Liebe. Ich zappelte hinter dem Tresen vor Ungeduld. Wann? Wann? Die große Liebe.

Genaue Daten konnte sie nicht sehen.

Rita wird mir über Allan Auskunft geben.

Über alles. Ob er mich morgen abend zurückruft, oder ob ich genug Zeit habe, vorher die Ilias und die Odyssee in Angriff zu nehmen.

Ich gehe zur Canal Street hinunter, am chinesischen Viertel vorbei und hoch nach Osten. Gehe die Mott Street entlang, vorbei an der chinesischen Reinigung, zu der ich meine Beutel mit schmutziger Wäsche zu bringen pflegte. Mit dem

Eigentümer verständigte ich mich via Zeichensprache. Er verstand kein Wort Englisch. In aller Eile überquere ich die Bowery und lande auf der Forsythe Street.

Ritas Laden gibt es immer noch. Die Geschäfte scheinen zu gehen. Sie hat sich ein neues Schild angeschafft. Eine schöne Hand mit grün und rot eingezeichneten Linien, dazu ein vergoldetes Kartenspiel. »Rita Morena, fortune teller.« Ich schiebe die Tür auf, und Rita hebt den Blick von ihrer Zeitschrift. Stößt einen Schrei aus und watschelt auf mich zu.

Rita geht nicht, sie watschelt. Weil sie so viel Speck zu bewegen hat. Kiloweise Speck, der sie bremst, wenn sie sich vorwärtsbewegt und ihre bedrohliche Masse mal nach rechts und mal nach links schwanken läßt. Als sie sich erhebt, wabern alle Süßigkeiten des Orients auf mich zu. Ich hatte völlig vergessen, wie dick sie ist.

Sie will nicht mehr abmagern. Sie versichert mir, daß ihr Fett sie schützt. Daß sie ohne diesen Schutzwall aus Gelatine der Welt ausgeliefert wäre. Wehrlos. Sie weiß, wovon sie redet: Sie hat es probiert. Und war völlig in Angst und Schrekken versetzt. Beinahe am Rande der Panik, weil die Leute plötzlich aus solcher Nähe zu ihr sprachen. Sie im Vorbeigehen leicht streiften. Das war ihr unerträglich. Der Arzt hatte sie nicht auf diese Veränderung hingewiesen, bevor sie das Leben der Mageren begann: immer lüstern, immer beansprucht, einmal hü, einmal hott. Rita hatte sehr früh begriffen, daß die Welt feindselig war. »Als mir meine Eltern einen Toaster schenkten; ich sollte in der Badewanne damit spielen«, sagte sie lachend. Heute, mit ihren Rettungsringen um Hüften, Schenkel und Waden, fürchtet sie nichts. Sie beherrschte die Lage. Sie umschlingt mich mit beiden Armen, hebt mich hoch, küßt mich und setzt mich wieder auf den Boden, wobei sie vor Freude zappelt und mich bis aufs Blut kneift. Biste wirklich da? Einfach toll! Zwei Jahre ohne Nachricht! Was hast du dir bloß dabei gedacht?

»Halt, warte, sag nichts, ich habe eine Vision... Du wirst einem Mann begegnen. Hier in New York. Ich sehe ihn... Er ist groß und sieht gut aus. Er wird sich wahnsinnig in dich verlieben ... Doch, doch ... Ich kann es sehen. Ich sehe Flugzeuge ... Eine Hochzeit ... Einen Fremden, einen dunkelhaarigen Mann, und du trägst auf einem großen Fest eine grüne Bluse. Ja, genau ... Und in der Ecke eine Topfpalme ...«

Ich hänge an ihrem Hals, küsse sie. Weiter, noch mehr Visionen. Aber sie setzt sich erschöpft wieder hin. Ende der Hellseherei.

»Und danach?«

»Ja, es wird gelingen ... Ich spüre es. Es wird gutgehen. Ihr werdet heiraten und ...«

»Bist du dir ganz sicher, daß du dich nicht irrst?«

Sie ist beleidigt. Legt ihr Doppelkinn wieder in Falten. Sieht mich nicht mehr an. Läßt sich wie ein Akkordeon wieder auf ihren Stuhl sinken.

»Entschuldige, ich freue mich nur so ... Du mußt verstehen, ich habe nämlich so einen, wie du siehst, getroffen und wage nicht daran zu glauben. Vor allem, weil bislang auch alles eher schiefgelaufen ist ... Ich habe ihn bereits zum Teufel geschickt ...«

»Er kommt zurück, er kommt wieder ... Aber erzähl mir doch mal. Dein Vater ... ist tot, he?«

Ich nicke, und mein Hals schnürt sich zusammen. Diese Worte laut und deutlich ausgesprochen zu hören hat eine schreckliche Wirkung auf mich. Es ist mir, als wäre erst damit alles offiziell. Als könnte man nichts mehr machen. Ich fröstele und schrumpele zusammen wie eine kleine Alte, die ewig friert.

»Und du bist traurig ... Sehr traurig?«

Na ja, klar ...

»Aber du mußt schon an Gott glauben, weißt du. Scheint so, als säße Er da oben und beobachte dich.«

Ich schüttele eigensinnig den Kopf. Das kommt überhaupt nicht in Frage.

»Doch ... Doch ... Du mußt zur heiligen Jungfrau beten.« Sie zeigt mit dem Finger auf die Jungfrau aus Plastik, die auf einem Regal über ihrem Kopf thront, einen Ellbogen auf dem Radio, den anderen auf dem Ventilator.

»Sie versteht alles. Und wenn er gegangen ist, dein Papa, dann nur, weil die Zeit für ihn hier auf Erden abgelaufen ist...«

»Ich glaube nicht daran, Rita, ich glaube nicht daran. Das kann ich nicht. Als er starb und seine ganze Familie betend um sein Bett stand, war ich blaß vor Neid, weißt du. Ich betrachtete sie und wollte genau wie sie beten. Mit ganzer Kraft, ich wollte einfach glauben. Denn dann wäre es gar nicht mehr so traurig, daß er tot ist. Ich würde ihn wiedersehen, eines Tages...«

Sage ich und weine.

Rita steht auf, watschelt zum Eisschrank und holt ein Eis heraus. Ein Health-Bar-Crunch-Ice-Cream.

»Kennst du das hier? Es ist ganz neu...«

Ich sage schluchzend »ja«. Ich kenne sie alle. Innerhalb von drei Wochen habe ich meinen Rückstand aufgeholt. Sie stellt das Eis auf den Tisch, legt zwei Löffel dazu und läßt sich auf den gepolsterten Hocker fallen.

»Los, komm her... Ich werde dir das große Spiel legen, du wirst sehen.«

»Halt, warte, erzähl mir erst, was mit den anderen ist... Katya, Maria Cruz. Und mit dem alten Maler und seiner ewigen Verstopfung...«

»O der! Der hat sich nicht geändert! Er ist immer noch da.«

Sie mischt die Karten. Ein ganz spezielles Spiel, in Herzform und vergoldet, das sie sich extra hat anfertigen lassen.

»Und Katya?«

»Sie ist nach Polen zurückgekehrt. Hat nichts als Unsinn getrieben. Sie hatte keine Aufenthaltserlaubnis mehr, also hat sie geheiratet. Um ihre Papiere in Ordnung zu bringen. Einen Betrüger. Einen Spezialisten für die Heirat mit Ausländerinnen. Dies war bereits seine achte Hochzeit, und jedesmal kassierte er zweitausend Dollar... Er wurde verhaftet und hat sie angezeigt. Die sind jetzt viel strenger geworden. Sie unterziehen die Jungverheirateten jetzt getrennten Verhören, um festzustellen, ob sie auch zusammenleben. Sie haben sie gefragt, wo sich der Lichtschalter im Schlafzimmer befindet und ob ihr Mann nachts einen Pyjama trägt. Sie war nicht imstande zu antworten... Sie haben sie zum Flughafen gebracht... Mit zwei Bullen...«

Rita zuckt die Schultern. Ich mache es ihr nach, um die Nichtigkeit von all dem zu unterstreichen.

»Sie hat mir geschrieben. Aus Warschau. Ihre Eltern hatten alles dafür geopfert, daß sie hier leben könnte...«

Sie läßt mich die Karten abheben, breitet sie über dem Tisch aus, rückt den Eisbecher zur Seite.

»Und Maria Cruz?«

Das muß ziemlich schwerwiegend sein, denn sie verharrt reglos, bevor sie mir antwortet, das Kartenspiel frei in der Luft schwebend. Dann setzt sie es ab und langt nach dem Eis. Stochert mit ihrem Löffel darin herum.

»Was soll ich dir sagen? Seit du weg bist, gab es hier nur Bescherungen... Und es ist noch nicht zu Ende. Das spüre ich genau...«

Ich lasse sie ein, zwei Happen Eiscreme lutschen, dann mache ich vorsichtig einen erneuten Versuch. Ich mochte sie gern, Maria Cruz. Sie war nicht gerade eine Schönheit, aber sie strotzte vor Kraft, mit dem rosigen Zahnfleisch, das in ihrem Munde glänzte... ihren Haaren, die so stramm nach hinten gekämmt waren, daß man meinen konnte, es sei eine Perücke... Schwarzglänzendes Haar. Sie hatte mir Zugang zu einer unbekannten Welt verschafft, zu einer anderen Wirklichkeit. Ich hörte ihr zu, ich lernte, und es war, als erführe ich mehr über mich selbst. Ich fühlte intensiv meine Existenz. Fast war es, als könnte ich meine Seele berühren. Den Eindruck habe ich immer, wenn ich lerne... Eines Tages hatte ich sie gefragt, wie sie es hinkriegte, all den Typen, die sie gar nicht kannte, einen zu blasen, Kerlen, die sich möglicherweise nicht einmal wuschen, bevor sie zu ihr kamen. Sie hatte mich, fast böse, von oben herab angesehen und zurückgefaucht: »He, sag du mir mal, wie du es machst, stundenlang vor deiner Schreibmaschine zu hocken? He? Wie machst du's? Das ist doch keine Arbeit für 'ne Frau! Das ist Arbeit für Kerle! Ist doch wahr! Zum Schreiben braucht man Eier, ein

Paar dicke Eier!« Ihre Hände hatten ein riesiges Paar imaginärer Eier abgewogen, und alle ihre Freundinnen hatten gelacht. Ich hatte meine Nase in meinen Kaffee gesteckt und nie wieder über ihre Arbeit gesprochen. Ich begnügte mich damit, ihr zuzuhören.

»Sie kam auf Koks, dann auf Crack... Ihr Kerl hat sie draufgebracht. Damit sie mehr arbeitete. Sie habe Flausen im Kopf, sagte er. Sie wolle sich emanzipieren. Also ratsch... Jetzt hat er sie an der Kandare, und wenn er sie richtig ausgenommen hat, wird er sie fallenlassen. Sie ist nicht schön anzusehen, weißt du... Er läßt sie Uptown arbeiten, damit sie ihre Freundinnen nicht mehr trifft... Aber jetzt konzentrier dich. Stell mir eine Frage...«

»Aber konntest du denn nichts machen?«

»Was hätte ich denn tun sollen? Ich habe nicht die Größe, gegen ihn zu kämpfen. Außerdem hat sie es auch so gewollt. Ich hatte sie gewarnt. Ich hatte aus den Karten gesehen, was da auf sie zukam. Aber sie hielt sich für die Stärkere...«

Sie sinkt gegen die Wand. Als habe sie es satt. Die Freude, mich wiederzusehen, ist vorüber, und all die kleinen Sorgen, Sorgen, die einem den Kopf zernagen, einem tagtäglich die Laune verderben, kommen ihr wieder in den Sinn.

»Hast du das Viertel drüben bei den A, B, C, D Avenues gesehen?«

Ich schüttele den Kopf. Ich bin an der Canal Street aus der U-Bahn gestiegen.

»Es verändert sich im Affentempo. Sie sind dabei, alles zu renovieren. Eines schönen Tages werde ich umziehen müssen. Sie vertreiben einen mit aller Gewalt. Die A, B, C, D Avenues... Weißt du noch? Niemand wollte dort wohnen. Na, jetzt hat der Bürgermeister seine Nase da reingesteckt, und es wimmelt nur so von Bauherren. Die überholen die alten Dreckslöcher und verkaufen sie wieder zu wahren Goldpreisen. Nicht ein einziger Künstler kann hier mehr leben... Oder aber er muß den Durchbruch schaffen, und zwar schnell! Ich kann jeden Tag an der Reihe sein! Und wohin soll ich gehen? Mein ganzes Leben ist hier...«

Ihre Mundwinkel sinken herunter, und ihr Gesicht verzieht sich zu einer komischen Grimasse.

»Aber die Karten? Was sagen die Karten für dich voraus?«

Sie zuckt mit den Schultern. Die Karten sagen ihr selbst nichts. Aber ihr Verstand wiederholt ihr dauernd, sie solle sich langsam woanders niederlassen. In Brooklyn oder Queens.

»Na, jetzt werden wir mal sehen, wo dein Papa ist, he? Hast du Lust?«

Als wir mit den Karten und dem Eiscremebecher zu Ende waren, war es dunkel und ich ebenso traurig wie Rita. Trotz der guten Nachricht von dem dunkelhaarigen Mann, die die Karten bestätigt hatten. Aber ich fragte mich, ob ich Ritas Visionen Glauben schenken konnte. Denn sie hatte mir ebenfalls versichert, daß Papa im Himmel sei. Zur Seite Gottes. Wer's glaubt, wird selig, entgegnete ich ihr. Sie sähe ihn genauso wie mich vor sich, sagte sie mir. Ruhig und gelassen, den Blick auf mich gerichtet.

»Ich glaube dir nicht.«

»Man muß mir glauben, und in der Zwischenzeit muß man beten...«

»Also wirklich! Nein, das ist völliger Unsinn!«

»Und warum?«

»Weil ich nicht daran glaube... Und dann, warum macht Er keinerlei Anstalten, wenn Er denn schon da ist. Ein ganz kleines Wunder zum Beispiel, damit ich zu glauben anfange. Beispielsweise daß Allan morgen anruft... Das ist doch nicht kompliziert.«

»So einfach geht das nicht...«

»Na bitte, da hast du's. Immer dasselbe. Es ist an uns, alle Risiken auf uns zu nehmen, alle Schläge einzustecken, während Er in aller Ruhe Däumchen dreht...«

Wir werden ein andermal darüber sprechen, sagte Rita mit leiser, zärtlicher Stimme. Wir werden ein andermal darüber sprechen.

Ich kannte diese Stimme. Es ist die der Evangelisten, die

von Tür zu Tür ziehen, um dir Gotteshokuspokus zu verkaufen. Die dich in ihre Fänge locken wollen. Sowie sie spüren, daß du dich versteifst, werfen sie ihren Ballast ab und wechseln das Thema. Nur für einen Augenblick. Um dich anschließend um so fester in Eisen zu legen.

Wir gingen zusammen hinaus. Rita begleitete mich. Ein Stück meines Weges. Wir gingen wieder hoch zu den A, B, C, D Avenues. Ein Ghetto im unteren Teil der Stadt mit seinen kleinen roten Backsteinhäusern, baufällig und durch Brände geschwärzt, von Rost zerfressen. Gepflanzt in verwilderte Grundstücke, umgeben von Unkraut, ausgebrannten Autowracks, verwaistem Müll. Ein Viertel, seinerzeit den Mittellosen als Almosen hingeworfen, verschmäht von der Stadtverwaltung, die sich nicht einmal die Mühe gemacht hatte, den Straßen einen Namen zu geben.

»Und dieses Viertel wollen sie jetzt wieder an sich nehmen?« fragte ich Rita.

Sie schüttelte den Kopf, während sie sich auf meinen Arm stützte und ein wenig schnaufte.

»Das ist bereits geschehen. Siehst du, überall sind Bullen. Jetzt kann man in aller Ruhe spazierengehen, während vorher...«

Sie hatte recht. An jeder Straßenecke waren Bullen aufgestellt, den Gurt schwer behängt mit Handschellen, Knarre, Lederknüppel und Walkie-talkie. Den kleinen Finger am Abzug, bereit, den zitternden Schatten, der versuchte, zu seinem Dealer zu huschen, oder den unschuldigen Stadtstreicher, der seinen Platz zum Schnarchen wechselte, niederzuknallen. Rita fuhr mit ihren Erklärungen fort. Die Stadtverwaltung habe ganze Arbeit geleistet, sagte sie mir, bald würde es keine einzige Drogenspritze mehr geben, keinen einzigen Stadtstreicherlatsch, keinen einzigen anschaffenden Hintern. Die Straßen würden ihre neue Besitzer gut vorbereitet in Empfang nehmen können: dreiteilige Anzüge mit ihren aerobictrainierten Frauchen. In der Stadt werde es keinen einzigen Quadratmeter mehr geben, aus dem nicht Gewinn geschlagen würde. Ich dachte an die Freiheitsstatue.

An das, was sie früher bedeutet hatte, und jetzt... Sie stellte sich immer noch auf Staten Island zur Schau, die Fackel ausgestreckt, die Toga auf dem Rücken Falten werfend, das Lächeln auf den Lippen: »Welcome im Lande der Gerechtigkeit und der Gleichheit.«

Früher hatte man noch daran glauben können, während jetzt der Dollar das Gesetz schrieb: Der Große frißt den Kleinen, die Bauherrn werfen Rita hinaus. Aber gleichgültig verharrte sie bräsig auf ihrem Sockel, umschmeichelt wie das Goldene Kalb von all denen, die ihr Lächeln zum Narren hielt.

Rita und ich gingen schweigend noch einen Augenblick weiter, dann trennten wir uns. Watschelnden Schritts kehrte sie in ihren Laden zurück. Ich nahm den Bus, um uptown in die Welt von Bonnie Mailer zurückzukehren.

Es war stockdunkel.

Im Bus sagte ich mir, daß, wenn mein Papa wirklich zur Seite des Gauners saß, das Tor zum Paradies wohl tatsächlich für jedermann offenstand. Sperrangelweit sogar. Mit einem Typen davor, der den Schlepper spielte. Denn niemand sollte einfach so vorbeigehen, also wirklich...

Sie verstand nicht.

Sie verstand nicht, was mit den Jungen los war.

Es war immer die gleiche Geschichte. Sie mochte sie, wenn sie weit weg waren. Stumm. Aber sobald sie näher kamen, war es schrecklich. Das Schlimmste war, wenn sie sagten: »Ich liebe dich.« Also dann ... hatte sie Mühe, sich zu beherrschen. Sie lief aufs Klo, wo sie sich weinend entleerte. Und sich tausend Fragen stellte. Auf der Brille sitzend, betrachtete sie ihre Füße und die heruntergelassenen Jeans.

Sie wollte diesen Haß nicht.

Sie wollte, daß man sie liebte. Mit all ihrer Kraft. Sie schlief ein und träumte von einem Ehemann, von Kindern, einem Strohdach und Van-Houten-Schokolade zum Frühstück. Das ist es, was du willst. Also gib dir Mühe, altes Mädchen. Sie ermunterte sich, während sie ihre Füße betrachtete. Beherrsch dich. Es ist doch keine Beschimpfung zu sagen: »Ich liebe dich«. Ist doch keine Schandtat, daß man sein Leben in deine Hände legt ... Daß man dir sagt, du seist einfach Spitze.

Manchmal gelang es ihr.

Für einen Tag, für eine Woche.

Sie biß die Zähne zusammen und hörte zu, wie der andere immer wieder seine Liebe erklärte, Projekte machte, gerührt Babys betrachtete. Wie er die Etage aussuchte, das Wachstuch, das Stadtviertel, die Marke des Fernsehgeräts. Sie geduldete sich. Sie geduldete sich. Sie wachte über ihren Körper, der sich versteifte. Ließ sich küssen. Wiederholte die Gesten der Liebe, die Worte der Liebe, aber sie fühlte nichts. Nichts mehr. Sie tat ihr Bestes, um irgend etwas zu fühlen: Sie sagte sich, daß er sie nicht wirklich liebe, daß er lüge, daß er sie verlassen, schlagen, dem erstbesten ausliefern würde.

Daraufhin gab der Mann seine Vertrautheit auf, wich drei Schritte zurück, wurde ein Fremder, und das heiße Blut begann wieder in ihren Adern zu brodeln…

Aber das funktionierte nicht immer. Er betrachtete sie mit allzuviel Liebe… Sagte zu viele Worte. Sie wollte nicht so schnell aufgeben. Sie sagte sich immer wieder, daß es nur ein Moment sei, danach würde es besser gehen…

Danach werde ich alles akzeptieren. Die Worte der Liebe und die Projekte. Ohne zu feixen.

Sie geduldete sich.

Und dann, eines schönen Tages, unter irgendeinem Vorwand, entfernte sie sich und kehrte nie zurück.

Nie wieder.

Befreit.

Sie machte Luftsprünge. Erleichtert von einer unerträglichen Last.

Er rief immer wieder an. Er flehte. Gib mir eine Erklärung, gib mir eine Erklärung. Was habe ich gemacht?

Wie sollte sie es ihm erklären?

Es war stärker als sie. Tut mir leid…

Denn es tat ihr ehrlich leid.

Es war nicht nur Mache.

Sie brach auf, *ihn* wiederzusehen. Ins Royal Villiers, wo sie sich verabredet hatten, um Austern zu essen. Das lag an seiner Metrolinie.

Sie erzählte.

Das ist ein armseliger Typ. Es ist sein Fehler, sagte er. Ein Mädchen wie du… Er hat geglaubt, er könnte dich ganz für sich allein behalten! Was für ein Schwachkopf, also ehrlich, was für ein Schwachkopf! Er hat geglaubt, du liebtest ihn. Daß du nur ihn liebtest! Also wirklich, der Kerl spinnt! Und er hat zu dir gesagt: »Ich liebe dich!« Von der Liebe hat der doch nichts kapiert! Soll ich dir mal was sagen: Er hat schlechte Karten fürs Leben… Du schneidest ihnen allen die Kehle durch, meine Kleine. Allen schneidest du die Kehle durch, aber so muß es auch sein. Die Liebe ist eine Frage der scharfen Klinge. Das ist alles.

Ah..., sagte sie.

Plötzlich war sie traurig.

Eine Frage der scharfen Klinge...

Sie rieb sich die Augen. Sie rieb sich die Hände. Sie verspürte das Bedürfnis, sich zu waschen.

Aber sie mußte ganz einfach zugeben, daß er recht hatte. Und wenn sie es nicht war, die ihnen die Kehle durchschnitt, dann er. Er kam, um sie zu massakrieren. Bei ihr zu Hause. Ohne Ankündigung. Zweimal kurz geklingelt, und das Gemetzel begann. Er rempelte sie an, beschimpfte sie, fragte: »Und warum kommen Sie zu meiner Tochter? He? Warum? Sie antworten nicht? Warum antworten Sie nicht? Wollen Sie wissen, warum? Weil Sie meine Tochter nur besuchen, um sie zu bumsen. Nur deshalb. Um sie zu bumsen. Sie lieben sie nicht. Sie wissen gar nicht, was das heißt, meine Tochter zu lieben...« Der Junge wand sich verlegen. Er befahl ihm, ihm in die Augen zu sehen, direkt in die Augen wie ein ordentlicher Kerl, der sich nichts vorzuwerfen hat... Und da der Junge offensichtlich nicht mehr wußte, wie er sich noch verhalten sollte, wie sich verteidigen, ließ er ihm noch einen letzten Augenblick zum Luftholen, einen letzten Augenblick, in dem er sich gerettet glauben konnte, befreit – und dann, gerade als er begann durchzuatmen, den Kopf zu heben, zu lächeln, fast ein Lächeln stillschweigender Duldung, genau in dem Moment holte er tief Luft und fing an zu schreien. Richtig zu schreien. Er brüllte, seine Augen traten aus den Höhlen, seine Adern quollen hervor, er wurde rot, wurde weiß, zeigte die Faust. Speichel lief ihm zu beiden Seiten des Mundes herunter, und rote Flecken breiteten sich über sein ganzes Gesicht aus. Der junge Mann wich zurück, entschuldigte sich, sagte, es sei alles ein Mißverständnis, nahm seinen Regenmantel und ging. Wobei er ihr ein kleines Zeichen machte. Einfach so. Wir telefonieren. Wir sehen uns wieder.

Oft sah sie ihn nicht wieder.

Mancher junge Mann ging auch nicht fort. Blieb wie angewurzelt stehen. Das machte den Mann noch wütender. Er regte sich noch mehr auf. Fuchtelte mit Armen und Händen in alle Richtungen. Fing an zu stottern. Verabreichte der Tür Fußtritte, dem Sofa Faustschläge. Und betonte jedes Wort: »Um sie zu bumsen... um sie zu bumsen. Sie bumsen meine Tochter, Monsieur, und das ist alles, was Sie können.«

Dann bedurfte es mehrerer, um ihn fortzuschaffen.

Denn sie konnte es nicht mehr ertragen.

Sie knallte die Tür zu und flüchtete sich in ihr Schlafzimmer. Lehnte sich gegen die Wand. Die Hände über den Ohren, die gebeugten Knie unter dem Kinn, die Augen geschlossen, die Zähne zusammengebissen. Sie wollte nichts mehr sehen, nichts mehr hören, nichts mehr wissen.

Aber der Mann brüllte immer weiter.

Sie hörte ihn. Auf jedem Treppenabsatz.

Er blieb stehen, drehte sich um, holte tief Luft und brüllte:

»Um sie zu bumsen... um sie zu bumsen... das ist alles, was Sie können... sie bumsen... mein kleines Mädchen.« Und das ganze Haus hörte es. Türen öffneten sich, Köpfe kamen zum Vorschein, und es hieß: »Genug jetzt! Es reicht! Wissen Sie eigentlich, wie spät es ist?« Er zeigte ihnen den hochgestreckten Mittelfinger und ging weiter.

Bis zum nächsten Treppenabsatz...

Und sie in ihrem Schlafzimmer, allein mit ihrem Liebhaber, in sich zusammengesunken, gegen die Wand gepreßt, schrie zurück, als könnte er sie noch hören: »Ich gehöre dir aber nicht! Laß mich in Frieden! Ich gehöre dir nicht! Ich gehöre niemandem! Laßt mich gefälligst in Ruhe, alle! Laßt mich in Ruhe!«

In ihrem Schlafzimmer, mit ihrem Liebhaber, der nicht verstand, der überhaupt nichts mehr verstand, der sich fragte, ob er gehen oder bleiben sollte, sich rechtfertigen oder vergessen, sie trösten oder von ihr Erklärungen verlangen. Der an seinem Hemdkragen fingerte. Abrupt aufstand. Mit schlenkernden Armen dastand. Sich wieder auf das Bett setzte. Und sie merkwürdig ansah. Sie begann ihn anzuschnauzen: »Hör auf, mich so anzusehen! Hör auf! Du hast mich nie gesehen! Du hast immer nur ein Bild gesehen! Sag lieber, was du im Kopf hast! Versuch es doch mal, einfach so!« Er sagte nichts, und sie legte wieder die Hände über die Ohren, weil sie ihn schon wieder hörte. Sie hörte ihn schon wieder auf der Treppe. Er wird nie aufhören. Niemals, dachte sie und preßte sich gegen die Wand. Als wollte sie in der Wand verschwinden. Um nicht mehr da zu sein. Um ihm ein für allemal zu entkommen.

Und wenn er auf jedem Treppenabsatz gebrüllt, sich wieder umgedreht und nochmals gebrüllt hatte, wenn er auf der Straße zwischen zwei Autos gepinkelt und die Faust nach ihrem Stockwerk gereckt, sich wieder zugeknöpft und dabei alle verflucht hatte, alle Männer, die nur zu dem einen gut waren, nur dazu, sie zu bumsen, dazu, ihm sein kleines Mädchen wegzunehmen, seine kleine Tochter... oh! mein kleines Mädchen, weinte er auf der Straße, zusammengesackt auf der Karosserie eines Wagens... wenn er sich schließlich entfernt hatte, wenn die Concierge ihre Fensterläden wieder geschlossen und die Neuigkeiten ihren Töchtern erzählt hatte, sowohl von den Schimpfworten als auch von dem großen Herrn, der auf die Straße gepinkelt hatte, nahm sie ihre Hände von den Ohren, wischte sich die Augen, den Mund, und wandte sich wieder ihrem Liebhaber zu.

Sie erkannte ihn nicht wieder.

Er war weiß.

Ganz weiß.

Ganz klein.

Er war eingeschrumpft.

Wankelmütig. Sogar lächerlich.

Was hatte er hier zu suchen? Was hatte sie bloß an dem da finden können?

Er versuchte, sie in die Arme zu nehmen.

Sie schrie, er solle sie loslassen. Solle sie bloß nicht anfassen. Bloß nicht. Er widere sie an.

Diese Lust, die er auf sie habe, sei einfach widerlich.

Schmutzig, Schmutzig.

Sie schrie ihn an, er solle abhauen.

Sie wollte ihn nicht mehr sehen.

Sie hatte es satt. Satt, daß man ihr auf der Pelle saß. Daß

man ein Stück von ihr forderte, als hätte man ein Recht darauf. Aber ich bin dem da zu nichts verpflichtet! Zu nichts mehr als irgendeinem anderen, im übrigen. Ich schulde ihnen nichts. Ich hasse sie. Sie widern mich an. Ich hasse ihre Hände, ihren Mund, ihr männliches Getue... Also soll auch der abhauen, und daß ich ihn ja nicht wiedersehe. Sie stieß ihn zur Tür. Sie schlug ihm die Tür vor der Nase zu. Das war's! Endlich bin ich ihn los!

Sie wollte Frieden. Raum. Luft.

Sie erstickte schier. Sie riß sich den Pullover herunter, die Bluse. Warf beides ans andere Ende des Zimmers. Riß sich die Jeans vom Leib. Wickelte sich in die Überdecke des Bettes. Nackt. Ganz nackt. Tränenerstickt legte sie sich hin. Ich werde es niemals schaffen. Niemals. Es ist immer das gleiche. Weinend sagte sie sich das immer wieder.

Dann schwor sie sich, ihn nie, nie wiederzusehen, ihn, der, seit sie klein war, alles tat, um sie kaputtzumachen. Mit Beflissenheit. Wie konnte man seine kleine Tochter so malträtieren, daß sie nie wieder, nie einen anderen Mann als ihren kleinen Papa lieben konnte? Wie konnte man seine Macht als allmächtiger Papa dazu benutzen, daß sie, die mit aller Kraft, mit ihrem ganzen Bauch, lieben wollte, immer und immer wieder ein Fiasko erlebte und zu ihrem geliebten, kleinen Papa zurückkehrte?

Der auf sie wartete.

Denn auch er war allein. Er konnte sich verheiraten, so oft er wollte, rechts und links Kinder machen, er fand sich ohne Gesellschaft wieder. Er sagte, das sei normal, er warte auf seine Tochter. Keine Frau der Welt könnte seiner Tochter das Wasser reichen. Da zog er es vor, allein zu bleiben.

Sie zwang sich selbst, sich an all die üblen Streiche zu erinnern, die er ihr gespielt hatte. An all seine Treulosigkeiten. Sie schmiedete Rachepläne. Ihn nicht wiedersehen. Ihn bezahlen lassen.

Sie hielt sich daran.

Zählte allerdings die Tage, die Wochen.

Dann zählte sie sie nicht mehr.

Wie geht es deinem Vater? Oh, es geht ihm sehr gut. Ich habe ihn schon lange nicht mehr gesehen, wissen Sie, denn zwischen ihm und mir steht's so lala. Es kostete sie keine Mühe, das zu sagen. Sie posaunte es mit leiser, glücklicher Stimme heraus. Mit einer neuen leisen Stimme. Leicht, ganz leicht. Mit der Stimme eines kleinen Mädchens, das keinen Papa mehr zu tragen hatte. Sie fragte sich sogar, wie sie ihn so innig hatte lieben können. Weil ich klein war, schutzlos, so daß er mit mir machen konnte, was er wollte. Heute würde das nicht mehr ziehen. Heute bin ich stark. Er beeindruckt mich nicht mehr. Ja, eigentlich kann ich mich nur noch mit Mühe daran erinnern, daß er überhaupt existiert... Ich lebe sehr gut ohne ihn. Er fehlt mir nicht das kleinste Bißchen! Also wirklich... Nicht das kleinste Bißchen! Und ich glaubte, daß ich ohne ihn verloren wäre. Behende stolzierte sie umher. Sie schwenkte ihre neue Freiheit wie eine Standarte. Sie trug sogar einen Brustharnisch...

Beinahe unmerklich kam der Mangel wieder. Heimtükkisch und heimlich. Tief auf dem Grunde ihrer selbst. Wie ein kleiner Mund, der nach Luft schnappte und nach ihm rief.

DER NACH IHM RIEF.

Ein kleiner, gefräßiger, trotziger Mund. Der weinte und nach ihm verlangte. Papa, mein Papa, mein kleiner Papa. Wo steckst du? Was machst du? Wo schlenkerst du sie umher, deine langen Arme, deine langen Beine? Mit wem diskutierst du über das Blau des Himmels? Wem erzählst du deine Streiche, bei denen du dich für den Intelligentesten der Welt hältst? Sie erstickte die leise Stimme.

Erstickte sie und ging schnell, schnell durch die Stadt. So schnell wie möglich. Mit ausholenden Armen, mit ausgreifenden Schritten, mit ausufernden Worten. Sie begann, wie ein Wasserfall zu reden. Irgendwas. Zu irgendwem. Sagte immer wieder laut und deutlich, daß es zu Ende sei. Zu Ende. Wenn die Nacht kam, erstickte sie sie unter ihrem Kopfkissen, die leise Stimme. Sie wälzte sich in ihrem Bett hin und her. Sagte immer wieder mit erhobener Stimme: »Denk daran, er ist ein Schweinehund, ein Schweinehund. Vergiß ihn. Vergiß ihn«, aber es war zu spät: Er fehlte ihr. Sie spürte es. Ihr Körper gehorchte ihr nicht mehr. Ihre Hand griff nach dem Telefon, und sie mußte sie in letzter Sekunde zurückpfeifen... Ihre Augen suchten ihn überall auf den Straßen. Ihre Beine brachten sie in die Nähe seiner Wohnung...

Ununterbrochen mußte sie ihren Körper überwachen.

Sie nahm sich einen neuen Liebhaber. Preßte sich an ihn. Bat ihn inständig, sie noch fester an sich zu drücken. Sie in sich hineinzulassen, damit sie sich nie, nie wieder von ihm löse. Sie zog ihn an den Haaren, sie biß ihn. Ich liebe nur dich. Für immer. Nur dich. Nur dich. Nimm mich mit dir. Weit fort. Ganz weit. Sie wurde verrückt, raste. Sie klammerte sich an ihn, stark, ganz stark, um ihm ihren Abdruck aufzuprägen. Damit er am nächsten Tag nicht ohne sie wegginge. Denn davor war sie immer auf der Hut: daß er wieder gehen und sie zurücklassen könnte. Er verstand nicht. Er zankte mit ihr. Sagte, daß sie ihn ersticke, wenn sie ihn so umklammere. Daraufhin krallte sie sich mit den Fingern an ihn, bohrte ihre Nägel in ihn, biß sich auf die Lippen, preßte die Beine zusammen, rieb ihr Geschlecht an seinem; an seine Hüften geklammert, rieb sie und rieb, drückte ihre Haut fest auf seine. Bereitete ihm alle Lust, die sie nur geben konnte. Den Mund auf seiner Haut, überall auf seiner Haut. Kurtisane, Hure, Sklavin. Das ganze Vergnügen. Für ihn. Damit er nicht wieder fortginge. Verstrickte ihre Beine in seine. Nur mich nicht zurücklassen, nur mich nicht zurücklassen. Nimm mich mit dir. Nimm mich mit dir. Er lachte über ihr Ungestüm. Sie flehte ihn an, ihr zu sagen, daß er sie liebe. Daß er sie stärker liebe als alles andere. Weil sie, wenn er sie nicht mehr liebte, ein Nichts wäre. Ein absolutes Nichts. Wenn er ihr die Kraft seiner Liebe nicht gäbe, könnte sie gegen den anderen nichts ausrichten... Er zuckte mit den Schultern. Er verstand nicht. War sie nicht ein wenig exaltiert?

Sie stellte ihm nach. Ließ ihm keinen Augenblick zum Luftholen. Verlangte nach ihm.

Er blieb.

Sie hatte gewonnen. Sie spazierte an seinem Arm, strahlte vor Stolz. Eigentümerin. Herrscherin. Anerkannt.

Er ließ es mit sich geschehen.

Sie folgte ihm überallhin, aus Angst, daß... aus Angst, daß... Eine herzzerreißende und köstliche Angst. Eine Angst, die sie davontrug wie ein Märchen, sie wie eine Verrückte geloppieren, zu ihm hinstolpern und sich beruhigt und atemlos zugleich an ihn klammern ließ. In der Nacht schmiegte sie sich an ihn, den Kopf in seinen Armen, den Mund auf seiner Brust, die Augen geschlossen an diesem Männerkörper, der nicht sprach, sie nicht zurückstieß, der weit geöffnet war. Dieser harte, kantige, große Körper, der sie, sobald sie ihn mit ganzer Kraft hielt, mit Wohlbefinden erfüllte. Sie brauchte keine Worte. Oder vielleicht doch. Sie wiederholte immer dieselben. Wie ein Lied, das man einem Kind zum Einschlafen vorsang, um es zu beruhigen. Sie summte diese Worte in seine Brust, die Zähne auf seiner Haut, die Fingernägel in seinen Schultern, in seinen Hüften, summte sie wie eine magische Formel, in die Hitze seiner Haut. Ich liebe dich, ich liebe dich, ich liebe dich. Ich liebe dich, ich liebe dich, wenn er sie neben dem Bett nahm, auf dem Holzfußboden, gegen die Tür gelehnt, im Auto, überall. Ich liebe dich, ich liebe dich, ich liebe dich, ich liebe dich, ich liebe dich. Nimm mich, nimm alles von mir, nimm mich mit, nimm mein Leben. Die Augen geschlossen, blind die Worte.

Er betrachtete sie.

Sie mußte verrückt sein, so an ihm festzuhalten.

Ihn so festzuhalten.

Ich liebe dich, ich liebe dich, ich liebe dich. Sie fuhr fort mit ihrer Leier, bis sie ganz erfüllt davon war. Voll. Voll von ihrer Liebe zu ihm. Voll von ihm. Voll von der Kraft, die er ihr gab, wenn er sie so in die Arme nahm, von der Kraft, die sie in sich aufsteigen fühlte, wenn er sich hingab, wenn er Arme und Kopf und Lippen auf sie fallen ließ. Wenn er in Stücke brach. Wenn er sich ergab. Sie drang mit ihren Worten unter seine Haut, mit ihren Nägeln, mit ihren Zähnen. Sie stieg ihm in den Kopf, sie isolierte ihn von allem, was nicht sie war, sie saugte seine Kraft auf, seine Eingeweide, seine Arme, seine Beine. Er sagte nichts, aber er nahm sie mit sich. Überallhin. Sie klammerte sich an ihn. Sie war die Königin der Welt. Sie hatte keine Angst mehr, ihn wiederzusehen.

Den anderen.

Sie sagte sich sogar, daß sie ziemlich stark wäre. Daß es sie kalt lassen würde. Sie war jetzt nicht mehr allein, wenn sie ihm entgegentrat...

Also konnte sie ihn auch besuchen.

Um zu testen, wie laut sie schreien konnte.

Aber sie brauchte ein Alibi.

Sie suchte nach einer Entschuldigung, nach einem Vorwand. Sie brauchte einen guten Grund, um ihn anzurufen. Sie suchte und suchte, und die leise Stimme auf dem Grund des Bauches mahnte sie weiter. Sie hatte es eilig, die leise Stimme, sie wollte nicht länger warten. Sie konnte nicht mehr. Sie sagte: Nichts hindert dich jetzt. Du hast jetzt Kraft. Du hast jetzt keine Angst mehr. Warte doch, erwiderte sie, ich werde schon noch etwas finden. Etwas Hieb- und Stichfestes, denn du mußt verstehen: Ich will nicht, daß es so aussieht, als liefe ich ihm hinterher... Also das kommt nicht in Frage! Ich werde was finden, mach dir keine Sorgen... Sie hielt sich noch ein wenig zurück, aber er mußte gespürt haben, daß sie schwach wurde. Daß die leise Stimme sie mahnte. Denn nicht lange danach, eines schönen Tages, klingelte er. Zweimal kurz, sehr kurz. Dring, dring, ich bin's. Er klingelte. Er breitete die Arme aus.

»MEIN KLEINES!«

»MEIN PAPA!«

Sie stürzten aufeinander zu, prallten zusammen, er drehte sie im Kreise, drehte sie und schrie: meine Schönheit, meine Liebe, mein geliebtes Kleines. Wir werden uns doch nicht wegen eines Kerls streiten, du und ich, was? Das ist es doch überhaupt nicht wert! Was ist denn das schon, so ein Kerl, he? Was ist denn das schon, frage ich dich? Ich kann dazu ein Wörtchen sagen, ich, der ich alle Weibchen dieser Welt gehabt habe. Meine Königin, meine Schönheit, los, zieh dich an. Wir gehen Austern essen, nur wir beide. Wir feiern das mit einem Schlückchen Muscadet. Ein kleiner trockener Weißer von der besten Sorte. Komm, mach dich hübsch und wir gehen...

Und sie gingen. Arm in Arm.

Er zog eine Schau ab, als sie das Restaurant betraten. Er zog eine Schau ab, als er den Wein bestellte. Er zog beim Bezahlen eine Schau ab. Er hatte sie wieder. Und am Ende der Mahlzeit, als sie beide einen kleinen sitzen hatten, ein bißchen eingelullt waren, lehnte er sich zu ihr hinüber und, den Mund an ihrem Ohr – den Mund so nahe an ihrem Ohr, daß sie erschauderte, etwas wegrückte und sagte: Hör auf, Papa, hör auf, es ist mir peinlich, wenn du mich so drückst –, fragte er sie mit glasigem Blick:

»Also, wie heißt dein neuer Kerl, he, sag's mir. Denn ich nehme doch an, daß es einen neuen gibt, he, seit diesem kleinen Rotzlöffel, den ich das letzte Mal verjagt habe?«

»Nein, Papa. Nein. Laß mich. Ich habe keine Lust.«

»Warum? Ist der da etwa auch nicht so toll?«

»Hör auf, Papa. Hör auf. Du weißt genau, wie das enden wird...«

»Aber ich habe doch gar nichts gesagt. Siehst du, du nimmst alles übel. Man kann mit dir nicht das kleinste Späßchen machen. Du hast keinen Humor. Das ist schrecklich! Die Tochter deiner Mutter, mehr kann ich dazu nicht sagen!«

»Ich bitte dich, Papa, fang nicht wieder an, bitte...«

Sie bat ihn inständig, während sie ihm in die Augen sah. Aber es war stärker als er.

Er schlürfte eine Auster, dann noch eine, dann ein Glas Weißwein und fing wieder an:

»Nun los, sag mir, wie er ist... Was macht er, he? Was macht er? Warum denn nicht? Schämst du dich seiner? He? Schämst du dich seiner?«

»Papa, ich bitte dich wirklich. Hör schon auf.«

»In Ordnung, ich höre auf. Aber wenn ich ihm zufällig auf

der Straße begegne... He? Wie stehe ich dann da, wenn ich ihm begegne und ihn nicht einmal erkenne?«

Sie senkte den Kopf und blieb stumm. Er sah ihre verkrampften Finger, die die Tischkante umklammerten, ihren starr auf den Tisch gerichteten Blick, ihre steif durchgedrückten Arme... Erst da gab er auf.

»Also, wenn wir, du und ich, nicht einmal mehr Spaß miteinander haben können! Nicht einmal den kleinsten Namen... Komm schon, trink einen Schluck, Kleines, und Schwamm drüber...«

Sie zwang sich zu einem Lächeln. Zwang sich, mit ihm anzustoßen. Zwang sich, von etwas anderem zu sprechen. Sagte sich, daß er nun mal so sei und sie ihn nicht würde ändern können. Sie war jetzt erwachsen, man mußte ihn so akzeptieren, wie er war... Aber sie hatte den Haß im Bauch, den Haß im Mund, den Haß in ihrem ganzen Körper, der sich zurückhielt, um nicht zu zittern, um nichts zu zeigen. Sie betrachtete ihn eingehend und fand ihn schrecklich. Beinahe abstoßend. Seine lange Nase, sein großer Mund, die Tränensäcke unter den Augen, seine Zähne fast ohne Zahnfleisch... Ekelhaft, diese Liebe, die endlos auf sie heruntertröpfelte, an ihr kleben blieb, sie kaputtmachte! Sie haßte ihn in aller Stille...

Es gab einfach keine Lösung. Keine Lösung...

Daraufhin vertiefte sie den Haß. Den Haß und die Verzweiflung: Nie würde sie davon loskommen. Niemals. Nicht, solange er lebte. Er würde sie am Ende immer wieder erwischen. Sie würde es am Ende immer wieder mit sich geschehen lassen. Sie besaß nicht die Größe, gegen ihn zu kämpfen. Sie aß ihre Austern, und sie sprachen über dies und das. Er erzählte von seinen Angelegenheiten, von seinen Baustellen, von seinen Kollegen und wie er sie angeschnauzt hatte. Sie hörte ihm nicht mehr zu. Sie tat nur so. Sie sah auf die Uhr. Sie rechnete sich aus, wie lange sie noch warten mußte, bis sie den anderen wiedersehen würde. Den anderen, der zu Hause auf sie wartete. Sie lächelte glücklich. Er erwartete sie zu Hause. Er würde sie in seine Arme nehmen und ihr sagen, daß er sie liebe, daß er nur sie liebe. Und sie würde alles vergessen...

Sie würde ihn dazu bringen, es zu sagen. Es würde ihr gelingen. Er mußte es ihr einfach sagen. Daß er sie liebe; denn wenn nicht, wäre sie ein Nichts. Sie wäre ein Nichts.

Einen Tag nach meinem Besuch bei Rita habe ich mir eine grüne Bluse gekauft. Bei Charivari. Auf der Columbus, Ecke Zweiundsiebzigste. Ein schickes und teures Geschäft, das ausschließlich französische und italienische Artikel verkauft. Um alle Chancen auf meine Seite zu bringen. Ich fand eine, todschick. Lang, gerader Schnitt, aus Seide, von dunklem, warmem Grün. Geradezu geschaffen dafür, sich unter einer Palme die Beine in den Bauch zu stehen und auf den Traumprinzen zu warten, der jeden Augenblick kommen mußte. Ich hatte beschlossen, nicht auf den Preis zu schauen, bis ich wieder auf der Straße wäre. Aus Angst, schwach zu werden. Als ich wieder draußen war, warf ich einen Blick auf den Bon meiner Kreditkarte und gratulierte mir dazu, mit geschlossenen Augen unterschrieben zu haben. Wenn ich weiter so mit Geld um mich warf, würden meine Ersparnisse bald dahingeschmolzen sein. Aber na ja... Mit einem Ding aus dem Sonderangebot würde ich all dem vielleicht nicht gewachsen sein. Jetzt brauchte ich nur noch zu warten. Darauf, daß Allan meinen Brief las und anrief. Oder daß er mit der Nase auf George Washingtons Graffitizinken stieß. Das könnte allerdings eine Weile dauern, und ich bin nicht sonderlich groß im Warten. Hatte er eine Freundin?

Ich hatte vergessen, Rita danach zu fragen! Und per Telefon funktioniert das mit den Visionen nicht. Und wenn, sind sie von zweifelhafter Qualität. Ich zwang mich mit aller Gewalt zur Geduld. Dazu, mich nicht aufzuregen, während ich auf seine Antwort wartete. Ich schätze Leute mit Geduld sehr. Sie sind in meinen Augen die wahren Weisen von heute. Nahezu Heilige. Man muß seine Seele schon gut geordnet haben, um den Zustand von Geduld zu erlangen. Das kommt bei mir gelegentlich vor. Sehr selten, ehrlich gesagt.

Wenn die Sache mir ziemlich gleichgültig ist. Dann habe ich den Eindruck, meine Hand auf meine Seele zu legen. Sie zwischen meinen Fingern zucken zu spüren. Ich bin diejenige, die entscheidet, die Welt gehört mir, und ich habe meinen vorbestellten Platz darin. Dann durchdringt mich eine nahezu orientalische Losgelöstheit. Die Weisheit an die Mundwinkel geheftet, der Blick rätselhaft und der Gang federleicht, bummele ich heiter einher.

Um mich für ein ordnungsgemäßes Warten in Stimmung zu versetzen, bin ich die Columbus Avenue hinuntergegangen. Um mich her nichts als fieberhafte Hektik, Schimpfworte, Gedränge und Gehupe. Ein Werbeplakat pries »Das schnellste Getränk der Welt«. Ein anderes die Errungenschaften eines Medikaments, das angeblich jeder Übelkeit ein schnelles Ende setzte, denn »heutzutage hat man keine Zeit mehr, krank zu sein«. Ich dagegen nahm sie mir ganz bewußt, meine Zeit. Verlangsamte den Schritt, meine Glücksbringer-Bluse unter dem Arm. Ich war wirklich die einzige, die so ihre Zeit vertrödelte. So was tut man nicht in Amerika. Oder du wirst gleich nach deinen Papieren gefragt. In Amerika muß man Erfolg haben. Mit wilder Begeisterung. Das nennt man dann »To make it«. Jeder beliebige Bauerntölpel, der, drei Quarter in der Tascher, am Grand Central ankommt, küßt den Bahnsteig und verkündet: »I am going to make it«, legt sich zum Pennen auf eine Bank und spekuliert über seine Erfolgschancen.

Man wäre ganz beduselt, würde man auf der Straße all die fliegenden Händler zählen, die irgendwann mal den Bahnsteig geküßt haben. Auf einem Brett mit zwei Stützen bieten sie alles mögliche zum Verkauf an. Ohrenschützer, Drachen oder Regenschirme. Die Ware ist nicht von Belang. Nur das »make it«-Prinzip zählt. Und das Prinzip ist einfach. Du holst dir beim Entladen eines Lastwagens mit Dorsch am Fish Market einen Hexenschuß und erhältst fünf Dollar. Mit diesen fünf Dollar kaufst du zwei Ohrenschützer zum Großhandelspreis, paßt einen Abend mit Schneesturm ab und breitest deine Eierwärmer auf dem Bürgersteig aus. Zu zehn Dollar das Stück. Die Endrechnung ergibt: Du hast fünfzehn Dollar verdient. Dann kaufst du acht neue Ohrenschützer (wobei du mit dem Verkäufer über den Preis feilschst und ihm versicherst, daß die Geschäfte gut gehen und daß du sie ihm bald zu Hunderten abkaufen wirst, seine Scheißohrenschützer), legst die Dinger kunstvoll angeordnet aus und verkaufst sie zu zwölf Dollar das Stück. Ein eisiger Wind läßt deinen Kunden Stalaktiten an den Nasen wachsen, während sie sich um deine Ware reißen und gegen das Unwetter und die Wettervorhersage stänkern. Am Ende der Woche hast du ein hübsches Sümmchen verdient. Das du unverzüglich wieder investierst. In einen Posten Ohrenschützer, importiert aus Korea. Sie kratzen ein wenig, aber das macht nichts. Du bist kein Spezialist für Hautentzündungen. Auch kein Kundendienst für beanstandete Ware. Dann stehst du vor einem ernsten Problem: Du kommst nicht mehr alleine klar. Du fackelst nicht lange, mietest einen kleinen Laden mit Namen: »Innen warm«, in dem du deinen ganzen Vorrat auslegst. Du stellst eine Verkäuferin und zwei Strickerinnen ein – vorzugsweise Vietnamesinnen, die beanspruchen weniger Platz –, die sich im Hinterzimmer zusammenkauern können. Dann kommt dir die glänzende Idee, Handschuhe, Socken und passende Schals herzustellen. Auf deinen Ramsch druckst du schicke Worte wie »Paris, New York, Forever, Nervermore, Oh! là! là!« und verkaufst sie viel teurer. Auf die Eingangstür klebst du das Foto eines Stars, der eines Tages vor deinem Laden stehengeblieben war, während sein Hund pinkelte. Du sagst deiner Verkäuferin, sie soll sich einen knappen Rock anziehen, und den Vietnamesinnen, sie sollen etwas zusammenrücken, denn inzwischen sind sie zu viert. Der scharfe Nordwind bläst immer noch jenseits der Fensterscheiben, und du versuchst dein Glück mit Strumpfhosen aus bunter Wolle. Mit aufgedruckten Vornamen. Und dem Wort »chéri«. Der Erfolg stellt sich sofort ein. Dein Laden ist zu klein. Du mietest die Boutique nebenan. In kürzester Zeit treffen Bestellungen aus allen Ecken des Landes ein. Journalisten kommen um deine Artikel zu fotografieren, tänzeln umher, während sie sich Notizen machen, und rufen: »Gööttlich, einfach göttlich!« Sie wollen ein Gratispaar für ihre älteste Tochter. Du gibst es ihnen für eine zweite Gratisanzeige. Du stapelst noch eine oder zwei Vietnamesinnen auf die anderen. Du wählst immer kleinere aus. Es wird zu einem echten Problem für dich. Du bringst sie im Keller unter. Sie dürfen alle zwei Stunden nach oben kommen, um Luft zu schnappen, wobei ihnen diese Pausen von der Arbeitszeit und damit vom Gehalt abgezogen werden. Du schaffst dir einen Lieferwagen nebst Fahrer an, für die Bestellungen von Kaufhäusern. Du kaufst dir ein Haus in Southampton und beschwerst dich über die Staus an den Wochenenden. Besonders im Sommer ist es unglaub-lich! Du erzählst den Vietnamesinnen, sie könnten von Glück sagen, daß sie diesen Alptraum nicht kennen und daß die öffentlichen Strände von New York viel leichter zu erreichen sind als diese verdammten schicken Strände, die angeblich nicht verseucht sind. Auch wenn sie nie ans Meer fahren – der Laden muß ja schließlich auch am Wochenende laufen... Aber da sie keine Papiere haben, sind sie gezwungen, mit dir einer Meinung zu sein. Und sich noch enger im Keller zusammenzudrängen. Andernfalls, gibst du ihnen mit einem reizenden Lächeln zu verstehen, zeigst du sie an, und sie befinden sich im Handumdrehen wieder auf einem Schiff zurück in ihr Ursprungsland. Wenn sie aber lächeln und die Arbeit doppelt so schnell verrichten, ohne zum Luftholen nach oben zu kommen, können sie ebenfalls die Hoffnung hegen, einen Laden für Ohrenschützer zu eröffnen. Oder für Lendenschurze. In einem Wort: Sie werden Erfolg haben. Aus dem Grund seien sie doch da, nicht wahr? Das ist Amerika, erklärst du ihnen, während du ein Stück von deiner Zigarre abbeißt und den Rauch in ihren vier Quadratmeter großen Verschlag bläst. Das einzige Ziel, dessentwegen Leute aus allen Winkeln der Welt hereingeschneit kommen.

Wie hat Allan sein Vermögen gemacht? Pfercht er Vietnamesinnen im Keller zusammen? Oder hat sein Papa diese schmutzige Arbeit auf sich genommen? Ein Typ, der Import-Export für Strumpfhosen betreibt. Was für eine komische

Idee! Und ein Mädchen, das sich den Fuß verrenkt, um nicht gegen ihn zu sinken, sobald sie ihn erblickt, was für ein komisches Mädchen! Ist doch wahr... Ich taumelte vor Angst, hatte Krämpfe vor Verzweiflung, bis Allan erschien, und hopp! wurde meine Trübsal so leicht wie ein Schleier aus schwarzer Seide über einem Strohhut.

Ein Handgelenk mit braunen Haaren reichte aus...

Mit gewölbten, transparenten Fingernägeln...

Eine Hand auf meinem Kopf...

Ein strahlend weißes Lächeln...

Eine Männerbrust, die sich in die Brust warf und allen Raum einnahm...

Lange Beine, Knie, die ihm bei einem Schlenker des Taxis ans Kinn stießen...

Es ist so: Meine Liebesgeschichten gehen oftmals nur auf eine Kleinigkeit zurück. Unbedeutend und leicht. Ein Signal, das über dem Kopf eines Mannes aufblinkt und mir den Befehl gibt, ihm zu folgen. Es hatte ausgereicht, daß Allan mich ansah, mich eines Abends ins Chatfield's einlud, um mich sofort zu fangen und der Welt ihre Farben wiederzugeben. Es hatte gereicht, mich einen Schlußsprung machen zu lassen.

Ins Leben. Alles stimmt. Ich bin von allem ein Teil. Wenn ich den Arm ausstreckte, bekomme ich ein Stück Leben wie ein Zipfelchen Zuckerwatte zu fassen, und ich kaue es... Ohne dieses Stück Zuckerwatte ist das Leben nichts. Da lohnt es sich gar nicht erst zu leben.

Wobei jetzt...

Ich bin nicht mehr wütend. Ziellos bummele ich umher. Ich beobachte. Ich bin interessiert. Ich betrachte jeden Passanten, als wäre er ein aufgeschlagenes Buch, aus dem ich lernen könnte. Und jeder nimmt plötzlich Gestalt an. Existiert. Bringt mir eine Information, die meine Neugier befriedigt, mich noch tiefer in der Wirklichkeit verankert. Ich weiß, warum der gute Mann da drüben sein Hemd bis unters Kinn zuknöpft. Warum die da ihre scheußlichen Nikes an den Füßen trägt. Um wieviel Uhr und nach was für einer Zechtour der Unausgeschlafene da drüben am Kiosk, der seine Zeitung zerknittert, letzte Nacht zu Bett gegangen ist. Ich erfinde zu jedem eine Geschichte. Ich kenne sie. Ich bin nie mehr allein. Ich bin ein Teil der universalen Bewegung. Mein Herz zittert vor Liebe für all diese Unbekannten. Ich habe Lust, sie zu umarmen. Ihnen dafür zu danken, daß sie mir mit ihrem Lebensbündel ins Auge fallen. Ich könnte über jeden von ihnen eine Seite schreiben. Eine originelle und starke Geschichte. Wie Flannery über den pensionierten Opa und die Geranie. Eine Sekunde lang denke ich daran, mir ein Heft mit Spiralbindung zu kaufen und all das in einer Cafételia, bei einem Milk-shake, schriftlich festzuhalten. Aber der Rausch, draußen zu sein, ist stärker, und ich spaziere weiter...

Sogar ich selbst falle mir ins Auge. Ich packe mich im Höhenfluge. Erwische mich in flagranti. Ich denke an all die Male, die ich mich auf einen Mann gestürzt habe. Zwinge mich dazu, sie mir noch einmal vor Augen zu führen, denn wenn ich der dummen Gans, die in mir schnattert, länger zuhöre, könnte ich mir am Ende einreden lassen, mit Allan wäre es das erste Mal. Ich könnte mir einen ekelhaften Gedächtnisschwund zulegen. Könnte mir steif und fest versichern, daß ich niemals vor ihm diesen köstlichen Aufruhr verspürt hätte, diesen Gleichstrom von Seele und Bauch, diese fröhliche Hingabe, diese verdächtige und hinreißende Ergebenheit... Es ist nicht das erste Mal. Es ist sogar eine ziemlich jämmerliche Wiederholung.

Akt 1: Der Held betritt die Bühne. Ich sehe ihn, werde rot, werde blaß bei seinem Anblick. ICH WILL IHN. DRINGEND. Er sieht mich nicht an. Ich falle in mich zusammen. Ich entwickle Siouxtaktiken, konstruiere raffinierte Fallen, damit er mir ins Netz geht.

Akt 2: Endlich nimmt er mich wahr. Ich kann's nicht fassen, werfe mich ihm zu Füßen, schwöre ihm heiße Liebe und ewige Treue. Er ist der Schönste, der Intelligenteste, der... Ich zittere beim Gedanken, ich könnte ihn verlieren. Fürchte vor meinem Spiegel, ich könnte nicht schön genug sein. Zittere, daß eine andere vorbeikommen und ihn mir wegnehmen könnte. Wage nicht, den Blick zu ihm zu heben aus Angst, er könnte bereits verschwunden sein. Setze meine ganze Kraft darein, vorteilhaft zu erscheinen, und verausgabe mich in Kriegslisten.

Akt 3: Was für ein Glück! Er hat mich gesehen! Im Ernst! Er beugt sich über mich, hebt mich auf und schließt mich in seine Arme. Ich habe Stimme und Söckchen eines kleinen Mädchens und lege mein Leben in seine Hände. Ich würde zur Bäckerin, wenn er Bäcker wäre, zur Bäckersgehilfin, wäre er Bäckergeselle. Ein Akt, der je nach Persönlichkeit des Erkorenen zwischen zwei Tagen und sechs Monaten andauert; währenddessen hat der überforderte Zuschauer Zeit, zur Toilette zu gehen, eine Zigarette zu rauchen oder das *Journal officiel* zu lesen.

Akt 4: Er offenbart sich. Er liebt mich, sinkt auf ein Knie und überreicht mir ein Kollier. Ich erstarre, in mir sträubt sich alles. Was sollen denn diese dauernden Wiederholungen? Das war doch nicht abgemacht, oder? Er soll mich nicht lieben. Das macht alles kaputt. Er soll mir fernbleiben. Geheimnisvoll und gleichgültig. Ich hasse ihn. Ich traue ihm nicht. Sehe mich nach einem anderen um. Seine Miene verfinstert sich. Ich lache. Macht nicht's, ich bin nun mal so. Damit mußt du dich abfinden. Ich mag nur die, die nicht da sind. Er findet sich damit ab. Leidet schweigend. Macht mich rasend.

Akt 5: Der Todesstoß. Unerwartet und niederschmetternd. Ein Befehl, der von ich weiß nicht woher kommt und mir gebietet, dem mir zu Füßen liegenden Liebhaber die Kehle durchzuschneiden. Ein Befehl, der meine schönsten Romanzen in ein Kettensägenmassaker verwandelt. Niemand entgeht ihm. Nicht einmal ich, die stumpfsinnig, mit von Blut triefenden Fingern über die blutleere sterbliche Hülle meines Geliebten gebeugt, auf der Strecke bleibt. Ich liebe ihn. Ich liebe nur ihn. Was soll ich ohne ihn tun? Warum habe ich ihn bloß getötet? Es war stärker als du, sagt eine leise Stimme.

Jedesmal das gleiche. Nimm zur Kenntnis, monologisiere ich vor mich hin, daß ich diesmal eine Chance habe. Eine Chance, den vierten und fünften Akt zu überspringen.

Vielleicht...

Jetzt werde ich feststellen können, ob das Jenseits existiert und ob er dort seinen Sitz eingenommen hat, wie Rita behauptet. Als er starb, habe ich ihm einen Brief in seinen Sarg gleiten lassen. Einen Brief, in dem ich ihm nochmals sagte, daß ich ihn liebte. Damit er es nicht vergißt und damit er was zu lesen hat. Und dann bin ich einen Schritt zurückgetreten, habe den Sarg direkt von vorn betrachtet und ihn gebeten, mir zwei Bitten zu erfüllen. Zwei winzig kleine Bittschriften. Peanuts verglichen mit dem Riesenkummer, den mir der Anblick seiner ausgepolsterten Kiste bereitete...

Erstens: mich von dem Alptraum zu befreien. Den ich von klein auf habe: Ein Mann schleicht sich nachts in mein Zimmer, um mich abzumurksen. Er kommt näher, noch näher, zieht sein großes Messer aus der Tasche, will mich zerstückeln... Er wird mich töten, soviel ist sicher. Ich werde sterben... Ich stoße einen Schrei aus und... wache auf. Schweißnaß. Tausend Volt im Herzen. Die Arme eiskalt. Ich mache Licht, sehe mich um: Niemand ist da... Ich stehe auf, um mich ganz zu vergewissern. Suche hinter den Vorhängen, hinter der Tür, unter dem Bett. Muß niesen. Lege mich atemlos wieder hin. Halte die Augen in der Dunkelheit weit geöffnet. Ich will das nicht mehr, habe ich vor dem Sarg gesagt, und wenn deine Worte da oben ein bißchen Gewicht haben, befrei mich von diesem bösen Traum. Und dann noch, zweite Bitte, versuch doch, einen guten Typen ausfindig zu machen und ihn mir umgehend zu schicken. Lieber, kleiner Papa. Bitte. Du kennst meinen Geschmack: ein bißchen wie du, du weißt schon, groß, dunkelhaarig, phlegmatisch, einen, der mir zu schaffen macht. Einen, mit dem man Krieg führen kann. Und Frieden schließen. Krieg. Und wieder Frieden. Einen, der sich nie ergibt...

»Wissen Sie, ich habe immer nur skrupellose Männer geliebt«, hatte mir Louise Brooks offenbart. »Es ist zwar traurig, aber nette Männer liebt man nicht. Man mag sie sehr, aber mehr auch nicht. Kennen Sie eine Frau, die ihren Kopf wegen eines netten Knaben verloren hat? Ich nicht.«

Ich saß im Schlafzimmer ihrer kleinen Zweizimmerwohnung in Rochester und konnte mich gar nicht von diesem geflochtenen Plastikstuhl losreißen – und vom Kopfende ihres Bettes, wo sie in ihrem rosa Nachthemd kerzengerade lag, die Haare zu einem grauen Pferdeschwanz straff nach hinten gekämmt. Der einzige Mann, an dem sie je gehangen hatte, war ein skrupelloser Mann gewesen. Sie sprach das Wort »skrupellos« genüßlich aus, voller Sehnsucht, die Lider in Fältchen gelegt, mit einem feinen Lächeln voll unendlicher Dankbarkeit. Sie ähnelte einem lebendig gewordenen Votivbild, in das mit goldenen Buchstaben eingraviert war: »Danke, mein Geliebter, daß du mich so sehr hast leiden lassen.«

»Ein skrupelloser Mann ist leichtfüßig, schillernd, unendlich geheimnisvoll... Unberechenbar. Er mutet dir alle Farben des Regenbogens zu, und du bist erstaunt, immer wieder neue Arten des Leidens, neue Arten des Leidens und der Liebe zu entdecken. Irgendwann wird man einem Mann, dem man immer trauen kann, geradezu böse... Aber Sie lieben doch auch skrupellose Männer, nicht wahr? Sie mögen es doch nicht, wenn Ihnen einer zu nahe kommt?«

Ich schüttelte den Kopf.

Leider Gottes sind diese skrupellosen Männer nicht an jeder Straßenecke zu finden. Um skrupellos sein zu können, muß man Müßiggänger sein. Muß endlos seine kleinen Tricks ausbaldowern, die erst nur sticheln, dann den anderen fertigmachen, ihn zwingen zu warten, zu flehen, sich zu ergeben; man muß ihm das Gift eigenhändig unter die Haut reiben und ihn so für alle Ewigkeit an sich binden.

Da haben wir's. Ich sabbere. Ich wedele mit dem Schwanz. Ich bin noch einmal bereit, an die Liebe zu glauben.

Ich habe meinen Körper komplett wieder. Meine Augen sehen, meine Ohren hören, meine Nase schnuppert, und ich betrachte, ich lausche, ich atme mit Erstaunen. Es klappt. Ich habe wieder Geschmack gefunden. Geschmack am anderen. Habe wieder Lust, nackte Haut zu berühren, meine Lippen auf warme Lippen zu pressen, einen Männerkörper in meine

Arme zu schließen. Einen richtigen Männerkörper mit Haaren, Muskeln, einer Zunge, die alles ausfüllt, mit Zähnen, die alles zerkleinern, Armen, die zermalmen, einem Schwanz...

Einem Schwanz. SCHWANZ? SCHWANZ!

Ich habe gerade »Schwanz« gedacht!

Ich bleibe abrupt stehen, mustere völlig verblüfft im Schaufenster von B. Dalton das Mädchen, das dieses nächtliche, horizontale und grobe Wort ausgesprochen hat.

Sie steht mir gegenüber. Lächelt mir zu. Mit großem, wollüstigem Mund. Die Augen eher nett und hinreißend. Rot der Mund, schwarz das Auge. Brüste, Taille und Schenkel zeichnen sich unter den engen, gut sitzenden Jeans ab. Ich hatte die da völlig aus den Augen verloren! Ich gehe näher heran, drücke meine Nase gegen die Scheibe, nehme die Verkünderin unflätiger Worte genau unter die Lupe. Sag bloß, du bist zurückgekommen! frage ich sie. Ich bin entzückt, dich wiederzusehen. Sie springt aus der Scheibe heraus und heftet sich an meine Fersen. Wir gehen Arm in Arm weiter. Es ist wirklich eine Weile her, daß ich sie zuletzt gesehen habe! Ich hatte sie sogar vollständig vergessen.

Die Dämonin...

Hat sich schon vor geraumer Zeit aus der Affäre gezogen! Als wäre sie durch das Krankheits- und Totengeleit aus der Fassung gebracht worden. Sie war keine wirkliche Freundin von Krankenhäusern, der Kirche, dem Begräbnis, von Pfarrern, Trauer und Kümmernis. Sie war angewidert von dem kleinen kitschigen Mädchen, das den ganzen Platz einnahm und quengelig nach dem Papa rief. Aber jetzt, plötzlich... ist sie wiedererwacht, die Dämonin. Schnaubt in meinem Körper. Stürmisch. Teilt Hufschläge aus. Läßt das Blut in höchster Geschwindigkeit rasen. Sie will raus und nach dem Rechten sehen.

Mir dreht sich der Kopf. Ich freue mich, sie wiederzusehen, denn mit ihr spüre ich, daß ich existiere. Ich berühre die Realität mit Händen. Eine andere Realität...

Die mir angst macht...

Lust... Scham. Vergnügen.

Sehr viel Vergnügen sogar.

Das Leben kehrt zurück, altes Mädchen, und du wirst es nutzen, flüstert mir die Dämonin ins Ohr. Hab Vertrauuuen. Hab Vertrauuuen. Du wirst schon sehen, wie gut es ist, das Leben, wenn du bis ans Ende deiner kleinen Verrücktheit gehst. Sieh dir all die Männer an, die hier vorbeikommen. Der große da mit seinen Glaserschultern und der schwarzen Haartolle. Und der andere da? Und der dahinter, hast du gesehen? Wie gut muß es sein, sich unter ihm zu wälzen, während er dich befummelt, deine Haut schmeckt, dich streichelt! Es gibt Millionen und Abermillionen Männer auf der Erde, und darunter muß einfach auch einer für dich sein.

Glaubst du? seufze ich.

Aber ich will nicht einfach irgendeinen Mann! haut die Kitschliese dazwischen. Ich will den Märchenprinzen. Und außerdem haben wir um Mitternacht eine Verabredung unter einer Palme.

Blödes Geschwätz, erwidert die Dämonin. Über deine Märchenprinzgeschichten kann ich bloß lachen. Wozu ist ein Mann gut? He? Sag es mir, Kitschliese?

Ein Mann, das ist wie im Traum, säuselt die Kitschliese und räkelt sich in ihrer Spitzenrobe. Ich will, daß er mir ein Dach über dem Kopf baut, mich in der Nacht wärmt, mit mir im Mondschein tanzt, mir den Bauch schwängert, mich ins Kino ausführt, mir den Arm um die Schulter legt und mir ein Eis kauft. Außerdem will ich, daß er jeden Abend zur gleichen Zeit nach Hause kommt. Daß er die Fensterläden schließt, mir seinen Tagesablauf erzählt, das Licht ausmacht und dabei murmelt: »Ich liebe dich und werde dich immer lieben. Du bist die Frau meines Lebens.«

Waff! Waff! ruft die Dämonin und hält sich die Seiten. Das alles ist doch großer Quatsch! Einen Mann zerrt man ins Bett, man reibt sich nackt an seinem Körper. Man knutscht, schiebt sich einen, ergötzt sich vor Vergnügen, man verknotet sich, entknotet sich, man hat Angst, man zittert, man schreit, man fleht, man streckt den Rücken für Schläge auf die nackte Haut, man spreizt die Schenkel, um sich fressen zu lassen, und man beißt ihn in die Schulter, um den Lustschrei zu ersticken. Man sagt »ja, ja«, man brüllt »nein, nein«. Man wälzt sich hin und her, mit nacktem Hintern und über die Ohren gezogenem Fell. He, Kitschliese! Das ist ein Mann!

Und was ist mit der Seele, he? erwidert die Kitschliese. Wie hältst du's mit der Seele und der inneren Schönheit? Sag's mir mal, zum Beispiel. Davon sehe ich nicht das geringste in deinem Programm. Da kann ich die Dämonin nicht mehr halten. Sie wälzt sich am Boden, auf dem Broadway, sie würgt, sie streckt die Zunge heraus, schlägt mit den Hufen, stößt mit ihren Hörnern gegen den Asphalt. Führt einen Höllentanz auf und spuckt Feuer. Sie hat es satt.

Sie ist doch überall dort, wo du sie ansiedelst, die Seele! Sie nistet doch nicht nur in Märchenprinzen und weißen Handschuhen, in der heiligen Therese und Krippenfiguren, im trauten Heim voller Kinder und dem davor geparkten Renault! Um sie zu verlieren, deine Seele, brauchst du nichts anderes zu tun, als sie mit Sentimentalitäten vollzustopfen! Hinterher ist sie völlig schlaff. Und fade. Wie zerlaufener Pudding. Wenn du sie aber packst und auf den Grill legst, sie gut mit allen Sünden der Hölle würzt, dann kannst du Sachen über dich erfahren, meine arme Kitschliese! Du wirst nicht einmal mehr schlafen können, so aufgewühlt wirst du sein! Du wirst dich nicht mehr trauen, in den Spiegel zu sehen! He, Kitschliese, kennst du das beste Mittel, um sie anzutreffen, deine Seele? Nein? Du weißt es nicht? Also, es ist eine Frage des Arsches. Doch, doch, meine Gute, DER ARSCH. DER ARSCH. DER ARSCH, SAG' ICH DIR! Ein richtig hitziges Gefecht mit gestreckten Waffen, und du findest dich Nase an Nase mit deiner Seele. Du wirst nie wieder dieselbe sein! Du sagst dir: »Bin ich das? Dieses schwarze Ragout geiler Gelüste? Ist das dieselbe, die gestern abend vor ihrem Traumprinzen hin und her tänzelte?« Du wendest dich bestürzt ab. Aber du hast einige Dinge dabei gelernt! Nicht immer nur schöne, natürlich. Dinge, die du lieber ignoriert hättest. Die dich in der Nacht wecken und dein Herz wild schlagen lassen. Das ist der Grund, warum sich die meisten Leute vor mir in acht nehmen. Sie haben Angst vor der Dämonin! Sie fesseln und knebeln mich. Sie schließen mich in eine Kiste und verriegeln den Deckel. Sie haben an anderes zu denken, wie sie zur Entschuldigung sagen, während sie sich mit wichtiger Miene in die Brust werfen. Sie klammern sich an alles, was ihnen Sicherheit geben kann: an die Kinder, die mit ihrer Schürze in die Schule gehen, an den Kredit über fünfzehn Jahre, an die Steuervorauszahlung, an die hübsch in einer Reihe aufgestellten Aktenordner, an die bezahlten Rechnungen, an das Haus auf dem Lande, an die Karriere, an den Bericht ihres Notars... Und währenddessen rotte ich vor mich hin. Rastlos renne ich hin und her. Flüstere ihnen etwas von richtigen Sorgen! Ein kleiner Krebs hier, ein Tumor da, Sodbrennen, Magengeschwüre, Kopfschmerzen, Schweißausbrüche, nervöse Zuckungen, Stottern, eingeklemmte Brüche, juckende Ausschläge, vereiterte Abszesse, flammende Gürtelrosen, verwachsene Füße, ausgerenkte Hüften, Lungenauswurf, Milzausfluß... Ich leg' noch eins drauf, gehe immer weiter, spucke Gift und Galle, bekomme hektische Flecken, werde aufgedunsen, blähe mich auf, ich kratze meine gesamte Gehässigkeit zusammen und destilliere sie in ihren Adern; ich räche mich, bleibe aber weiter in meiner Ecke hocken. Ich ersticke. Ich verschimmele. Ich sitze auf dem Sprung und lauere darauf, irgendwohin durchzuschlüpfen und den Kampf wieder aufzunehmen. Wie heute. Auf dem Broadway. Ha, ha! Du hast wohl geglaubt, du hättest mich unter deiner Fuchtel, Kitschliese? Hast du das geglaubt? Dann haste aber schief gelegen. Ich brauchte ihr nur einfach »Schwanz« ins Ohr zu flüstern, um ihr Blut zum Kochen zu bringen und ihr den Geschmack am Leben wiederzugeben. Um ihr Speichel aus den Mundwinkeln fließen und die Lust zu ihr zurückkehren zu lassen... Diesen Geschmack, den du versucht hast, ihr zu verzuckern, alte Kitschliese. Aber umsonst. Sieh dir doch an, wie sie sich auftakelt. Wie sie die Schultern aufrichtet, den Oberkörper hervorstreckt, feucht wird zwischen den Beinen, auf alles Männliche schielt... Wie sie Lust auf irgendeinen hat. Auf den erstbesten Typen, der mit schlenkernden Eiern vorübergeht. Darüber kommst du wohl nicht hinweg, was, alte Kitschliese... Los, komm, sie treibt mich an, die Dämonin, wartet ungeduldig darauf, daß ich meine Rede beende. Komm, ich werde sie dir zeigen, deine Seele. Wie damals. Wie in den guten alten Zeiten. Erinnerst du dich? War doch schön, he? Erinnere dich, flüstert sie mir ins Ohr. Dieser dunkelhaarige Mann, der dir so viel Vergnügen bereitete, daß du nicht mehr essen, nicht mehr schlafen konntest, daß die Tage und Nächte nur so dahinflossen, während du deine Haut an seiner abnutztest, euer Schweiß sich vermischte, deine Tränen flossen und du »danke« schriest... Du sagtest: »ja, ja«, wenn er seine braunen Finger um deinen Hals schloß. Wenn er fester zudrückte und noch fester. Wenn er dich schwören ließ, daß du nur für ihn da seist, andernfalls... Jawohl, du rangst nach Atem, jawohl. Es ist mir egal, alles ist mir egal. Alles ist mir gleich, solange du mich nimmst, mich besteigst, mir die Schenkel spreizt, mich anspornst und mich aufstöhnen läßt.

Erinnerst du dich?

Der dunkelhaarige Mann...

Der dunkelhaarige Mann...

Die Zeit zerrann unter den wendigen, sanften Fingern, die jeden Millimeter Haut vor Vergnügen kribbeln ließen... den Kopf in den Nacken bogen, der ja sagte, der mehr wollte, der wie du willst sagte... die Tränen, die wie eine reine Quelle hervorsprudelten, sein brauner Bauch auf meinem weißen, dieses Hotelzimmer, in dem ich durchaus hätte sterben mögen, in dem ich akzeptierte, nichts anderes als diese verliebte und unterworfene Modelliermasse zu sein...

Du erinnerst dich doch, he?

Erinnerst du dich?

Wie du zittertest, wenn er sagte »warte, hör auf, sei still«, wenn er dir Befehle gab, die dich unterwürfig auf die Knie fallen ließen, wenn er seine Hand hinübergleiten ließ und... Wie du taumeltest, wenn ihr aus dem Zimmer kamt, um Luft zu schnappen, nachdem ihr Tage und Tage in den zerknitterten Laken damit verbracht hattet, süßen grünen Tee zu trinken und eure von Küssen und Schlägen entzündete Haut zu salben...

Sag schon, erinnerst du dich? Komm, folge mir...

Ich erinnere mich und folge ihr. Ich gehe hinunter in die Stadt. Mit wiegenden Hüften spaziere ich über den Broadway. Am Columbus Circle vorbei. Überquere noch die Siebenundfünfzigste. Gelange zum Times Square. Es ist die Zeit fürs Theater. Für die Music-Halls. Die Taxen in den Nebenstraßen hupen wie verrückt, versuchen, sich in den Broadway zu stürzen, und verheddern sich zu einem großen gelben, schnarrenden Knoten.

Der dunkelhaarige Mann...

Das letzte Mal hatte er mich, ohne ein Wort zu sagen, gepackt und mit geschürztem Rock gegen die kalten, weißen Kacheln auf dem Klo von »La Mamounia« gepreßt. Ich stöhnte auf und rollte meinen Kopf im Nacken hin und her, schloß ihn in meine Arme, zwischen meine Schenkel. Umschlang ihn ganz und gar, wie ein alter Efeustock. War das gut... Es war toll... Ich schnurre in der fahlen Wintersonne und hebe die Nase zu den riesigen Neonreklamen. Mein Mund ist trocken, und meine Knie schlottern. Ich bleibe stehen, um eine Cola zu trinken, und kaufe eine Zeitung. Um zu sehen, wohin ich gehen könnte. Heute abend. Um einen Mann aufzugabeln.

Ich mag keine Bars. Zu eindeutig. Und diese Typen hinter ihrem Bier, auf ihre Ellbogen gestützt... Mit denen kann man sich überhaupt nichts vorstellen: Sie können einem höchstens für einen Abend Halt geben. Auf ihren Gesichtern steht geschrieben: »Schwanz zum Anpacken«, sobald man die Tür aufstößt. Das Fest ist zu Ende, noch ehe es begonnen hat.

Ich mag die Straße nicht. Zu lausig. Vor allem das Viertel hier. Mit seinen Pornokinos und den Typen, die dir nachgaffen und dabei Kaugummi kauen und dicke Rotzer ausspukken, um zu beweisen, daß sie Männer sind. Mit schwülstigem Blick und Besitzergetue, ein Bein gegen die Betonmauer gestemmt. Immer auf der Lauer, dir an den Hintern zu fassen und dich in eines dieser elenden Hotels abzuschleppen. Um dich völlig phantasielos zu bumsen. Mechanisch. Unter deftigen Ausdrücken, die sie dauernd wiederholen, um einen Steifen zu bekommen, und die dir wie eine zerkratzte Schallplatte nervtötend in den Ohren dröhnen.

Ruhe. Stille. Bloß nicht sprechen. Nicht sprechen.

Es wird andauernd gesprochen. Das reicht doch, nicht wahr?

Die Cola ist so kalt, daß mir die Zähne weh tun. Die *New York Post* kündigt ein Konzert im Bottom Line an. Im untersten Teil der Stadt. Mit einem alten Haudegen. Bo Didley heißt er. Das Bottom Line ist okay. Keiner dieser blöden Läden für Aerobic-Tanten oder Nikes.

Als ich ankomme, läuft noch der erste Teil. Ein Country-Orchester. Die Sängerin trägt eine struppige Marie-Antoinette-Frisur und zeigt große Dolly-Parton-Brüste. Außerdem falsche Wimpern und den ganzen Sex-Püppchen-Ramsch. Sie saugt förmlich am Mikrofon, und die Männer schlagen sich auf die Schenkel. Joints kreisen, und ich bestelle ein Bier. Es läuft alles gut. Sehr gut sogar. Die Kitschliese zieht sich angewidert zurück. Sie findet das nicht gut. Das weiß ich. Sie sagt, diese Art von Bar sei gefährlich. Besonders in einer Stadt wie New York, mit all den Verrückten, die hier frei herumlaufen. Sie ist damit nicht einverstanden, aber ich weiß, daß sie sich sogleich verknallen wird, wenn ich ihr einen Verrückten anschleppe. Wie all diese Zuckerpüppchen mag sie es, wenn es riskant ist, aber sie wagt nicht, den ersten Schritt zu tun. Was sie will, ist, alles umsonst zu bekommen, ohne daß sie dabei das Gesicht verliert.

Im Saal haben die Typen angefangen zu tanzen. Mit Mädchen in Jeans über flachen Hintern. Nicht gerade scharf, die Mädchen. Sie geben sich wahnsinnig Mühe, um den Rhythmus zu halten. Ich bestelle ein zweites Bier. Eine blonde, überlastete Kellnerin, die ihren Kopf in alle Richtungen verrenkt und eine Schürze mit zwei Taschen trägt, stellt es mir vor die Nase. Ich lächle. Ich kenne die Masche mit den zwei

Taschen. Eine ist für die Trinkgelder, die andere, um genau abzurechnen. Es war Katya, die Polin, die es mir erklärte. Eines Tages, als ich so aus dem Stehgreif in der Caféteria an der Canal Street, wo sie arbeitete, für sie einsprang. Solange sie eine fürchterliche Grippe auskurierte. Der Chef ließ mich nicht einen Moment lang aus den Augen, aus Angst, ich könnte die Taschen verwechseln und ihn mit den Einnahmen hintergehen. Er witterte die Gefahr, Mister Stanislas. Und seine Kellnerinnen rackerten sich zwischen Tresen und Saal ab. Ich trinke auf Katya.

Während ich mein Glas hebe, sehe ich ihn. Hinter einen Pfosten gehockt. Keine Schönheit. Ein schwarzer Lederblouson, schwarze Haare, zu einem Pferdeschwanz gebunden, schwarze Augen, das Kinn in die Hand gestützt. Ganz lässig. Abwesend. Er sieht den tanzenden Leuten im Saal zu. Den sich tummelnden Mädchen mit den flachen Hintern. Und dann sieht er mich an.

Einen ganzen Moment lang.

Schließlich senke ich die Augen.

Und in meinem Körper fängt alles an zu wirbeln. Wie frisches Blut. In den Wangen, unter den Haaren, in den Schenkeln, zwischen den Beinen. Eine wahre Zentrifuge. Mein Herz schlägt überall. Sogar ein kleiner Nerv am Augenlid vibriert. Meine Hände sind feucht, ich wische sie an meinen Jeans ab. Die Kellnerin mit den zwei Taschen bringt mir ein weiteres Bier. Sie bedeutet mir, daß es mir der Mann hinter dem Pfeiler ausgibt. Ich winke, um mich zu bedanken, und deute ein kleines, dümmliches Lächeln an. Ein gefälliges Lächeln, das sagt, daß ich mich geehrt fühle – woraufhin er den Kopf wendet und ich mich beschimpfe. Was hat dieses mechanische Lächeln hier zu suchen? Das ist weder der Ort noch der Augenblick...

Und dann betritt der alte Bo Didley die Bühne. Er hält die Gitarre fest an sich gepreßt, und sein Körper bebt. Wie ein swingender Mast. Ich habe den Eindruck, er bewegt sich gar nicht, so massiv ist er. Schwerfällig. Mächtig. Und dabei erschaudert er von Kopf bis Fuß. Wellen laufen über den ganzen Körper, und seine Schultern schwingen hin und her. Ebenso seine Hüften und seine Knie. Verdammt! Alle haben aufgehört zu trinken und zu tanzen. Auch der Typ hinter seinem Pfeiler. Er hat sein Bier abgestellt und blickt gebannt auf die Bühne, wo Bo Didley und seine Gitarre swingen. Ich sage mir, daß ich ihn verloren habe. Daß er nur gekommen ist, um Bo Didley zuzuhören. Daß er überhaupt keine Lust hat, eine Frau aufzureißen. Er hat mir nur so ein Bier spendiert, um Zeit totzuschlagen, aber jetzt, da der Alte da ist, hat er keinen Blick mehr für mich. Ich verspüre ein ziemlich dumpfes Gefühl in der Magengrube. Ein dumpfes Gefühl von Schmerz, von Begierde. Von bohrender Lust, beim Gedanken daran, er könnte mich unbeachtet lassen. Er weist mich zurück, und ich will ihn mit aller Gewalt. Bin bereit, mich zu seinem Platz durchzudrängeln. Aber ich fange mich wieder. Bleibe auf meinem Stuhl sitzen und nippe an meinem Bier. Die Kitschliese nutzt die Gelegenheit, um wieder Oberhand zu gewinnen. Sie sagt, es geschehe mir ganz recht. Man wirft sich nicht wildfremden Männern an den Hals. Und dann ist da noch Allan. Habe ich den denn bereits vergessen? Wenn ich gleich dem Erstbesten erliege, verdiene ich ihn nicht, und der liebe Gott da oben wird mich schon daran erinnern. Und mich dafür bezahlen lassen. Ich kann sie gleich zu Grabe tragen, meine schöne Romanze. Ich sage nichts. Denke, daß sie recht hat. Vergebens versuche ich zu argumentieren, behaupte, daß Allan was ganz anderes ist. Allan ist was Ernstes, was Endgültiges, während der Mann mit dem Pferdeschwanz nur dem Vergnügen dient. Für einen Abend. So im Vorübergehen. Sie will nichts davon hören, die Kitschliese. Sie bleibt unerbittlich. Also höre ich ihr zu, stehe auf und gehe hinüber zum Ausgang. Schleppenden Schritts. Ich gehe zur Garderobe, wo ich meinen Mantel und meine Papiertüte mit der grünen Bluse abgegeben habe. Ganz langsam, um ihm Zeit zu geben, sich umzudrehen und mich einzuholen. Aber er läßt die Bühne nicht aus den Augen. Ich sehe deutlich sein schwarzes Haar, seine breiten Schultern, seinen starken, geraden Hals – und kann mich nicht entschließen zu gehen.

Rückwärts marschiere ich zur Tür. Ich kann nicht einmal mehr die Musik hören, so gebannt zerlege ich seinen Rücken, seinen Nacken, seine Schultern. Ich stoße an ein tanzendes Paar. Ich entschuldige mich.

Aber Allan hat doch damit nicht das geringste zu tun! fährt die Dämonin dazwischen und schlägt mit den Hufen. Zunächst einmal wird er nichts davon erfahren. Hör auf, dich von diesem Zuckerpüppchen, das vor allem Angst hat und bei der geringsten Gefahr zurückweicht, in die Mangel nehmen zu lassen. Und außerdem hat das, was ich dir hier biete, nichts mit Gefühlen zu tun. Das weißt du genau! Es ist Vergnügen, von der besten Sorte! Weil es dich nämlich zu nichts verpflichtet! Mit einem Unbekannten. Bumsen mit einem Unbekannten!

Allem Anschein nach habe ich nur darauf gewartet: auf das Dazwischenfunken der Dämonin. Denn ich zögere keine Sekunde, drehe mich auf dem Absatz um und stelle mich genau hinter ihn. Gegen den Pfeiler gelehnt. Meine Bluse fest an mich gedrückt. Er muß meine Anwesenheit spüren, denn er räkelt sich in seinem Stuhl. Lehnt sich zurück. Bewegt seine Hüften, seine Schultern, kippt ein wenig nach hinten und streckt seinen Arm nach mir aus. Ohne den Blick vom alten Bo Didley abzuwenden. Er streckt seinen Arm aus und packt mich. Zieht mich zu sich hin und setzt mich auf seinen Schoß. Ohne ein Wort zu sagen. Ohne mich anzusehen. Er hört weiter der Musik zu, während sein Stiefel auf den Boden stampft und sein Knie mich im Takt hebt; und ich höre überhaupt nichts mehr. Ich bin taub. Ich sehe nichts mehr. Ich spüre seine Hand auf meinem Schenkel und will nur noch, daß er sie mir zwischen die Beine stößt.

Es ist hart zu warten.

Ich warte.

Er hält mir sein Bierglas hin. Ich mache ihm ein Zeichen, daß ich genug habe, aber er preßt das Glas an meinen Mund, und ich trinke. Etwas Bier läuft an meinen Mundwinkeln herab, und er wischt es vorsichtig mit einem Finger ab. Sein Arm umschlingt mich fester, und ich schmiege mich an ihn.

Als sich Bo Didley zum letzten Mal verbeugt hat und die Lichter wieder angegangen sind, hat mich der Mann mit dem Pferdeschwanz mitgenommen. Ich habe nicht gefragt, wohin. Jedenfalls sprach er kein Wort, und ich auch nicht. Wir sind einen Moment lang am Washington Square spazierengegangen. Er ging voraus, ohne mich anzusehen, und ich folgte ihm. Ich hätte jederzeit nach links oder rechts abbiegen können, hätte ihn links liegenlassen können, und er hätte keinen Handschlag getan, um mich zurückzuholen. Er behielt die Hände in den Jackentaschen, und ich hielt meine zu Fäusten geballt. Ich fühlte mich nicht sonderlich sicher. Ich hatte sogar ziemliche Muffe. Eine komische Muffe, die mich nicht daran hinderte weiterzugehen, sondern mich im Gegenteil voranstieß, aus Neugier.

Vor einem ziemlich schäbigen Hotel blieb er stehen. Grünes Neonlicht über dem Eingang. Ein bißchen wie meine Bluse. Er mußte dort ein Zimmer haben, denn er besaß den Schlüssel für die Eingangstür. Und den für die Erdgeschoßtür. Ich registrierte alle Einzelheiten, um nicht denken zu müssen. Um mir nicht eingestehen zu müssen, daß ich einem Fremden folgte. Einem Typen, den ich nicht kannte. Aufgegabelt in einer Kneipe, hinter einem Pfeiler. Wir stiegen in den Fahrstuhl. Seine Hand in meinem Nacken. Ließ mich in den Fahrstuhl ein- und aussteigen. Führte mich den Flur entlang. Alle zehn Meter brannte eine Glühbirne. Jede zweite war geplatzt. Ich weiß es genau, denn ich habe sie gezählt...

Er stieß mit der Spitze seines Stiefels eine Tür auf und trat in ein Zimmer. Er hielt mich immer noch am Hals gepackt. Als wollte er mich zwingen hinzusehen. Sein Zimmer. Ein Hotelzimmer, das keine Farben mehr hatte, so viele Leute waren hier durchgekommen. Es gab sogar einen ausgetretenen Pfad auf dem Teppichboden, von der Tür zum Kühlschrank, vom Kühlschrank zum Bett. Ein halbgeöffneter Kühlschrank, der ihm als Schrank für seine Sachen diente. Aus dem Gemüsefach quollen Socken und Unterhosen hervor. Und ich bekam Muffensausen. Schreckliches Muffensausen. Die Kitschliese schrie, ich sei völlig verrückt geworden. Hast du die Filme über die Spinner in New York nicht gesehen, Typen, die Frauen mit der Kettensäge zerlegen, nachdem sie sie gevögelt haben? Liest du die *New York Post* nicht?

Doch, eben drum...

Ich frage mich, ob ich sterben werde. Frage mich, ob er ein Messer unterm Kopfkissen versteckt hat und ob er es mir in die Kehle bohren wird... Frage mich, ob das alles ein Alptraum ist und ob ich daraus erwachen werde.

Ich öffne den Mund, um zu schreien. Um nach Hilfe zu schreien, aber es kommt kein Ton heraus.

Er wirft mich aufs Bett. So stark, daß ich nach hinten falle. Ich versuche noch einmal zu schreien, mache den Mund auf, aber es kommt nichts. Nur Luft.

Er sagt:

»Ich mag keine Jeans.«

Ich versuche mich aufzurichten. Um 'ne Fliege zu machen. Ich habe Angst, viel zu große Angst. Ich muß einfach weg, dieser Mann wird mich umbringen, das weiß ich.

Er sagt:

»Beweg dich nicht. Ich verbiete dir, dich zu bewegen!«

Und schlägt mir auf den Mund. Ich falle wieder hinten über und wage nicht, mich zu bewegen. Ich sehe ihn mit weit aufgerissenen Augen an. Frage mich, ob er sein Messer herausholt und mir in die Kehle rammt.

Er ist näher gekommen und beginnt mich auszuziehen. Wie eine Puppe.

Er will nicht, daß ich mich bewege.

Er sagt es mir. Sehr laut.

»BEWEG DICH NICHT. HAST DU VERSTANDEN. LASS ALLES MIT DIR GESCHEHEN. DAFÜR BIST DU DA. DU GEHORCHST MIR. KAPIERT? DU GEHORCHST UND SAGST KEIN WORT. HAST DU VERSTANDEN? ICH WILL KEIN WORT VON DIR HÖREN.«

Ich nicke. Überwältigt von einem komischen Gefühl, das mich schlaff wie eine Babywindel macht.

Und plötzlich habe ich keine Muffe mehr.

Woher kommt dieses Gefühl, das meine Angst in nichts

auflöst? Wer macht aus diesem schäbigen Zimmer ein Königreich? Und aus mir diese schlaffe Puppe, die nur gehorsam den Kopf schüttelt?

Was für ein Gefühl ist das bloß?

Seine Hände ziehen mir das T-Shirt über den Kopf. Seine Finger streicheln meine Brüste.

Verharren auf den Brustwarzen.

Er lächelt:

»DU HAST ANGST, HE?«

Er kneift meine Brustwarzen. So kräftig, daß ich vor ihm auf die Knie falle. Ich schreie. Es tut mir weh.

Er sagt:

»ICH WILL, DAß DU NOCH MAL SCHREIST. DESHALB BIST DU MIR DOCH GEFOLGT... DU WIRST NOCH MAL SCHREIEN.«

Ich habe kein T-Shirt und keine Jeans mehr an. Ich bin nackt, knie vor diesem Typen. Er versetzt dem Kleiderschrank gegenüber vom Bett einen Fußtritt, so daß die Tür aufspringt, und sagt:

»SIEH DICH AN.«

Ich will nicht. Das ist eine andere. Das bin nicht ich. Ich senke den Kopf. Seine rechte Hand packt mich an den Haaren und zwingt mich, den Kopf zu heben, mich anzusehen. Ich sehe das Mädchen im Spiegel: Sie trägt nur noch ihre Schuhe und liegt auf den Knien.

Woher kommt dieses Gefühl, das mich dazu bringt, mich völlig nackt vor diesem Unbekannten zu ducken? Willenlos. Feucht. Ein Nichts. Auf dem Teppichboden sind verblichene Rosen zu erkennen. Rosen, die die Köpfe neigen und einen Kreis bilden. Ich strecke einen Finger aus und zeichne eine der Rosen nach.

Er greift wieder nach meinen Brustwarzen und zerquetscht sie zwischen seinen Fingern. Ich sinke ihm vor die Füße. Wälze mich über seine Stiefel. Beiße mir auf die Lippen, um nicht zu schreien, verrenke mir die Hände vor Schmerz, widersetze mich aber nicht.

»DAS TUT DIR WEH, HE? DESHALB BIST DU MIR DOCH GEFOLGT. SAG DANKE ZU MIR.«

Ich senke den Kopf und bedanke mich bei ihm. Mit leiser Stimme. Als würde ich beten. Er kann mit mir anstellen, was er will, ich werde es normal finden. Mach mit mir, was du willst.

Warum? Welchem köstlichen Schmerz, welchem niemals eingestandenen Vergnügen unterwirft mich dieser Unbekannte in diesem schäbigen Zimmer? Er steht immer noch aufrecht da und spreizt mit der Spitze seines Stiefels meine Beine. Stößt zwischen meine Schenkel. Seine rechte Hand dreht mich um. Er sagt, er betrachte mich von oben herab und ich sähe immer mehr wie eine Puppe aus. Und was macht man mit Puppen? fragt er, während er seine Stiefelspitze zwischen meinen Schenkeln bewegt, auf mein Geschlecht drückt.

Man bedient sich ihrer.

Man bedient sich ihrer, um Spaß zu haben.

AUS DEM GRUND BIST DU DA. ZU MEINEM SPASS.

Seine Stiefelspitze drückt auf meinen nackten Bauch, und seine Hand packt mein Haar. Reißt mich hoch bis zu seinem Gürtel. Drückt meinen Mund auf seine Gürtelschnalle. Er zieht seine Jeans herunter. Seine Hände umklammern meinen Hals, legen sich auf meinen Mund. Er sieht in den Spiegel und erzählt, daß er ein Mädchen sieht, aufgegabelt in einer Kneipe, eine Unbekannte, auf den Knien. Davon gäbe es mehr als genug in New York, genug, die einem mal schnell, mitten in der Woche, einen blasen, die man mal kurz vögeln kann, geile Weiber, die an ihrem blitzsauberen Äußeren ersticken, an ihren Schleifchenblusen, ihren Gabardinekostümen, an ihrem Achtstundentag, an ihrem Pendelverkehr, und die abends Bars aufsuchen, um sich abschleppen zu lassen. Ich sei nicht besser als die. Ich sei kein bißchen besser. Er fügt hinzu, er würde mich schlagen, wenn ich ihm mit den Zähnen weh täte. Er würde mich festbinden und schlagen.

ER HAT ALLES, WAS ER DAZU BRAUCHT, IN SEINEM SCHRANK.

Er sagt, ich könnte mich darauf gefaßt machen, daß er mir weh tue. Sehr weh. Daß ich ihn aber gewähren lassen müßte, nicht wahr? NICHT WAHR?

I'M GOING TO TIE YOU UP AND I'LL BEAT YOU.

Worte, mehr noch.

Noch mehr Gefahr. Gefahr...

Noch mehr Angst. Angst, die durch das Zimmer streift und mich ihm völlig ausliefert. Meine Hände streicheln über seine Schenkel, seine Hinterbacken, umklammern sie, spreizen sie. Ich bin zu seinem Vergnügen hier. Um ihm zu gehorchen. Ich hebe die Augen und begegne seinem Blick.

Einem Blick voller Liebe.

Er sieht mich an, als würde er mich lieben. Seine Hände streicheln sanft über mein Haar. Ich hatte recht, keine Angst mehr zu haben...

Am nächsten Morgen, beim Frühstück in Bonnie Mailers Küche, liegen sich die Dämonin und die Kitschliese furchtbar in den Haaren. Jede verteidigt ihren Wurstzipfel und wirft der anderen vor, mich auf sumpfigen Boden zu führen.

Mit dir erlebt sie nichts, stichelt die Dämonin. Du wirst sie mir noch in einen Eintopf verwandeln, in eine alte Tante, die Marmelade kocht, Babynahrung aufwärmt und Pauschalreisen bucht.

Und du? Hast du mal überlegt, wohin du sie treibst? In ein schäbiges Hotel downtown, zu Füßen eines Kerls mit Stiefeln. Findest du das etwa reizvoller? Dabei kannst du noch von Glück sagen, daß sie heil zurückgekommen ist; eines Tages bleibt sie vielleicht ganz da, in einem anrüchigen Hotel... Durchbohrt von Messerstichen.

Ja, aber wenigstens lebt sie, atmet voll durch, lernt sich kennen, geht völlig aus sich heraus...

Und wohin führt sie das, kannst du mir das sagen? Wie wacht sie am nächsten Morgen auf? Glaubst du, daß sie glücklich ist? Schämen tut sie sich, das kann ich dir schwören.

Na, so schamhaft ist sie nun auch wieder nicht, das kann ich dir versichern. Die Haut prickelnd vor Vergnügen, weiche Knie... Das gefällt ihr. Sie braucht das Leiden, braucht die Angst, braucht den Schmerz.

Das stimmt nicht, erwidert die Kitschliese. In Allans Armen ist sie glücklich. Sie wartet darauf, daß er anruft. Sie zittert, daß er sie vergessen könnte... Frag sie. Los, frag sie. Das ist ein wahres Gefühl. Ein Gefühl, wie es zu sein hat. Das kann sogar auf eine Hochzeit hinauslaufen, wenn du dich da raushältst. Eine Hochzeit? Du denkst nur an so was. Von klein auf hämmerst du ihr die gleiche Leier ein. Ehemann, Kinder und das ganze Tralala. Du gehst mir auf den Wecker, Kitschliese. Die ganze Zeit über quengelst du nur. Bäh bäh, bäh bäh. Du verknöcherst sie mir nur, legst sie in Falten, steckst sie in einen Umschlag mit schwarzem Trauerrand...

Ich, in der Mitte, kann mir das nicht länger anhören.

Ich weiß nicht mehr, wer ich bin.

Wo mir der Kopf steht.

Ich rühre mit dem kleinen Löffel in meiner Kaffeetasse und höre, wie sie sich die Lunge aus dem Hals schreien. Ich bin viel zu abgestumpft, um auch nur einer von ihnen zu folgen. Mein Leben wird sich ungemein verkomplizieren, wenn sich die Dämonin einnistet. Jedesmal, wenn ich ein Stück des Weges mit ihr gegangen bin, habe ich komische Zustände durchgemacht. Schwindelerregende Höhen, in denen ich den Eindruck hatte, meine Seele trete aus meinem Körper, vereinige sich mit meinem Wesen, meinem wahren Selbst. Dann rede ich mir die Sache mit der heiligen Dreieinigkeit ein, drei in eins, und berste schier vor Glück, auf diese Weise wieder vereint zu sein. Vereint. Friedlich. Ich muß nicht mehr entscheiden, muß nicht mehr so tun, als ob, korrekt erscheinen und so weiter. Ich kann wie ein Baby am Daumen nuckeln, mich im Schlamm wälzen und betören. Nicht weiter schwierig: Ich kann alles. Ich wage alles. Aber sie müssen fast immer durch den Schoß gehen, meine Höhen und Tiefen. Meine Ekstasen sind extrem libidinös geprägt. Selbst wenn ich am nächsten Tag vor Scham sterbe. Ich wage nicht mehr, mich im Spiegel anzusehen. Schwöre mir, es nie wieder zu tun. Ich bin dem, der mich so stark, so hoch davongetragen hat, bis aufs Blut böse. Ich trolle mich mit gesenktem Kopf, um meine verlorene Würde wiederzufinden.

Wie heute morgen...

Ich habe das Hotel am Washington Square im Morgengrauen verlassen. Einen Arm, der schwer auf mir lag, weggeschoben, in aller Eile meine Jeans übergestreift und die Tür aufgestoßen. Ohne meine Bluse für den Märchenprinzen zu vergessen.

Als ich draußen war, habe ich mich auf eine der Bänke am Washington Square gesetzt und zugesehen, wie die Eichhörnchen an den Bäumen hochklettern. Es waren so viele, daß ich sie schließlich überhaupt nicht mehr niedlich fand. Ehrlich gesagt, wie sie so über den struppigen Rasen des Platzes huschten, fand ich sogar, daß sie wie Ratten aussahen. Immerhin gehören sie ja derselben Familie an... Und sie nagen genauso an den Eicheln, mit ihren kleinen, spitzen, gefräßigen, präzisen Vorderzähnen. Ihre kleinen Pfoten klammern sich an die Beute, die ihre wachen, flinken Augen ausgemacht haben, und ihr Magen ist unempfindlich gegenüber den Abfällen, die ihre Beißerchen nur so verschlingen.

Was ist bloß in mich gefahren? habe ich mich gefragt, während mein Blick den Eichhörnchen folgte, die stöbernd ihren Geschäften nachgingen. Was ist bloß in mich gefahren? Was habe ich, allen Ernstes, hier zu suchen? Die Studenten drängelten sich im Eingang der Universität, ihre Bücher unter dem Arm. Ich beneidete sie. Die roten Backsteinmauern der *NYU* verschluckten ganze Ströme eiliger, gebildeter junger Leute. Seit Monaten riß ich mich zusammen. Anständig. Eingemauert in meinen Schmerz. Geschützt von der Erinnerung an einen Toten. Gesalbt von Würde. Ich hatte sogar eine gewisse Harmonie erreicht. Der Schmerz hatte mich integer gemacht, ehrenwert, des Umgangs würdig. Und jetzt jagte ich das alles zum Teufel... Wurde zu dieser anderen. Kroch in ein schäbiges Hotelzimmer, um aufdringlich um ein unsägliches Vergnügen zu betteln, ein Vergnügen, das mich ganz in die Welt der Gefühle zurückwarf, in reine Gefühle... In ursprüngliche Gefühle, die jahrelanges Glattschleifen im Gesellschaftsleben nicht hatte auslöschen können.

Wozu ist er dann gestorben?

Wenn er den Schmerz nicht mit sich nimmt. Den Schmerz, über den ich nicht hinwegkommen kann, diesen Schmerz, den er mir Tropfen für Tropfen eingeflößt hat. Dabei hatte ich ihn darum gebeten, mich davon zu befreien.

Was treibt er bloß da oben?

Ich werde es nie schaffen. Es wird immer wieder dasselbe sein. Immer wieder. Er wird mich nicht loslassen. Wird mich verfolgen. Und dabei feixen. Und niemals wird das ein anderer Mann erledigen... Weil nur er weiß, was ich brauche. Meine kleine Portion an Schmerz... Nur er kann das Maß abschätzen, angenehm versüßen, mir einflößen und mich teuer dafür bezahlen lassen. Sehr teuer.

Die Tage vergingen. Ich hatte immer noch nichts von Allan gehört. Ich wußte, es war falsch, darauf zu warten, daß er anrief. Ich wußte es. Aber was sollte ich machen? Natürlich dachte ich daran. Daran, auszugehen. Daran, herumzubummeln. Daran, den Mann mit dem Pferdeschwanz wiederzusehen. Ich dachte daran. Ich ging nicht hin. Ich hatte keine Wahl.

Es schmerzte, neben dem Telefon zu warten.

Es wurde kalt. Immer kälter. Der Journalist im Fernsehen machte die Wettervorhersage mit Pudelmütze und Schal, er tat so, als wärme er sich die Finger, indem er in sie hineinblies. Der Sprecher der lokalen Nachrichten verkündete Katastrophen, die alle Rekorde brachen. Alte Leutchen, die den Tiefsttemperaturen erlagen; Babys, die sich in ihren Bettchen verkühlten, Autos, die junge gebärende Frauen transportierten und sich im Schnee überschlugen; Krankenwagen, die nicht durchkamen; Brücken, die durch ansteigende Flüsse aus den Angeln gehoben wurden; durch Frost aufgesprengte Straßen; aufgerissene Kanalisationsschächte... Ed Koch, New Yorks Bürgermeister, warm eingemummelt in seinen Pelzkragen, versicherte, daß dringend gehandelt werden müsse, daß Maßnahmen unverzüglich getroffen würden. Seine Behörde würde sich schnellstens darum kümmern. Zweiundfünfzig Betten würden den Obdachlosen zur Verfügung gestellt und dreihundertzweiundzwanzig Mahlzeiten mittags und abends ausgeteilt werden. Von den Journalisten befragt, bliesen die auf die städtische Freigiebigkeit Angewiesenen dampfend Atem aus und erwiderten, Eiszapfen am Mund, sie hätten Hunger, sie frören, sie hätten es satt, auf der Bowery Schlange zu stehen. Die Brühe, die ausgeteilt werde, sei dünn, ebenso wie die Mäntel, die man ihnen kostenlos gebe. Jeden Winter hörten sie die gleichen Versprechungen, aber die Stadt täte nichts. DIE STADT TUT NICHTS! brüllte Bürgermeister Koch ins Mikrofon des Reporters, DAS IST JA EIN STARKES STÜCK! Und er zog ein offizielles Papier aus der Tasche, vollgekritzelt mit Zahlen. DIE STADT TUT NUR FOLGENDES: DENKT AN IHRE ARMEN, AN IHRE ALTEN. AN IHRE BEDÜRFTIGEN! DIE STADT VERZICHTET AUF IHREN PROFIT, ZUM VORTEIL IHRER ARMEN! DIE STADT LEIDET FÜR IHRE OBDACHLOSEN! Er gestikulierte und warf seine Fellmütze auf die Treppe seines großen Hauses mit den weißen Säulen.

Ich hörte zu, ausgestreckt auf Bonnie Mailers großem Bett, und stopfte mich mit Bananen und Schokoladenkeksen voll. Ich mußte an die A, B, C, D Avenues denken. Der Bürgermeister hält uns zum besten! Ein zäher Bursche, das steht fest. Ein unerbittlicher Typ. Wie alle Politiker. Vor der Kamera schüttelt er den Armen die Hände, aber in seinem tiefsten Inneren denkt er bestimmt, daß es ihre eigene Schuld ist, wenn sie, um die schäbigen Kohleöfen auf der Bowery versammelt, draußen in der Kälte mit den Zähnen klappern. Denn in Amerika kommt man immer wieder auf die Beine, wenn man nur will. Immer wieder. Also sind es die armen Leute, die nicht wieder auf die Beine kommen wollen, und solche Leute sind ihm genauso wurscht wie sein Pelzkragen. All das war in seinem Blick zu lesen, während er mit spitzen Fingern in seinen gefütterten Handschuhe die Hände der unter den zehntausend Watt der Kamerascheinwerfer versammelten Obdachlosen schüttelte.

Was für ein Sexualleben führt der Bürgermeister wohl? fragte ich mich, während ich ihn beobachtete. Völlige Leere. Staub und Spinnweben. Rette sich wer kann hinter die Vorhänge. Er ist immer allein auf seiner breiten Treppe mit den weißen Säulen. Bestimmt mag er keinen Sex. Er liebt die Macht. Und wenn man mit jemandem bumst, setzt man seine Macht aufs Spiel und riskiert, sie zu verlieren.

Und Allan rief nicht an.

Mein Brief hatte nicht genügt, um ihn aufzuheitern. Er war mißtrauisch. Er mußte ihn überflogen und auf seinem

Schreibtisch inmitten von Rechnungen und Bestellungen abgelegt haben. Hatte bestimmt seine Sekretärin gebeten, ihm den Aktenordner »Krampfaderstrümpfe made in Clermont-Ferrand« herauszusuchen, und diesen dann auf meinen Brief gelegt. Es war gut möglich, daß er eine ganze Weile dort liegenblieb, unter dem Stapel, denn nach und nach kamen sicher andere Aktenordner hinzu. Und er würde meinen Brief vergessen. Er traute mir nicht. Er zog es vor, seine Distanz zu wahren.

Es blieb mir nichts anderes übrig, als mich selbst zu bemitleiden. Und das tat ich ausgiebig. Ich vergoß alle Tränen, die ich hatte, während ich mich mit Bananen und Schokoladenkeksen vollstopfte. Ich erstickte schier zwischen Schluchzern und Lebensmittelbrocken und machte mir Luft, indem ich Bürgermeister Koch im Fernsehen beschimpfte. Ich machte mich selbst völlig fertig. Ich ging überhaupt nicht mehr aus. Ich befragte Bonnie über das, was draußen vor sich ging. Wie kleideten sich die Leute? Gingen sie gebückt? Das war mir aufgefallen. Besonders an den Ecken, wo der Schneesturm scharf wie ein Rasiermesser fegte. Die einzige Möglichkeit zu überleben besteht darin, sich wie ein Bumerang zu krümmen und so die Kälte ständig abzuwehren. Damit sie dir nicht den Schädel spaltet. Bonnie Mailer seufzte. Sie mochte es nicht, wenn ich niedergeschlagen war. Sie wandte sich ab und warf mir unverhohlen mißbilligende Blicke zu. Unterdessen verfolgte sie eine fixe Idee: Abendessen für mich zu organisieren. Damit ich aus meiner Flaute herauskäme und mit einem interessanten Mann kollidierte. Ich wollte ihr nicht widersprechen, hatte mir aber eine Bedingung vorbehalten: Sie konnte alle Männer einladen, AUßER ALLAN. Das reichte mir. Damit hatte ich meinen Teil. Ich wollte darauf warten, daß er meinen Brief unter dem Stapel hervorkramte und meine Nummer wählte. Bonnie war nicht aufzuhalten. Sie stellte mir ihre Bekannten vor. Charmante Männer, griesgrämige, reiche, berühmte, geschiedene und kinderlose, zweisprachige, alle gut situiert, einige graumeliert mit Fliege, andere pechrabenschwarz und bärtig, wieder andere schließlich jugendlich und unternehmungslustig. Ich spielte die Naive. Lächelte. Beantwortete Fragen, stieß Rufe der Verwunderung aus, stellte Fragen, interessierte mich für Wall Street, blaue Chips, Immobilien, Joint-Ventures, für die Demokraten, die Republikaner, für Aids, Nicaragua, Israel, Bonsai, für kalifornische Weine, den Export von Vollmilchkäse, für Büroausstattungen... etc. Hingegeben lauschte ich ihren weitschweifigen Ausführungen und machte ein nachdenkliches Gesicht. Äußerte mich. Ermunterte.

Aber das Herz war nicht dabei.

Ich ließ die diensthabende Schwachsinnige an meiner Stelle lange Reden schwingen und versank wieder tief in meine Träume.

Warum rief er nicht an?

Hatte er eine Freundin?

Schlief er in ihren Armen ein oder ganz allein in einer Ecke seines Bettes? Legte er ihr die Hand auf den Kopf, wenn das Taxi einen Schlenker machte? Trug er Ober- oder Unterteil eines Pyjamas? Küßte er mit aufgestülpten oder flachen Lippen?

Eines Abends hatte ich es satt, vergebens herumzurätseln, und rief Rita an. Ich wollte Einzelheiten über die Umstände meiner Begegnung aus der Handfläche wissen. Sie riet mir, die Hoffnung nicht aufzugeben. Sie war ganz förmlich: Es sei nur eine Frage der Geduld und der Zeit.

Durch meine Rückkehr in die Forsythe Street hatte ich alte Phantome geweckt. Einige Tage nach meinem Besuch hatte sie einen Brief von Katya und einen Anruf von Maria Cruz erhalten. Wie ich das fände? Ob das nicht ein wunderbarer Zufall sei? Eine Liebeskette, die sich erneut zusammenschlösse? In der Liebe zu seinem Nächsten fände man sein Heil. Liebt euch gegenseitig. Man muß die Hoffnung bewahren, man muß die Hoffnung bewahren, wiederholte sie wie eine gute Evangelistin, die sich unter dem Gewicht der Broschüren krümmt, die sie, von Tür zu Tür gehend, austeilt. Und die Hoffnung ist in dir. Erinnere dich. Jesus hat gesagt: »Wenn ihr das, was in euch steckt, verwirklicht, wird euch das, was in euch steckt, erlösen. Wenn ihr das, was in euch steckt, nicht verwirklicht, wird das, was ihr nicht verwirklicht, euch zerstören.« Ich sah nicht ganz den Zusammenhang, aber ich schwieg aus Angst, sie zu verletzen und ihre Visionen zu hemmen, die, alles in allem, ziemlich zu meinen Gunsten ausfielen.

So erfuhr ich, daß Katya bald heiraten würde. Einen amerikanischen Polen aus Chicago, den sie in Warschau kennengelernt hatte. Endlich verwirklichte sich ihr Traum: legal in den Vereinigten Staaten zu leben. Aber zuvor mußte sie noch die Scheidung von ihrem ersten Ehemann erlangen, der im Gefängnis schmorte. Maria Cruz wollte mich sehen. Sie arbeitete jetzt in der Nähe der Docks. José hatte sie in einem Studio untergebracht. Sie hatte nicht mehr die Kraft, auf der Straße auf und ab zu gehen wie früher. Ihre Beinchen trugen sie nicht mehr. Wenn ich sie mal eines Abends besuchen wolle... Aber es sei besser, wenn ich in Begleitung ginge, fügte Rita hinzu, denn nachts an den Docks... Trotzdem gab sie mir die Adresse.

Ich betrachtete meine grüne Bluse, die auf einem Bügel hing. Ich zog sie an und setzte mich unter die Yuccapalme, neben den Fensterriegel und die kleine Maya-Statue.

Ich wartete.

Ich wartete darauf, daß das Telefon klingelte.

Ich glaubte nicht wirklich daran, aber so hatte ich an diesem Nachmittag wenigstens etwas zu tun. Ich fragte mich, ob diese ganze Geschichte nicht ein Irrtum sei, ein riesengroßer Irrtum, aber dann sagte ich mir, wenn es auch nur die geringste Chance gäbe, wollte ich sie beim Schopfe packen.

Ich wartete.

Und wartete.

Und dieses Warten füllte den ganzen Raum aus. Ich verlor den Faden der Realität. Ich wagte nicht einmal mehr, mich mit etwas anderem zu beschäftigen – aus Angst, so abgelenkt zu sein, daß ich das Läuten des Telefons überhörte. Ich taugte nur noch zum Warten. Unter meiner Yuccapalme. Eigenartig: Je länger ich wartete, desto mehr liebte ich ihn.

Wenn ich aber auf der Post mal von einem Fuß auf den anderen trete, fange ich gleich an, den Postbeamten zu hassen, und belle ihn, wenn ich schließlich an die Reihe komme und er meinen Brief ins Ausland wiegt, an.

Bonnie Mailer seufzte, ich sollte mal auf andere Gedanken kommen. Ich hatte keine Lust, auf andere Gedanken zu kommen. Es paßte mir ganz gut, traurig zu sein. Mit meinem Schicksal zu hadern. Mir zu sagen, daß ich auf einen wirklich zähen Mann gestoßen sei.

Skrupellos.

Bei diesem Gedanken ging mir die Luft aus, und ein Messer stach mir in den Bauch. Ich vergoß gleich die doppelte Menge an Tränen; sie tropften auf meine grüne Bluse und hinterließen Flecken. Ich sah, wie die Flecken immer größer wurden, und heulte noch mehr. Meine Bluse war hin, noch bevor sie ihre Schuldigkeit getan hatte.

Die Dämonin war eingeschlummert. Gesättigt. Seit der Nacht in dem Hotel mit dem Unbekannten war sie nicht mehr in Erscheinung getreten. Feige beglückwünschte ich mich dazu. Sie gewährte mir eine Atempause. Ich konnte mich ganz der Pflege meines Kummers widmen. Die Kitschliese schwieg. Sie hielt ein Auge auf mich, fuhr aber nicht mehr dazwischen. Nur die Schwachsinnige war noch da und schnatterte in Gesellschaft. Sie störte mich überhaupt nicht. Es sei denn, sie gab allzu albernes Zeug von sich. Sie diente mir nach außen als Schutzschild und ließ mich im Innern nach Belieben umherschweifen. Ich hatte Frieden.

Aber dadurch war ich noch längst nicht weiter.

Ich wartete.

Und wartete.

Ich schrieb an Toto. Ich fragte ihn, wie es um seine Warze stehe. Ich schrieb an Pimpin. Unsere Zänkereien fehlten mir, und ich wiederholte mein Angebot, sie zu heiraten. Ich erkundigte mich nach Kid, dem Hund, nach seiner Linsentrübung, seinem Appetit, nach dem Zusammenleben mit den drei Katzen. Ich erzählte ihr die Geschichte mit Allan und wie ich mich wieder einmal in einen Schlüsselanhänger verwandelt hatte. Sie antwortete mir und ermunterte mich, Briefe zu schreiben: Auf die Weise hatte, wie es schien, Hubert Selby junior den Geschmack am Schreiben entdeckt. Vielleicht, fügte sie listig hinzu, hilft es auch dir. Zumindest hast du dann eine Beschäftigung.

Ich schrieb Seite um Seite voll, um wieder Geschmack daran zu finden. Am Ende war ich so erschöpft, daß ich meine eigenen Worte nicht mehr lesen konnte. Und warf alles weg. Oder verbrannte die Bögen, in der Küche im Spülbecken. Ich wähnte mich als »verdammte Schriftstellerin«, und das baute mich für einen Moment wieder auf. In dem Ausdruck »verdammte Schriftstellerin« steckte immerhin das Wort »Schriftsteller«... Dann verzog ich mich grummelnd wieder unter meine Yuccapalme: Wem verursachte das wohl schlaflose Nächte, die Tatsache, daß ich nicht mehr schreiben konnte? Niemandem. Niemandem. Es war allen völlig schnuppe, daß ich ein Papierbeschmierer geworden war. Und?

Kurz gesagt, ich war in meinen Augen nichts Tolles mehr.

Ich gesellte mich zu Hiob, auf seine Strohmatte mit dem Ungeziefer, das ihm den Kopf kahl frißt, und ohne den kleinsten Krümel für den hohlen Zahn. Gott hatte mich an den Pranger gestellt. Er hatte es nicht ertragen, daß ich keinen Respekt vor ihm habe.

Ich ernährte mich sehr schlecht. Cottage Cheese in rauhen Mengen, abgepackte Fruchtsalate unter durchsichtiger Plastikhülle, mit zwei appetitlichen Erdbeeren obendrauf und Melone ohne Geschmack darunter, dazu After Eights und Schokoladeneis. Mein Körper interessierte mich überhaupt nicht mehr.

Und Bonnie Mailer lief hin und her und zischte, daß das ein verdammter Schlamassel sei. Daß man mich da rausholen müsse, koste es, was es wolle. Ich widersprach ihr nicht. Vor allem wollte ich nicht, daß sie mich tröstete, daß sie sanft und zärtlich mit mir umging. Das hätte mich noch mehr deprimiert.

Ich wartete.

Und wartete.

Eines Abends kommt sie mit einem wunderbaren Vorschlag nach Hause: Ob wir nicht auf eine große Party ins Area gehen sollten? Ein Fest, das von einer Werbeagentur gegeben wird, um den Kunden für ihre Treue zu danken. Was ich davon hielt?

Offen und Ehrlich?

Nicht sehr viel. Ich warte darauf, daß das Telefon klingelt, und damit hat sich's. Außerdem ist es Zeit für die Lokalnachrichten, und ich will wissen, wie's mit der Kälte steht. Mich aufs neue vergewissern, daß es noch Unglücklichere gibt als mich. Aber Bonnie Mailer gibt nicht so leicht auf. Hindernisse sind ihr täglich Brot. Meine Weigerung beeindruckt sie nicht im geringsten, und sie beginnt, Pläne zu schmieden, denkt darüber nach, wie ich mich kleiden werde, und dies und das. Also da unterbreche ich sie sofort. Falls ich gehen sollte, und das steht bei weitem noch nicht fest, würde ich mir einen Schal umschlingen, als Minirock. Das wäre auch schon der Gipfel aller Anstrengungen. Ich bin nicht in der Stimmung, mich aufzudonnern. Entweder so oder gar nicht.

Ich lese blankes Entsetzen in ihren Augen. Sie fragt sich, ob es sich überhaupt noch lohnt, mich aufzudonnern. Sie zögert. Dann hakt sie ganz harmlos nach:

»Und das ist alles?«

»Nein. Wollstrumpfhosen, meine grüne Bluse, einen breiten Gürtel und flache Schuhe.«

Sie seufzt niedergeschlagen.

»Aber warum?«

»Weil es mir gefällt. Ich fühlte mich wohl so. Ich habe keine Lust, mich zur Sex-Beute für drei Hampelmänner aus der Werbung auszustaffieren...«

Ich habe das Gefühl, zu meiner Mutter zu sprechen: Als ich achtzehn Jahre alt war, wollte sie mich zum Tanzen zu reichen Leuten schicken, damit ich dort einen Ehemann fände. »Einen was?« fragte ich und dachte, ich spinne. »Was weiß ich«, stammelte Mama, in flagranti als Kuppelmutter ertappt. »Na, einen netten jungen Mann aus gutem Haus eben, mit dem du dich unterhältst, in deinem besten Ballkleid, und der dich dann bittet, ihn wiederzusehen.« Bonnie Mailer ist genauso: Dauernd verheimlicht sie mir etwas. Sie birgt einen jungen, reichen Mann im Ärmel und weiß nicht, wie sie ihn für mich herausschütteln soll. Verstohlen beobachte ich sie. Was brütet sie wohl aus? Wird sie den Mut haben, sich öffentlich mit mir zu zeigen? Ich spüre, wie sie zögert. Kühl auf Distanz geht. Aber es ist zu spät, und sie gibt sich entnervt geschlagen:

»Schließlich geht es hierbei um dich. Und wenn du wirklich so großen Wert darauf legst, dich so zur Schau zu stellen... Die Leute zu entmutigen...«

Ich bringe sie um eine Romanze. Ich strafe sie. Bonnie Mailers Manie ist es, mich unter die Haube zu bringen, um dann, sozusagen als Miteigentümerin, teilzuhaben. Als schlüge das Herz per Prokura. Ohne die Gefühle zu verstümmeln. Zwar versucht sie noch, mich weichzuklopfen, indem sie groß ihre Kleiderschränke öffnet und verführerische Kleider auf ihr Bett wirft, aber ich wickele mich in meinen Schal, ziehe meine grüne Bluse über und schlüpfe in meine Strumpfhosen, ohne ihren Zirkus weiter zu beachten.

Erst sehr viel später sollte ich begreifen, warum mein wie ein Lendenschurz zusammengerollter Schal überhaupt nicht in ihre Pläne paßte...

Es schneit kräftig über New York. Ein dichter Nebel legt sich wie Watte auf die Stadt und enthauptet die Wolkenkratzer. Man sieht nicht über den zweiten Stock hinaus, und ich habe fast den Eindruck, mich in einem kleinen Dorf in Bayern aufzuhalten. Es fehlen nur noch die Schlitten mit den Schellen, Heidi und ihr verblödeter Großvater. Der Schnee verengt die Fahrbahnen, rundet die Straßenecken ab, umhüllt die Autos dick und dämpft den Lärm. Auf einmal fühle ich mich ganz heimelig und habe Lust, über das Jesus-Krippchen geneigt »Stille Nacht, heilige Nacht...« zu singen.

Der Taxifahrer ist da ganz anderer Ansicht: Er ist völlig aufgeregt und kommentiert mit erhobener Stimme jedes seiner

Manöver. Also, ich werde jetzt nach links rüber gehen, um ihn zu überholen, dann kann ich versuchen, ihn noch vor der Ampel abzudrängen; sonst muß ich ihn vorbeilassen, und dazu habe ich nicht die geringste Lust, denn auf dieser verdammten, glatten Straße... Es sei denn, ich kann ihn noch weiter nach rechts drängen, damit er gezwungen ist, mir Platz zu machen. Was macht denn bloß das Taxi da! Der spinnt doch! Noch so ein Scheißfahrer aus Haiti oder sonstwoher... Der ruiniert noch die ganze Branche. Die jungen Leute hier wollen nicht mehr Taxi fahren! Die träumen davon, Rechtsanwalt zu werden... Auf zehn Ingenieure fabriziert man in diesem Land hundert Rechtsanwälte! Bonnie Mailer bedeutet mir, daß er nicht alle Tassen im Schrank hat, indem sie sich mit dem Zeigefinger an die Schläfe tippt. Er muß es im Rückspiegel gesehen haben, denn er dreht sich sogleich um und schleudert ihr mit einem breiten Lächeln entgegen:

»Sie glauben wohl, ich sei nicht ganz richtig im Kopf, was, weil ich mit mir selbst spreche, he, ist es das?«

Höflich protestieren wir. Aber nein! Aber nein! Überhaupt nicht! Was glauben Sie denn bloß? Das ist einfach ein nervöser Tick meiner Freundin. An jeder roten Ampel kratzt sie sich die Schläfen.

In dieser Stadt muß man sich vorsehen, eine gekränkte Empfindlichkeit, und hop! der Beleidigte zieht seinen Colt und knallt dich auf der Straße ab. Man braucht bloß die *New York Post* zu lesen. Da wimmelt es nur so von sinnlosen Leichen.

»Ich spreche mit mir selbst, weil es das einzige Mittel ist, um in diesem Scheißgewerbe Magengeschwüre zu vermeiden. Wenn ich all das für mich behielte, wäre ich schon längst im Krankenhaus! Haben Sie den da gesehen? Der fährt sich ins offene Grab, dabei sind die Straßen vereist... Ja, fahr ruhig, alter Junge, mit Vollgas geradeaus, direkt in die Notaufnahme, du wirst die Rechnung schon zu Gesicht bekommen!«

Wir fahren mit Vollgas geradeaus zum Area. In den unteren Teil der Stadt. Gewöhnlich setzt Bonnie nie einen Fuß in die Gegend.

Das Area. Eine riesige Lagerhalle, in der die Schlachter früher ihre kopflosen Kälber, ihre blutigen Rindergerippe, zusammengeschnürte Innereien und abgestochene Hühner unterbrachten. Heute wirbeln dort die Nachtschwärmer von New York umher, nachdem sie vor den Turnschuhen des Portiers auf Einlaß gelauert haben.

Heute abend, wie an jedem Abend, drängt sich eine bunte Herde vor dem Eingang. Jeder der schrillen Vögel wartet darauf, daß Tony geruht, feierlich mit einem Finger auf sein geneigtes Haupt zu zeigen. Eine androgyne Menschenmasse, aufgedonnert in ihrem schönsten Putz, wobei sich die Eleganz durch sachkundig mit der Rasierklinge angebrachte Schlitze ebenso auszeichnen kann wie durch eine grün-rosa Irokesenbürste auf einem ansonsten nackten Schädel oder eine zerfetzte, weitgeschnittene, italienische Jacke. Eine dichtgedrängte, unterwürfige Meute auf dem Sprung, die, ohne zu mucken, auf das Privileg lauert, bemerkt zu werden. Über der Meute schwebt der Geruch von Leder und billigem Parfüm. Mit Bonnie Mailer wartet man nicht lange: Sie schwenkt ihre Einladung und drängt sich, Grimassen schneidend, durch die Menge.

Innen herrscht das übliche Freitagabend-Gedränge. Strahler beleuchten in zufälliger Abfolge eine sehr lebendig wirkende Engelsstatue, die mit Hilfe eines unter dem Lendenschurz verborgenen Wasserrohrs in eine versilberte Schale pinkelt; einen triefenden, auf ein Podium gehievten Schwarzen; einen jungen, als Schmetterling verkleideten Epheben, der im rosa Ballettröckchen unter der Decke schwebt; und die graue Masse all derer, die mechanisch Arme und Seele dem Himmel dieses bedrohlichen Höllenspektakels entgegenschleudern. Die ohrenbetäubende Musik verdonnert uns zum Schweigen, und wir arbeiten uns mit den Ellbogen weiter vor. Mein Schal fällt hier nicht aus dem Rahmen. Es ist eher Bonnie, die in ihrer vorschriftsmäßigen Aufmachung deplaziert wirkt.

»Wartest du hier auf mich? Ich sehe mich mal um...« Sie spricht zu mir wie zu der kleinen Cousine aus der Provinz, die man zum ersten Mal in die Stadt ausführt und vorsichtshalber bittet, sich bei den Toiletten in die Ecke zu stellen. Ich nicke und sehe, wie sie fortgeht, wie sie sich einen Weg bahnt und dabei all die Rüpel, die ihr in die Quere kommen, mit einem ärgerlichen Blick zurückweist. Ich lehne mich an eine weiße Säule und studiere das Publikum. Bonnie Mailer ist völlig schiefgewickelt. Hier fühle ich mich ganz zu Hause. Viel mehr als in den stinkvornehmen Vierteln der Oberstadt. Das Area, das Palladium, die Nächte New Yorks mit seinen Protagonisten, die Toiletten, wo man sich im Vorraum drängelt, um ein Stück Spiegel zu ergattern, während nebenan gebeugte Rücken, einen gerollten Dollarschein in der Nase, eine Linie Koks vom Klodeckel ziehen; nebenbei gehen kleine, in Papier gewickelte Dosen Heroin von Hand zu Hand. Hier werden keine vornehmen Worte gebraucht, keine schönen Sätze aneinandergereiht, aber hier bin ich wenigstens nicht eingeschüchtert. Hier brauche ich nicht so zu tun, als ob. Ich mag die Gespräche derer, die einen Knacks haben, viel lieber. Ohne großen Wortschatz. Sie machen oft überhaupt keinen Sinn, aber es kommt immer ein Zipfelchen Wahrheit herüber. Das man im Fluge aufschnappt und das einen nachdenken läßt.

Ich richte mich an meiner Säule auf und strecke mich.

»Wenn ich nicht so bekifft wäre, würde ich mit Ihnen Liebe machen.«

Ich kann ihn schlecht erkennen, aber er scheint hervorragend zur Menschenmenge zu passen. Seine glänzenden, roten Haare, seine weiße Haut und seine wirren Augenbrauen lassen ihn wie einen hochgeschossenen Halbwüchsigen wirken. Man könnte ihn für Lucky Luke halten, der eben von seiner Schindmähre gefallen ist.

Er zieht an seinem Joint und reicht ihn mir. Höflich lehne ich ab.

»Ihr Outfit ist toll. Woher stammt das?«

»Hausgemacht.«

»Ah, Sie sind keine Amerikanerin, he?«

»Nein, Französin.«

Ich schreie ihn wie durch eine Flüstertüte an. Es ist stärker als ich. Wie ein Funkenmariechen schwenke ich die Staatsflagge, in diesem Land, wo an jeder Fassade das Sternenbanner klebt, wo man bei der kleinsten Gelegenheit die Nationalhymne anstimmt, die Hand auf dem Herzen und mit ernster Miene.

»Sind Sie aus Nord- oder Südfrankreich?«

»Aus Paris.«

»Ist das im Norden oder im Süden?«

»Eher im Norden ...«

Der weiß bestimmt nicht einmal, wo Frankreich liegt. Allenfalls, wenn er etwas gebildet ist, denkt er: gleich neben Deutschland.

»Und wo wohnen Sie hier? Im Norden oder im Süden?«

»Eher im Norden ...«

»Kennen Sie Voltaire?«

Ich kenne nur ihn. Noch heute morgen haben wir am Telefon miteinander geplauscht. Er lacht, und sein Gesicht legt sich in Falten, verschluckt Augen und Brauen unter jurassischem Beben. Er saugt an seinem Joint und verbrennt sich die Finger. Der umherwirbelnde Spot erhellt ihn für einen Augenblick. Er ist ganz in Schwarz gekleidet und noch rothaariger, als ich gedacht hatte.

»Ich kenne Schriftsteller gut, denn ich schreibe ... Und was machen Sie?«

»Ich schreibe auch. Ich meine ...«

»Und was schreiben Sie gerade?«

»Eine Kurzgeschichte über meinen Gemütszustand und über Amerika ...«

»Nord- oder Südamerika?«

Ein Kompaßbesessener! Ich sinne gerade auf eine Möglichkeit, mich von diesem geographischen Landvermesser loszumachen, als eine Hand mich an der Schulter packt und drei Schritte nach hinten zieht. Ich stoße gegen eine Männerbrust, drehe mich um, hebe meine Nase und erkenne Allan.

Atme Allan. Verliere mich in Allans Anblick. Drücke Knie und Waden durch, um vor Allan Haltung zu bewahren. Ich habe nicht einmal Zeit, ein Wort zu sagen, da stellt sich der Schriftsteller schon vor:

»Hi! Ich heiße Michael...«

Allan beißt in den sauren Apfel und reicht ihm die Hand. Ich bin gar nicht unglücklich darüber, daß er mich in galanter Begleitung antrifft, jedenfalls besser als verhutzelt unter meiner Yuccapalme, den Eiscremetopf auslöffelnd, mit Argusaugen das Telefon bewachend. Ich bin fast versucht, die Stolze zu spielen. Der neckische Rotschopf salbadert weiter über Nord und Süd, Fitzgerald und Faulkner, Brathähnchen und the Big Apple. Allan zermalmt die Eiswürfel seines Wodkas zwischen den Zähnen, und ich kann das Geräusch seiner eiszermahlenden Kiefer hören.

»Wissen Sie, wo man hier etwas trinken kann?« fragt er Michael plötzlich.

»Ja. Gleich da drüben«, antwortet der gebildete Rotschopf und deutet wie ein Anhalter in Not mit dem Daumen in Richtung Bar.

»Wollen Sie nicht ein Glas holen für diese reizende junge Dame, der vom Zuhören schon der Mund völlig ausgetrocknet ist?«

»Ehem... Ja. Wenn Sie wollen...«

Er wendet sich mir zu und fragt, was ich trinken möchte. Ein Tonic, sage ich und reiche ihm einen Zehndollarschein. Er steckt ihn in die Tasche und gibt uns zu verstehen, daß er gleich wieder da sei, wir sollen artig auf ihn warten: Er habe uns eine tolle Sache über Abraham Lincoln und Onkel Toms Hütte zu erzählen. Aber Allan hat mich schon in eine andere Ecke des Saals geschleift. Mit großen Schritten durch die Menge. Seine Holzfällerstatur macht den Weg frei. Mit fester Hand hält er mich im Schlepptau, und ich empfinde eine etwas dämliche Fröhlichkeit, so als Paketlast. Um ein Haar hätte ich allen Mädchen im Publikum eine lange Nase gezeigt. Seht ihr, wen ich mir hier geangelt habe, mit einem einfachen Schal um die Hüften? Dieses Verführungsmittel ist nicht in euren Rezeptbüchern aufgeführt, he? Das nennt man Stil, ihr armen kleinen Trampel, und zum Stil gehört jahrelange Zivilisation, die man ererbt.

Allan durchpflügt diese eingeschlechtliche, modisch geschminkte Menge. Er beherrscht den Saal mit seinem kantigen Kinn, und seine Augen haben sich zu Rosinenkernen verengt. Er sucht eine Ecke, in der er seine Beute abladen kann. Überrascht stelle ich fest, daß ich ihm zusehe, als würde ich ihn gar nicht kennen. Mit dem Blick eines schelmischen Dienstmädchens, das zum ersten Mal diese gebogene Adlernase, die etwas flachen Wagenknochen, die beißbereiten Kiefer und das an den Seiten etwas zu glatte Haar bemerkt. Ich habe nicht übel Lust, ihm einen unangebracht kumpelhaften Rippenstoß zu versetzen, aber er dreht sich um, um sich zu vergewissern, daß ich noch da bin, und wieder beginnt der Charme zu wirken. Fegt meine Abwehr fort: Ich falle in den Kitschliesenzustand zurück. Um mich gleich wieder wütend zusammenzureißen. Nur weil mich ein Konquistador am Arm harpuniert hat, brauche ich mich nicht gleich in eine Bettlerin zu verwandeln, die sich geehrt fühlt, weil sie Beachtung findet!

»Wohin gehen wir?« frage ich und weiche zwei stämmigen Eingeborenen aus, die Kinn an Kinn heftig miteinander streiten.

Er antwortet nicht und zieht mich weiter im Schlepptau hinter sich her.

»Sag mal, kämmst du dich mit Absicht so, oder ist das gut fürs Geschäft?«

Er bleibt stehen und sieht mich prüfend an. Seine Augen untersuchen mich irritiert, und ihr Glanz wirkt fast böse. Wir messen uns.

»Nein ... ich kenne nur Leute, die finden das hübsch, die Haare nach hinten gekämmt, mit etwas Brillantine drauf. Ein gewisser Stil, das ist alles ... Man muß ihn nur kennen ... Ich kenne sogar Leute, die ...«

Er hat seinen Mitstreiterparcours aufgenommen und windet sich durch die Hindernisse wie ein Rugbyspieler, der um jeden Preis seinen Ball zwischen die beiden Pfosten bringen will. Am ausgestreckten Arm gebeutelt, stürze ich mich, hinter ihm her, wieder in die Menge. Ich würde ihn gern loslassen, aber er hält mich so fest, daß ich keine Chance habe. Und außerdem würde es ihm viel zuviel Vergnügen bereiten, wenn ich schrie: »Ich gebe auf! Warte, ich kann nicht mehr.« Er würde mich abschätzig ansehen und es genießen. Eines steht fest: Dieser Mann ist mein liebster Feind. Ich irritiere ihn. Er ist mir böse, er ist sich böse, weil er mir böse ist, und in seinen verkrampften Kiefern, in seiner Hand, die meine zermalmt, in seinen wütenden Blicken lese ich den offenkundigen Beweis für sein Begehren. Wenn er mich an den Haaren hinter sich herschleifen, mich an den nächsten Pfeiler schleudern und dann, wenn ich völlig kaputt wäre, nehmen könnte, würde er keine Sekunde zögern.

Ich nehme die Aufschrift »Toiletten« wahr, die aufblinkt und nach einer Pipipause ruft. Ich muß einfach Atem holen, mir Arm und Handgelenk massieren, meinen Schal glattstreichen und mein Gesicht überprüfen, mich vergewissern, daß es sich nicht verändert hat, daß es für den Sturmangriff gewappnet ist.

»Ich warte hier auf dich«, knurrt Allan und deutet auf einen Korbstuhl unter einem Busch Grünpflanzen.

In der Damentoilette sind Männer. Zwei Rasta richten ihre verfilzten Zöpfe unter den Wollmützen und tauschen dann Pillen aus, die sie mit ernster Miene abzählen. Ein Bleichgesicht, dem übel zu sein scheint, prustet, gestützt von seiner Freundin, unter dem Kaltwasserhahn. Ein großer, als Marilyn verkleideter Schwarzer streichelt sich vor dem Spiegel.

Still.

Riesig.

Völlig im Gleichgewicht auf goldenen Pumps, mit platinblonder Perrücke, die Augen hinter einer schweren, dunklen Brille versteckt. Seine breiten, langen Hände gleiten die flache, muskulöse, kohlebraune Brust mit den gekräuselten Härchen hinauf und hinunter, streifen leicht über die Hüften und das angespannte Geschlecht, das man unter dem ausgestopften Kleid ahnt, pressen die harten Schenkel und die flachen Hinterbacken. In einer lächerlichen Bewegung streckt er eine Schulter verführerisch nach vorn. Er schwingt hin und her. Versunken in einen einsamen, schmerzlichen Tanz. Allein, im Angesicht des Spiegels. Auf der Suche nach einer unmöglichen Identität. Seine groben Arme sehen so aus, als habe er gerade noch den letzten Lastwagen in der Howard Street entladen. Seine mit rosiger Grundierung geschminkte Haut ist an einigen Stellen rissig. Seine schwülstigen, scharlachroten Lippen summen Worte der Liebe. »Baby, baby, I love you, baby«. Und seine schweren, verklebten Wimpern flattern. Niemand stört ihn, weder mit Blicken noch mit einem Grinsen, und die Mädchen schnattern schrill durcheinander, während sie sich direkt neben ihm die Nase pudern. Sie erzählen sich gegenseitig von ihren »Dates«, drehen und wenden sich, tauschen Rouge aus und machen Pläne für den nächsten Sonntag.

Ich kann meine Augen nicht von ihm lassen. Wer ist er, in seinem tiefsten Innern? Marilyn oder weißer Neger? Entlader oder Barbiepuppe? Kleines, verträumtes Mädchen oder Schrank mit gesprungenem Spiegel? Wie viele Leute leben unter seinem Dach?

Ich betrachte mich im Spiegel.

Genau wie ich...

Aber ich betrüge meine Umgebung: Ich bin kein Transvestit. Ich behalte für die Schwachsinnige, die Kitschliese, die Dämonin, das kleine Mädchen oder die Mörderin immer dasselbe Äußere. Es ist immer derselbe Mund, der spricht. Dieselben Beine, die sich öffnen oder schließen. Dieselbe Stimme, die fleht oder befiehlt. Dieselben Hände, die streicheln oder erdolchen. Es ist an den anderen, sich zurechtzufinden.

Ich verliere dabei den Faden.

Wohin ist die Wahre entschwunden? Von Zeit zu Zeit tritt sie in Erscheinung. Wenn ich es am wenigsten erwarte. Sie stößt die Tür auf, sagt »Hallo!«, setzt sich, im Kostüm, mir gegenüber. Von Angesicht zu Angesicht. Und ich erkenne sie wieder. Das Glück packt mich an der Kehle. Ich bin die Königin der Welt. Niemand kann mir meinen Thron rauben, meine Juwelen, mein Zepter. Im übrigen brauche ich niemanden, wenn ich ihr begegne. Ich habe die Ewigkeit für mich. Ich existiere. Ich fülle den ganzen Raum aus. Ich habe das seltsame Gefühl, mit mir selbst verwachsen zu sein. Mit den tausend Kleinigkeiten, die mich ausmachen. Einzigartig auf der Welt. Ein kleines, aus Gold ziseliertes Schmuckstück mit echten Steinen. Ich brauche den Blick der anderen nicht. Ich bin davon überzeugt, daß ich existiere. Alles ist an seinem Platz. Ich weiß ganz genau, wo ich stehe. Wer ich bin. Warum ich da bin. Wohin ich gehe.

Ich habe so viel Zeit, wie ich will.

Allerdings bleibt sie nie lange. Bei der geringsten falschen Bewegung, beim kleinsten Übergriff, beim ersten falschen Ton, bei der Andeutung eines trägen, gezwungenen Lächelns verschwindet sie. Man muß hart um sie kämpfen. Keine Mühe scheuen. Nichts sich selbst überlassen. Nicht so tun, als ob. Unverzüglich aufhören, verlogene Schmeicheleien herunterzubeten oder ein charmantes Schmollmündchen zu ziehen, das Gesagtes beschönigen soll. Muß in die Wirklichkeit, zur Wahrheit zurückkehren und sie nicht mehr loslassen, bis sie einem den Zugang zur einzig wahren gestattet: zu ihr selbst. Ich will nicht neben mir stehen. Ansonsten müßte ich mich belügen, um weiterzuleben.

Seite an Seite mit dem schwarzen Transvestiten auf seinen vergoldeten Pumps, beide Hände auf das Waschbecken gestützt und die Nase gegen den Spiegel gepreßt, halte ich mir eine feierliche Predigt darüber, daß ich nicht mehr schachern werde. Daß ich so nahe wie möglich an der Wahrheit bleiben will. In Übereinstimmung mit mir selbst. Ich sehe mir im Spiegel direkt in die Augen: Das wird nicht leicht sein, das weiß ich schon jetzt. Ich werde immer Position beziehen müssen. Auf Bequemlichkeit verzichten. Nicht einen Millimeter vom rechten Pfad abweichen. Unnachgiebig sein.

Wenn jedoch am Ende ein neu zu erkundendes Land liegt...

Das Mädchen hier vor mir sieht so aus, als wolle es den Versuch wagen.

Allan wartet auf mich. Er sitzt in seinem Korbstuhl. Gehüllt in Distanz. Er reicht mir ein Glas, und ich leere es langsam, während ich meine Kräfte sammle und ahne, daß ich nach meinem Entschluß, zur Wahrheit zu stehen, nichts von ihm erwarten darf. Mit Sicherheit wird er nicht mein Kumpel oder Vertrauter sein, auf den ich mich schwerfällig stützen kann. Nicht derjenige, der meine Ängste nach und nach von mir nimmt und sich damit selbst darum bringt, mich zu verführen und zu gewinnen.

»Hast du es nötig, dich von solchen armseligen Kerlen wie diesem kleinen Rotschopf anbaggern zu lassen?«

Ich sage nichts und setze mich auf die Lehne seines Sessels. Unter die Gemüsehecke. Schiebe einen Palmwedel, der mir übers Auge fällt, zur Seite. Er bewegt sich nicht um einen Millimeter. Macht nicht die geringsten Anstalten, mir seinen Platz zu überlassen.

»Wie viele brauchst du pro Abend, um dich wohl zu fühlen?«

»Und du, sag's schon! Dieser Abend ist wieder mal so eine Idee von Bonnie Mailer! Habt ihr euch diesmal beraten, oder hat sie ganz allein gehandelt?«

»Ich wußte, daß du da bist, als ich Bonnie an der Bar sah. Aber, wenn dich das beruhigt, ich bin nicht allein...«

»Ach...«

Das ist alles, was ich herausbringe, denn mir dreht sich der Magen um, und mein Atem stockt. Da haben wir's, sage ich mir, er hat eine Freundin, und ich werde ihre Bekanntschaft machen. Ich habe gleich ihr Bild vor Augen. Schön, sehr schön, intelligent, mit ihrem Doktor unterm Arm, einem goldenen Löffel im Mund, gehüllt in ein eng anliegendes Kleid; lange, glänzende Haare, die in den Händen federn; eine Haut aus Samt, die die arroganten Verkäuferinnen bei Bloomingdales vor Neid erblassen läßt... eine exquisite kleine Nase, und Zähne... Strahlend weiße Zähne, makellos aufgereiht. Kleine Füße in feinen Pumps mit hohen Absätzen. Sie geht nicht, sie schreitet. Sie platzt nicht heraus vor Lachen, sondern lächelt fein. Ihre Nägel sind lackiert. Kurz gesagt, alles an ihr stimmt. An mir stimmt nichts. Ich kann gleich einpacken!

»Und wo ist deine Freundin?« frage ich, krümme die Schultern und kratze mir die Stirn, als entstünde dort ein Pikkel.

»Sie soll mich um halb zwölf treffen.«

»Aha...«

Es ist zehn Uhr.

Was soll ich machen? frage ich mich und wippe auf der Stuhllehne. Was würde ich normalerweise tun?

Ich würde abhauen, soviel ist sicher. Ich würde meinen Kummer in den Armen eines anderen ertränken. Irgendeines anderen. Oder in der Süße eines Schokoladeneises. Oder wenn Vollmond wäre, würde ich mich an seine Brust werfen. Um ihn dazu zu zwingen, mich zu sehen. Um ihn zu zwingen, mich mitzunehmen. Ich würde das Spiel spielen. Das Spiel in fünf Akten, das ich auswendig kenne. Aber ich erinnere mich an mein Selbstgespräch vor dem Spiegel und halte mich zurück. Ich höre auf die »andere«. Die andere, die sich Zeit läßt und Selbstvertrauen hat. Die sich nicht von ihren schlechten Gewohnheiten, von den alten Phantomen zu Boden schlagen läßt. Die ihren eigenen kleinen Weg geht.

Ich beschließe, mich nicht an seine Brust zu werfen.

Ich lasse den Bäumen Zeit zu wachsen, den Vögelchen Zeit zu singen, Ritas Visionen Zeit, sich zu verwirklichen, Allan die Zeit, mich genauer anzusehen.

Ich habe eine blöde Angewohnheit: Ich nehme mir nie Zeit.

Sogar als der Tod Papa umkreiste, war ich ungeduldig. Ich ertappte mich dabei, daß ich dachte: »Los, los, stirb schon«, damit wir es endlich hinter uns hätten. Um zu wissen, wie ich den Tod aufnehmen würde... Ich hatte das nie kennengelernt und wollte es wissen.

Mir brummt der Kopf, und ich lehne ihn zurück. Die Erinnerung ist zu stark. Die Erinnerungen an das Krankenhauszimmer, wo ich auf den Tod wartete und unter dem weißen Metallbett ungeduldig mit dem Fuß wippte. Sag mal, Papa, wann stirbst du denn nun? So lange sprechen wir schon davon. Nun los, mach schon...

Ich hasse mich. Ich hasse meine Ungeduld.

Ich schließe meine Augen, um nicht zu weinen.

Er soll mich nicht weinen sehen. Sonst glaubt er womöglich noch, ich weine seinetwegen.

Oder er hätte Mitleid. Und das wäre noch schlimmer.

Ich halte meine Tränen zurück, öffne die Augen wieder. Sehe ihn erneut an. Das heiße Gefühl, das ich für ihn empfinde, läßt ihn mir beinahe unwirklich erscheinen. Ich habe Lust, ihn zu kneifen, damit er aufschreit und wieder dem Reich der Menschen angehört.

Wir schweigen.

Er hat eine Freundin. Er fährt mit ihr übers Wochenende hinaus und küßt sie auf den Mund.

Auf den Hals...

Auf ihre vollkommenen Brüste.

Zwischen die Beine, und sie schreit...

Für mich gibt es keinen Platz, keinen Kuß.

Ich muß an etwas anderes denken.

Und wenn ich einfach nach Paris zurückfahre?

In Paris ist Soundso. Wäre doch eigentlich ganz gut. Soundso liebt mich. Er sieht gut aus, hat lange Arme, einen Wagen mit dem Stern drauf und besucht mich, wenn er Zeit hat. Kurz und schmerzlos. Aber er überhäuft mich mit Geschenken. Und mit Liebesbriefen. Wenn er nicht da ist, kann ich sie immer wieder lesen. Sie sind unheimlich gut, seine Liebesbriefe.

Besser als er, ehrlich gesagt.

Ich hatte Soundso völlig vergessen...

Ich schlenkere meinen Fuß von links nach rechts. Verbeiße mir den Ärger. Beobachte das Kommen und Gehen zwischen Toilette und Saal. Knabbere an einem Palmenzweig, der mich an der Nase gekitzelt hat. Allan hat aufgehört, seine Eiswürfel zu zerbeißen. Räkelt sich tief in seinen Sessel. Bringt mich aus dem Gleichgewicht. Dreht sich zu mir um und sagt langsam:

»Ich finde es hier zum Kotzen. Wollen wir eine Pizza essen gehen?«

Er fährt einen Cadillac. Die Sitze sind mit rotem Leder bezogen. So breit, daß man zwei Obdachlose mit ihrem ganzen Krempel darin unterbringen könnte. Ich nehme Platz und fummele an den Knöpfen des Radios herum. Um mir die Zeit zu vertreiben. Um die Fassung zu bewahren. Ich hätte nicht übel Lust, das Handschuhfach zu öffnen, um zu sehen, ob darin nicht eine Puderdose oder eine Tube Rouge herumliegt. Ich traue mich nicht. Ich atme tief ein, ohne jedoch den geringsten Duft von Parfüm an Decke und Fußboden auszumachen. Keine Spur.

Also lehne ich mich entspannt zurück. Ich würde gern meine Füße auf das Armaturenbrett legen, halte mich aber zurück. Es ist wirklich verführerisch, weil der Wagen so geräumig ist. Es liegen ungelogen eineinhalb Meter zwischen uns.

Er greift willkürlich nach einer Kassette. Country-Musik. Ray Charles und Willie Nelson singen im Duo *Seven Spanish Angels*. Es ist ganz gut. Ich meine, alles in allem ist es ziemlich schön. Der Schnee auf den Straßen, die verhüllten Wolkenkratzer, der Mann, der den Wagen lenkt, die beiden Alten, die im Kanon *Seven Spanish Angels* singen. Ich habe dem nichts hinzuzufügen, also schweige ich.

Auch er schweigt.

Wir fahren los. Wir fahren hinauf in die Oberstadt, und ich frage mich, wohin wir wohl kommen. Ich brenne darauf, ihn zu fragen, ob er denn rechtzeitig zu seiner Verabredung um halb zwölf zurück sein wird, aber ich hüte mich wohlweislich, es zu tun. Er könnte es vergessen haben, und die andere wird dumm dastehen! Nichts könnte mir mehr Vergnügen bereiten. Ich hasse sie bereits, die andere, und allein die Vorstellung, wie sie nägelkauend auf Allan wartet, erfüllt mich mit einem Glücksgefühl, das mich beinahe schweben läßt. Gleichzeitig bin ich mir nicht sicher, ob er sie wirklich vergessen hat; und das verursacht mir ein kleines, schmerzhaftes Zwicken in der Magengegend, sobald ich ihn ansehe und mir vorstelle, wie er sich über sie beugt und wie sie, mit verschmiertem Lippenstift, sich auf ihren hohen Absätzen ihm entgegenstreckt. Sie muß wahnsinnig lasziv sein...

Seit einer ganzen Weile haben wir nicht mehr gesprochen. Es ist, als wollten wir direkt auf das Wesentliche kommen, ohne dessen jedoch habhaft zu werden.

Also schweigen wir in der Zwischenzeit.

Er fährt sehr vorsichtig. Ohne sich aufzuregen. Ohne zu hupen. Wenn die Ampel auf Grün schaltet, fährt er behutsam an. Schaltet sie auf Gelb, hält er. Läßt Fußgänger vorbei, die außerhalb der Zebrastreifen ihr Glück versuchen. Nimmt sich Zeit, das Steuerrad gelassen herumzuschwenken. Er sieht nicht ein einziges Mal in meine Richtung. Er summt vor sich hin und blickt stur geradeaus. Wir erreichen Union Square, und er biegt in die Madison Avenue ein. Mir geht der Gedanke nicht aus dem Kopf, daß wir ganz schön weit hoch in die Oberstadt fahren und daß er mit Sicherheit seine Verabredung versäumen wird.

Vielleicht gehört er zu den Leuten, die ihre Pizza nur an einer bestimmten Stelle essen können?

Um meine Ungeduld zu zügeln, beginne ich mit den Leuchtschildern zu spielen. Eine dieser Spielereien, von denen ich seit meiner frühesten Kindheit nicht lassen kann. Ich lege die Leuchtreklamen so aus, daß sie mit meiner persönlichen Geschichte einen Zusammenhang bilden. Zum Beispiel befindet sich an der Ecke Vierundzwanzigster Straße und Madison Avenue eine Kaffeereklame, auf der Rhett Butler über einer dampfenden Tasse Scarlett feurig in die Arme schließt und der Slogan darunter besagt: »Überall, wo dieser Nektar lodert, lodern auch Sie«. Ohne weitere Umstände entscheide ich, daß ich Scarlett bin und er Rhett. Der Kaffee ist die andere, die darauf brennt, ihn in ihre Arme zu schließen, die aber ziemlich abkühlen wird, wenn sie feststellt, daß er nicht kommt. Ich finde, das ist eine durchaus haltbare Auslegung. Auf einmal erfüllt mich eine starke Befriedigung, eine vollständige Gelöstheit, ein aufwallendes Glücksgefühl, durchdringend wie Seitenstechen, und ich werfe ihm verstohlen einen schelmischen Blick zu, den er überhaupt nicht wahrnimmt. Er weiß es noch nicht, aber von jetzt an gehört er mir. Ich kann mir einfach nicht vorstellen, wie er sich noch aus der Affäre ziehen will. Vor allem jetzt, da ich massenhaft Zeit habe.

Auf Höhe der Neunundfünfzigsten Straße biegt er links ein und steuert geradeaus auf Central Park West zu. Wir sprechen immer noch nicht. Das Problem besteht darin, daß ich, wenn ich jetzt den Mund aufmache, wahnsinnig intelligent oder originell sein muß, denn nach so langem Schweigen wiegt das kleinste Wort Tonnen. Ein ziemliches Risiko...

Er scheint *Seven Spanish Angels* sehr zu mögen: Immer wieder spielt er das Lied von vorn. Ich frage mich, ob es ihn an etwas erinnert, doch dann frage ich mich überhaupt nichts mehr.

Am Ende denke ich nicht mal mehr irgend etwas. Gegen die rote Rückenlehne gelehnt, lasse ich mich einfach durch die Nacht tragen – wie damals, als ich klein war und mit meinen Eltern spätabends nach Hause fuhr, da schien die ganze Welt zwischen Papas Nacken, Mamas Nacken und dem Rücksitz, auf dem ich saß, zu liegen. Draußen überholen Autos, hupen, drängen sich unter gewaltigen Risiken gegenseitig ab, aber das ist einem schnuppe. Wir empfinden ein sanftes Gefühl von Behaglichkeit, von Sicherheit, das uns, die wir vor allem Bösen geschützt sind, den Kopf hin und her wiegen läßt. In dem Zustand bin ich jetzt. Ich fange sogar an, die *Seven Spanish Angels* mitzuträllern. Inzwischen kann ich den Refrain auswendig. Auch wenn wir kein Wort sprechen, geschieht sehr viel zwischen uns. Das Schweigen wird immer dichter, und wir können unsere Geständnisse schon beinahe vernehmen. Einfach so, während scheinbar nichts passiert. Er mit beiden Händen auf dem Lenkrad. Ich mit zurückgelehntem Kopf. Die Spannungen fallen nach und nach ab, ich höre sie förmlich in sich zusammensinken wie Schneehügel auf dem Felde. Es ist dieses trockene, gedämpfte Geräusch, und bei jedem zusammenbrechenden Hügel denke ich: Jetzt haßt er mich ein bißchen weniger! Er sieht mich mit anderen Augen. Sagt sich, daß ich alles in allem doch nicht so haarsträubend bin. Daß er mich möglicherweise falsch eingeschätzt hat... Er hat wohl erwartet, daß ich schnattern oder wegen seiner Freundin einen Flunsch ziehen würde. Dabei bin ich überhaupt nicht eifersüchtig. Ich bedaure sie. Denn mit Sicherheit hat sie noch nie ein Schweigen dieser Art mit ihm geteilt.

Wir gelangen in die Amsterdam Avenue. Er fährt weiter und weiter hinauf. Wir kommen an der Columbia University vorbei, und er wird nicht langsamer. Nicht einen Blick wirft er auf den schlafenden Campus. Seitlich gegen die Tür gelehnt, den Blick verloren in der Nacht, fährt er ganz langsam weiter. In Richtung der Klöster.

Vor den Klöstern hält er. Er schaltet die Zündung aus und gibt einen Seufzer von sich. Dann legt er die Arme auf die Rücklehne und beginnt ein Selbstgespräch:

»Als ich klein war, nahmen mich meine Eltern mit hierher und erzählten mir Geschichten von tapferen Rittern, von Königen und Königinnen, von Kathedralen, Totendenkmälern und der Edelfrau mit dem Einhorn. Wenn wir nach Hause kamen, schalteten sie das Radio ein, um ihre Krimiserie zu hören, aber ich ging in mein Zimmer und träumte weiter von tapferen Rittern... Jedesmal, wenn ich nach Europa kam, sah ich mir Kathedralen und romanische Kirchen an. Ich bin unschlagbar in romanischen Kirchen, Gobelins aus Bayeux und Burgen...«

Als *ich* klein war, sah ich mir sonntags nachmittags, zusammen mit Toto, Rintintin im Fernsehen an, und wir schrien den ganzen Abend über: »Juhuu, Rintintin«, während wir einander im Pyjama über den Wohnungsflur jagten. Wir wollten beide Rusty sein, weil Rintintin immer derjenige war, der sich abrackern mußte, und weil Mama, jedesmal wenn sie am Fernseher vorbeikam, ausrief: »Was für ein entzückender kleiner Junge, dieser Rusty! Und dazu noch so gehorsam!« Rusty schien uns der Inbegriff des Lieblings zu sein, des Schlaubergers, der keinen Finger krümmt und alle Lorbeeren einheimst. Ich sage es ihm. Er lacht. Und dann fängt es wieder an: Wir sagen überhaupt nichts mehr.

Ich wage nicht, ihn anzusehen, obwohl ich darauf brenne.

Also mache ich es wie er. Gegen die Wagentür gelehnt, betrachte ich schweigend die Klöster. Nase und Mund gegen die kalte Scheibe gepreßt, amüsiere ich mich damit, sie ohne einen Millimeter Abweichung von oben nach unten gleiten zu lassen. Die vereiste Scheibe schmeckt nach einem chemischen Reinigungsmittel. Nichtsdestotrotz lasse ich nicht davon ab, eine schnurgerade Bahn zu ziehen. Danach habe ich steife und taube Lippen. Wie beim Zahnarzt. Es ist gut, sich Zeit zu lassen, aber was verliert man an Zeit, wenn man sie sich läßt! Und außerdem, na ja ... Der Ort ist ziemlich düster, wenn keine Touristenbusse da sind, die die Betonparkplätze füllen. Woran denkt er? An das Mädchen, das auf ihn wartet? An die Sonntage, als er ein kleiner Junge war? An seine Auftragsbücher?

Er hat sich eine Zigarette angesteckt und starrt vor sich hin. Träumer. Er macht sich nicht die Mühe, die Asche im Aschenbecher abzustreifen, und ich überlege, wann sie wohl auf sein Jackett fällt. Ich bin nahe daran, mich bemerkbar zu machen, reiße mich aber zusammen: Schließlich ist das sein Problem. Dann legt er ganz langsam die halbgerauchte Zigarette in den Aschenbecher, und die Asche fällt genau hinein. Er ist wirklich sehr geschickt. Dann zündet er den Motor und fährt los.

Während wir durch den Central Park wieder downtown fahren, dreht er sich zu mir um und wirft mir ganz beiläufig, als handele es sich um eine banale Einladung auf einen Drink, die Frage hin:

»Kommst du mit mir zurück ins Area, oder willst du nach Hause zu Bonnie?«

Mir stockt der Atem. Ich vergesse darüber völlig meine guten Vorsätze, das Selbstgespräch vor dem Spiegel, mein Versprechen, mir und dem Leben Zeit zu gewähren, ihn zu beobachten, als wenn nichts wäre, und explodiere:

»Natürlich! Um dir und deiner Freundin die Kerze zu halten! Vielen Dank, lieber fahre ich zu Bonnie zurück... Sag mal, für wen hältst du dich eigentlich? Findest du dich so unwiderstehlich, daß du mir vorschlägst, die Hellebardenträgerin zu spielen, die Komparsin aus der dreizehnten Reihe? Und was sonst noch? Muß ich Beifall klatschen, wenn sie dir in die Arme sinkt?«

Er sieht mich amüsiert an und schweigt wieder. Schließlich geht mir das Schweigen auf die Nerven, und ich fange mit vollem Eifer wieder an:

»Wozu bin ich gut? Ich will dir mal was sagen, ein für allemal: Ich hasse Typen, die den Geheimnisvollen spielen, um ihre chronische Armseligkeit zu verbergen... Typen, die sich toll vorkommen, einfach weil sie die Schnauze nicht aufkriegen. Die mir weismachen, sie wollten mich auf eine Pizza einladen, und mich dann vor blöden Ruinen sitzen lassen und eine Träne über ihre Kindheit vergießen! Heute abend bin schließlich nicht ich zu dir gekommen, sondern du zu mir. Ich war dabei, ganz gemütlich mit einem zuvorkommenden jungen Mann über Literatur zu sprechen, und hopp! Der Herr wirft sich in Positur und denkt, er könne Ansprüche stellen! Schlägt eine Mondscheinballade vor, mit Pizza auf der Faust... Und dann, zu guter Letzt: weder Pizza noch Mondschein, lediglich ein kleines Stelldichein mit Ruinen, die kaum älter sind als bei mir zu Hause die Sozialwohnungen in der Vorstadt, Ruinen aus Fertigteilen, aus Kitsch, die nur euch arme, ungebildete, unkultivierte Amis zum Narren halten können, euch, die ihr glaubt, Tizian sei ein Haarfärbemittel und Versailles eine Automarke! Und dann tut es mir leid, dir diesen Brief geschrieben zu haben, denn du verdienst ihn überhaupt nicht! Du bist ein Bauer! Ein Tölpel! Völlig unsensibel im Herzen! Überhaupt ohne Empfindsamkeit! Und ich hoffe, ich hoffe sehr, daß ich nie wieder von dir hören werde...«

Er sitzt, immer noch gegen die Scheibe gelehnt, da und

zieht an seiner Zigarette, deren Asche länger und länger wird. Er sagt kein Wort. Er wartet, daß ich fortfahre. Das heißt, er hat nichts verstanden. Oder es ist ihm schnuppe. Ich habe nichts mehr zu verlieren und lasse alles raus:

»Ich fahre nach Hause und will dich nie, wirklich niemals, wiedersehen, und meinen Brief, den kannst du nehmen, zerreißen und als eine jugendliche Verirrung betrachten! Übrigens habe ich ihn in einem Moment geistiger Umnachtung geschrieben, in einer Herabsetzung meiner selbst. Das passiert jedem mal, daß er sich unter sein Niveau begibt... Also, vergiß es, vergiß mich und fahr zu deiner aufgetakelten Maus vom Grabbeltisch bei Bloomingdales! So, das ist alles. Und wenn du keine Lust hast, mich zu Bonnie zurückzufahren, dann sag's gleich, dann gehe ich zu Fuß weiter...«

Sein kleines, verschmitztes Lächeln ist jetzt ehrlich amüsiert:

»Zu Fuß, um diese Zeit? Im Park?«

»Na, was glaubst du denn? Daß ich Angst habe?«

Völlig richtig. Ich komme um vor Angst. Ich bin ganz schwach vor Entsetzen und hoffe, daß er die Höflichkeit besitzen wird, mich an Bonnies Haustür abzusetzen, auch wenn ich ihn weiter beschimpfe. Denn nach allem, was man sich über den Central Park erzählt, ziehe ich es immer noch vor, bei seinem Schäferstündchen mit der anderen die Kerze zu halten, als daß ich riskiere, daß man mir ein Härchen krümmt.

»Ja... Denn, weißt du, ich würde nicht nachts im Central Park spazierengehen. Es ist sehr gefährlich, weißt du, so im Park...«

»Nicht gefährlicher als im Bois de Boulogne! Also wirklich, ihr müßt immer den Weltrekord der Superlative aufstellen! Ihr seid wirklich ermüdend mit euren Rekorden... Dabei will ich dir ganz ehrlich sagen: Ich hasse euch Amis alle miteinander, und dich ganz besonders!«

»Wenn ich dir wirklich so unerträglich bin...«

Er öffnet die Tür seines Cadillacs weit und fordert mich auf auszusteigen. Ich sehe ihn verblüfft an. Er würde es tatsächlich tun! Er ließe mich unter Wölfen zurück! Das ist keine Grausamkeit mehr, sondern unterlassene Hilfeleistung an einer Person in Gefahr! Ich zögere. Schwanke hin und her. Zwischen meiner Ehre und meiner Sicherheit. Ein schmerzliches Dilemma. Was ist mir wichtiger? Erhobenen Kopfes nach Hause zu gehen und dabei zu riskieren, daß man mich hinter dem nächsten Dornenbusch aufschlitzt? Oder, die Ehre auf Halbmast gesetzt, schön im Warmen zu bleiben, in seinem Mafioso-Auto? Ich gehe mit mir zu Rate.

Die ganze Zeit über sieht er mich nachdenklich an, die Hand an der Tür.

»Weißt du, im Grunde habe ich es lieber, wenn du wütend bist, als wenn du so tust, als hättest du alles unter Kontrolle, wie vorhin...«

Ich sehe ihn an, möchte ihn am liebsten zerschmettern, bin hin und her gerissen zwischen der Angst vorm Aussteigen und der Lust, sitzen zu bleiben, und mein Blick weicht aus und verliert an Intensität.

Ich habe zu große Angst in der Dunkelheit.

Ich habe zu große Angst im Park.

Es hat sogar den Anschein, als würden sich hier nicht einmal mehr die Polizeipatrouillen darum scheren. Daß dir Jugendbanden auflauern und über dich herfallen, daß sie nur noch deine geplünderten Überreste zurücklassen...

Dennoch setze ich einen Fuß hinaus und bete bei allen Heiligen in allen Himmeln, daß er mich am Arm packt und zurückhält, mich als Wahnsinnige beschimpft und wieder ins Innere seines Vehikels zerrt. Ich setze den zweiten Fuß hinaus. Strecke eine Hand vor, stütze mich auf, mache Anstalten aufzustehen. Lasse mir viel Zeit... Flehe hartnäckig den Herrn und seine Heiligen an, schnell, schnell, unternehmt etwas, andernfalls wird man mich in kleinen Stücken nach Frankreich heimbringen.

In dem Moment packen mich zwei Arme und ziehen mich zurück. Mein träger Kopf, meine vereiste Nase und mein Mund prallen gegen sein weißes Hemd. Er hebt mein Gesicht und hält es zwischen seinen Fingern. Er hält mich. Streicht mein Haar zurück, fährt mit den Fingern über meine Augen, beschimpft mich als Wahnsinnige, als trotzigen Dickkopf, als Schnecken-mit-Walnuß-Esserin, als Trikolore-Nervtöterin, schließt mich in seine Arme und beugt sich über mich. Ich lasse es über mich ergehen. Lasse es geschehen, daß die Hand mein Kinn hebt und meinen Mund an seinen führt. Lasse seine Lippen näher kommen, sich sanft auf meine legen, sie küssen und dabei den Ammoniakgeschmack von der kalten Scheibe ablecken, während sich mein geschlossener Mund unter den Bewegungen seiner sanften, warmen Lippen öffnet. Ein Mund, der mich langsam aufpickt, meine Lippen halb öffnet, meine zusammengebissenen Zähne löst. Ein wissender, starker Mund, der mir seinen Willen aufzwingt. Mein gehorsamer Nacken sinkt auf seine Schulter. Ich seufze. Er richtet sich auf, sieht mich an, lächelt. Ich erstarre, auf das Schlimmste gefaßt. Erwarte eine neue Finte. Aber er sieht mich nur an, lächelt wieder und nimmt erneut seinen Unterricht im Küssen auf, langsam, ganz langsam, als hätte er alle Zeit dieser Welt. Ich schmiege mich an ihn auf der roten, bequemen Bank des Cadillacs.

Koste die Zeit mit ihm aus...

Viertel nach elf setzt er mich vor Bonnies Haustür ab. Wünscht mir eine gute Nacht. Ich sage nichts. Ich wanke um den Wagen herum wie die heilige Soubirous, nachdem ihr die Jungfrau erschienen ist. Ein Kloß in meinem Hals hindert mich am Sprechen. Ich will gerade die gläserne Eingangstür aufstoßen, da höre ich, wie er mich ruft. Ich drehe mich um. Er ist ausgestiegen und lehnt an der Wagentür. Er bedeutet mir, näher zu kommen.

Ich stolpere zu ihm hin.

»Was machst du morgen abend?« fragt er.

»...«

»Wollen wir uns treffen?«

Ich schüttele den Kopf. Der Kloß verstopft mir immer noch den Hals.

»Um halb acht bei Bonnie?«

»Einverstanden.«

Er hat ein seltsames Lächeln aufgesetzt und mustert mich von Kopf bis Fuß. Ich weiß nicht mehr, wie ich mich wenden soll. Wohin mit meinen Händen, mit meinen Armen, welche Haltung einnehmen? Ich trete von einem Fuß auf den anderen. Suche nach einer Höflichkeitsfloskel, will auf Wiedersehen und danke und bis morgen sagen... Ich verhaspele mich in einer Platitüde, der ich eine schöne Wendung hatte geben wollen. Er lächelt und hilft mir nicht, sie zu beenden. Steigt in seinen Wagen und läßt den Motor an. Winkt mir ein letztes Mal zu und renkt sich dabei fast den Arm aus. Ein Lächeln, das Siegerstimmung verrät und darauf anspielt, daß ich leichter rumzukriegen bin, als es den Anschein hat. Daß ein langer Kuß nachts im Park genügt hat, mich den anderen ähnlich zu machen, allen anderen. Zum Beispiel der, die er gleich wiedersehen wird...

ICH BIN NICHT WIE ALLE ANDEREN.

ICH BIN NICHT WIE ALLE ANDEREN.

Mit voller Wucht schleudere ich meine Tasche gegen die Wagentür. Er tut so, als müsse er sich mit dem Arm schützen, und sucht das Weite. Mir bleibt nichts anderes übrig, als meine Puderdose, meine Schlüssel und meine Papiere vom Bürgersteig aufzusammeln. Der Nachtwächter schläft auf seinem Stuhl in der Eingangshalle. Er hat nichts gesehen. Ich tobe. Auf allen vieren versuche ich, beim Einsammeln meiner Siebensachen auf dem Bürgersteig größtmögliche Würde zu bewahren und bete, daß er mich nicht von weitem im Rückspiegel beobachtet. Der Krieg ist erklärt. Ich habe genug Zeit, ihn zu gewinnen.

Bei Bonnie Mailer erwartet mich eine merkwürdige Szenerie.

Ich treffe Bonnie in ihrem eleganten Kostümchen im Wohnzimmer an, hingekauert vor dem niedrigen Glastisch, auf dem ein Paket liegt. Eine weiße Polystyrolpackung, wie beispielsweise von Eiscreme. Es ist nicht Bonnie Mailers Art, sich um Mitternacht mit Süßigkeiten vollzustopfen.

Sie starrt unverwandt auf die Verpackung; in der Hand hält sie einen Brief, auf den sie von Zeit zu Zeit einen Blick wirft. Als bedürfte es zum Essen von Eiscreme einer Gebrauchsanleitung! Sie hat mich offenbar nicht gehört.

Ich räuspere mich. Sie hebt den Kopf, schreckt zusammen, bemächtigt sich der Schachtel und legt sie auf ihre Knie. Dann stößt sie einen Schrei aus und wirft die Schachtel wieder auf den Tisch. Das Ding stößt gegen einen Stapel luxuriöser Hochglanzmagazine, ehe es auf den weißen Teppichboden fällt.

»Bonnie ... was ist denn los?« frage ich sie und trete näher.

»Faß es bloß nicht an! Bloß nicht anfassen!« kreischt sie und zeigt mit dem Finger auf das Paket.

»Was ist das?«

Ich beuge mich vor und sehe genau hin. Auf dem Grunde der vierwandigen Schachtel liegt, gut eingebettet, eine Dose aus Metall. Ziemlich klein. Mit einem Ring, um den Deckel abzuheben. Ein schlichter, verchromter Ring.

»Ah!« mache ich. »Ist das Eis?«

Bonnie zuckt mit den Schultern. Ihre Wimperntusche ist über den verschmierten Wangen verlaufen. Das Make-up liegt in ocker- und rotfarbenen Flecken auf Stirn und Wangen. Unbeweglich starrt sie auf die geheimnisvolle Schachtel. Völlig hypnotisiert.

Dann sehe ich das braune Packpapier auf dem Tisch. Es ist mit Briefmarken übersät und trägt mehrere Poststempel: Nevada, Kalifornien, Neu-Mexiko, Ohio, Virginia, Connecticut. Eine merkwürdige Reiseroute für Eiscreme!

»Ein Geschenk?«

»Von wegen Geschenk!« sagt sie und schüttelt den Kopf, als wolle sie einen bösen Traum verscheuchen.

»Eine Bombe?«

Ich versuche, die Atmosphäre zu entspannen, aber es gelingt mir nicht. Bonnie runzelt die Augenbrauen und macht ein bitteres Gesicht.

»Hör zu, mir ist nicht zum Lachen!« schleudert sie mir mit einem düsterem Blick entgegen. »Vielleicht könntest du ein wenig mehr Taktgefühl zeigen!«

»Ach so...«

Es muß sich um eine ernste Angelegenheit handeln, wenn ich angesichts einer aufgerissenen Polystyrolverpackung Takt zu wahren habe. Angewidert stößt Bonnie mit dem Fuß gegen die Schachtel. Gern würde sie sie wieder auf den Tisch legen, aber sie ekelt sich davor, sie in die Hand zu nehmen. Ich biete mich an, ihr zu helfen, bücke mich, greife nach dem Ding und lege es auf die Zeitschriften. Als ich mich wieder aufrichte, sieht mich Bonnie an, und ihr Mund verzerrt sich zu einer Grimasse des Ekels.

»Woher kommt das?« erkundige ich mich in einem Ton möglichst ungekünstelter Anteilnahme.

»Aus dem Leichenschauhaus von Las Vegas.«

»Was?« kreische ich und mache einen Satz zur Seite.

Sie wiederholt es, als wolle sie sich selbst überzeugen:

»Aus dem Leichenschauhaus von Las Vegas. Sieh dir die Stempel an...«

Ich greife nach dem Packpapier, entziffere das Gewirr aus Hieroglyphen und schwarzen Kreisen und stelle fest, daß sie recht hat. Der erste Stempel zeigt deutlich »Las Vegas« an, dazu quer über dem Rand in schwarzer Tinte den Namen eines Beerdigungsunternehmens, das vierundzwanzig Stunden am Tag geöffnet ist, vier Sprachen spricht und Kreditkarten akzeptiert. Darüber hinaus lese ich Adresse und Namen des Empfängers, mehrere Male mit dem Vermerk »Nicht mehr hier wohnhaft« durchgestrichen.

»Und dann?«

»Na ja, dann war es überall eine Zeitlang, nehme ich an, bevor es schließlich hier landete. Walter hat es angenommen. Er hat es mir gegeben, als ich aus dem Area nach Hause kam. Kannst du dir das vorstellen? Nein, was für eine Geschichte!«

Sie muß durch ihr makabres Kästchen wirklich sehr aus dem Konzept gebracht sein, denn sie erkundigt sich nicht einmal nach Allan und mir.

Ich fahre mir mit dem Finger über die Lippen. Er hat mich geküßt...

Er hat mich geküßt...

Er hat sich dafür Zeit gelassen. Seine geöffneten, genießerischen Lippen. Während seine Finger fest mein Kinn hielten. Während sein Mund mich genußvoll schmeckte. Mich fraß. Mich entdeckte. Mich auskostete... Und die sieben spanischen Engel sangen und sangen. Sieben himmlische Paten, die uns mit ihren Trompeten antrieben, uns den Segen des Gauners schickten. Dieser Abend ist merkwürdig. Am Ende werde ich noch glauben, ich hätte geträumt.

Wir sitzen dicht beieinander, die Nasen über das Paket gebeugt.

Bonnie nimmt den Brief wieder auf und liest ihn erneut.

»Also wirklich! Nicht einmal in meinen schlimmsten Phantasien hätte ich mir das vorstellen können! Und ausgerechnet auf mich fällt das Ganze!«

»Ich bitte dich Bonnie, ich würde gern verstehen...«

Sie preßt den Brief gegen ihre Brust, als könnte ich aus der Entfernung das Geheimnis lüften.

»Ich weiß nicht, ob ich es dir erzählen soll. Schließlich ist es eine Familienangelegenheit. Und so entsetzlich geschmacklos...«

Ich betrachte die kleine Metalldose erneut und frage mich, welches Geheimnis sie wohl bergen mag.

»Willst du, daß ich dich allein lasse?«

Es ist ja wahr: Ich wohne bei ihr. Sie hat keine Intimität mehr. Keinen Raum, um sich zurückzuziehen und nachzusinnen. Um ihre Rechnung mit dem Packpapier zu begleichen oder sich auszuweinen.

»Möchtest du, daß ich in deinem Zimmer schlafe, und du bleibst ganz ruhig hier und klärst diese Geschichte für dich?«

»O nein! Laß mich nicht allein mit... diesem Ding«, fleht sie und nimmt meinen Arm. »Nein! Nein! Es ist gut, daß du da bist. Sehr gut! Ich habe solche Angst... Wenn du wüßtest, was ich für Angst habe!«

Sie zittert. Ich lege ihr einen Arm um die Schulter und streichele sie. Für einen Augenblick entspannt sie sich, dann versinkt sie wieder in ihren Brief. Ich beschließe, nichts zu überstürzen und zu warten.

Sie hat ihre Lippen zusammengekniffen, die Augen über dem Brief zu Schlitzen verengt und zittert ein wenig beim Lesen.

»Soll ich dir einen Whisky holen?«

Ich weiß nicht, warum ich das gesagt habe. Wohl aus Nervosität. Oder weil ich zu viele Filme aus der schwarzen Serie gesehen habe, in denen ein kaltblütiger Detektiv die Nerven der Heldin mit einem alten Malt-Whisky beruhigt. Ich habe nie gesehen, daß Bonnie Mailer auch nur einen Tropfen Whisky angerührt hätte.

»Ja, einen großen. Mit Eis.«

Ich husche in die Küche, entdecke eine Flasche Scotch hinter einem Dutzend Perrierflaschen und schenke ihr ein großes Glas bis zum Rand voll. Als ich zurückkomme, stoße ich einen Schrei aus: Sie ist ohnmächtig geworden. Sie liegt wie hingegossen auf dem Sofa, die Arme schlaff neben dem Körper, den Kopf zurückgelehnt, den Mund weit aufgerissen. Ich stürze auf sie zu und rufe: »Bonnie! Bonnie!« Sie schreckt auf und starrt mich an wie ein Zombie. Greift nach dem Glas und trinkt es in einem Zug aus.

»Willst du noch einen?«

»Nein danke. Ich muß einen kühlen Kopf behalten.«

Ich beschließe, mir auch einen Whisky zu genehmigen,

gehe zurück in die Küche, lasse Bonnie jedoch nicht aus den Augen, verrenke mich auf der Türschwelle, um mir ein Glas zu angeln, ohne den Blick von ihr zu wenden, und komme mit der Flasche unterm Arm zurück. Bonnie reißt sie an sich und nimmt einen Riesenschluck direkt aus der Flasche.

»Entschuldige bitte«, seufzt sie und wischt sich über den Mund. »Es ist furchtbar, ich spüre meinen Körper nicht mehr. Ich glaube, er wird mich im Stich lassen…«

Ich nehme sie wieder in die Arme, streichele sie erneut, öffne den Kragen ihrer Kostümjacke, hake den Rock auf, löse die Schnallen ihrer Pumps und bette sie auf das Sofa. Seite an Seite hocken wir da und nibbeln an unserem Scotch. Aus der Ferne, vom Fenstersims her, betrachtet uns der Maya mit scheelem Auge. Sein Ohr ist unheimlich gut wieder angeklebt. Man sieht es richtig aufblitzen.

Bonnie hat ihr Glas zurück auf den Tisch gestellt, hat sich aufgerichtet und reibt sich die Hände. Wie Lady Macbeth. Ist es wirklich so schrecklich? würde ich sie am liebsten fragen.

»Es ist Ronald«, stößt sie hervor und zeigt auf die kleine Metalldose in der Eiscremepackung.

»Was?«

»Ronald, mein zweiter Mann…«

Ich starre sie mit weit offenem Mund an. Dann betrachte ich die Verpackung mit der kleinen Stahldose darin.

»Du meinst, Ronald hat sich einen Ulk erlaubt?«

»Nein, das ist seine Asche. Er ist in Las Vegas gestorben, im Caesar's Palace, im Bett eines dieser Hühner, die er immer aufgegabelte… Ich hasse ihn! Ich hasse ihn!« ruft sie und beißt auf den Rand ihres Glases. »Eine allseits bekannte Prostituierte! Eine Schlampe, die es nur für Geld tut! Dabei habe ich ihn so sehr geliebt… Diesen Schuft!«

Ich verstehe nicht so genau, welcher Zusammenhang zwischen der Asche, Ronald und der Prostituierten besteht, so daß diese kleine Dose bei Bonnie gestrandet ist, aber ich sage keinen Piep. Ich sehe nur Bonnie, die ihre Hände zu Fäusten verkrampft und kaum atmen kann.

»Der Schuft! Der Schuft! Er trug sein Testament bei sich, als ihn die Feuerwehr fand. Sie haben es gelesen, und... Weißt du, was er will? Er will, daß man ihn einäschert und seine Asche über dem Ozean verstreut. Weil er sich sozusagen als Seemann fühlte. Als Seemann! Ein Vorwand, um den Weibern nachzustellen! Oh, und dann... lies schon den Brief!«

In dem Brief erklärt Ronalds Rechtsanwalt tatsächlich in sehr juristischem Wortlaut, daß sein Klient den Tod unter zweifelhaften Umständen gefunden habe, daß es sein Wunsch sei, eingeäschert zu werden, und daß die Asche in Anwesenheit von fünf erwachsenen, weißen Zeugen über dem Ozean verstreut werden solle, darunter: a) seine Mutter, b) seine Schwester, oder, wenn weder die eine noch die andere abkömmlich sein sollte, seine Witwe – unter der Bedingung, daß diese, in Anbetracht ihrer schwachen Nerven, sehr genau überwacht würde. Da Mutter und Schwester sich geweigert hätten, an der Zeremonie teilzunehmen, bliebe ihm, dem Rechtsanwalt, nichts anderes übrig, als die sterblichen Reste seines Klienten Bonnie Mailer zu übersenden, damit der Letzte Wille des Verstorbenen respektiert würde. Zudem, führt er in einem detaillierten Postskriptum aus, nutze er die Gelegenheit, in der Anlage seine Honoraransprüche beizufügen.

Maßlos hoch, das muß man wirklich sagen! Kein Wunder, denke ich, daß sich die Familie herausgemogelt hat!

»Aber ihr wart doch geschieden?« will ich von Bonnie wissen.

Sie zögert und antwortet schließlich: nein. Sie habe sich nie dazu durchringen können, aus Angst, ihre Eltern zu enttäuschen. »Verstehst du, für sie war die Tatsache, daß ich verheiratet war... so wichtig, daß ich nicht das Herz hatte...«

»Also bist du seine Witwe. Keine Frage...«

»Ja, aber was soll ich denn mit dieser Dose anfangen?«

»Ich weiß nicht. Du könntest hinunter zu den Kais gehen. Ich habe zufälligerweise eine Freundin, die wohnt dort in der Nähe... Oder nach Southampton, wenn du das nächste Mal ins Wochenende fährst. Oder du fährst mit einem Boot zu Füßen der Freiheitsstatue und...«

»Nicht einen Penny gebe ich für diesen Schuft aus! In den Armen einer Prostituierten sterben! Das ist grotesk! Aber was soll ich machen? He? Was bloß?«

Sie schenkt sich noch ein Glas bis zum Rand mit Whisky voll, und ich tue es ihr gleich. Ich muß sagen, ich bin etwas ratlos. Wie verhält man sich, wenn man über die verkohlten Reste seines Ex-Mannes zu walten hat, wenn die Asche noch ganz warm ist von der Schandtat in Las Vegas und man selbst ganz allein im Leben steht?

»Hast du keine Familiengruft, in die du ihn heimlich stellen könntest? Viel Platz nimmt er ja nicht weg...«

Bonnie macht eine abweisende Bewegung.

»Und außerdem«, fügt sie hinzu, »ist das keine Lösung. Er hat deutlich gesagt, daß er über dem Wasser verstreut werden möchte... Ich kriege noch den Rechtsanwalt auf den Hals, wenn ich dem nicht nachkomme. Oder, noch schöner, einen Prozeß von Mutter und Schwester! Ich kann noch von Glück sagen, daß er mich nicht bittet, Gebete abzuhalten oder mit einem kompletten Orchester eine Symphonie aufzuführen! Aber was soll ich machen? Was bloß?«

Sie fällt vor dem Packpapier auf die Knie, demütigt sich vor der Dose und brummt wütend vor sich hin. Ihr Rock ist bis zu den Oberschenkeln heraufgerutscht, und ihre Strumpfhose ist verheddert.

»Und die fünf Zeugen? Die muß man erst mal finden! Ich würde es nicht wagen, meine Freunde damit zu behelligen... Was würden sie denken? Durch so eine Sache kann mein ganzer Ruf flötengehen! Und erst die Kriskie-Klößchen! Mein Gott, die Kriskie-Klößchen! Daß bloß niemand davon erfährt. Schwör mir, daß du zu niemandem darüber sprichst... Zu niemandem. Sie würden sich alle über mich lustig machen. Schwör es!«

Ich recke den Arm hoch und schwöre. Sie vergewissert sich, daß ich weder zittere noch die Finger hinterm Rücken kreuze, dann fährt sie beruhigt mit ihrem Gejammer fort:

»Und warum gerade ich? Kennst du irgendeine Frau, die von ihrem Ex-Mann die dreckige Asche geerbt hat?« Ehrlich gesagt, nicht. Aber eins steht fest: Es ist Mitternacht, und wir haben eine leicht lösliche Leiche auf dem Hals.

»Er nimmt wirklich nicht viel Platz weg«, bemerke ich mit einem erneuten Blick auf die kleine Metalldose. »Wie wenig wir doch im Grunde sind!«

»Das kannst du nicht vergleichen«, entgegnet Bonnie pragmatisch. »Das da ist nur Asche, kein Fleisch und Blut!«

Ich muß an Papas großen Sarg denken, an seinen Sonntagsanzug, an seine schönen Schuhe, an den Rosenkranz zwischen seinen gefalteten Händen. An das große Loch auf dem Friedhof von Saint-Crépin, am Fuße der Berge. Es maß gut und gerne zwei mal zwei Meter, das Loch. Vier Männer aus der Gegend trugen den Sarg. Man sang das Gelöbnislied der Pfadfinder, während man ihn in das große, schwarze Loch gleiten ließ. Die Sonne strahlte vom Himmel. Toto griff nach meiner Hand und drückte sie ganz fest. Wegen dieses verdammten Pfadfinderlieds traten ihm die Tränen in die Augen.

»Mensch, das gibt's doch nicht«, brummelte er, »die wollen uns mit diesem Lied um jeden Preis zum Flennen bringen...« Ich dagegen hatte aufgehört zu weinen, berührt von der friedlichen und feierlichen Schönheit des Friedhofs, vom Gesang und von der Anwesenheit der anderen. Ich war in genau dem Moment sogar nahe daran, mich zu Hiob auf die Matte zu setzen und Gott meine Seele aufzuschwindeln.

»War er groß?« frage ich.

»Ja. Und kräftig. Und was für Augen! Weißt du, wie die eines Jaguars, der um eine Wasserstelle schleicht! Grün und gold! Ein toll aussehender Mann... Mein Gott! Was habe ich ihn geliebt! Ich dachte, ich würde verrückt, als er fortging!«

Bonnies Nase glänzt, ihre Augenwinkel sind gerötet, über ihre Wangen laufen lange, schwarze Spuren von Wimperntusche, und sie schnüffelt leise in ihr Glas. Sie sieht völlig hinüber aus.

»Was würdest du denn vorziehen: eingeäschert oder begraben zu werden?« frage ich.

»Darüber habe ich nie nachgedacht.«

Aber ich. Ich kann mich bloß nicht entscheiden, und es täte mir gut, mit ihr darüber zu debattieren. Die Gelegenheiten, so ohne weiteres, mit einem Glas in der Hand, über den Tod zu sprechen, sind ziemlich selten. Es ist ein Thema, das die Leute gewöhnlich meiden. Letzten Endes halten sie sich wahrscheinlich für unsterblich, sowenig Zeit widmen sie dieser Frage.

»Also wirklich... was würdest du vorziehen?«

»Ist es wirklich nötig, dir jetzt, gleich auf der Stelle zu antworten? Du bist einfach unglaublich! Dir ist nichts heilig!«

»Manchmal denke ich, daß es vielleicht besser ist, sich einäschern zu lassen, da ist man wenigstens mit Sicherheit tot und wacht nicht später wieder auf, wenn die Feierlichkeiten beendet sind und die Leichengräber ihre letzte Schaufel Erde darübergeschippt haben... Ich habe gehört, daß eine große Anzahl Leute wieder erwacht und ganz allein in der Dunkelheit gegen den Sargdeckel trommelt, damit man sie wieder rausholt. Stell dir das bloß vor. Sie ersticken ganz langsam unter entsetzlichen Qualen, drehen und wenden sich in ihrem Grab, denn durch die Erdmassen, die man über sie geschaufelt hat, haben sie nicht die geringste Chance, gehört zu werden. Und dann wird die Luft langsam immer dünner, verwandelt sich in Kohlenmonoxyd, und...«

Bonnie schleudert mir einen genervten Blick entgegen.

»Mußt du mir das alles wirklich jetzt erzählen?«

Es stimmt. Sie hat recht. Es fehlt mir mit Sicherheit an Takt. Aber diese kleine Dose hat eine seltsame Wirkung auf mich. Ich finde einen Sarg viel menschlicher, viel gemütlicher, viel tröstlicher. Nicht so endgültig, um es genau zu sagen. Nichtsdestotrotz ist das Resultat das gleiche: In beiden Fällen zerfällt man zu Asche. Aber was wird bei alledem aus den Würmern? Fressen sie Asche? Ich traue mich nicht, Bonnie diese Frage zu stellen, aus Angst, sie könnte diesmal wirklich der Länge nach hinschlagen.

»Weißt du«, füge ich entschuldigend hinzu, »er ist eines schönen Todes gestorben. Während des Liebesaktes zu sterben... das ist der Traum vieler.«

Das hätte ich nicht sagen sollen, denn daraufhin habe ich die Lage nicht mehr unter Kontrolle. Ich habe den Satz ausgesprochen, der unter keinen Umständen verlauten durfte. Liebesakt! Mit einer anderen! Solange diese Worte nicht laut und deutlich gesagt worden waren, war Ronald nur ein Häuflein Asche gewesen, ein ganz kleines Häuflein Asche, ziemlich erbärmlich, in einer kalten, glatten Metalldose, die man beschimpfen, an sich reißen und unter Beschimpfungen an seinem Busen wiegen und erwärmen konnte. Aber sobald ich die schrecklichen Worte von mir gegeben habe, ist es, als sei ein böser Geist der Dose entstiegen und steuere mit riesigem, triumphierend geschwenktem, bedrohlichem Geschlecht, angefüllt von Sperma und Blut, direkt auf Bonnie Mailer zu. Von dem Moment an kann ich nur noch ohnmächtig alles weitere mit ansehen.

Was ich sehe, ist schrecklich.

Bonnie richtet sich kerzengerade auf, langt nach der Eiscremeverpackung, versucht, den Aschebehälter herauszuzerren, reißt gewaltsam an dem Ring auf dem Deckel, versucht, die Urne aus ihrem Kerker zu befreien, zieht, müht sich ab, flucht, bricht sich einen Fingernagel ab, flucht noch wilder, beschimpft den Angestellten des Krematoriums-Büros, der die Maße des Pakets haarklein berechnet hat, verteufelt den Rechtsanwalt, der so dreist war, seine Honoraransprüche ohne die geringste Beileidsbekundung anzumelden, zieht ihren Rock hoch, klemmt das Paket zwischen ihre Knie, zieht, zerrt nochmals an dem Ring, schreit aus vollem Hals, ringt nach Atem, begleitet jeden Fortschritt beim Auspacken der Dose mit keuchender Stimme, schafft es nach einem letzten brutalen Zerren, das ihr beinahe die Schulter ausrenkt, schließlich, die kostbare Dose zu befreien, und bewegt sich schnurstracks damit in Richtung Badezimmer.

Ich folge ihr voller böser Vorahnungen.

Was wird sie mit der Asche ihres verstorbenen Mannes tun? In einen hübschen, durchsichtigen Behälter kippen, um sie sich während des Zähneputzens anzusehen? Oder unter ihre Schönheitscremes rühren und sich damit abends und morgens die Epidermis salben, in der Hoffnung, sie möge auch in ihre Seele eindringen?

Das wäre wirklich romantisch, denke ich.

Vielleicht will sie die Urne auch auf dem Badewannenrand aufstellen und sich während eines ausgiebigen Schaumbades damit unterhalten? Wird ihr Mann jetzt, da er tot ist, endlich zu dem Vertrauten werden, zu diesem verläßlichen, teuren Freund, an den man sich anlehnen, dem man sich ohne Hintergedanken anvertrauen kann?

Nichts von alledem.

Mit einem Fingernagel hebt sie den Toilettendeckel, läßt die Brille hinunterknallen, zieht den Verschluß der Metallurne auf und kippt kurzerhand den ganzen Inhalt in die Toilette. Ich stoße einen Schrei aus, packe sie am Arm in dem Versuch, sie zurückzuhalten. Die Dose entgleitet ihr, und die Asche verstreut sich über den makellos weißen Teppichboden des Badezimmers. Der ganze Boden wird von Asche bedeckt. Sie schwirrt zwischen dem Becken und uns durch die Luft wie Tausende grauer Schmetterlinge und legt sich wie eine Daunendecke aus Kohlestaub über die schneeweißen Kacheln. Man könnte meinen, man befände sich in einer geschüttelten Schneekugel. Inmitten dieser Kugel liegen Bonnie und ich verschmiert auf den Knien, schlucken die Asche des teuren Ronnie, atmen Asche ein, niesen Asche aus. Bonnie spuckt, erstickt fast, klopft sich ab und wirft sich plötzlich, als ihr die luftige Gegenwart ihres geliebten Gemahls klar wird, zu Boden und schluchzt:

»Ronnie, Ronnie, wo bist du? Ronnie, sag etwas! Warum hast du mir das angetan, Ronnie? Warum nur?«

Ich versuche, sie aufzuheben, sie auf den einzigen verfügbaren Sitz im Badezimmer zu hieven: auf die Toilettenbrille. Sie stößt einen Schrei aus, krümmt sich heftig und fällt wie ein Häufchen Elend wieder auf den Teppichboden.

»Und warum hast du mich an die dritte Stelle gesetzt, nach deiner Mutter und einer Schwester? Habe ich dir so wenig gegolten?«

»Das hat er gemacht, um dich nicht zu belästigen, Bonnie.

Es war ihm klar, daß das Ganze keine angenehme Mission sein würde, also hat er entschieden, jemanden aus der Familie damit zu beauftragen... Er wollte, daß du ihn in schöner Erinnerung behältst. Er wollte nicht, daß du ihn auf... das da reduziert siehst.«

Während ich das sage, weise ich auf die verkohlten Spuren auf dem Teppichboden, an den Wänden, den Zahnputzbechern, den Seifenschalen und den Handtüchern. Sie streckt mir ihr wimperntuscheverschmiertes Gesicht entgegen. Schwarz wie ein kleiner Schornsteinfeger.

»Glaubst du wirklich, was du da sagst?«

»Ja«, antworte ich und sehe ihr gerade in die Augen.

»Glaubst du wirklich, daß er mich ein wenig geliebt hat? Ein ganz klein wenig? Und daß er mich auch im Bett dieser Nutte immer noch ein bißchen geliebt hat?«

Das habe ich nie behauptet, aber ich nicke vehement mit dem Haupte.

»Wirklich? Schwöre es mir auf den Kopf deines Vaters! Daß er stracks in der Hölle landet, wenn du lügst.«

Also da gehe ich kein großes Risiko ein. Denn für Papa steht es meiner Meinung nach eher zwei zu eins, daß er sich bereits in der Hölle befindet. Aber ich finde trotzdem, sie geht zu weit! Einfach so die Leichen durcheinanderzuwirbeln! Ich zögere einen Augenblick, hebe dann aber doch schlaff eine Hand und schwöre.

»Und außerdem, weißt du«, füge ich heuchlerisch hinzu, »wenn dich Leute verlassen, heißt das noch lange nicht, daß sie dich nicht mehr lieben. Ronald war ganz einfach nicht der Typ für eine beständige Beziehung. Der Beweis ist doch, daß er sein Ende in den Armen einer Nutte gefunden hat! Ist das nicht ein schlagender Beweis für seine Instabilität? Für seine Unfähigkeit, in einer Zweierbeziehung zu leben? Für sein Mißtrauen gegenüber dem bürgerlichen Stand und seinem ganzen Pomp? Er hat dich nicht belogen, als er dich verließ. Der Beweis: Er war konsequent bis zum Ende. Er starb eines verderbten Todes. In der Sünde plätschernd. Wäre es dir lieber gewesen, wenn er wieder geheiratet, sich auf Kredit ein

Haus gekauft und eine Brut Gören aufgezogen hätte, die zwischen dem Plastikplanschbecken und dem Kohlegrill ausgelassen auf dem Rasen herumtollt? Also ehrlich, Bonnie, überleg doch mal...«

Sie schüttelt schwach den Kopf.

»Siehst du... Er war ehrlich. Du kannst stolz auf ihn sein. Und ich kann dir nur eines sagen: Er hat nicht einen Moment aufgehört, an dich zu denken, denn er hat dich in seinem Testament bedacht. Du warst immer an seiner Seite...«

Bonnie hebt den Kopf und murmelt, ja, sicher, ich hätte schon recht. Sie habe ihn zu voreilig verurteilt, und vielleicht, wenn sie toleranter gewesen wäre und bei seinen Eskapaden ein Auge zugedrückt, den Aufschrei seiner das Heil suchenden Seele vernommen hätte, vielleicht wäre er dann in ihren Armen gestorben. Oder möglicherweise überhaupt nicht gestorben... Hatte sie nicht durch ihr ewiges Gejammer und ihre permanente Eifersucht sein unseliges Schicksal beschleunigt?

Also da muß ich protestieren:

»Du darfst nicht alles in einen Topf werfen«, sage ich. »Du kannst nichts für seinen Tod. Jeder ist selbst für sein Los verantwortlich.«

»Doch, doch, es ist mein Fehler. Ich habe ihn getötet, durch mein Unverständnis, meinen Konformismus, meine Starrköpfigkeit. Er sah so gut aus... so gut... Er hatte Augen wie ein Jaguar, grüne Augen von Gold umrandet...«, sagt sie und zuckt auf dem befleckten Teppichboden noch immer vor Schauern der Liebe.

Plötzlich springt sie auf und verschwindet in ihrem Schlafzimmer. Greift nach dem Silberrahmen, der auf ihrer Frisierkommode thront, wiegt das Hochzeitsfoto, preßt es an ihr Herz und bittet Ronald um Verzeihung dafür, daß sie an seiner Liebe gezweifelt habe, um Verzeihung dafür, daß sie von der Integrität seines Vorgehens nichts geahnt habe, um Verzeihung schließlich dafür, daß sie so überstürzt seine Seele zum Dahinscheiden veranlaßt und dann ins Klo gekippt habe. Verzeih mir, verzeih mir, schluchzt sie verzweifelt, während sie die Reliquie ihrer gemeinsamen Liebe fest umarmt. Dann hält sie plötzlich inne und fragt wie erleuchtet:

»Aber ich habe die Spülung doch nicht gezogen? He? Habe ich die Spülung gezogen?«

Nein. Tatsächlich nicht.

»Dann ist es noch nicht zu spät? Es ist noch nicht zu spät. Ich kann alles wiedergutmachen...«

Sie stürzt ins Badezimmer, beugt sich über das, was um ein Haar Ronalds letzte Ruhestätte geworden wäre, betrachtet die gräuliche Lache, an deren Oberfläche ein paar faserige, verkohlte Blasen schwimmen, verschwindet in der Küche, kommt mit einer Kelle und einer leeren Perrierflasche zurück und beginnt, die flüssigen Reste ihres verstorbenen Mannes umzufüllen, wobei sie Worte der Liebe und Entschuldigungsfloskeln murmelt.

»Du wirst sehen, Liebling, wir werden uns nie mehr trennen. Nie mehr, das verspreche ich dir... Von jetzt an werden wir beide in einer vollkommenen Gemeinschaft der Liebe und der Gedanken leben. Ich werde alles tun, was dir gefällt. Du wirst dich nie mehr über mich beklagen müssen...«

An den Türrahmen gelehnt, verfolge ich verwirrt diese allerletzte Einkelterung: Bonnies Ausschöpfen von Dezilitern flüssiger Asche, das Abfüllen in die Flasche und das Vergießen heißer Tränen. Ich frage mich, was sie mit ihrer Perrierflasche anfangen wird... und muß unweigerlich daran denken, daß Ronald richtig vorausgesehen hatte: Man kann Bonnie Mailers Nerven nicht trauen. In weniger als einer Viertelstunde war er brutal aus seiner letzten Ruhestätte geschüttet, ins Klobecken gekippt, über den Teppichboden verstreut, mit Schimpfworten, dann mit Küssen überhäuft, mit der Schöpfkelle wieder eingesammelt und in die Flasche abgefüllt worden.

Und das ist bestimmt noch nicht das Ende, denke ich...

Es war einfach so passiert.

Sie hatte begonnen, mit dem Mann zu sprechen.

Und sie hatte alles verziehen.

Es war ihr schnuppe.

Es war ihr völlig schnuppe, daß er alles mögliche gesagt und getan und auch noch darauf bestanden hatte. Ja, damit angegeben, sich auf die Brust geklopft hatte. Er war ihr Papa. Und daran war nicht zu rütteln. Sie konnte sich noch soviel auflehnen, versuchen, ihn zu verscheuchen, ihn mit den schändlichsten Schimpfworten herunterputzen, er kam immer wieder davon.

Völlig normal: Er war ihr Papa.

Und gegen einen Papa kommst du nicht an.

Gegen einen Papa, der dir immer wieder sagt, du seist die Schönste, die Stärkste, die Königin der vierten Etage der Galeries Lafayette, zwangsläufig die Erste in der Klasse; bei einem solchen Papa mußt du einfach die Waffen strecken. Das war's, was sie jetzt verstand. Jetzt, da er schwächer wurde, da seine Kräfte nachließen.

Also stellte sie Fragen über Fragen.

Um alles zu erfahren, bevor er ging.

Damit in ihrem Kopf alles völlig klar und geordnet sei.

Und er antwortete. Auf alle ihre Fragen.

Selbst auf die ältesten, die wieder in ihr bohrten. Fragen, die sie niemals ausgesprochen hatte, weil sie nicht zu Wort gekommen war. Sie hatte sie in ihrem Kopf gehütet wie kleine weiße Kieselsteine. Unter all den Fragen war eine, die ihr besonders auf der Zunge brannte. Dabei kannte sie die Antwort. Seit langem.

Sie kannte sie auswendig, die Antwort. Aber sie mußte sie unbedingt aus seinem Munde hören. Weil dann auch alles andere Wirklichkeit würde. Ihr würde die ganze Kindheit wiedergegeben werden. Ihre Erinnerungen würden ihren Platz im Album einnehmen. Er war es, der es ihr sagen mußte. Andernfalls würde sie für immer einen Zweifel zurückbehalten. Und sie war sich nicht einmal sicher, ob ein einziges Mal genügen würde.

Möglicherweise würde er es ihr wieder und wieder sagen müssen, bis es sich schließlich in ihr Gedächtnis einprägte.

Eines Tages also, als sie wieder einmal in Schweigen gehüllt an seinem Bett im Ambroise-Paré-Hospital saß und es nicht wagte, ihn zu stören, einfach nur dasaß und darauf wartete, daß er Hunger bekam, daß er durstig wurde, daß er Lust bekam zu sprechen – an dem Tag kam die Frage wie eine Blase über ihre Lippen:

»Madame Lériney war deine Geliebte, oder?«

Er sagte ja. Schlicht und einfach. Faltete dabei seine Zeitung zusammen und warf einen Blick auf die Wettervorhersage auf der letzten Seite. Als wäre die tägliche Wettervorhersage für ihn von Belang...

»Aber hast du sie denn auch geliebt?«

Überhaupt nicht, antwortete er und leckte an seinem Finger, um die Zeitung von hinten her aufzublättern. Er war geschmeichelt. Äußerst geschmeichelt. Denn Madame Lériney war die Frau seines Chefs gewesen. Darüber hinaus war sie schön! Alle Männer schauten ihr nach. Aber er hatte sie gekriegt... Eines Abends in einem Parkhaus hatte er ihren gebräunten Nacken geküßt, und sie hatte es geschehen lassen. Sie hatte den Kopf zurückgelehnt. Und er hatte sich gefühlt, als nehme er Rache an Lériney und all den anderen Möchtegern-Chefs, die ihm ununterbrochen zusetzten.

»Aber warum denn dann? Warum? Immerhin ging das doch eine ganze Weile!«

»Weil ich eine Null bin, Kleines. Bei solchen Sachen war ich immer eine Null, und bei vielen anderen auch, weißt du...«

O nein! Sie muckte auf. Das war nicht möglich: Er konnte keine Null sein, er war ihr Papa. Der schönste Papa der Welt. Der eleganteste. Der charmanteste, der...

»Pssst! Ich war nichts von all dem. Ich tat nach außen hin so... Das ist alles. Um meine Zuschauer in Erstaunen zu versetzen. Um vor dir zu glänzen. Du warst mein kleines Mädchen, verstehst du? Bei dir fühlte ich mich groß und stark. Die anderen schüchterten mich ein. Aber die Wahrheit ist noch viel simpler... Es ist übrigens immer viel simpler. Ich war eine Null. Jetzt kann ich es dir sagen... jetzt, da du groß bist...«

Sie nahm seine schlaffe Hand zwischen ihre Finger, sah ihn an, und plötzlich wurde alles ganz klar: Ihre wahnsinnige Liebe hatte einem Mann gegolten, der wie alle anderen war. Nicht mehr und nicht weniger. Sie hatte ihn zu einem Helden gemacht. Sie hatte ihn dermaßen ernst genommen, daß sie nicht einen einzigen Moment geglaubt hätte, er könne manchmal eine Null sein...

Alles, was von ihm kam, war vollkommen. Mußte vollkommen sein.

Sie hatte Unmögliches von ihm verlangt.

Sie hatte von allen anderen Männern Unmögliches verlangt.

Wegen eines Helden, der nicht existierte.

Mein Papa...

Mein Papa, die Null...

Das war ihr völlig egal...

Was hatte es noch für Bedeutung?

Warum vom anderen erwarten, daß er immer vollkommen sei?

Daß er immer auf der Höhe sei?

Auf der Höhe von was?

Die Liebe ist doch kein Wettbewerb.

Das Wichtige war, daß er sie geliebt hatte.

Und er hatte sie geliebt.

Auf seine Art.

MEINE TOCHTER HIER, MEINE TOCHTER DA. MEINE TOCHTER FEUDELT NICHT. MEINE TOCHTER WIRD SIE ALLE HERUMKRIEGEN. HABT IHR MEINE TOCHTER GESEHEN... DU BIST SCHÖN, KLEINES. DU BIST EINE WUNDERBARE TOCHTER.

Und alles übrige?

Alles übrige...

Das hielt nicht stand.

Das waren Höhen und Tiefen. Wie in allen Liebesgeschichten.

Und ihr Haß schmolz dahin.

Sie fing an, ihn zu lieben.

So wie alle Männer.

All die Armen und Besitzlosen. Die Galgenvögel, die Mogler, die Lügner, die Kleinen, die Verwachsenen, die Aufschneider, die Eitlen, die Geizigen, all die, die ihren Oberkörper stylten, um gut auszusehen. Sie verstand sie. Sie alle hatten mildernde Umstände. Allein mit ihm in diesem vergoldeten Sommerlicht, das nach und nach ins Zimmer drang, hätte sie am liebsten alle in die Arme genommen und an ihrem Busen hin und her gewiegt.

Plötzlich hatte sie ein weites Herz.

Jetzt konnte er gehen...

Sie war ihm nicht mehr böse.

Sie war ihnen nicht mehr böse.

Sie hatte sich ausgesöhnt.

Mit ihm.

Mit allen anderen.

Und jetzt, genau in der Stunde, als sie das verstand, mußte er gehen.

Jetzt, da sie Frieden geschlossen hatten...

Er würde gehen.

Aber er würde gehen, ohne zu leiden. Das schwor sie sich. Ohne zu leiden. Ohne die furchtbaren Erstickungsanfälle ertragen zu müssen, die die Ärzte in ihren weißen Kitteln vorausgesagt hatten, während sie eine Miene weiser Nachsicht aufsetzten. Manchmal drehen sie vor Schmerz durch, und man muß sie festbinden...

Nein. Er würde sanft gehen. Auf Zehenspitzen.

Sie war jetzt bereit.

Jetzt war sie die Große und er der Kleine. Sie würde sich

um alles kümmern. An dem Tag gab sie ihm dieses Versprechen.

Und sie hielt es.

Ohne mit der Wimper zu zucken.

Sogar als er sagte: »Du bist ganz rot im Gesicht, Kleines, puder dir die Nase«, oder: »Du läßt dich gehen, laß dich nicht gehen. Was soll dieser entsetzlich zerknitterte Rock?« Oder auch: »Hast du meinen Liter Roten? Du hast ihn vergessen? Ja, wo hast du denn bloß deinen Kopf, mein armes Kleines!«

Er lief violett an. Er stänkerte, er fluchte.

Sie sagte nichts.

Sie liebte ihn, und das genügte ihr.

Sie erwartete nichts mehr als Gegenleistung von ihm.

Die Warterei war zu Ende.

Sie wollte um ihn herum Berge und Meere errichten, damit er auf andere Gedanken käme. Bistros, wo es etwas gegen den Durst gab. Wo die Frauen ihre Hinterteile schwenkten...

Vor allem durfte er nicht leiden.

Vor allem das nicht.

Denn sie konnte verfolgen, wie die Krankheit an Boden gewann, bis er eines Tages nicht mehr die Zähne zusammenbeißen und den Tapferen spielen konnte.

Eines Abends...

Eines Abends kam sie vorbei.

Nach einem Abendessen mit Schwachköpfen, die alles wußten, die herumgegrölt, mit Zahlen und Statistiken um sich geworfen, Gewinne eingeheimst und Schlußfolgerungen gezogen hatten...

Eines Abends... machte sie einen Abstecher ins Krankenhaus.

Es mußte Mitternacht gewesen sein. Sie nahm den Fahrstuhl bis zur achten Etage und ging durch den langen weißen Flur über das grünmarmorierte Linoleum zu seinem Zimmer. Alles war ruhig, so ruhig, daß man meinen konnte, auf der Etage seien alle gestorben.

Ganz leise, um ihn nicht zu wecken, öffnete sie die Tür.

Zunächst glaubte sie, sie habe sich im Zimmer geirrt: Zu beiden Seiten des Bettes hatte man Querstäbe angebracht. Das war kein Bett mehr, sondern ein Käfig. Dann erkannte sie ihn zwischen den Stäben: zusammengekauert wie ein kleines Kind, rollte er von einer Seite zur anderen und stieß sich den Kopf an den Eisenstäben. Er greinte. Er erstickte. Er beugte den Kopf zurück, rang mit weit geöffneten Lippen nach Luft, ballte die Hände zu Fäusten und stieß kleine, spitze Schreie aus.

Ein kleines Baby, das Schmerzen hat und sich ziellos hin und her wälzt, um sie loszuwerden. Das die Luft durch die Zähne einsaugt, gegen die Stäbe rollt, sich den Kopf stößt, seine Fäuste sucht, um draufzubeißen, und wimmert und wimmert...

Sie sah verbotenerweise mit an, wie der große Körper sich wand und krümmte, und sie rannte zum Schreibtisch der Nachtschwester, die seelenruhig strickte und von Zeit zu Zeit einen Blick auf das vor ihr ausgebreitete Muster warf. Ihre Lippen bewegten sich und zählten die Maschen, während ihre Hände geschickt die verschiedenfarbigen Fäden zwischen den Nadeln verwoben.

»Haben Sie meinen Vater gesehen? Haben Sie ihn gesehen?« fragte sie, während ihre Finger die kalte Tischkante umklammerten. »Man muß etwas tun. Man kann ihn doch nicht so lassen!«

»Ich habe die Stäbe angebracht, damit er nicht herausfällt.«

»Aber davon spreche ich doch nicht... Ich sage Ihnen, er hat Schmerzen. ER HAT SCHMERZEN! Hören Sie denn nicht, wie er wimmert?«

Sie rüttelte am Tisch, hielt sich an der kalten Kante fest, damit sie die Schwester nicht mit ihrem Strickzeug abmurkste, ihr nicht die Nadeln in die gelassen sich hebende und senkende Brust stach. Die Schwester zeigte nicht das geringste Anzeichen von Gefühl, sondern starrte auf die Zahlen und Anweisungen ihres Chefs. »Nein, nein«, sagte sie, hörte gar nicht zu. Außerdem, von den Eisenstäben einmal abgesehen, wüßte sie auch gar nicht, was sie tun könne. Man müsse auf den Arzt warten, bis morgen. Sie führe nur seine Anordnungen aus. Sie sei nicht kompetent, medizinische Entscheidungen zu treffen.

Sie sah, wie die Schwester die Stirn runzelte und die Wolle wechselte, und dann bat sie sie um Erlaubnis, den Arzt anzurufen, der sich um ihren Vater kümmerte. Er hatte ihr seine Privatnummer gegeben, für alle Fälle...

»Um diese Zeit? Sind Sie verrückt geworden?«

Nein, sie war nicht verrückt, würde es aber mit Sicherheit gleich werden, wenn sie nicht etwas unternahm, und zwar sofort, um dem Leiden ihres Vaters ein Ende zu setzen.

»Sie sind völlig verrückt geworden!« sagte die Schwester, während sie ihr Strickzeug zusammenraffte und die Nadeln unter die Achsel klemmte. »Ich verbiete Ihnen zu telefonieren!«

»Wenn Sie es mir verbieten, telefoniere ich von irgendeiner Kabine aus...«

Sie packte das Telefon und wählte die Nummer des Arztes. Sie holte ihn aus dem Bett. Murmelte eine Entschuldigung wegen der späten Stunde. Flehte ihn an, ihrem Vater Morphium zu geben. Noch mehr Morphium. Doppelte, dreifache Dosis...

»Aber das kann ich nicht«, sagte der Arzt, »er bekommt schon das Maximum; wenn ich die Dosis erhöhe, ist es das Ende für ihn... Und meine Aufgabe ist es nicht, ihm den Tod zu geben!«

Sie flehte ihn an. Tun Sie etwas, irgend etwas, damit er wieder ein Mensch wird und aufhört, den Kopf gegen die Eisenstäbe zu schlagen. Irgend etwas, bitte, Doktor...

»Aber ich kann nicht, ich kann nicht, wenn ich täte, was sie wollen, wäre er hinüber. Verstehen Sie das? Dann ist er hinüber!«

»Das ist mir egal«, sagte sie, »völlig egal. Außerdem wissen Sie sehr gut, daß er nicht mehr zu retten ist. Sie sprechen zwar nie darüber, aber Sie wissen es. Auch wenn Sie jetzt das Gegenteil behaupten. Es ist nur noch eine Frage von Tagen, warum also sein Leiden verlängern? He? Warum?«

»Weil ich Arzt bin und Sie so etwas nicht von mir verlangen können...«

»Ich unterschreibe ein Papier, wenn Sie wollen. Gleich hier vor der Schwester. Sie ist Zeugin. Sie kann von mir aus sogar sagen, ich hätte sie mißhandelt... Ich unterschreibe es Ihnen. Sie sind für nichts mehr verantwortlich. Sie waschen Ihre Hände in Unschuld. Bitte! Bitte, Doktor... warum sein Leben noch um einige Tage verlängern, wenn er so leidet? Das ist unmenschlich, menschenunwürdig, wozu soll all dieses Leiden gut sein? In wessen Namen? Sie wissen, daß er verloren ist, daß er sich zwar gut gehalten hat, aber dennoch nicht zu retten ist. Sie wissen es. Sie sind davon überzeugt. Also, warum tun Sie so?«

Er schwieg einen Moment. Antwortete dann: »Was Sie da von mir verlangen, ist unmöglich, ich bin dazu da, das Leben zu erhalten, das Leben...«

»Aber das ist doch kein Leben! Das ist bereits der Tod! Er ist ganz klein, man könnte meinen, er sei ein Baby! Er wimmert wie ein Baby, nuckelt wie ein Baby, wütet wie ein Baby! Er flucht nicht einmal mehr, schlägt nicht mehr um sich, versucht nicht mehr aufzustehen... O bitte! Kommen Sie, und sehen Sie ihn sich an, wenn Sie mir nicht glauben! Hören Sie ihn bloß. Sie werden es nicht lange aushalten, Sie werden zu allem ja sagen, zu allem... Bitte, Doktor, bitte...«

Sie flehte. Sie war zu allem bereit. Er wußte, daß sie zu allem bereit war. Er schwieg noch eine ganze Weile.

Die Krankenschwester hatte aufgehört zu stricken. Sie lauschte dem Schweigen des Arztes. Sie lauschte so angestrengt, daß ihre Zeigefinger auf den Stricknadeln weiß anliefen.

Schließlich flüsterte er:

»Geben Sie mir die Schwester...«

Die Nachtschwester legte ihre Handarbeit beiseite und nahm den Hörer. Sie sagte: »Ja, ja... gut, gut, aber ich bin damit nicht einverstanden, Doktor. Überhaupt nicht einverstanden, Doktor. Sind wir deshalb hier? He? Können Sie mir das verraten?«

Und dann sagte sie nichts mehr.

Hörte nur noch zu, dröselte dabei den Rand ihres Strickstrumpfes auf und murmelte: »Gut… gut…«

Sie legte auf, erhob sich, zog ein Schlüsselbund, das sie sorgfältig in der Kitteltasche verwahrt hielt, hervor, schloß den Medikamentenschrank auf und nahm kleine Morphiumampullen heraus. Dann ging sie zum Krankenzimmer hinüber.

Sie folgte der Schwester. Ohne ein Wort zu sagen. Sie sah, daß die Bewegungen der Schwester ruckartig und schroff waren, als wolle sie ihrer Mißbilligung mit aller Gewalt Ausdruck verleihen. Die Schwester gab das Morphium in den Tropf.

Ohne sie dabei anzusehen.

Ohne ihn dabei anzusehen.

Sie vergewisserte sich, daß der Tropf gut funktionierte. Daß das Heftpflaster noch saß. Sie fügte hinzu, daß er es nicht mehr lange machen würde und daß sie besser daran täte, dazubleiben, da es doch »das« sei, was sie gewollt habe. Als sie diese letzten Worte sagte, verzerrte sich ihr Mund zu einer mißtrauischen Grimasse.

Daraufhin fragte sie die Schwester, wieviel Zeit genau das Morphium bräuchte, um zu wirken, um sein Leiden zu beenden.

»Oh!« antwortete die. »Das geht schnell.«

Dann ging sie, hielt ihre Jacke fest über dem Busen zusammen.

Sie setzte sich neben ihn und wartete.

Sie wartete.

Und wartete.

Nach und nach entspannte er sich in seinem verbarrikadierten Bett. Wurde wieder er selbst. Sein großer Körper beruhigte sich, löste sich aus der Verkrümmung. Seine Lippen entkrampften sich. Er atmete durch. Ganz leise. Sie konnte seinen Atem eher ahnen als hören, und seine Brust hob sich ganz schwach unter dem Laken. Sie nahm die Eisenstäbe weg. Sie kämmte ihn, rieb sein Gesicht mit Kölnisch Wasser ab, streichelte es sanft, ganz sanft, bis es sich entzerrte, entspannte und seine frühere Form wieder annahm. Sie sprach zu ihm wie zu einem kleinen Kind: »Es ist vorbei, du wirst sehen, es ist alles vorbei. Niemand wird dir mehr weh tun. Ich bin da... Hab keine Angst. Niemand wird dir je mehr weh tun...« Sie holte seine Hände unter den Laken hervor. Streichelte seine langen, so feinen Finger mit den transparenten, gewölbten Nägeln. Strich ihm nochmals über die Wange, küßte sie und blieb die ganze Nacht über bei ihm sitzen.

Nur sie beide.

Er, der wie ein kleines Kind schlief. Das ruhig atmet.

Sie, die über ihn wachte. Die ihn streichelte und ihm etwas erzählte...

Die Nacht. Eine Sommernacht. So ruhig, sanft und friedlich.

Und morgen, du wirst sehen, ist der 13. Juli. Die Knallkörper werden platzen, das Feuerwerk wird tosen, in den Tanzlokalen wird man sich die Hüften verrenken und die Schampuskorken knallen lassen... Alles, was du so sehr magst, Papa, alles, was du magst. Ein schönes Fest zu deinen Ehren. Ist das nicht ein idealer Tag, um sich zurückzuziehen? Mit Blaskapellen, Gesang, Konfetti, schönen Frauen in Blau und Grün, in leichten Kleidern und darunter ganz heiß...

Sag mir, Papa, was hältst du davon?

Ist das nicht irre?

Sie blieb da.

Um mit ihm zu warten.

Er war nicht mehr der Mann.

Er war ihr Papa.

Ihr kleiner Papa, der ganz gelassen ging, wie ein Großer, während sie ihm von den Bällen und Festen am 13. Juli erzählte.

Am nächsten Abend stehe ich da in meinen kleinen Pumps. Ich schaue auf Bonnie Mailers stahlgraue Standuhr – der kleine Zeiger steht auf der Sieben, der große nähert sich der halben Stunde danach – und frage mich, ob Allan klingeln wird. Den ganzen Tag über habe ich mich auf das Schlimmste gefaßt gemacht. »Er wird nicht kommen, er wird nicht kommen«, wiederholte ich mir, um meine Magenkrämpfe zu beruhigen. »Er wird nicht kommen.« Es kann nicht anders sein. Wenn man sich etwas von ganzem Herzen wünscht, stellt sich immer sofort ein Hindernis ein. Ich wagte kaum, mich zu bewegen, aus Angst, eine Katastrophe auszulösen, die ihn, das war sicher, diesmal daran hindern würde zu kommen. Wie angewurzelt blieb ich in der Wohnung und flehte, daß die Zeit vergehen möge, während mein Herz immer schneller raste, je weiter die Zeiger vorrückten. Ich ging kein Risiko ein: Weder wusch ich meine Haare, noch verschönerte ich mein Gesicht. Vor allem nicht auffallen. Ich redete mir ein, wenn ich mich unauffällig in meine Ecke kauerte, würde mich der Gauner da oben vergessen, und Allan würde zu mir durchkommen. Ohne himmlische Hinterhalte oder Verwünschungen. Ich würde nicht unter Quarantäne gestellt werden wie Moses an der Schwelle zum Gelobten Land, als Strafe dafür, daß er sich sein Stückchen Land so sehnlich gewünscht hatte. Man muß sich vor dem Gauner in acht nehmen: Er ist ziemlich kleinlich, was gute Manieren angeht. Nur Er ist es wert, daß man auf ihn wartet. Ich wußte: Wenn ich die Besserwisserin spiele, mich mit Schmuck und Tand behänge, mich schminke wie ein Mädchen aus Babylon, wie eine von denen, die Er ganz besonders wenig ausstehen kann, die Er das ganze Alte Testament hindurch brandmarkt, all die Batsebas und Dalilas, könnte ich mir Seinen Zorn zuziehen, und Er könnte mir den Mann, den ich so sehnlichst erwarte, versagen.

Also habe ich ein völlig harmloses Gesicht gemacht. So getan, als wäre es völlig bedeutungslos, ob er nun käme oder nicht. Ich habe im Leben noch anderes zu tun, als auf einen Strumpfhosenverkäufer zu warten: Seiten füllen, Flannery genießen, meine Seele untersuchen, das Erdgeschoß bei Bloomingdales plündern, eine Flaschenleiche verwalten.

Die Perrierflasche thront auf Bonnies Frisiertoilette, und ich konnte das Zimmer nicht betreten, ohne mich unbehaglich zu fühlen. Belauert. Verspottet. Als weideten sich die goldumrandeten grünen Augen an meinem Unbehagen. Die Flüssigkeit hat sich zweigeteilt, die Asche treibt auf der Oberfläche und bildet eine gräuliche, klumpige Anhäufung mit finsterer Wirkung.

Bonnie ist heute morgen frisch und munter aus dem Bett gesprungen und hat sich verhalten, wie man es von ihr gewohnt ist. Es war, als hätte sie sich gestern abend einen Moment von Gefühlsausbruch gegönnt, einige Minuten des Sich-gehen-Lassens, bevor sie wieder in ihren Nike-Status schlüpfte. Als wüßte sie ganz genau, bis an welche Grenze sie gehen kann, ohne sich in Gefahr zu begeben. Wecker, kleine Buttertoasts, Überfliegen der *New York Times*, Dusche, Nasepudern, Damenkostüm und: »Ciao, ciao, bis heute abend. Ich werde spät nach Hause kommen, ich habe eine Verwaltungsratssitzung.« Ihr Blick hat Ronalds letzte Ruhestätte kaum gestreift.

Sie hat mich allein mit der Perrierflasche zurückgelassen.

Und der Maya mit dem angeklebten Ohr starrte mich unverwandt an. Der wieder... Ich bereue immer mehr, sein Äußeres gerettet zu haben!

Das war es jedenfalls, worüber ich nachgrübelte, eingemummelt in meinen Bademantel, während ich in meinem Milchkaffee rührte. Immerhin muß man sagen, daß die Atmosphäre in dem Apartment nicht gerade fröhlich war und zu Optimismus anregte. Den ganzen Tag habe ich damit vertrödelt, in den zwei Zimmern mit Blick auf den Hinterhof darauf zu warten, daß das Telefon nicht klingelte. Wenn denn schon die Enttäuschung über mich hereinbrechen sollte, wollte ich sie auch mit voller Wucht aufnehmen. Wie ein tapferer Soldat, in vorderster Front. Sofort leiden, um schnell damit durch zu sein.

Im Laufe der verstreichenden Stunden wurde meine Hoffnung immer größer, meine Freude immer deutlicher. Mich packte die Lust, mit dem Maya auf dem weißen Teppichboden einen Tanz aufzuführen. Um sieben Uhr fünfundzwanzig habe ich nach einer raschen Einschätzung der Lage die Schlacht für gewonnen erklärt und bin ins Badezimmer gerannt, um mir ein Letzte-Minute-Make-up aufzulegen.

Seit halb acht bin ich fix und fertig.

Mit gefalteten Händen, zusammengepreßten Knien, Schenkeln und Waden in das Sofa gelehnt. Die grüne Bluse hängt in zwei Rockschößen über einer grauen Strumpfhose. Duft hinterm Ohr, Glanz auf den Lippen, Ausdrucksverstärker auf den Wangenknochen.

Um sieben Uhr vierzig klingelt es.

Ich lasse mir Zeit damit, den Hörer der Sprechanlage abzunehmen. Zähle meine Schritte. Eins, zwei, drei, vier, fünf, sechs... Nehme den Hörer ab, lockere meine Stimmbänder und gebe ein wohlgeformtes »Hallo« von mir, während Walter mir ins Ohr näselt, daß der feine Herr da sei, daß er bereits an meiner Tür sein müsse, da er nicht die Geduld gehabt habe, am Tresen Zeit zu vergeuden, während er, Walter, seines Amtes als Doorman walte und ihn ankündige. Wozu er denn eigentlich gut sei? Und wozu sich noch den Kopf über die Sicherheit im Haus zerbrechen, wenn nicht einmal die elementarsten Regeln eingehalten würden? Ich empfinde mit ihm und entschuldige den feinen Herrn, um zu verhindern, daß er ihn das nächste Mal zum Teufel jagt. Er grummelt noch, daß ein gutes Aussehen kein Freibrief für Ausschweifungen sei und daß man, nur weil man ein seidenes Kavalierstuch trage, noch lange nicht über dem Gesetz stehe, und hängt auf.

Es läutet an meiner Tür. Bedächtig hänge ich den Hörer auf

und gehe, wobei ich meine Schritte zähle, eins, zwei, drei, vier, fünf, sechs, sieben, acht, zur Tür. Schiebe die drei oberen Riegel zurück und die beiden unteren, mit ausdrucksloser Miene, als öffnete ich einem Freund, der gerade vorbeikommt, dem Doorman, der die Post austrägt, dem Mann von der Reinigung, der nach der Hitze des Sommers meinen Pelzmantel zurückbringt, dem Klempner mit seiner Ledertasche und dem Schraubenschlüssel; ich mache die Tür auf und rufe:

»Allan! Was für eine nette Überraschung! Ach, für heute waren wir verabredet? Bist du sicher?«

Er ist es. Er ist da. Es ist sieben Uhr dreiundvierzig, und er steht vor mir. In Fleisch und Blut. Aber der Bammel den ganzen Tag über war so stark, daß es nicht Leidenschaft ist, die ich wie eine große Blume zwischen uns wachsen spüre, sondern der Bammel selbst, der den ganzen Raum einnimmt, meine Eingeweide zerreißt, meine Hände mit den Riegeln verschmelzen läßt, Stahl und Fleisch eins werden läßt. Die Angst, er könne wieder gehen, er könne nur so vorbeigekommen sein, könne sich umsehen und beschließen, daß er sich geirrt habe... Es ist die Angst, die in kleinen Tröpfchen an meinen Schläfen flattert, in meinen Handflächen, und die mich am Atmen hindert. Sie treibt mir das Blut in Wangen und Hals und zeichnet große, rote Flecken.

Ich hasse ihn.

Ich hasse ihn dafür, daß er da ist. Daß er geläutet hat. Daß er davon geträumt hat, mich einzuladen. Es gibt eine Unzahl von Mädchen in Manhattan, die nur darauf warten würden... Warum ich? Warum? Warum mich völlig außer Rand und Band bringen? Glücklicherweise kommt mir die Schwachsinnige zu Hilfe, befiehlt mir ausdrücklich, damit aufzuhören, mich zurückzuhalten, damit sie die Sache schaukeln kann, und ihr zuzusehen. Sie nachzuahmen. Sie weiß, wie man einen Mann um den kleinen Finger wickelt, die Schwachsinnige, sie hat alle Ratschläge dazu in den größten Zeitschriften gelesen, und sie verschleudert, während sie ihre Hüfte von der Tür löst, sogleich einige: »Nice to see you.

How sweet of you! How nice!« Um die Leere zu füllen. Sie trägt die gelöste Miene und das blasierte Geplänkel derer zur Schau, die schon ganz anderes erlebt haben und denen man nichts vormachen kann. Erleichtert verschanze ich mich hinter ihr und schaffe es, die Riegel wieder zuzuschieben, ohne mich der Lächerlichkeit preiszugeben.

Überrascht sieht er mich an. Wer ist denn die hier? scheint sein düsterer Blick zu sagen. Wo ist denn das Mädchen geblieben, das gestern abend freudig in meine Arme sank? Die, deren Keuschheit unter innigen Seufzern Stufe für Stufe fiel? Die sich in der Dunkelheit ohne den geringsten Widerstand übers Eis führen ließ, ganz weich wurde? Die ich wie Modelliermasse durchknetete, auf deren Mund ich meine Lippen drückte, sanft geöffnet, um sie besser trinken zu können? Die, die sich lieber mitten im Park in Stücke reißen lassen wollte, als nur eine Nebenrolle zu spielen? Das war doch nicht diese stocksteife Tante hier, die die elegante Frau von Welt spielt...

Er steckt es ein. Läßt sich in eines der Sofas fallen, während ich eins, zwei, drei, lässig in das gegenüberstehende sinke. Dann biete ich ihm im selben Ton, den Bonnie Mailer anschlägt, wenn sie Gäste hat, an:

»Champagner oder Whisky?«

Ich schlage die Beine übereinander und untereinander. Folge buchstabengetreu den Anweisungen der Schwachsinnigen, die, ihrer Verführungskunst sicher, kokettiert.

»Ich habe keinen Durst«, brummelt er.

»Ich werde mir aber ein Gläschen genehmigen«, sage ich, um dieser gelungenen Szene Harmonie zu verleihen.

Sehr lässig erhebe ich mich von meinem weißen Sofa und frage dabei noch einmal sanft nach:

»Wirklich nicht?«

In dem Moment läutet das Telefon. Es ist Walter, der mich anknurrt, ich hätte den Hörer der Sprechanlage nicht richtig aufgelegt, und wissen will, ob der Herr gut bei mir angekommen und alles in Ordnung sei.

»O Liebling!« rufe ich aus. »Wie lieb von dir, mich anzurufen. Wo bist du? In Paris! Und wann kommst du an? Nein! Das ist ja toll! Im Plaza? Ja, das ist gut, und es ist nicht weit von meiner Wohnung... Perfekt. Also gut, ich erwarte dich. Auf Wiederhören, Liebling. Du bist ein Schatz, daß du mich angerufen hast...«

Ich lege auf und verschwinde eiligst in der Küche. Wenn er jetzt gehen will, steht alles zu seinen Gunsten. Ich plädiere auf schuldig. Übrigens steht alles gegen mich. Ich bin widerlich. Ein kleines Aas, das sich für gerissen hält, ein Feigling, dem das Herz bis zum Hals schlägt. Das ist eine Tatsache. Das ist offenkundig. Nicht das Schicksal, das sich über meine Anläufe eins lacht, ist gegen mich, sondern ich, die ich es provoziere, es selbst in die Hand nehme und mit einem Schlag alle Chancen auf eine Liebesbeziehung zerstöre. Meine Schuld, meine allergrößte Schuld. Und wenn ich ein Opfer bin, dann habe ich das einzig und allein mir zu verdanken. Wenigstens werde ich wissen, warum er sich aus dem Staube macht. Da werde ich doch nicht sitzen bleiben und mir die Seele aus dem Leibe grübeln nach einer fadenscheinigen Erklärung. Einer wenig schmeichelhaften dazu. Als ich zurückkomme, wirkt der Mann ziemlich mürrisch. Er hat seine Krawatte gelöst und inspiziert seine Fingernägel, als studiere er die spannendsten Unterlagen der Welt.

»Einen schönen Tag gehabt?« frage ich beflissen und schlage die Beine wieder übereinander.

»Nein. Eher schlecht. Ich habe einen Ballen T-Shirts aus Korea, der am Kennedy festliegt. Hunderttausend T-Shirts! Es ist ihnen völlig egal...«

»Aha! Du importierst also auch T-Shirts?« sagt die Schwachsinnige und zieht ein Schmollmündchen.

»Ja. Und Werkzeugmaschinen, Stereoanlagen, Videorecorder, Camembert und Kerzen, wenn du es genau wissen willst...«

Er ereifert sich. Läßt die Knöchel seiner verschränkten Finger knacken. Einmal, zweimal... Seufzt und schaut an ihr vorbei, wirft einen genervten Blick auf Bonnie Mailers weißes Wohnzimmer.

»Oh, es gibt keine einfältigen Berufe...«, bestärke ich ihn großmütig.

Er hebt abrupt den Kopf und fragt, ob es in diesem Apartment nicht eine Zigarette gibt.

»Doch, vor dir... und dort ist das Feuerzeug...«

Ich zeige auf ein Feuerzeug aus massivem Silber. Er nimmt eine Dunhill mit vergoldetem Filter, steckt sie an, läßt sich ins Sofa zurück fallen und zieht an seiner Zigarette wie ein kleiner Junge, der sich in der Schulpause im Klo eingeschlossen hat.

»Offen gesagt«, setzt er hinzu, »habe ich mich gefragt, ob du mir wohl sehr böse wärest, wenn wir unser Ausgehen auf einen anderen Abend verlegen würden, denn ich bin wirklich hundemüde...«

Ich wußte es.

Ich wußte es.

Ich habe nur darauf gewartet. Andererseits habe ich versucht, Vorsorge zu treffen, indem ich mich seelisch dafür rüstete, meinem Selbstwertgefühl einen Dämpfer aufsetzte. Hatte gehofft, daß der Schock nicht so groß sein würde.

»Ah...!«

»Ja. Ich habe nur den einen Wunsch: in die Kissen zu schlüpfen.«

»Ah...!«

»Macht es dir viel aus?«

»O nein, überhaupt nicht... Offen gesagt habe ich selbst nur von so etwas geträumt: ein Essen aus dem Tiefkühlfach und vor den Fernseher fläzen... Ich hatte einen wahnsinnig anstrengenden Tag! Ich war ununterbrochen auf den Beinen, hierhin und dorthin.«

Ich rede und rede, und der Schmerz verschwimmt. Mein Kummer wird erträglicher. Beinahe zum Auskosten süß. Verzuckert wie eine Näscherei, nach der man giert. Ich lecke eine alte Wunde, hingebungsvoll und genießerisch. Erst später wird der Schmerz hervorbrechen. Einfach so. Ganz plötzlich. Ich werde mich vor dem Spiegel im Badezimmer abschminken, die Tränen werden hervorquellen, und ich werde sie nicht zurückhalten können. Ich werde mich über das Waschbecken beugen und sie laufen lassen. Ich werde das Leben kohlrabenschwarz ausmalen und auf Teufel komm raus philosophieren: Die Liebe ist eine einzige Scheiße; eine Erfindung, damit wir ein Leben lang Schläge einstecken; ein Glas Coca-Cola, damit wir die Pille schlukken... Aber im Moment geht's noch. Nur um die Brust herum fühle ich mich eingeschnürt wie ein Hühnchen in Folie.

Mit einer leichten Drehung erhebe ich mich wieder, frage ihn, ob er seine Meinung vielleicht geändert hat und etwas trinken möchte, bevor er geht. Er sagt, ja, da ich darauf bestehe... er würde gern ein Glas Champagner trinken. Er gewinnt mir ein breites Lächeln ab und lockert seine Krawatte noch ein wenig mehr.

Wieder vor dem Küchenfenster hole ich tief Atem, massiere mir den Brustkasten, schüttele den Kopf, lasse ihn nach vorn fallen, so daß die Haare herunterhängen, tupfe mein Gesicht mit einem Papiertuch ab, nehme einen Eiswürfel, fahre mir damit über Nacken und Rücken, unter Achseln und Brüsten entlang und über die Schläfen. Eine Kurz-Thalassotherapie mit dem Ziel, die Seele aufzurichten. Ich atme noch einmal durch, führe den Eiswürfel über Wangen und Stirn, gebe meinem Schutzengel mit einer Grimasse zu verstehen, daß ich später noch ein Hühnchen mit ihm zu rupfen habe und er seinem Boss etwas von mir ausrichten kann, das sich gewaschen hat... und gehe dann zurück ins Wohnzimmer.

Ich reiche Allan sein Glas mit einem Lächeln, von dem ich gern hätte, daß es breit und gelassen wirkte, das aber in den Mundwinkeln steckenbleibt. Er bedankt sich, indem er mir einen Handkuß zuwirft.

»Du bist wirklich ein sympathisches Mädchen...«

Es ist einfach, aus der Ferne Liebe zu verschicken. Mit einem großen Lächeln. Das vollkommene Lächeln eines Amerikaners, der jeden Morgen Tausende von Dollars macht, Dollars, verdient auf dem Rücken kleiner Vietnamesinnen, die für eine Schale Reis und ein Schwalbennest ihrem Tagewerk nachgehen. Ein solches Lächeln kostet ganz schön was. Weiße, gerade Zähne, ein gebräunter Teint... aus dem Club-Solarium. Leicht das Lächeln, leicht der Teint, leicht die Augen, leicht die Haare... Alles an ihm ist leicht. Leicht, einem armen Huhn wie mir den Kopf zu verdrehen. Ihm durch Küsse den Himmel auf Erden zu holen, um es dann linksliegen zu lassen.

Er trinkt, die Nase tief in seinem Glas. Keiner spricht. Sehr merkwürdig. Sogar ziemlich verdächtig.

Er steht auf und kommt mit dem Glas in der Hand näher.

Beugt sich zu mir herunter.

Stößt, hingehockt, mit mir an.

Ich stoße mit ihm an.

Er sieht mich ernst an, als erwarte er eine Erklärung von mir. Ich bleibe stumm und schnappe nach den Schaumperlen, die an der Oberfläche zerplatzen. Das ist ein anderes Spiel, das ich liebe, wenn ich verlegen bin und nicht weiß, wie ich mich aus der Klemme ziehen soll: die Vernichtung von Kohlensäurebläschen.

Er erhebt sich, bleibt aber vor mir aufgebaut stehen. Meine Nase ist auf der Höhe seiner Knie, direkt an der makellosen Bügelfalte seiner dunkelblauen Anzughose. Ich lege den Kopf in den Nacken, um ihn da oben, hoch oben, anzusehen.

»Warum mußt du immer Spiele spielen?« fragt er. »Warum tust du immer so, als ob?«

»Ich verstehe nicht, was du meinst...«

Meine Finger rubbeln kleine Fusseln aus dem weißen Sofa. Weiße Würstchen, die unter dem Gerubbel schwarz werden und die ich in Reih und Glied ordne.

»Du weißt genau, wovon ich spreche. Von deiner falschen Stimme, deiner falschen Fröhlichkeit, deinem erlogenen Tagesablauf, von dem falschen Telefonat gerade eben...«

»Ich weiß wirklich nicht...«

Wenn ich zehn Würstchen gerubbelt habe, werde ich sie zu einer Perlenkette verflechten... oder Marktstand spielen.

»Wovor hast du Angst?«

Er fragt es noch einmal und beugt sich zu mir herunter.

»Sag es mir«, bittet er mich ganz sanft.

Eine Perlenkette, die ich indigoblau, safrangelb und dunkelbraun färben werde...

»Ich verstehe gar nicht...«

»Sag es mir...«

Er bläst mir den Rauch seiner Zigarette in die Augen, und ich wende mich ab.

»Sag es mir... Sag schon.«

Ich schüttele verstockt den Kopf. Natürlich! Und sonst noch 'n Wunsch? Er will den Schlüssel zu meiner Seele, meinen Geheimcode! Ich kenne den Trick mit der Wahrheit. In einem Anflug von Großmut fängt man tapfer an, sie zu sagen, und auf einmal, ohne daß man weiß, was los ist, versteht der Kerl alles falsch, haut ab, und man zieht ein langes Gesicht. Dabei hat man versucht, die richtigen Worte zu finden, aber... Wahrscheinlich sprechen wir nicht die gleiche Sprache: Was ich meine, ist so durcheinander. Oder der andere versteht nur, was er bereits wußte. Was ihm gelegen kommt. Und alle Worte, die man aus Naivität und aus tiefstem Herzen mitteilt, werden als Beweise für Verrücktheit, Besessenheit, Abhängigkeit oder Blödheit gedeutet. Ich bin dem kleinen Spiel schon einige Male aufgesessen. Keine Frage! Es ist nicht so leicht mit der Wahrheit!

»Was willst du denn?« frage ich zurück. »Wilde Psychoanalyse?«

Er zieht erneut an seiner Zigarette und stößt mir den Rauch mitten ins Gesicht. Tut nicht einmal so, als wäre es ein Versehen.

»Lügnerin! Du bist nichts als eine Lügnerin! Eine Blufferin. Sag: ›Ich bin eine Lügnerin‹, sag's, oder wir sehen uns nie wieder...«

»O nein...«

Ich habe aufgeschrien. Es ist mir so herausgerutscht. Und ich beiße mir auf die Zunge.

»Du weißt genau, daß du lügst.«

»...«

»Ich habe genug von dem Spielchen.«

»Ich sage es.«

»Du sagst was?«

»Daß ich eine Lügnerin, eine Moglerin, eine Blufferin bin... Da hast du's. Bist du jetzt zufrieden...? Aber das ist es noch gar nicht einmal! Es ist viel komplizierter als das! Ich habe Bammel. Bammel! Den ganzen Tag über saß mir die Angst im Bauch. Die Angst, du könntest nicht kommen, könntest dich unter einem Vorwand entschuldigen, könntest mich hier in diesen zwei Zimmern vergessen, in denen ich es einfach nicht mehr aushalte, in denen ich wartend auf und ab gehe! Wie kann ich nach all dem noch normal sein? He? Nach Tagen und Tagen, die ich mit dem Maya dort drüben unter der Yuccapalme und dem Zischen der Lüftungsanlage und dem Fast-food-Laden im Hof verbracht habe? Wie könnte ich? Du nimmst mich, du stößt mich zurück, du küßt mich, du haust ab, um eine andere zu treffen! Wo stehe ich bei alledem?«

Er läßt sich neben mich fallen, und sein Blick ist fest auf mich gerichtet. Und plötzlich geschieht etwas, das ich nicht vorausgesehen habe. Ich schöpfe aus dem Blick die Kraft, weiterzumachen, in meinen Ausführungen bis zum Ende zu gehen. Noch ein allerletztes Mal das Risiko einzugehen. MEINE Wahrheit zu sagen, um sie danach ein für alle Mal in die Ecke zu packen. Ich gebe der Schwachsinnigen und ihren blöden Verführungskünsten einen Tritt und gehe Arm in Arm mit der anderen, der einzigen, die mich interessiert, der, die mich fest auf beiden Beinen stehen läßt, die alle meine verstreuten kleinen Enden wieder miteinander verknüpft und in mir eine innere Einheit errichtet. Sie ist gerade wieder zu mir zurückgekommen, ist da, lächelt mir zu, macht mir Mut, und ich will sie nicht wieder gehen lassen. Sei's drum! Schluß mit der kindischen Spielerei: Er soll alles erfahren.

»Und was hätte ich deiner Meinung nach heute abend machen sollen, als du endlich an der Tür klingeltest? Und ich darauf brannte, dir in die Arme zu fallen? He? Was macht man in einem solchen Fall? Wenn man seinen Kopf, seine

Vernunft, seine Gebrauchsanweisung verloren hat? Man klammert sich an Umgangsformen. Man täuscht vor. Man tut, als ob ... Als ob gar nichts wäre. Als ob jedes Gefühl eingefroren wäre. Weil es das einzige Mittel ist, seine Haut zu retten. Seitdem ich dich kenne, habe ich Lust, mich an deinen Hals zu werfen und dich nicht wieder loszulassen! Und das einzige Mittel, mit dieser Lust zu leben, ist, sich gesittet zu benehmen! Und wenn ich nicht lüge, wie du behauptest, wenn ich direkten Kurs auf dich nehme, was machst du dann? Du ergreifst die FLUCHT ... Stimmt's?«

Jetzt bin ich diejenige, die ihn am Wickel hat. Die hinter ihm her ist und die Wahrheit triumphierend wie eine Bibel schwenkt. Während meines ganzen Monologs habe ich ihn genau beobachtet, habe die Art und Weise, in der er mir zuhört, belauert und verstanden, warum er mich so aus mir herausgehen läßt: Dieser Mann da ist echt. Und stark. Ich kann ihm alles erzählen: von der Dämonin, der Kitschliese, der Schwachsinnigen und dem kleinen Mädchen – ohne daß er daran Anstoß nehmen würde. Ganz im Gegenteil sogar ... Er wird ein Ende mit dem anderen verknüpfen und mich wiederherstellen. Wird mir dafür danken, daß ich nicht so einfach gestrickt bin. Aus einer einzigen Stimme. Einem einzigen Leben. Wird mir sagen, daß es das sei, was mich einzigartig mache, liebenswert, verführerisch ... Diese Entdekkung berauscht mich. Ich verstehe jetzt, warum ich seit dem ersten Abend wußte, daß er es ist. Ich habe die Lösung des Rätsels: Er kann alles einstecken. Ich kann es ihm mitten ins Gesicht sagen. Er ist imstande, alles in Gold zu verwandeln, all das, was mich manchmal erschreckt. Er hat keine Angst.

Dieser Mann ist für mich geschaffen.

Mir dreht sich der Kopf, und ich warte.

Ich warte.

Und warte.

Ich habe alles auf eine Karte gesetzt. Entweder er ist betroffen, oder er ist es nicht. Entweder glaubt er mir, oder er glaubt mir nicht. Im Moment sieht er mich bloß an. Ohne ein Wort zu sagen. Sein seidenes Einstecktuch zeigt zwei Eselsohren. Sein braunes Haar steht am Kragen etwas hoch. Er spult sich noch einmal meine letzten Worte zurück. Wiegt das Für und Wider ab. Fragt sich bestimmt, ob ich immer noch lüge. Welche hat da gesprochen? Wo ist die echte? Lauscht dem Schweigen, das sich wieder einmal zwischen uns breitgemacht hat. Stößt mit seinen weißen Zähnen gegen den Rand seines Glas.

Hält mein Schicksal in seinen Händen.

Ich warte.

Und warte.

Vielleicht erwartet er, daß ich noch weiter gehe? Daß ich ihm als zusätzlichen Beweis für meine Aufrichtigkeit ein Kilo Fleisch liefere? Daß ich ihm den Vorfall mit dem Mann mit dem Pferdeschwanz berichte...

Ich verdrehe meine Hände. Nein, das kann ich nicht.

Ich bereue schon, so viel und so vehement gesprochen zu haben. Die Wahrheit ist nicht so rosig, ich wußte es, ich wußte es. Man darf kein Vertrauen haben: Sie verändert sich mit jedem Individuum. Dabei habe ich es doch gewußt...

Ich wußte es. Aber es war stärker als ich. Jedesmal rufe ich »Banco« und werfe meinen Einsatz auf den grünen Filz. Damit man genau weiß, wer ich bin. Damit es kein Mißverständnis gibt.

Ich wage nicht einmal mehr, den Blick auf den Croupier zu richten. O ja, es wäre einfacher gewesen, die Schwachsinnige gewähren zu lassen, das steht fest... Dann schließe ich jämmerlich:

»Aber ich spreche zuviel... Du wirst noch glauben, ich sei hysterisch. So ist es immer. Es ist auch deine Schuld... Du hast eine echte Gabe, mich aus der Fassung zu bringen...«

Er sieht mich ernst und abschätzend an. Seine Augen weichen nicht von mir. Die Zigarette verglimmt zwischen seinen Fingern. Die Asche wird gleich auf den weißen Teppichboden fallen. Der Maya wird es sehen und bei Bonnie Mailer petzen.

»Ich mag es, wenn du so bist«, sagt er. »Ich mag nicht, wenn du die Mondäne markierst... Spiele sind immer nur für einen Moment amüsant. Aber wenn nichts dahinter steht, sind sie langweilig... Die Stadt ist voll von Mädchen, die so tun, als ob, die sich zurückhalten, ihre Gefühle verbergen, weil sie so große Angst haben zu leiden. Weißt du das? Du weißt es... Du willst doch nicht so sein wie sie? He, sag es mir...«

Ich schüttele den Kopf.

»Ich bin keine Nike-Tante...«, sage ich abschließend.

Und da er mich erstaunt ansieht:

»Du weißt, diese Tanten, die in Sportschuhen und Gabardinekostüm und mit gut verstauten Gefühlen ins Büro gehen...«

Er lächelt und drückt seine Stirn an meine.

»Nein, du bist keine Nike-Tante, aber manchmal flüchtest du dich unter den Rockzipfel von so einer...«

»Ich hasse die Nikes...«

»Ich auch.«

Er legt seinen Mund auf meinen und küßt mich, küßt mich immer wieder. Wie gestern Abend im Cadillac. Bevor er zu dem anderen Mädchen zurückging, die...

Ich werde stocksteif. Mache mich los.

»Die Asche deiner Zigarette wird auf den Teppichboden fallen, und Bonnie...«

»Woran denkst du gerade?«

»An deine Zigarette...«

»Lügnerin...«

»...«

»Siehst du, es ist stärker als du!«

»An das Mädchen von gestern abend, das du gleich nach mir geküßt hast...«

Er legt mir die Hand auf den Mund, und seine Zigarettenasche bröselt auf den Teppichboden. Er legt die Zigarette weg, stellt sein Glas ab, nimmt mir meines aus der Hand, hebt mich hoch und trägt mich in Richtung von Bonnies Schlafzimmer.

»Aber Bonnie?« frage ich, erstaunt, in seinen Armen zu liegen.

»Sie hat eine Verwaltungsratssitzung. Sie kommt spät nach Hause...« Er geht an dem Spiegel neben der Küche vorbei, und ich erhasche einen kurzen Blick auf uns als Paar. Ich ganz klein, er so groß. Ich, die Millionen Küsse verlangt, tonnenweise Liebe, so groß ist das Defizit, ich habe ihm eine lange Rechnung zu präsentieren... Ich lehne mich an das Einstecktuch mit den Eselsohren. Fühle mich leicht. Glücklich, so glücklich. Darüber, daß ich gesprochen habe, es gewagt habe. Für das genommen werde, was ich bin. Darüber, nicht mehr so tun zu müssen, als ob. Meine Beine baumeln. Meine Arme baumeln. Mein Kopf liegt an seiner Brust. Ich rieche den Duft von Rasierwasser. Ich schließe die Augen. Öffne sie wieder, als er mich auf dem Bett absetzt.

Ich öffne sie und sehe die Perrierflasche.

»Nein. Nicht hier. Nicht hier.«

»Warum denn nicht?«

»Nicht hier, mit ihm.«

Dabei deute ich mit dem Kinn auf die Perrierflasche.

Allan geht im ganzen Zimmer auf und ab und sucht den Störenfried.

»Wer ist *er*?«

»Er da. In der Flasche.«

»In der Flasche!«

Er läßt mich abrupt fallen und sieht mich beunruhigt an.

»In der Flasche, also, hör mir bitte zu... In der Flasche ist Ronald, Bonnies Mann... Jedenfalls das, was von ihm übrig ist, und ich kann unter solchen Umständen nicht...«

»Bonnies Mann! Ronald Bauer!«

»Ja. Sie hat seine Asche gestern mit der Post erhalten und... also, ich erkläre dir alles später, aber jetzt ist er jedenfalls da. In der Flasche. Und mit ihm im Zimmer kann ich nicht...«

»Warte. Erklär es mir.«

Ich mußte ihm alles erklären.

Zu Anfang glaubte er, ich würde lügen, hielt es für einen weiteren Trick, mit dem ich mich interessant machen wollte. Aber sehr schnell – als ich das Packpapier aus dem Ascheimer holte und ihm die Poststempel zeigte – fing er an, mir zu glauben und zu lachen ... Er lachte und lachte ... Er konnte gar nicht wieder aufhören. Alles wollte er mit eigenen Augen sehen: die Eiscremeverpackung, die verchromte Dose mit dem Ring auf dem Deckel, den Stempel der Firma, die vierundzwanzig Stunden am Tag geöffnet hat und Kreditkarten akzeptiert. Er lachte und lachte. Von Zeit zu Zeit unterbrach er sich und keuchte: »Guter, alter Ronnie ... wenn du das sehen könntest!« Und lachte daraufhin noch lauter.

Und unter den gegebenen Umständen vergaßen wir ganz, ins Bett zu gehen und uns zu küssen. Wir verschoben es auf später.

Das Seltsame ist: Seit dem Abend habe ich das Gefühl, daß ich mir mit ihm alle Zeit dieser Welt nehmen kann.

Jede Menge Zeit ...

Bonnie Mailer ist äußerst förmlich: Es steht überhaupt nicht zur Debatte, die fünf Zeugen unter ihren Freunden auszuwählen. Im Schweiße ihres Angesichts hat sie sich einen Ruf erster Qualität erworben, und den will sie nicht wegen einer testamentarischen Laune ihres Ex-Mannes verlieren. Das Dumme ist, daß Allans Freunde im großen und ganzen demselben Kreis angehören wie Bonnies. Ein Vorkommnis wie das hier, ein recht banales, wie man wohl sagen kann, würde unweigerlich weite Kreise ziehen und nichts als Spott und üble Nachrede provozieren. Also bleibt nur ein Ausweg: Freunde von mir. Vorausgesetzt, ich suche sie in dem weiteren Bekanntenkreis zusammen...

Zwei oder drei Zeugen in dem Sinne, in dem wir den Brief des Rechtsanwalts interpretieren. Ronald verlangt fünf Zeugen weißer Rasse. Bonnie, Allan und ich sind schon drei... Aber wenn Bonnie sich auf ihre Rolle als Witwe zu beschränken hat, müssen wir alles noch einmal durchdenken.

Ich denke sogleich an Rita.

Die an Maria Cruz denkt.

Die wiederum José vorschlägt.

Die Runde ist gemacht.

Wir legen einen Zeitpunkt fest: Ein Sonntagnachmittag soll es sein. Ein Tag, an dem man sich mit der Familie herumschlägt, an dem Bonnies Geschäftsbilanzen auf Sparflamme schmoren, an dem sich die Nike-Tanten in Soho ihrem Brunch widmen, weit weg von unserem Trauergeleit.

Ich habe niemandem Maria Cruz' wahren Beruf offenbart, aus Furcht, Bonnie könnte sie als Zeugin zurückweisen. Rita will am Telefon wissen, wer sich um die Musik und die Blumen kümmert. Bonnie zuckt die Schultern und trommelt mit einen Fingernagel gegen ihre Zähne. Ich übersetze »völliges

Defizit« und gebe es an Rita weiter. Sie sei völlig schockiert, entgegnet sie daraufhin. Ein Abschied aus dieser Welt müsse sich in Harmonie vollziehen, weil sich andernfalls die Seele wie eine am hellen Tage geweckte Fledermaus an jeder Ecke verheddern und im Vorhof des Paradieses verirren würde und keine Chance hätte, das Ewige Licht zu finden.

»Weiß sie, wie er gestorben ist?« fragt Bonnie überspannt, als ich den Hörer auflege.

»Nein«, antworte ich jämmerlich.

Ich hatte es nicht für angebracht gehalten, Rita über die ein wenig schwefelsauren Umstände von Ronalds Tod zu unterrichten.

»Weiß sie über die Perrierflasche Bescheid?«

»So ungefähr... Hör zu, ich habe sie mit Samthandschuhen angefaßt: Rita ist äußerst religiös... man darf sie nicht schockieren.«

»Ja, was hast du ihr denn nun erzählt?«

»Ich habe nichts von der Flasche gesagt, nichts von der Nutte, nichts von dem Herausfischen aus der Toilette, nichts von Las Vegas... Ich habe lediglich von originellen Umständen gesprochen, das ist alles!«

»Das fehlte gerade noch!« seufzt Bonnie. »Eine Bigottenversammlung...«

Sie geht mir langsam auf die Nerven. Wenn ihr meine Freunde nicht passen, soll sie sich ihren Trauerzug gefälligst selbst zusammensuchen! Soll gedruckte Trauerkarten an ihre verklemmten, piekfeinen Freunde versenden. Ah! Keine Spur mehr von der in Tränen aufgelösten, aschebesudelten Witwe, die neben der Klobrille schluchzte. Das Leben fordert wieder sein Recht, und ihre Erinnerung ist ausgelöscht wie die Schrift auf einer Zaubertafel. Ronald ist nicht mehr der innig Geliebte, sondern ein Problem, das es schnell und ohne Umschweife zu regeln gilt.

Glücklicherweise sorgt Allans Erscheinen für Ablenkung. Er klingelt, dring, dring, und wir gewinnen beide die Fassung zurück. Bonnie verwandelt sich in die ehrbare Witwe, tupft ihr Näschen und spricht mit gedämpfter Stimme. Ich dagegen laufe voll Wasser wie ein leckgeschlagenes Boot und halte mich zurück, um nicht an seinen Hals zu paddeln.

Dring, dring, ich nehme euch mit zum Begräbnis, und ihr werdet schon sehen, was geschieht, scheint sein strahlend weißes Raubtierlächeln zu sagen. Sein Haar strahlt, seine Augen strahlen, seine Haut strahlt. Wenn er kein dunkler Typ und nicht so menschlich wäre, würde ich ihm einen goldenen Kreis über den Kopf heften, und er könnte vor uns den Jesus spielen. Zu Tausenden würden die Jünger ihre Fischernetze im Stich lassen, um ihm zu folgen.

Der rote Cadillac parkt vor Ritas Laden und zieht eine ganze Menge Jungen aus dem Viertel an, die mit großen Augen Scheinwerfer, Stereoanlage und Ledersitze bestaunen. Bonnie zieht die Nase kraus, als sie das Schild »Fortune Teller« liest.

»Deine Freundin ist Hellseherin... Das fehlte gerade noch!«

Rita hat sich für die Zeremonie ein entzückendes Hütchen aufgepflanzt. Aus orangem und gelbem Filz, umschlungen von einer braunen Schleife und einem Strauß Fasanenfedern. Sie trägt ein kastanienbraunes Wollkleid mit weißen Ärmelaufschlägen, dazu Handschuhe aus Spitze. Und über dem Ganzen: einen faltigen Überrock, verziert mit einem billigen Pelz, der ein wenig nach Mottenkugeln und Reismehl riecht. Im Arm hält sie große, gesprenkelte, weiße Lilien, die sie, gesenkten Blicks in ihr Meßbuch versunken, sanft streichelt.

Nachdem sie ein Schild ins Fenster gehängt hat, das besagt, sie sei den Nachmittag über abwesend, und nachdem sie den Laden abgeschlossen hat, zwängt sie sich auf den Vordersitz des Cadillac. Ich steige hinten ein.

»Guten Tag«, wirft sie in die Runde, während Bonnie ihre Entrüstung hinter vorgehaltener Hand verbirgt. »Was für ein schöner Tag, um eine Seele zu Gott zurückzuführen!«

»Das ist ja wie ein Wahrzeichen des Trödelmarktes!« murmelt Bonnie zwischen ihren Fingern hindurch. »Du hättest mich wirklich warnen können! Was hast du bloß für Freunde!«

Ich gehe darüber hinweg und mache alle miteinander bekannt. Als ich zu Allan komme, schließt Rita die Augen und stößt nach zwei, drei Verrenkungen des Halses hervor:

»Er ist es, er ist es! Ich habe eine Vision... Möge euch Gott segnen, meine Kinder... Ihr werdet übrigens zwei davon haben...«

»Zwei was?« fragt Allan.

Ich versetze Rita einen Stoß gegen die Schulter, damit sie den Mund hält.

»Sie meint, daß wir zwei zusätzliche Zeugen brauchen... Sie kann etwas hellsehen und hat vernommen, daß Ronald zu ihr sagte, wir bräuchten zwei weitere, ansonsten liefe nichts...«

»Wir werden mit dem vorliebnehmen, was wir haben«, faucht Bonnie. »Wir werden keinesfalls all die Verrückten aus der Gegend aufsammeln, um einem bescheuerten Rechtsanwalt aus Las Vegas einen Gefallen zu tun...«

»Aber von wem sprechen Sie denn?« fragt Rita und dreht ihr Hütchen zu Bonnie herum.

»Ich spreche von dem, was ich kenne«, entgegnet Bonnie nicht gerade liebenswürdig.

Der Cadillac gleitet zu den Docks. Um jedes Entgleisen der Unterhaltung im Keime zu ersticken, kommentiere ich die Landschaft und erhebe alleinigen Anspruch auf das Wort. Ich knüpfe eine Banalität an die andere: Meiner Meinung nach, und das betrifft nur mich, ist dies ein idealer Tag für ein Begräbnis. Weder Regen noch Hagel noch Schnee. Weder zu warm noch zu kalt. Alle New Yorker sind wahrscheinlich hinausgefahren, wir werden kaum in einen Stau geraten. Ich weise auf interessante Hochhäuser hin, lasse mich über das Für und Wider der Stadtarchitektur aus, über den Wettbewerb der Konstrukteure, die Philip Johnsons und Co... über die Gier der Bauherrn, Hochhäuser von vierzig Stockwerken in die Luft zu jagen, um dann andere mit sechzig Stockwerken und mehr an der Stelle zu errichten... über den schlechten Zustand der Straßen, die sich, sobald es regnet, in ausgedehnte Wasserbecken verwandeln, welche von Lastwagen in

Höchstgeschwindigkeit durchquert werden, wobei Wasserschwälle auf zeternde, tropfnasse Fußgänger niedergehen... über die Gefahr, mit erhobener Nase durch diese Stadt zu stolzieren, in der die Fußgänger nur so dahineilen... Und warum tragen alle wichtigen Wolkenkratzer einen Namen, der an Geld erinnert? He? Ihr New Yorker, wie erklärt ihr euch das? Rockefeller Center. Citibank Building. World Trade Center. Chrysler Building. Nichts als in Form von Backstein aufgehäufte Kohle.

Ich plappere, lasse mich weitschweifig aus, ein Auge auf die Fasanenfedern der einen gerichtet, das andere auf das leichenblasse Gesicht der anderen, bis wir zum Wohnblock von José und Maria Cruz gelangen. Ich verschwinde mit Allan, nicht gerade unglücklich darüber, der knisternden Spannung im Wagen entrinnen zu können, und amüsiert bei dem Gedanken an das Tête-à-tête von Rita und Bonnie.

Im Fahrstuhl nimmt er mich in die Arme, läßt ein Knie zwischen meine Schenkel gleiten und preßt mich gegen die Wand. Ich setze mich rittlings auf sein Bein, lasse vergnügt seufzend meine Handtasche auf seine Füße fallen, schlinge meine Arme um seinen Hals und erwidere seinen Kuß. Sein Knie zwängt sich energisch zwischen meine Beine, spreizt meine Schenkel und preßt sich voller Kraft gegen mich, während sein Mund mich ohne Hast, mit kleinen, sanften Stößen küßt. Ich seufze, bin von dieser Mischung aus Sanftheit und Brutalität völlig aus der Fassung gebracht. Klammere mich an seinen Hals und murmele:

»Weiter so, mach weiter, o ja...«

Er legt mir eine Hand auf den Mund.

»Nicht sprechen!« befiehlt er. »Nicht sprechen!«

Seine rauhe Stimme ruft mich zur Ordnung, und in mir steigt ein dunkles, brennendes Gefühl hoch. Mehr Befehle, noch mehr... Und seine Hand auf meinem Mund knebelt mich. Zerquetscht mich. Seine Finger dringen in meinen Mund ein und streichen über meine Zähne, durchwühlen meinen Mund, nehmen mich mit Gewalt... Ich schließe meine Beine um seinen Schenkel und lege den Kopf in den

Nacken wie in einem heißen Bad. Sein Mund gleitet über meinen Hals hinunter bis zu den Brüsten. Ich versteife mich und beiße mir auf die Lippen, um nicht aufzustöhnen...

Die Türen des Fahrstuhls öffnen sich, und zwei Männer, die bei unserem Anblick lächeln müssen, steigen ein. Allan setzt mich ab. Eine schlaffe Lumpenpuppe ohne Knie und Willen. Ich greife nach meiner Handtasche und stolpere voran. Versuche mich etwas zu richten, während wir den Flur nach Nummer 1805, Maria Cruz' Ein-Zimmer-Apartment, absuchen.

»Was macht deine Freundin?« fragt Allan, stopft die Hände in die Taschen und lehnt sich an den Türrahmen.

»Äh! Ich weiß nicht so genau... Ich glaube, sie arbeitet an einer Doktorarbeit über Potlatch...«

»Über was?«

»Ich erklär' es dir später...«

Maria Cruz steht vor uns.

Eine andere Maria Cruz.

Eine weit, weit entfernte Maria Cruz.

Sie kneift die Augen zusammen, um mich zu erkennen, und lächelt schwach. Ein schmerzliches Lächeln, mit verzerrten Lippen. Eine abgezehrte Maria Cruz. So mager, so dünnhäutig, daß sie in ihrem schwarzen Rock, ihrem schwarzen Pulli, mit den langen, nervösen Beinen auf hohen Absätzen schlaksig erscheint. Halblange, braune Haarsträhnen umrahmen ein trübes Gesicht, eingefallene Wangen, violette Schatten unter zwei schwarzen Augen, die, zerfließend, von einer anderen Welt zu träumen scheinen. Unter halbgeschlossenen Wimpern hervor, die sie schwerfällig zu heben versucht, ruht auf uns der Blick einer Schlafwandlerin. Nicht mehr die geringste Spur von Kindheit. Von Appetit. Sondern ein Blick, der nach innen gerichtet ist. Ein Blick, der mich kaum wahrnimmt, der sagt: »Guten Tag, wie geht es dir? Ich freue mich, dich wiederzusehen... Wer ist der da?«

»Ein Freund...«

Ein Freund? Sie lacht laut auf. Ihre Hände streichen über ihre knochigen Hüften.

»Als wenn es so etwas gäbe... Freunde!«

Ein böses Lachen, das mehr über das Leben besagt als alles Gejammer von Rita. Sie legt den Kopf ein wenig schief, und ihr Lachen bricht ebenso abrupt ab, wie es aus ihr herausgesprudelt war. Sie nimmt einen Zug von ihrer Zigarette und hustet. Ihre Finger sind gelb von Nikotin und an den Knöcheln geschwollen. Rot und geschwollen...

Maria Cruz... Maria Cruz... Ich erkenne sie nicht wieder. Ich strecke die Hand nach ihr aus, um sie zu streicheln, aber sie weicht mir wie angewidert aus. Scheint sich dann entschuldigen zu wollen. Zuckt mit den Schultern.

»Du bist es«, sagt sie, »du bist es... Alles scheint so weit entfernt...«

Dann löst sich ihr Blick von mir und stellt sich dem Blick Allans. Verbindet sich mit seinem und wird sicher. Die schwarze Tinte nimmt die Gestalt von zwei kleinen Kohlestücken an. Als würde sie endlich sehen. Sie verfestigt sich von Kopf bis Fuß. Hängt sich an eine unbekannte Kraft. Ihr Mund schürzt sich, wird rot. Sie streicht sich über das Haar, über die Wangen. Sie schiebt ihre Hüften vor, und ihre Brust wölbt sich. Sie wird wieder schön. Eine pathetische, schwermütige Schönheit. Eine Schönheit, die sich wie eine letzte Gelegenheit anbietet.

Mit heiserer Stimme fügt sie hinzu:

»Ich bin gleich fertig... In einer Minute...«

Sie fordert uns nicht auf einzutreten, und wir warten an der Tür. Ich frage mich, ob es eine gute Idee war, so verschiedene Leute für dieses Begräbnis zusammenzubringen. Male mir aus, wie ich sie Bonnie vorstelle... Überlege mir, daß es vielleicht nicht nötig wäre, daß José mitkommt... Denn, ehrlich gesagt, José und Bonnie Mailer... Überlege so viele Dinge hin und her, bis ich plötzlich feststelle, daß ich allein bin. Neben mir ist niemand mehr. Wäre Allan bei mir, würde ich nicht an all das denken. Ich würde mich an ihn schmiegen und mir unter seiner Jacke die Finger wärmen, während ich darauf warte, daß Maria Cruz ihr Rouge aufgelegt und ihre Strümpfe hochgezogen hat...

Allein.

Verlassen...

Ich drehe mich zu Allan um. Sehe ihn an.

Er ist da.

Aber nicht bei mir.

Er ist weit entfernt.

Sehr weit...

Weit zurück...

Bereit für Maria Cruz, für das baldige Erscheinen von Maria Cruz, darauf wartend, daß sie zurückkommt, daß sie in den Türrahmen tritt, um sich ihm zu nähern. Ich ziehe ihn am Ärmel, aber er weist meine Hand sanft und zerstreut zurück. Ich störe ihn. Seine Augen weichen nicht von der Eingangstür zu Maria Cruz' kleinem Apartment. Schmerz flammt in mir auf, und Tränen treten mir in die Augen. Ich schaudere und halte mir die Hand vor den Mund, um nicht zu weinen. Bloß nicht weinen. Mein ganzes Gesicht spannt sich, und der alte Schmerz entfaltet sich tief in mir. Dreht seine Runde, gräbt sich seinen Platz, breitet sich aus, wälzt sich herum, beißt in den Bauch, um noch tiefer einzudringen, um noch größere Runden zu ziehen. Schnurrt vor Behagen, während ich kämpfe, damit er nichts sieht. Halte meine Hand fest auf den Mund gepreßt, um mich nicht hier, auf ihrer Türschwelle, zu entleeren...

Ich werde hinterher weinen...

Hinterher...

Es ist wie in einem bösen Traum. Maria Cruz schließt die Tür ab und nimmt Allans Arm. Allan schiebt seinen Arm unter ihren. Sie lehnt sich fast an ihn. Ich gehe langsam hinterher. Sehr langsam. Meine Füße stolpern über den Teppich, auf den Stufen, gegen die Stäbe des Treppengeländers, als hätte ich Schwierigkeiten zu gehen. Wir betreten das darunterliegende Stockwerk, um José abzuholen. José kommt nicht mit. Er zuckt bloß die Schultern, als Maria Cruz ihn bittet, der Fünfte bei dem Begräbnis zu sein. Sie bleibt hartnäckig. Er explodiert: »Ja, siehst du denn nicht, wie ich aussehe! Ich habe anderes zu tun! Ich gehe heute nachmittag auf einen Empfang! Beim Bürgermeister! Eine Garden-Party! Sich so allein auf den Kais herumtreiben, ein Haufen Spinner seid ihr!« und schlägt die Tür seines Apartments zu. Maria Cruz versetzt der Tür einen Fußtritt, bezeichnet José als Arschloch, Sohn von Arschlöchern und König aller Arschlöcher. Dann zuckt sie die Schultern, richtet ihr Haar und greift wieder nach Allans Arm. Allan fragt Maria Cruz, wer der Mann sei, sie antwortet, er sei ein Freund. Ich möchte schreien, daß das nicht wahr ist, daß er ihr Lude ist. Und sie ist eine Nutte! eine NUTTE! Als ich sie kennenlernte, kreiste er in seinem Wagen um sie. Sie gab den Typen im Park von Forsythe Street für zehn Dollar einen »Blow-Job«. Und sie schnüffelte Koks von Autokotflügeln, trug Stiefel aus rotem Venyl, ließ die Gummiträger ihres BHs knallen und zog Latinos den Amerikanern vor... weil die Amis zwar sauber im Schritt, aber verknotet im Kopf seien, das war es, was sie damals sagte, Maria Cruz... Und sie arbeitete Tag und Nacht, um den Sparstrumpf von José zu füllen... Aber mein Mund ist ausgetrocknet und meine Zunge voller Kieselsteine, und meine Arme sind schwer, so schwer, und meine Beine gleichen zwei Autobahnbrückenpfeilern, und ich muß die beiden einfach dauernd ansehen und mir sagen: Das ist nicht gerecht, das ist ungerecht. Und meine Füße schleppen sich voran und stoßen gegen alles, was im Wege ist...

Um nicht zu heulen, habe ich angefangen zu zählen, zu zählen, bis mir der Atem wegblieb, auf französisch, auf englisch, um die Tränen in meinen Augen aufzuhalten, um die Schluchzer in der Kehle zu ersticken, um diesen Schmerz, der aus meinem Bauch aufstieg, zum Schweigen zu bringen. Beinahe hätte ich Seitenstechen bekommen, so schnell zählte ich, vergaß völlig, zwischen den einzelnen Zahlen Luft zu holen...

Im Wagen herrscht ein zum Schneiden dickes Schweigen. Bonnie trommelt mit ihren lackierten Fingernägeln gegen den Stöpsel der Perrierflasche, die aus der Vuitton-Handtasche hervorlugt, und schaut alle eineinhalb Minuten auf die Uhr. Rita reckt ihr Kinn gerade und mißbilligend unter ihrem

Fasanenfederfilz hervor. Ihre Arme umklammern die weißen, gesprenkelten Lilien und ihre Finger das Meßbuch. Der Wagen hält ein Stück weiter entfernt an den Docks, und wir alle beeilen uns mit dem Aussteigen, als wären wir acht Jahre alt und müßten dringend Pipi machen. Wir beziehen Posten an der Wasserkante. In dem schmutzig braunen Wasser schwimmen Plastikflaschen, alte Schuhe, Waschmittelpakete, Tampax...

»Das ist nicht das Meer«, murmele ich und starre auf das dreckige Wasser, »das ist der Hudson River.«

»Na und!« faucht Bonnie. »Irgendwo fließt der Hudson schon ins Meer!«

Sie hat ihre Perrierflasche hervorgeholt und befiehlt den Zeugen, sich in Reih und Glied aufzustellen.

»Einer neben dem anderen!« bellt sie. »Es ist für das Foto, das ich für den Rechtsanwalt brauche...«

Wir gehorchen. Bonnie macht ein erstes Foto, reicht dann Allan den Apparat, der ein zweites aufnimmt. Ich bin sicher, daß auf den Fotos meine Augen geschlossen sind. Und daß Maria Cruz Allan mit verliebten Augen anguckt. Dann hält Bonnie einen Passanten an und bittet ihn, eine Gruppenaufnahme zu machen. So stehen wir alle fünf eng aneinandergepreßt da, ein wenig verlegen, aber guten Willens. Bonnie fixiert den Mann mit stechendem Blick, ist sprungbereit für den Fall, daß er Anstalten machen sollte, sich mit dem Apparat davonzustehlen. Ein feiner Regen, hinter dem eine seltsame Sonne scheint, geht über uns nieder. Eine Sonne, die alle Farben der alten Backsteinschuppen mit ihren geschwärzten Holzbalken und zertrümmerten Fenstern aufstrahlen läßt. Die Strahlen fallen auf die verschmutzten Scheiben und lassen sie glänzen. Wir halten alle einen Arm hoch, weil wir geblendet sind, und Bonnie kläfft, wir sollten uns gefälligst einen Moment lang korrekt aufstellen, wenn das nicht zuviel verlangt sei. Also bewegen wir uns nicht mehr. Dann blinzeln wir und verzerren den Mund, und sie verzichtet darauf, uns zum Stillhalten zu verdonnern.

Während Bonnie ihren Film zurückspult, zieht mich Rita

am Arm und fragt mich, wozu die Perrierflasche da sei, die Bonnie da herumschwenkt, während sie ihre Befehle brüllt. Ich stehe mit dem Rücken zur Wand: Ich muß es ihr sagen. Rita traut ihren Ohren nicht. Ich setze hinzu, dies sei eine neue Art, die Asche der Verstorbenen zu konservieren, entwickelt von einem Beerdigungsinstitut in Las Vegas: Die Toten, die eines natürlichen Todes gestorben seien, würden von Perrier gratis in Flaschen abgefüllt; deshalb würden auch die Fotos gemacht. Rita verdreht die Augen gen Himmel und preßt ihr Meßbuch an ihre Brust.

»Weißt du, wohin uns der Fortschritt führen wird? Weißt du das? Geradewegs in die Sachlichkeit. Und zum Plastik...«

Wir stehen wie die Orgelpfeifen am Rande des Kais und warten auf Bonnies nächste Anweisungen. Alle in einer Reihe auf dem morschen Holz der Docks. Die Nase im Wind, in Richtung Möwen, die kreischend hin und her fliegen und zu fressen verlangen. Sie fragen sich, warum wir uns nicht wie andere Touristen verhalten? Warum wir ihnen nicht Brotreste und Popcorn zuwerfen? Worauf wir warten? Sie formieren sich, um uns mit einem hübschen Luftballett zu erfreuen, und wir stehen mit schlenkernden Armen da, umringen eine Wasserflasche und schießen Fotos voneinander! Kreischend verspotten sie uns, beschimpfen uns, während wir in Regen und Wind ausharren. Scheißviecher... Dann reicht Bonnie Allan den Fotoapparat und schraubt mit ihren langen Fingern mit den blutrot lackierten Nägeln die Flasche auf. Die Finger eines vornehmen, eiskalten Folterknechtes, denke ich, während ich zusehe, wie sie die Messe abhält. Dem Wind, der ihr das Haar ins Gesicht weht, trotzig die Stirn bietend, schreit sie zu Allan hinüber:

»Bist du bereit? Großaufnahme von mir, wie ich die Asche ausschütte! Und daß man ja das Meer hinter mir gut erkennt...«

»Das ist nicht das Meer«, murmele ich wieder, »das ist der Hudson River.«

»Dieses Begräbnis ist völlig daneben«, raunt mir Rita zu. »Deine Freundin hat nicht den geringsten Sinn für das Göttliche... Nicht die Spur einer Seele in diesem hübschen Barbiepuppenkörper! Sie ist eine Materialistin. Von Kopf bis Fuß. Sie stinkt nur so vor Geld...«

Ich protestiere. Bonnie Mailer ist meine Freundin. Es steht Rita frei, sie nicht zu mögen, aber trotzdem... Jeder hat seine Schwächen, oder? Ich habe bereits ein Stückchen Seele von ihr mitbekommen, von der guten Bonnie. Eine Seele voller Großzügigkeit und Zärtlichkeit. Natürlich, im Moment ist das nicht so offenkundig, aber heute hat sie ja auch eine Mission zu erfüllen, und wenn sie anfängt, sich selbst zu bemitleiden, verliert sie möglicherweise den Faden. Könnte alles durcheinanderbringen und den Rechtsanwalt verärgern. Aber Rita zuckt bloß die Schultern und fällt mir ins Wort.

»Eine Schande, sage ich dir! Nicht für einen Penny Gefühl. Aber ich werde das ändern, du wirst schon sehen...«

Sie zieht ein kleines Tonbandgerät aus der Tasche und drückt auf »play«. Dreht auf volle Lautstärke. Man vernimmt den etwas leiernden Anfang einer Totenmesse, dann hört man überhaupt nichts mehr wegen der Fahrzeuge, die in voller Geschwindigkeit über die zwölfte Avenue entlang der Docks rasen. Daraufhin übernimmt Rita mit lauter Stimme die Worte des jämmerlichen Gesangs, schmettert sie dem Fluß entgegen und wirft die gesprenkelten Lilien eine nach der anderen hinein, während Bonnie die Perrierflasche entleert.

Und vergießt eine Träne dabei.

Eine verstohlene Träne, die sie rasch mit dem Finger wegwischt.

Ich ergreife die Gelegenheit beim Schopfe: Ich kann völlig straffrei heulen. Ich habe ein ausgezeichnetes Alibi: eine Leiche, die davontreibt zu ihrer letzten Ruhestätte. Allan wird annehmen, es sei ein Anfall von Gefühlsaufwallung.

Als alle Asche in den Fluß geschüttet ist, steht Bonnie etwas ratlos da, die leere Flasche in der Hand. Sie wirkt ziemlich verlegen. Einen Moment lang läßt sie das Ding im Wind baumeln, während Rita ihren Psalmengesang beendet. Sie weiß nicht so recht, was sie mit der Flasche machen soll. Sie sieht uns der Reihe nach an, als erwarte sie einen Hinweis, einen stummen Rat, aber jeder einzelne von uns ist zu sehr mit seinen eigenen Gedanken beschäftigt, als daß er von Nutzen sein könnte. Also trifft sie eine Entscheidung, schließt die Augen und schleudert die Flasche ins Wasser. Es macht plumps. Und dann gluckgluck. Ein Strudel, und das war's. Wir beugen uns über den Kai. Treten ganz nahe an die Kante heran und sehen zu, wie die Flasche in dem schmutzigbraunen Wasser des Hudson versinkt.

Eine komische Zeremonie.

Danach läßt uns Bonnie ein Papier unterschreiben, das uns als offizielle Zeugen bestätigt.

»Man kann nie wissen«, sagt sie und spielt auf den Rechtsanwalt an, »die Leute sind immer bereit, einen anzugreifen, wenn man ihre Anordnungen nicht genauestens befolgt.«

Sie dankt einem nach dem anderen und läßt sich sogar zu einem Küßchen auf die Wange eines jeden hinreißen.

»Siehst du«, belehre ich Rita, die nicht mehr weiß, auf welchem Bein sie tanzen soll. »Sie hat eine Seele. Sie ist nicht wie alle anderen, hat aber trotzdem eine Seele...«

Dann gingen wir alle zum Wagen zurück.

Ich hing immer noch meinen verfluchten Gedanken nach.

Ich fühlte mich schrecklich müde. Und alt. Als wäre mein gesamtes vergangenes, gegenwärtiges und zukünftiges Leben über mich hinweggerollt und würde mich am Ende der Straße erwarten. So müde, daß ich kaum gehen konnte. Ich setzte einen Fuß vor den anderen, aber schon das machte mir große Mühe. Ich stolperte über alles, was mir im Weg war, und weiß Gott, da gab es einiges verrottete Zeug, das auf den Kais herumlag. Ich starrte wieder auf meine Füße. Wandte den Blick nicht von ihnen, um Allan und Maria Cruz nicht ansehen zu müssen.

Meine Füße erschienen mir viel tröstlicher. Allein der Gedanke, ich könnte sie beim Austausch von verliebten Blicken überraschen, tat mir viel zu weh. Ich stellte es mir vor, sie, wie sie ihn verzückt anblickte und in ihrem schwarzen Rock auf ihren hohen Absätzen schwankte, und ihn, erregt von ihrem Duft, von ihrem hündischen Mund, von der Erfahrung, die jeder Pore ihrer Haut entströmte.

Wir stiegen wieder in den Wagen. Rita saß vorn. Sie konnte das alles nicht gutheißen und mußte es einfach loswerden. Ein Begräbnis ohne Liturgie! Das ließ auf das Schlimmste schließen. Er würde lange Zeit umherschweifen, dieser Verstorbene aus der Flasche. Nie wieder würde sie Perrier trinken.

Bonnie schwieg und schaute auf die Uhr.

Ich blickte wieder auf meine Füße.

Wir hielten vor Ritas Wohnung. Rita stieg aus, ohne ein Wort zu sagen. Allan drehte sich mit einem breiten Grinsen zu Bonnie und mir um, einem Grinsen, das die Bestie in der Tiefe des Bauches zum Leben erweckte, die Bestie, die ihr Haar sträubte und mit den Schellen klapperte...

»Soll ich euch nach Hause fahren?« schlug er vor.

Bonnie deutete mit dem Kinn auf Maria Cruz, die nichts sagte. Die aus dem Fenster schaute, den Arm lässig aufgestützt.

Allan sagte, er würde sie nach uns heimfahren.

Das ist doch nicht logisch, schrie ich in meinem Innern. Überhaupt nicht logisch. Maria Cruz wohnt ganz in der Nähe der Kais, sie muß man als erste absetzen. Man muß sich ihrer so schnell wie möglich entledigen... Aber ich sagte nichts. Ich senkte den Kopf.

Bonnie hatte begriffen. Sie sagte: »Ach so...!« und sah mich mitleidig an.

Der Blick war es, der alles auslöste. Das war zuviel für mich. Ich setzte mich kerzengerade auf und sagte, ich wolle aussteigen. Mit Rita.

Das hätten wir vereinbart. Sie und ich. Schon seit langem. Ich sah niemanden an und stieg aus. In Windeseile. Rita nahm meinen Arm und sagte, natürlich, man habe beschlossen, den Nachmittag zusammen zu verbringen.

Wir standen zusammen auf dem Bürgersteig der Forsythe Street und winkten den Insassen des Wagens hinterher. Ich hob meinen Blick zu Allan. Er machte ein komisches Gesicht, das muß ich wirklich sagen. Ich verspürte so eine Art Schadenfreude in mir und fand sogar die Kraft, ihm breit zuzulächeln, während ich auf Wiedersehen sagte.

Als der Wagen sich entfernt hatte, senkte ich den Kopf, und alle Tränen strömten mit einem Male hervor. Ein wahrer Springbrunnen. Und ich wollte nur noch eines: mich in die einhundertundzwanzig Kilo Falten und Speck von Rita werfen und weinen, weinen, ohne je wieder aufzuhören...

Ich mußte alle Tränen vergossen haben, denn plötzlich hörten sie auf zu fließen. Nicht einen Tropfen konnte ich mir mehr über mein Unglück abringen. Da konnte ich noch so sehr, einmal, zweimal, dreimal, meinen Kopf schütteln. Mir die Begegnung zwischen Allan und Maria Cruz immer wieder in Zeitlupe vor Augen führen: Maria Cruz' sicheren kohlrabenschwarzen Blick und den von Allan, der auf den Hüften in dem enganliegenden Pulli ruhte, konnte in meiner Wunde rühren und stochern und den Dolch der Erinnerung hineinstoßen...

Ich blieb hartnäckig.

Vergebens.

Ich hatte keinen Tropfen Wasser mehr in Reserve.

Also blickte ich auf meine Füße. Ziemlich lange. Und fand sie übertrieben, all meine Tränen. Sogar lächerlich. Ich fand alles lächerlich: das Abfüllen von Ronald in die Flasche, das Begräbnis an den Docks, die Begegnung zwischen Maria Cruz und Allan, den großen Schmerz, der mich zerrissen hatte, die weißen Lilien in Ritas Armen und Bonnies mißtrauisch-mitleidigen Blick, als sie mein Mißgeschick bemerkt hatte. Armes Ding, hatte ich in ihren Augen lesen können, armes Ding, ein Opfer der Liebe.

Ein Opfer der Liebe? Ich? fragte ich mich, den Kopf gesenkt, den Blick auf meinen Schuhen verhaftet. Ich strengte mich an, zu einem Schluß zu gelangen. Oder, vielmehr, ich hörte eine kleine Stimme in meinem Innern. Ehrlich gesagt war sie es, die alles auf den Punkt brachte. Eine kleine neue Stimme mit weit herausgestreckter Zunge. Und ungestüm dazu! Sie versuchte nicht, mich zu schonen. »Ja, hast du dich überhaupt mal angeschaut? Du hörst überhaupt nicht mehr auf zu flennen, über dein Schicksal zu schluchzen, über deine kleinen Liebschaften, deine kleinen Leiden, deine kleinen Sehnsüchte! Du verkriechst dich hinter vergangenen Leiden, hinter Wunden, die du mit kleinen Messerstichen wieder öffnest, damit du sie gründlicher auskosten kannst! Hast du es nicht irgendwann einmal satt, ewig das gleiche zu wiederholen, dich immer wieder im gleichen Schmerz zu wälzen? Hast du nicht mal Lust auf ein bißchen Veränderung? Diese blödsinnige Wiederholung raubt dir doch den Verstand. Denn wenn du es einmal vernünftig überlegst, was hat er dir schon angetan, dieser Allan? He? Überhaupt nichts. Er hat sich lediglich für ein anderes Mädchen interessiert. Weil Maria Cruz bildschön ist... Möglicherweise läßt er sich jetzt ihr Leben erzählen und tröstet sie dann. Na und? Ist das etwa verboten? Und selbst wenn er sie sich etwas genauer ansieht, geht dich das etwa was an? Ihr seid doch nicht verheiratet! Er hat dir nichts versprochen! Er kennt dich kaum, und jedesmal, wenn du ihn siehst, machst du ihm eine Szene! Du stürzt dich auf jeden erstbesten Vorwand, um dir ein Verlassensein, einen Verrat auszumalen. Als würde er dir gehören. Als hinge dein Leben von ihm ab. Aber das stimmt nicht, meine Kleine. Dein Leben gehört nur dir. Und es ist an der Zeit, daß du darin einen Sinn findest, unabhängig von deinem angebeteten Mann. Du vergißt, wer du bist. Du vergißt, daß du im Grunde niemanden brauchst. Niemanden. Du kommst sehr wohl allein zu Rande. Du kannst ganz gut allein leben. Aber sowie ein Mann auftaucht, ein Mann, der dich ein bißchen interessiert, schiebst du die Starke, die Unabhängige in dir zur Seite, um in die Kindheit zurückzufallen. Du stürzt dich voller Lust darauf. Du wirst zu dem kleinen, greinenden Mädchen, das mit dem Fuß aufstampft, weil man es nicht genug beachtet. Aber damit ist jetzt Schluß. Diese Geschichte vom kleinen Mädchen ist doch schon eine Ewigkeit her... Warum bringst du sie also immer wieder aufs Tapet, sobald du dich verliebst, he?«

Das stimmt, sagte ich mir, während ich die großen, schwarzen, mit grünlichem Moder angefüllten Löcher im Asphalt vor Ritas Laden betrachtete. Ich komme ganz gut allein zu Rande. Ich setze sogar einiges Vertrauen in mich. Im großen und ganzen. Ich kann mich auf mich verlassen. Es sei denn, ein Mann taucht am Horizont auf... Dann entgleitet mir alles.

Warum?

Sie hatte recht, die kleine Neue: Ich würde doch mein Leben nicht mit kindischem Geplapper verbringen. Das wurde langsam wirklich unerträglich. Wenn ich so weitermachte, würde ich noch in der Klapsmühle landen. Ich mußte damit aufhören, mußte andere Dinge erkunden. An andere Menschen denken.

Und dann... ich hob den Kopf und betrachtete den Himmel. Den gletscherblauen Himmel schöner Tage in New York. Sah an den roten Backstein-Hochhäusern in der Forsythe Street hinauf. Betrachtete die alten Wasserreservoirs, die in schwarzen Holzfässern auf den Dächern thronten. Die verrosteten Feuerleitern, die sich an die Mauern klammerten. Die Neonreklamen, aus denen sich hier und da Buchstaben gelöst hatten und jämmerlich an ihren elektrischen Leitungen herunterbaumelten. Die Unterwäsche, die über verwildertem Gelände aufgehängt war... Und mir fiel ein großer Stein vom Herzen.

Ich fühlte mich leichter.

Fast wie neu geboren.

Ich sah mich mit anderen Augen.

Ich sah Allan mit anderen Augen.

Oh, er sah immer noch so gut aus, ich hatte immer noch genauso Lust auf ihn, darauf, mich an seinen Hals zu hängen, mich in seine Arme zu schmiegen und ihn zu fragen: »Und wohin gehen wir jetzt?« Von daher hatte sich, ehrlich gesagt, nichts geändert. Aber es war nicht mehr so dringend.

Ich hatte Zeit.

Ich sah mich nach allen Seiten um und schneuzte mich dann in meine grüne Bluse. Ich hatte kein Taschentuch.

Rita drängte mich in ihren Laden, und wir holten alle Eiscremesorten aus dem Gefrierfach. All die Häagen-Dasz, Ben-and-Jerry und Natural-Ice-Creams, die sie sorgfältig auf der obersten Ablage ihres Gefrierfachs ausbewahrte, um sie an Abenden, an denen sie deprimiert war, genüßlich zu verzehren. Einige waren zur Hälfte leer, andere ganz neu, an der Oberfläche zart und cremig. Wir stellten sie in einer Reihe auf den Tisch, mitten in das Durcheinander ihrer Kartenlegerei. Wir krempelten die Ärmel hoch, holten die kleinen Löffel heraus und legten los. Ein wahrer Schmaus.

Rita watschelte zum Schrank und zog einige Pakete Famous-Amos-Kekse hervor: Schokolade, Mokka, Pecan-Nuß. Sie häufte sie auf einen weißen Teller mit geschwungenem Rand und kam mit einem Augenzwinkern zurück. Sie stellte die Kekse vor mich hin und gab mir mit einer energischen Geste des Kinns den Befehl, zum Angriff überzugehen.

Sie überwachte mich. Ich merkte, wie erleichtert sie war zu sehen, mit welchem Appetit ich aß.

»Wie wär's mit einem Spielchen?« fragte sie, räumte das Eis zur Seite und zog die Karten hervor.

»Danke, das ist lieb von dir... Aber mach dir keine Umstände. Ich bin schon okay. Es ist wirklich seltsam, wie gut ich mich fühle. Soll ich dir mal etwas sagen? Allan ist mir völlig schnuppe. Total...«

Rita hob eine ihrer mit braunem Stift aufgezeichneten Augenbrauen und hielt den Löffel voll Eiscreme in der Luft still. Ganz offensichtlich glaubte sie mir nicht.

»Das müssen wir heute abend unbedingt feiern. Wir gehen zu Syracusa und stopfen uns mit Nudeln und Chianti voll...«

»Wunderbar«, sagte Rita und senkte den Augenbrauenstrich wieder. »Dann brauche ich mich also nicht umzuziehen, ich behalte mein schönes Kleid an... Und meinen Hut auf. Glaubst du, ich kann meinen Hut aufbehalten, oder ist das zu elegant?«

Ich mußte schallend lachen. Konnte gar nicht wieder aufhören. Ich stellte mir ein kleines Mädchen vor, das artig darauf achtet, sein gutes Sonntagskleid nicht schmutzig zu machen, das linkisch, mit abgespreizten Armen, da steht und alle Süßigkeiten ablehnt, um keinerlei Flecken auf die Rüschen und Schleifen zu bringen. Das mit spitzem Mündchen trinkt, damit das Haupt nicht wackelt und das Gleichgewicht der Fasanenfedern in Gefahr bringt. Rita mußte auch lachen. Sie zeigte auf ihr schönes Kleid und lachte immer mehr. Sie gluckste, wurde rot, drohte zu ersticken, und ich klopfte ihr den Rücken, während ich selbst fast von meinem Stuhl fiel.

»Das sind die Nerven. Das müssen die Nachwirkungen des Begräbnisses sein«, sagte Rita mit einem Schluckauf.

»Nein, weißt du, was gewöhnlich die Nachwirkungen einer Beerdigung sind?«

Sie schüttelte den Kopf.

»Man bumst, altes Mädchen. Man hat wahnsinnige Lust zu bumsen; man greift sich den erstbesten, der vorbeikommt, und hop! steigt man auf ihn drauf... Der Tod ist daran schuld. Da kannste nichts machen.«

Rita machte große Augen, sah die Plastikjungfrau auf ihrem Regal an und vervielfachte ihre Bekreuzigungen.

»Ich will nicht, daß du in meinem Hause so sprichst...«

Ich entschuldigte mich, um ihr einen Gefallen zu tun. Sie schien erleichtert. Dann kam sie auf das Thema zurück, das ihr zu schaffen machte:

»Was soll das heißen, Allan ist dir schnuppe?«

»Ja, er ist mir völlig schnuppe. Er kann hinter so vielen Mädchen her sein, wie er will... Kann nach zehn Tagen anrufen, mich vergessen, zurückkommen... das wird mich nicht daran hindern, weiterzuleben!«

»...«

»Denn, zu aller guter Letzt, weißt du was? Dann werde ich diejenige sein, die ihn bekommt... ganz sicher. Und weißt du, warum? Ganz einfach weil ich ein großartiges Mädchen bin. Das hatte ich über all den Geschichten vergessen. Ich habe mich im Bodensatz gewälzt. Habe keinen Penny mehr auf mich gesetzt. Na ja, das ist jetzt vorbei! Ich bin ein großartiger Mensch, und das wird er letzten Endes begreifen.«

Rita hörte mir mit weit geöffnetem Mund zu. Ich hätte sie in dem Moment zeichnen können, so sehr ließ die Verblüffung ihren Gesichtsausdruck erstarren. Ein volles, rundes

Gesicht mit einer Schnute, einem vor Erstaunen heruntergefallenen Kinn und weit aufgesperrten Augen, riesigen weißen Punkten. Das Gesicht einer Moorschnepfe im Sonntagskleid.

»Also da hast du's, ich habe keine Eile. Das ist alles. Ich werde geduldig warten, bis er sich darüber im klaren ist. Werde aufhören, mich verrückt zu machen, und du wirst schon sehen, am Ende kommen wir zusammen, er und ich... Dessen bin ich mir ganz sicher. So eine Vorahnung... Ich bin die Frage genau durchgegangen. Ich habe aus tiefster Seele im voraus gelitten und werde jetzt den Nutzen daraus ziehen. Ich werde leben und aufhören, mich in schmerzvolles Warten einzubetten... Schluß mit dem Leiden. Einfach Schluß!«

Ich breitete die Arme weit aus, erleichtert darüber, nicht mehr diese Last auf der Brust zu spüren. Ich war wieder zu mir gekommen. Es ist schon verrückt, wie man nach einem Hieb wieder zu Verstand kommen kann, in dem Moment selbst ist man ja eher 'ne schlaffe Nudel...

Rita sah mich lange und aufmerksam an. Ich las in ihrem Gesicht, daß sie mir kein Wort glaubte, mich aber in der Richtung ermutigen wollte.

Was ich Rita nicht gesagt habe, weil es sie nichts angeht und weil es schwierig zu erklären ist, war, daß ich da draußen auf den Kais meinen letzten Abschied genommen hatte. Papas Begräbnis hatte nicht in Saint-Crépin, am Fuße der Berge, stattgefunden, sondern an dem Tag, auf den New Yorker Kais. Es war nicht Ronald gewesen, den ich in seiner Perrierflasche beerdigt hatte, sondern mein kleiner, lieber Papa...

Schluß mit all dem. Schluß.

Man kann sein Leben nicht in einem Rückspiegel leben. Das Leben muß man suchen, wo es ist. Vorwärts. Und keine Auslese betreiben. Alles nehmen. Voller Appetit. Ohne zu erröten. Die Dämonin, die Kitschliese, das kleine Mädchen, die Schwachsinnige...

Das Recht, schwachsinnig zu sein, wenn ich es sein will.

Wenn es *mir* gefällt...

Schwachsinnig zu sein.

Oder Dämonin. Mit Unbekannten, die einen Pferdeschwanz tragen, in Hotelzimmern herummachen.

Oder freches Gör. Meine Arme um Allans Hals schlingen. Eis essen und »Trash or Smash« auf MTV mitspielen. »Dallas« ansehen. Mich beim Zahnarzt aufs *People Magazine* stürzen, um alles über das Leben der Stars zu erfahren. Ich sehe keinen Grund, mir so etwas vorzuenthalten. All die da bin auch ich.

Ich bin ein großartiger Mensch.

Und ein überhaupt nicht großartiger.

Das ist von Mal zu Mal verschieden.

Ich freute mich dermaßen darüber, all meine kleinen Persönlichkeiten zu einer einzigen, sinnvollen, vereinigt zu haben, uns alle zusammen in den gleichen Sack gesperrt zu wissen, daß ich der Plastikjungfrau Küsse zuwarf. Ich versprach ihr, ihren Sohn nie wieder Gauner zu nennen, sondern ihm Achtung zu zollen. Ich warf aller Welt Küsse zu. Sogar dem Nachrichtensprecher, als Rita den Fernseher einschaltete, um die örtlichen Neuigkeiten zu erfahren. Und als er von dem kleinen Empfang sprach, der am Nachmittag beim Bürgermeister stattgefunden hatte, hörten wir beide, schon wieder Eis schleckend, zu. Wir sahen José in der Menschenmenge, dann José in Großaufnahme und schließlich José, der für seine wohltäterische Rolle bei den Sanierungsprojekten in den A, B, C, D Avenues Umarmungen und Beglückwünschungen vom Bürgermeister entgegennahm. Und dann folgte ein langes Geschwafel: wie er sich aus Liebe zu seiner Stadt, aus Liebe zu Amerika, entschlossen habe, diese verrotteten Viertel, diese Schlupfwinkel für Drogensüchtige und Frauen mit üblem Lebenswandel, zu säubern, damit an der Stelle schöne Hochhäuser gebaut werden könnten, mit Doormen und Markisen. Wir sahen, wie Josés Brust sich vor Stolz wölbte, wie er dem Bürgermeister, die Hand auf dem Herzen, dankte, von seinem Patriotismus erzählte, von seinem Stolz darauf, Amerikaner zu sein ... Um ein Haar hätten wir unser Eis ausgespuckt. Wirwaren wirklich angeekelt! Da prahlt der Zuhälter der kleinen Maria Cruz doch tatsächlich auf dem Bildschirm herum. Die Hand auf dem Herzen, pries er das Amerika seiner Eltern, das schöne, saubere, weiße Amerika der Pioniere, das Amerika, das an die Familie glaubte, an die Arbeit, an den Aufstieg, an die Justiz; und er fügte hinzu, daß er im Andenken an seine Vorfahren ein Wiedereingliederungsprogramm für Knastbrüder erarbeitet hätte. Für seine Mama habe er seine Ellbogen benutzt, habe zerstört, enteignet, zerschlagen und wieder aufgebaut, weil seine Mama auf dem Sterbebett den Rosenkranz zwischen ihren eiskalten Fingern heruntergebetet und ihren Sohn ersucht habe, diesem Lande treu zu dienen, das sie als kleine Emigranten aufgenommen und ihnen Asyl gewährt hatte. »Und jetzt, Mama«, verkündete er direkt in die Kamera, »kannst du stolz auf mich sein.«

Wir verschluckten uns. Waren völlig erschlagen. Bis die Sendung von einer Reklame für das Präparat H. unterbrochen wurde, das in allen Drugstores für fünf Dollar neunundneunzig erhältlich sei und, von Meisterhand entwickelt, Hämorrhoiden binnen dreißig Sekunden verschwinden lasse. Rita stand auf und ging zum Fernseher.

»Wußtest du, daß José und der Bürgermeister wie Pott und Deckel zueinander stehen?« Sie antwortete mir nicht. Sie pflanzte sich vor dem Gerät auf, stemmte die Arme in die Hüften und zog über ihn her.

»Der Stolz seiner Vorfahren, so ein Scheiß! Seine Mama auf dem Sterbebett, Bullshit! Diese wurmstichige Sentimentalität kotzt mich an, kann ich dir sagen, das kotzt mich an! Er soll seine Vorfahren gefälligst in Frieden ruhen lassen, sonst packe ich mal aus! Und wenn ich bedenke, daß dieses Land auf diesen Quatsch hereinfällt, daß wegen eines solchen Strolches . . .«

Sie bekam vor Wut keine Luft mehr. Sie war völlig außer sich. War außer Atem und puterrot im Gesicht, schlimmer, als wenn sie drei Blocks gelaufen wäre. Sie schaltete auf einen anderen Kanal, und der war auch nicht besser: Wir stießen auf Jerry Falwell und eine dieser Fernsehpredigten, durch die er seine Kasse auffüllte, um sich dann auf Kosten seiner gläubigen Schäflein Paläste zu bauen.

Am Abend gingen wir trotz allem zum Essen ins Syracusa. Wir bestellten Antipasti, Nudeln mit Lachs und Shrimps und Zabaione. Dazu einen kleinen Chianti. Unsere Nasen wurden rot und röter, so viel tranken und aßen wir. Wir fanden überhaupt kein Ende, auf das großartige Mädchen, das ich war, anzustoßen.

Wir gingen zu Fuß zurück zur Forsythe Street. Die Nacht war ruhig. Keine Menschenseele war auf der Straße. Wir hörten nur die Feuerwehr- oder Krankenwagensirenen, die irgendwelchen Opfern zu Hilfe eilten. Ich hatte den Kopf voller Pläne und begann, Rita davon zu erzählen. Mir war während des Abendessens ein Satz durch den Kopf gegangen. Einfach so. Ein Satz für den Anfang des Romans, den ich seit Papas Tod einfach nicht hatte schreiben können. Er war mir einfach so gekommen. Während ich den Spiegel, der hinter der Bar des Restaurants hing, betrachtete. Ich hatte den Spiegel in meiner Pariser Wohnung wieder vor Augen, den 80er Autobus, die Türen, die pom-pschitt keuchten, und das Mädchen, das mit seinem großen Kummer zusammengerollt auf dem großen Bett lag. Das Mädchen, das sich entschlossen hatte, nach New York zu reisen. Um zu vergessen. Um ganz von vorn anzufangen.

Ich hatte den Anfang für mein Buch. Und wenn man den ersten Satz hat, ist man gerettet, erklärte ich Rita. Verstehst du, man hat die kleine Melodie und kann anfangen zu schreiben, wobei man höllisch aufpassen muß, daß man sie nicht wieder verliert, die kleine Melodie. Das ist harte Arbeit, aber wenn man es schafft, ist man Ölkönig. Sie bat mich, ihr meinen ersten Satz zu verraten. Ich vertröstete sie auf später. Ich wollte ihn nicht gleich herauslassen, meinen Satz. Aus Aberglauben. Manchmal ist er nicht festzuhalten.

Rita zuckte die Schultern. Um sich zu rächen, fragte sie mich daraufhin:

»Ist es ein ernsthaftes Buch?«

Sehr ernsthaft, antwortete ich ihr.

»So ernsthaft wie ein ›Vieux Pape‹...«

Und ich mußte lachen.

Und dann fragte ich sie, ob sie eine Schreibmaschine habe, weil ich gern sofort anfangen würde zu schreiben. Ich sah mich bereits die Bögen einspannen und mit aller Wucht in die Tasten hauen, bis die Maschine gegen die Wand prallte, auf dem Tisch nach rechts und links wanderte, bis Löcher im Papier erschienen, sich die angeschlagenen Typen verhedderten und beinahe auch die Finger darin. Rita erzählte mir, daß ihr eine Kundin eine Schreibmaschine als Bezahlung für ihre Visionen dagelassen habe; sie sei gerade finanziell nicht flüssig gewesen. Sie sei nie zurückgekommen, um die Maschine wieder abzuholen. Wieder mußten wir beide lachen. Auf dem Weg zu ihr nach Hause hielten wir uns die Seiten vor Lachen, und gleichzeitig entrollte sich der erste Satz in meinem Kopf wie ein langes Seidenband; und je weiter es sich entrollte, desto eiliger wollte ich nach Hause, um mich an den Tisch zu setzen und zu tippen. Ich wollte meinen ersten Satz nicht verlieren, aber ich hatte Mühe, Rita, die an meinem Arm hing und schrecklich langsam ging, vorwärts zu bewegen.

Ich sah hinauf in den Himmel. An den Wolkenkratzern hoch. Betrachtete die violetten Wolken auf den Spitzen der Gebäude. Die grün-weiß-rote Beleuchtung des Empire State Building. Ich spürte, wie Rita immer schwerer wurde. Wir hatten zuviel gegessen, so viel stand fest.

Und dabei fühlte ich mich leicht, so leicht...

Mein erster Satz schwebte mir vor Augen. Und dahinter ganze Pakete von Emotionen, voller Liebe und voller Leiden, voller Verlassenheit und voller Küsse. Ein Paket Erinnerungen aus der Tiefe meiner selbst, die mir schubweise wieder einfielen. Papa, mein lieber kleiner Papa... Du fehlst mir. Oh, wie sehr du mir fehlst! Natürlich warst du nicht perfekt. Das stimmt. Oftmals warst du sogar eindeutig unter aller Sau. Aber man verzeiht seinen Eltern alles, wenn sie stolz auf einen sind. Das ist nicht von mir, sondern von John Le Carré, dessen Vater auch kein Kind von Traurigkeit war. Aber ein

Vater, der stolz auf ihn war. Wie meiner. »Mein Kleines! Mein Papa!« sagte ich ganz leise in die ruhige, sanfte Nacht. Mit deiner völlig schiefen Art, mich zu lieben, hast du mir doch immerhin ein ziemlich großes Stück Land hinterlassen. Ein Stück Land, auf dem ich gelernt habe, mich aufrecht zu halten. Allem zu widerstehen. Deinen Zornesausbrüchen, deinen Unwettern und denen des Lebens. Ich lachte hinaus in die Nacht. Ich war so bewegt, daß sich mein Herz zusammenzog. Und es war, als legte sich von da oben eine große Hand mit gewölbten, glatten Fingernägeln auf mich und striche mir über den Kopf.

Ganz plötzlich hatte ich Lust, wieder in Paris bei Pimpin zu sein. Ihr würde ich meinen ersten Satz zuflüstern. Bei ihr hätte ich keine Angst, daß sein Reiz sich verflüchtigt. Ich wußte sehr genau, was ich Pimpin alles erzählt hätte, wenn sie dagewesen wäre, mit ihren engen Shetland-Pullis, der entsetzlichen braunen Brille und ihren aufmerksamen Augen hinter dem roten Pony. Hier, hör mal, was ich gerade entdeckt habe und was mir den Geschmack am Leben zurückgibt: Von heute an werde ich auf meine Rechnung leben. Werde meine alten Ängste, meine verrosteten, immer gleichen Mechanismen, die meine Liebesgeschichten auslösen, um dann immer wieder gleich abzulaufen, über Bord werfen. Diese Geschichte vom kleinen, verlassenen Mädchen. Du hattest recht, so wütend zu werden, als er zu mir sagte: »Wenn ich sterbe, stirbst du mit mir.« Du hattest recht, Pimpin. Na ja, ich bin nicht mit ihm gestorben. Ich bin ganz lebendig, altes Mädchen. Ganz lebendig. Mit all meinen Widersprüchlichkeiten.

Und ich habe meinen ersten Satz gefunden.

Den ersten Satz meines Buches ...

Natürlich war das nicht so leicht, wie ich in meiner Euphorie nach dem Essen im Syracusa geglaubt hatte. In der Nacht habe ich mich nicht hingelegt. Ich hörte Rita, wie sie auf dem Sofa direkt unter der Plastikjungfrau schlief. Sie schnarchte und machte einen entsetzlichen Lärm. War lauter als das Geklapper der Schreibmaschine. Ich konnte mich nicht konzentrieren. Ich verfiel in den Rhythmus ihres Schnarchens und vergaß darüber meine kleine Melodie.

Ich beschloß, wieder zu Bonnie Mailer zu ziehen.

Um nicht mehr das Gebläse des Fast-food-Restaurants im Hof hören zu müssen, kaufte ich Kassetten mit sämtlichen Aufnahmen von Glenn Gould und spielte sie ohne Unterlaß, wurde im Angehen meiner Aufgabe durch das Gekeuche des Maestros an seinem Klavier ermutigt. Ich hatte meinen ersten Satz gefunden. Hatte sogar ungefähr zehn Seiten geschrieben, dann war ich ausgelaugt. Ich lief im Kreise um meine Maschine herum und hatte einfach keine Idee mehr. Ich wußte nicht, wie ich meine Geschichte erzählen sollte, von Papa, New York und Allan. Von allen Seiten tauchten Schwierigkeiten auf, aber sie konnten mich nicht wirklich entmutigen. Ich verharrte Stunden um Stunden in Bonnies kleinem Zwei-Zimmer-Apartment und wartete darauf, daß sich der Knoten löste und das Licht hervortrat. Lag Stunden um Stunden zusammengerollt in einem der weißen Sofas neben dem Maya und der Yuccapalme, auf der Suche nach wahren Worten, die ich auf meine Papierbögen schreiben konnte. Lief stundenlang durch die Straßen und wartete darauf, daß meine Gefühle klarer wurden, präziser, und in Worten Gestalt annahmen. Meinen Worten. Nicht in denen von anderen. Etwa von Chateaubriand und Co. Das kostete mich Zeit. Nerven. Geduld. Ausdauer. Um mich aufzumuntern, sagte ich mir immer wieder den Satz von Jules Renard: »Es gibt kein Genie. Es gibt lediglich Ochsen, die achtzehn Stunden am Tag arbeiten.«

Ich war ein Ochse, der in den Straßen von New York wiederkäute.

Um mich her trafen die Leute Weihnachtsvorbereitungen. Gaffende Menschen drängten sich vor den Schaufenstern der Kaufhäuser auf der Fifth Avenue, ereiferten sich angesichts des Weihnachtsmann-Schlittens, der schneebesprühten Rentiere, der Lebkuchenhäuser, der grinsenden automatischen Puppen, und klatschten in ihre Fausthandschuhe... Ich stellte mich auf die Zehenspitzen, um wenigstens einen Teil des ganzen Schauspiels zu erhaschen, konnte aber nur die rote Zipfelmütze des Weihnachtsmanns und einige verschneite Berggipfel ausmachen. Auf den Bürgersteigen sangen Chöre der Heilsarmee freudlos und starrsinnig Weihnachtslieder, die mich zutiefst deprimierten. Weihnachten fern von zu Hause ist kein Weihnachten, brummelte ich, eingemummelt in meinen Dufflecoat, mit vor Kälte triefender Nase. Auf der Eisbahn des Rockefeller Centers, zu Füßen des riesigen beleuchteten Weihnachtsbaumes, drehten Paare auf Schlittschuhen ihre Runden, hielten sich an den Händen und lachten, wenn sie hinfielen. Ich haßte sie dafür, daß sie Hand in Hand liefen. Eine kleine alte Frau in einem goldenen Röckchen tanzte allein in der Mitte der Eisbahn. Sie hievte sich lächerlich auf die Spitze und erschöpfte sich in überkandidelten Verbeugungen. Alle schienen sie zu kennen. Einige spendeten ihr Beifall, andere feixten und stießen sich gegenseitig mit den Ellbogen an, während sie auf sie zeigten. Völlig in ihren Traum versunken, die Augen leblos unter all der Schminke, verneigte sie sich zitternd am Ende einer jeden Kür, um den Beifall und die Pfiffe in Empfang zu nehmen.

Ich war allein. Und zu Weihnachten allein zu sein wiegt zehnmal schwerer als Einsamkeit zu normalen Zeiten. Es gibt tatsächlich Leute, die sich das nicht eingestehen wollen. Aber ich wollte mich nicht unterkriegen lassen. Ich sah all die kleinen Familien mit ihrem Weihnachtsbaum umherziehen, ihre fröhlichen Gesichter. Ich hatte keine Familie. Ich kaufte einen Baum. Ich ging bis zur Seventh Avenue, um einen zu finden, nicht zu groß, nicht zu klein, mit echten Nadeln. Keinen aus Plastik. Aber ich fand kein Taxi, das mich und meinen Baum nehmen wollte, und mußte ihn bis zur Madison Ecke Zweiundsiebzigste hinter mir her schleifen. Als Bonnie den Baum sah, zog sie die Nase kraus und schenkte ihn Walter.

Ich nahm meine Spaziergänge wieder auf.

Ich zog, ein kleines Notizbuch in der Tasche, durch die Gegend, und sobald mir eine Idee oder ein treffendes Wort in den Sinn kam, kritzelte ich es atemlos und strahlend nieder, gegen die Wand des U-Bahn-Schachtes gelehnt oder mit dem Hintern auf einem Coffee-Shop-Hocker klebend, während ich gräßlichen Kaffee trank und an einem Bagel knabberte. Mit triumphierendem, heiterem Gesicht. Jedes noch so kleine Wort... Ich lebte mit Worten. Kein Mann konnte mich so glücklich machen wie der magische Augenblick, in dem mir das treffende Wort einfiel. Die richtige Stimmungslage.

Es war mir völlig egal, ob sie nun ernsthaft waren oder nicht, ich schrieb die Worte einfach nieder. Viele warf ich auch wieder hinaus. Es kam vor, daß ich einen ganzen Morgen über schrieb und dann auf einen Salat ins Forty Carrots ging, um meine alte Freundin, die Schwarze, wiederzusehen, die gegenüber der Bewunderung, die ich für sie hegte, immer noch genauso grob und ahnungslos war. Ich sah sie mir von oben bis unten genau an und übte mich darin, sie so präzise wie möglich zu beschreiben, die Blümchenbluse, in die sie eingeschnürt war, die Elastizität ihrer Kniekehlen, die Drehung ihres Handgelenks, vor allem aber das müde Lächeln, das zwischen den falschen Zähnen hervorkam, und das gekünstelte Wohlwollen. Ich bestellte ein Frozen Yoghurt mit Bananen und stellte sie mir in einer Dreizimmerwohnung in Queens vor, mit Gören, die ihre Skate-Boards durch die Gegend schleppten und literweise Cola in sich hineinschütteten. Ich sah sie in der U-Bahn halb schlafend in den ledernen Handschlaufen hängen, bei jedem Ruckeln des Zuges resigniert den Hals über das Gedränge der Sechs-Uhr-Menschenmenge hinwegstrecken, zwei Plastiktüten mit Einkäufen an ihrem Handgelenk baumelnd. Ich lag damit bestimmt nicht ganz falsch. Ich lächelte ihr zu. Sie streifte mein Lächeln, fing es aber nicht auf. Es prallte irgendwo an der Wandverkleidung ab und wurde von jemandem aufgefangen, der mich dann erstaunt ansah. Meine Freundin hatte keine Zeit. Den Stift hinterm Ohr, verborgen unter den steifgefönten Haaren, den Kopf zu einem Kunden geneigt, die Beine bereit, zur anderen Seite des Tresens zu galoppieren, war sie nicht da, um Lächeln, sondern um Trinkgelder einzusammeln. Damit mußte ich mich abfinden...

Danach ging ich zurück zu Bonnie, las alles noch einmal und zerriß es. »Quatsch, Quatsch, Quatsch«, schrie ich ganz für mich allein, Zeuge war nur der Maya mit dem scheelen Blick. »Armes Ding! Was für ein Quatsch! Angepaßt, erfunden, ohne Biß. Ha, du hast gedacht, es würde ganz einfach sein, weil du deinen ersten Satz hattest...« Das Leben hatte mir zugeblinzelt wie ein Trainer, indem es mir sozusagen gratis meinen Anfang zugespielt hatte, und seitdem ließ es mich teuer bezahlen. Aber ich gab nicht auf. Immer wieder las ich meine ersten zehn Seiten, nutzte sie wie eine Schaukel, um mir Schwung zu geben und weiterzumachen.

Ich brauchte diesen Schwung, um über all die kleinen Hindernisse hinwegzukommen, die zwar unbedeutend waren, mich aber für einen ganzen Tag blockieren konnten. Den Kühlschrank auf Bonnies Befehl hin auffüllen, ein Anruf aus Frankreich, einen Brief aufgeben – es reichte aus, um mich zu lähmen. Der Geist war von solch einer winzigen, nichtigen Aufgabe völlig eingenommen, und der Tag war hin. Und ich war den ganzen Tag über hin...

Manchmal erzählte mir Farah Diba, Bonnies neue Putzfrau, stundenlang ihr Leben. Wie sie wegen des Ayatollahs hatte Teheran verlassen müssen, wo sie Professorin an der Universität gewesen war, wie sie sich dann in New York als Putzfrau verdingt hatte, um zu überleben. Sie betrachtete ihre schönen Intellektuellenhände, die von den Putzmitteln ganz rauh geworden waren; dann setzte sie sich auf den Staubsauger und weinte... Die Tränen flossen gleichmäßig aus ihren großen traurigen Augen, und sie hielt sich so aufrecht auf ihrem Hoover, daß sie aussah wie eine entthronte Kaiserin. Ich tat so, als fühlte ich mit ihr. Versuchte sie zu trösten. Wollte ihr Hoffnung machen, damit sie endlich aufhörte und ich wieder arbeiten konnte, aber ich kann nicht sehr überzeugend gewesen sein, denn jedesmal fing sie mit ihrer Litanei von vorn an. Ich wußte einfach nicht, wie ich sie zum Schweigen bringen sollte... Ich wagte es nicht. Und während sie redete, verflüchtigten sich meine Worte. Wenn ich mich wieder vor meine Maschine setzte, die Ohren voll von ihren Klagen, hatte ich meinerseits Lust zu flennen, weil aus meinem Kopf alles weg war. Ich war ihr böse. Ich haßte sie. Mich befiel ein Gelüst nach Steinigungen und blutigen Prügeln. Dann sagte ich mir wieder, daß ich ein wahres Monster sei, daß ihre Probleme im Grunde viel ernster wären als meine. Daß Amerika voll sei von Leuten wie ihr, Leuten, die sich an die Freiheitsstatue klammerten, in der Hoffnung auf ein neues Leben. Menschen, die wahres Unglück hatten. Ich erstickte beinahe an meinen Schuldgefühlen. Bald wußte ich nicht mehr, wo mir der Kopf stand. Also ging ich hinaus an die frische Luft.

Jede Zerstreuung war mir recht.

In einem Satz in der *New York Times* wurde ein Allan Smith erwähnt... und meine Gedanken schweiften sofort zu Allan ab, mein Bauch fühlte sich wieder hohl an, füllte sich dann mit Schmerz wegen Allan, wegen seiner Abwesenheit und Gleichgültigkeit. Ich war völlig daneben. Völlig. Die Worte machten keinen Sinn mehr. Ich krümmte mich vor Schmerz und blieb still. Paralysiert.

Auch mit Allan war es nicht so leicht, wie ich geglaubt hatte. Ich fragte mich, wie es die Leute schaffen, einander auf Anhieb zu lieben.

Meiner Ansicht nach ein einziger Schwindel.

Es ist wirklich schwer, sich von Anfang an zu verstehen und aufeinander einzustellen. Jeder knallt dem anderen seinen kleinen erbärmlichen Traum vom Glück vor die Füße, in der Hoffnung, daß das Wunder geschehe. Daß beide Träume miteinander verschmelzen mögen. So entstehen die Mißverständnisse. Man hält ein Wort für ein anderes, einen Kuß für einen anderen, ein Schweigen für Übereinstimmung! Nichts ist so schwierig wie der Anfang: zwei Schweigen, die im Einklang sind, zwei Küsse, die das gleiche besagen, oder sogar zwei Seufzer zur selben Zeit. Im Grunde ist all das offen in alle Richtungen, aber man redet sich das Gegenteil ein. Man glaubt, man ginge Hand in Hand, dabei will der eine hü, der andere hott. Als ich glaubte, ich erlebte den Beginn eines großen Abenteuers, sah Allan sich schon in der Tretmühle einer lebenslangen Beziehung. Als er mich in seinem Cadillac küßte, genoß er nur einen schönen Augenblick beim Gedudel von Country-Western-Musik, während ich bereits Stammbäume entwarf, aus unseren beiden ineinander verschlungenen Vornamen eine Dynastie entstehen ließ, über meinen Hauptwohnsitz und die Vornamen unserer Babys nachdachte.

Ich mußte ihn also erst einmal beruhigen.

Mußte ihm zu verstehen geben, daß ich mein Märchen in den Wind schießen ließ und bereit war, mich der Realität, seiner Realität, zu stellen. Ich kümmerte mich also um meine Angelegenheiten. Um mein Buch. Um meine Studien. Ich erinnerte mich an den Unterricht von Nick. Ich versuchte, ihn an der New School ausfindig zu machen. Er unterrichtete nicht mehr. Also schrieb ich mich an der Columbia ein. Für amerikanische Literatur. Ich ersetzte eine Leidenschaft durch eine andere. Letztere gehörte mir wenigstens. Niemand konnte sie mir wegnehmen. Manchmal, wenn ich von der Universität heimwärts den Broadway hinunterging, richtete ich ein Wort an Allan. Ich fuhr ihn hart an, redete vor mich hin wie die anderen Meschuggenen der Stadt: »He! Du armer Wicht, ich kann gut ohne dich leben, weißt du. Natürlich ist es nicht so lustig, wie wenn du bei mir wärst und ich dir von Ring Lardners letztem Buch erzählen könnte, das mir Joe, ein Freund aus dem Kurs, geliehen hat. Es täte dir ganz gut, Ring

Lardner zu lesen, statt zwischen deinen Strumpfhosen und einer Sendung koreanischer T-Shirts zu vermodern. Das würde dir den Kopf öffnen. Ich habe dir eine ganze Menge zu bieten. Zugegeben, ich bin etwas anhänglich und weinerlich, wenn ich mich verliebe, und du siehst nur das. Aber gib mir eine Chance, eine klitzekleine Chance, und ich beweise dir das Gegenteil...«

Er war offensichtlich ganz schön auf der Hut, denn er gewährte mir nicht die geringste Chance, mich noch einmal zu beweisen. Er machte auf taub. Und auf stumm.

Bonnie veranstaltete keine Abendessen mehr für Eheanwärter. Sie huschte von hierhin nach dorthin, und ich sah sie kaum einmal morgens beim Frühstück. In ihren Augen hatte ich mein Gesicht verloren. Ich war nicht mehr sehr interessant. Sie begann wieder, wie zu einer Unterentwickelten zu mir zu sprechen, als wäre ich gerade gut genug, um Farah Diba auf ihrem Staubsauger den Spucknapf zu halten. Und wenn sie Allan sah, hütete sie sich bestimmt, meinen Namen zu erwähnen. Ich mußte mich schnellstens mit den Fakten abfinden: Wenn ich wollte, daß unsere Schicksale sich noch einmal kreuzten, mußte ich selbst Hand anlegen. Eines Abends streifte ich in seinem Viertel umher. Ich hatte mir ein felsenfestes Alibi zurechtgelegt. Columbia befand sich ganz in der Nähe, und ich würde gerade auf dem Heimweg sein, wenn, oh! welche Überraschung! ich mit ihm zusammenstoßen würde. Ich mußte eine Runde nach der anderen drehen, bis ich ihn schließlich sah. Einen Augenblick lang überlegte ich sogar, ob er vielleicht umgezogen war. Ich konnte noch so wachsam allen M5-Bussen auflauern, wenn sie ihre Passagierströme entluden, konnte noch so genau den U-Bahn-Ausgang überwachen und alle großen, dunkelhaarigen Männer, die mir begegneten, begutachten, von Allan keine Spur. Ich lief wieder und wieder und wieder im Kreis. Die Geschäfte hatten ihre Neonreklamen eingeschaltet, die Taxis wurden im Sturm genommen, die Restaurants beendeten ihre erste Schicht... Noch immer kein Allan am Horizont. Also verlegte ich meine Expedition auf den nächsten Tag und begab mich schnurstracks zu dem Koreaner an der Ecke seiner Straße. Kaufte Kekse, einen angerichteten Salat und eine Flasche Evian. Stellte mich zu all den anderen in die Schlange. Bezahlte den Mann hinter der Kasse, der so gebrochen englisch sprach, als sei er gerade am Vortage eingetroffen und hielte unter seinem Tresen das Assimil-Sprach-Lehrbuch versteckt. Als ich, mit meinem Proviant und dem Kleingeld hantierend, wieder auf die Straße trat, sah ich ihn. Er kam auf mich zu. Er sah mich nicht und ging mit großen Schritten, die Zeitung unterm Arm, in Richtung Koreaner. In meinen Augen immer noch so groß, so gutaussehend, so wesentlich. Noch immer der Gefühlsaufruhr, der meine Knie zittern und meinen Verstand aussetzen ließ. Ich wurde von Panik erfaßt. War überhaupt nicht mehr sicher, daß ich mich zurückhalten, die völlig Gelöste spielen und nichts durcheinanderbringen würde. Ich fuhr herum und ließ meinen Salat und mein Kleingeld fallen – und dadurch bemerkte er mich. Rief mich mehrmals, ohne daß ich mich umdrehte. Ich haute ab. Mit gesenktem Kopf, um nicht hören zu müssen, wie er auf offener Straße meinen Namen rief.

Er muß überrascht gewesen sein, denn er lief hinter mir her, griff mich an der Schulter, reichte mir meinen Salat und lud mich auf einen Kaffee ins Zabar ein.

»Einen guten Kaffee, weißt du, wie in Paris.«

Ich brachte ein »Ja« hervor und folgte ihm.

Er war an dem Abend frei wie der Wind. Wir tranken einen Kaffee. Dann gingen wir ins Café Luxembourg zum Abendessen. Ich sah wirklich sehr chic aus mit meiner Einkaufstasche. Ich ließ sie in der Toilette des Restaurants zurück. Er fragte mich, wie es mir gehe. Ich erzählte ihm von Joe und von Ring Lardner. Es war vor allem Ring Lardner, der mir wieder Selbstvertrauen gab. Er kannte ihn nicht.

»Ihr Amerikaner seid wirklich Banausen, wenn es um eure Literatur geht. Wenn da nicht ein paar kleine Französinnen wären, die mit dem Finger auf Faulkner, Fante oder Miller hinwiesen, würdet ihr euch immer noch auf die Bibel beschränken!«

Er lächelte und fügte hinzu, daß es glücklicherweise die Amerikaner gäbe, um Bücher zu schreiben, denn die französische Literatur sei ja im Moment nicht gerade sonderlich berühmt. Ich ließ ihn reden. Den ganzen Abend über sprachen wir über Bücher. Er hatte eine Theorie über französische Literatur: Wir seien zu weit von unseren Vorfahren, den Galliern, entfernt. Von der Erde, den Wildschweinen, den Stechpalmen, den Druiden, den Legenden aus der Tiefe der Wälder. Wir besäßen nicht mehr die Sehnsucht nach der Natur, und wenn der Mensch keine Beziehung mehr zur Natur habe, sei er verloren. Außerdem würde unsere Geschichte immer bourgeoiser. Keinerlei Nationaldramen mehr wie Religionskriege oder die Revolution. Kurz gesagt, wir bewegten uns nicht mehr. Man schriebe in Morgenröcken, in Pariser Salons, die Feder auf Nabelschau geeicht. Man verlöre das wahre Leben aus den Augen. Er sei auf dem laufenden. Er lese manchmal *Le Monde* und sei an Ort und Stelle gewesen, um sich ein Bild zu machen.

»Das ist der Vorteil der Strumpfhosen, ich reise viel...«

Komischer Typ, überlegte ich. Er verkaufte Wollstrümpfe, schlenderte durch romanische Kirchen und studierte literarische Sitten und Gebräuche. Schwierig einzuordnen. Ich überließ mich eine Minute lang meinen Träumereien, beobachtete seine Augen, sein Lächeln, spürte, wie ich schwach wurde, und riß mich zusammen. Nahm wieder am Gespräch teil. Äußerlich.

...Dabei hätten sie, die Amis, gerade eine ganz junge Vergangenheit. Mit Sioux-Massakern und Bürgerkrieg. Voller Schuldgefühl und Blut. Besonders die Indianer seien von Bedeutung. Er erzählte mir lange von Tecumse, dem letzten Shawnee-Häuptling, den ich nicht kannte. Und von dem Massaker am Wounded Knee im Jahre 1890. Er fügte sogar hinzu, daß, sollte er eines Tages einen Sohn haben, er ihn Tecumse nennen würde. Ich nahm mich zusammen, um nicht vor Freude aufzuseufzen und ihm vorzuschlagen, diesen kleinen Jungen mit dem stolzen Namen auf der Stelle zu machen. Er nahm mich mit ins Regency, um noch einmal *Die*

Pracht der Ambersons anzusehen. Ich paßte auf, daß unsere Knie nicht aneinanderstießen, daß meine Stimme keinen gezierten Ton annahm, und hielt die Ellbogen fest auf die Armlehnen gestützt. Ich verweigerte sogar den Becher Popcorn, aus Angst, unsere Finger könnten sich auf der Suche nach dem öligen Getreide berühren...

Gegen Mitternacht streckte ich ihm zum Abschied die Hand hin. Ich erfand eine kleine Flunkerei und erklärte ihm, daß alles sehr gut so sei, daß wir gute Freunde bleiben sollten und daß es so keine Geschichten geben würde.

»Es stimmt. Ich bin als gute Freundin viel besser«, sagte ich geradeheraus und mit einem großen Lächeln. »Du wirst schon sehen, ich bin eine großartige Freundin. Das nächste Mal bringe ich dir *Haircut*, das Buch von Ring Lardner, mit...«

Ich meinte es ernst. Ich war glücklich. Ich hatte einen wundervollen Abend hinter mir. Auch er sah sehr glücklich aus. Er schlug mir vor, mich ein paar Blocks weit zu begleiten, die Nacht sei so schön. Ich war einverstanden. Schweigend gingen wir am Park entlang, dann sah ich auf die Uhr und sagte ihm, daß ich nach Hause müßte. Ich wollte gerade einen Arm ausstrecken, um ein Taxi heranzuwinken, als er mich am Ärmel meines Mantels packte, mich an sich zog und küßte. Mich küßte, daß mir die Luft wegblieb.

Überrascht weiche ich einen Schritt zurück. Sehe ihn an, aber er legt mir die Hand auf die Augen, nimmt mich wieder in die Arme und murmelt:

»Nur für diese Nacht, in Ordnung? Nichts weiter. Einverstanden?« Ich schließe die Augen in seiner Handfläche und sage ja. Ja, es ist mir alles schnuppe. So zum Spaß. Ich bin einverstanden.

Eingeschüchtert, aber einverstanden.

Sein Apartment ist riesig. Grenzenlos, leer. Weiße Wände, ein paar Bilder hier und da auf dem Fußboden. Aktenordner, Bücher, Ausstellungskataloge, Schallplatten. Die ganze Sammlung von Billie Holiday. Im Raum schwebt noch der

Geruch des Neuen, von Klebstoff, Holz und frisch versiegeltem Parkett. Es gibt keine Vorhänge, und eine Neonreklame für Fuji-Filme erleuchtet ab und zu das große Zimmer. Er wirft den Schlüssel auf eine Kommode, holt mich in dem großen Zimmer, in das ich mich vorgewagt hatte, ein, drängt mich in sein Schlafzimmer, auf sein Bett, dreht mich um und legt sich auf mich. Mit seinem ganzen Gewicht.

Ohne ein Wort küßt er mich. Knebelt mich mit seinem Mund, als wollte er mich daran hindern zu sprechen. Dabei besteht überhaupt keine Gefahr, daß ich spreche. Ich bin viel zu erstaunt. Viel zu verängstigt. Mit einer Hand entkleidet er mich, während er mich mit der anderen auf dem Bett festhält. Als wollte ich ihm entkommen. Er stützt sich auf einen Ellbogen, um seine Hose aufzumachen, läßt sie an den Beinen hinabgleiten, streift seinen Slip ab, öffnet sein Hemd und hält mich immer noch an sich gepreßt. Ich sehe seine Augen nicht. Ich habe den Eindruck, daß er meinem Blick ausweicht. Begierde, nichts als Begierde, scheinen alle seine Gesten zu besagen. Er hält mich eng umschlungen, spreizt meine Beine mit einem Ruck und nimmt mich hart. Ich bin seine Gefangene. Eine Gefangene, über die er nach Belieben verfügt. An ihn gepreßt, an seinem Hals hängend, lasse ich es mit mir geschehen. Er lastet mit voller Wucht auf mir. Er vierteilt mir Arme und Beine, fängt sich wieder über mir und bildet nur noch einen Haufen Begierde, einen rauschenden Seegang, unter dem mir die Luft wegbleibt. Mir stockt der Atem. Ich verliere mich. Eingenommen von einer Kraft, die mich davonträgt, mich enteignet, mir die Lust einflößt, mich hinzugeben, alles von mir zu geben. Aber ich fasse mich wieder: Begierde, nichts als Begierde...

Er ist so weit entfernt, so weit...

Ich wage es kaum, ihn mit einem Finger zu streicheln, aus Angst, ihn zu verscheuchen. Aus Angst, daß er darin ein Zeichen von Besitzanspruch sehen könnte. Ich halte mich zurück und klammere mich fest an seinen Hals, vor allem um mich nicht zu einer persönlichen Geste der Zärtlichkeit hinreißen zu lassen. Ich vergesse, wer er ist. Vergesse, daß er dieser Mann ist, auf den ich seit so langer Zeit gewartet habe. Der Mann, der mich jedesmal, wenn er an meiner Tür läutete, erzittern ließ.

Ich bumse mit einem Unbekannten.

Er beißt mich, knetet mich mit seinen langen, starken Fingern durch, ich winde mich, klammere mich an ihn, weigere mich zu schreien, beiße die Zähne zusammen und verkeile meine Finger in seinen Rücken. Schweigend. Er rammt seinen Körper so stark gegen meinen, daß ich zum Kopfende des Bettes hingedrängt werde, hält sich an den Gitterstäben fest und nimmt mir jede Beweglichkeit, daß es weh tut. Seine Hüften scheinen mich zerquetschen zu wollen, seine Ellbogen bohren sich in meine Arme, seine Brust kratzt über meinen Busen. Als wollte er mich ausmerzen. Ich lasse ihn gewähren, erstaunt über soviel aufgestaute Gewalt. Und als er in einem letzten Aufbäumen einen Schrei ausstößt und auf mich zurückfällt, denke ich, daß der Krieg für diesen Abend beendet ist... daß ich einen Punkt gesammelt habe, selbst wenn sich sein ganzer Körper weigert, sich brutal weigert, mir Platz zu machen.

Und als er mich hinterher bittet, im Nebenzimmer zu schlafen, sage ich auch nichts. Ich suche meine Sachen zusammen und gehe ins Nebenzimmer.

Unsere erste Nacht.

Es folgten weitere. Immer genauso brutal. Immer genauso stumm. Und jedesmal nahm ich meine Sachen und ging zum Schlafen zurück zu Bonnie.

Ohne ein Wort zu sagen.

Ich ging einige Minuten zu Fuß, allein durch die New Yorker Nacht, sonderbar leicht und fröhlich. Mit dem Gefühl, ein Löchlein in die Festung geschlagen zu haben, und in der Ahnung, daß dieses Löchlein immer größer wurde. Glücklich und zuversichtlich. Ich hatte ja Zeit. Was ihm nicht gefiel, glaube ich, war die Tatsache, daß ich das Ende der Nacht nicht in seinem Nebenzimmer verbrachte. Im Halbschlaf murrte er, daß er mich um diese Zeit nicht gern alleine auf der

Straße wüßte. »Nicht dein Problem, sondern meines«, flüsterte ich ihm sanft ins Ohr, bevor ich die Tür schloß.

Ich wußte, daß es schnell zu seinem werden würde, daß ich mir nach und nach meinen Platz an seiner Seite schuf, daß er an mich denken würde, wie ich nach einem Taxi winkte und dabei eine üble Begegnung riskierte. Es mißfiel mir nicht, daß er sich Sorgen machte. Ich baute auf das alte Schuldgefühl des gut erzogenen, weißen Angelsachsen.

Wir sahen uns immer häufiger. Er sprach immer mehr mit mir. Aber ich zog daraus keinen Vorteil für mich. Im Gegenteil. Ich hörte zu und gab keinen Kommentar. Ich zähmte ihn. Ich wollte, daß er begriff, daß er mir vertrauen konnte. Ich war kein Feind. Ich kannte die Angst des weißen Mannes vor der weißen Frau nur allzugut. Die tief in den Eingeweiden verwurzelte Angst des amerikanischen Mannes. »Tough cookies« nennen sie die Frauen, wenn sie spätabends in der Bar unter sich sind und einander leise von ihren Niederlagen erzählen. Diese Angst, die sie zum Ausreißer werden läßt, sobald sie ihre Sache beendet haben.

Auch an dem Abend, an dem er mir lässig ein Schlüsselbund hinwarf und mir vorschlug, bei ihm einzuziehen...

»Aber natürlich nur als gute Freundin, denn hier bei mir wirst du besser schreiben können als bei Bonnie; außerdem bist du hier näher an der Columbia dran; aber zwischen uns ändert das nichts, einverstanden?«

Ich nickte zustimmend. Ich war immer einverstanden. Ich brachte meinen Krimskrams, meine Schreibmaschine, meine Glenn-Gould-Aufnahmen herüber. Ich paßte gut auf, daß ich nicht zuviel Platz einnahm, ließ nicht ab von meinem Entschluß, geduldig, hartnäckig und gleichmütig. Auch wenn seine anderen Freundinnen anriefen und ich am Apparat war. Ich nahm die Nachrichten entgegen und versprach mit fast freundschaftlicher Stimme, daß er zurückrufen würde. Wir wohnten zwar im gleichen Apartment, lebten aber nicht zusammen.

»I don't want to be involved«, sagte er jedesmal, wenn er mir etwas Neues anvertraut hatte. »Die Liebe ist so ein Trick der Frauen, um einem die Eier abzuschneiden. Am Anfang lieben sie einen, weil man ein Mann ist, ein echter, und dann werfen sie einem irgendwann vor, man sei ein widerlicher Macho. Ich verstehe nichts von Frauen...«

Mindestens schon zweimal sei er solchen Spielchen auf den Leim gegangen, und zweimal sei er auf dem Bauch gelandet.

»Wie eine Ratte. Erst lieben sie dich für das, was du bist, dann hassen sie dich für das, was du bist. Und du kapierst nichts. Du bist derselbe, und sie hassen dich. Und falls du versuchst zu begreifen, bist du noch mehr daneben, denn in dem Fall mißtrauen sie dir.«

Ich hörte zu.

Ich hörte zu und erkannte mich in den Frauen durchaus wieder. Wie viele Male hatte auch ich einen Mann angefleht, mich zu lieben, um ihn dann zurückzuweisen, weil er mich tatsächlich liebte...

Wie viele Male hatte ich einen Mann aus genau den Gründen verlassen, deretwegen ich ihn angebetet hatte? Ein wundgeschlagener Mann, der nicht verstand, nicht verstehen konnte, denn ich selbst konnte auch nicht verstehen. Das war es, was ich klären wollte. Dieser urplötzliche Haß auf den Mann, den ich verführt hatte und dem ich genau das, was mich an ihm verführt hatte, zur Last legte. Dieser Haß, tief aus den Eingeweiden, der mir den Magen umdrehte, mir die Luft nahm, mich an den Rand des Erbrechens brachte und mir Selbsthaß einflößte.

Ekel. Müdigkeit.

Ich hörte ihn von den Frauen sprechen, die er geliebt hatte, und ich erschauderte. Was hatten wir bloß gemein, daß wir uns so aufführten?

Wir verabredeten uns nie. An einigen Abenden kam er nach Hause, an anderen nicht. An einigen Abenden schliefen wir miteinander, an anderen hörte ich die Schlüssel im Schloß, seine Schritte auf dem Flur, das Klimpern der Schlüssel, wenn sie auf die Kommode in der Eingangshalle fielen, dann das Geschepper von Kleingeld, das er aus seinen Taschen nahm und auf den Nachtschrank legte, und schließlich das Plumpsen mit dem seine Schuhe auf dem Parkett landeten. Dann legte er sich wohl aufs Bett und las seine Zeitung zu Ende, denn es verging ein Moment, bevor die Wasserleitungen im Badezimmer rauschten. Manchmal ließen sich seine Schritte bis zur Küche verfolgen. Er schenkte sich wahrscheinlich einen Scotch ein, denn ich hörte Eiswürfel im Glas scheppern. Er schaltete die Stereoanlage ein, und die gedämpfte Stimme von Billie Holiday drang durch die Stille der Nacht. »The difficult I do it right now, the impossible will take a little while.« Ich schauderte und bezog die Worte auf mich. Das Schwierige bestand für mich jetzt darin, mich nicht in seine Arme zu werfen, nicht von ihm zu verlangen, daß er mich auf der Stelle liebte. Wir beide allein in der Nacht, nur durch eine dünne Wand getrennt...

Und das Unmögliche...

Das Unmögliche war alles übrige. Ihn lieben zu können, ohne ihn zu zerstören, ohne ihn zu martern. Lieben lernen. Und eins stand fest: Das brauchte seine Zeit.

Ich blieb in meinem Queen-Size-Bed liegen, die Hände über dem Bauch verschränkt, die Knie bis zum Kinn hochgezogen, zusammengerollt über meiner Liebe zu ihm, während ich darauf brannte, zu ihm hinzulaufen und ihm kurz vor dem Einschlafen zuzuflüstern: »Hab keine Angst. Ich liebe dich und werde dir nicht weh tun.« Aber ich war mir dessen nicht so sicher.

Die Mädchen riefen weiter an, Megären, getarnt als Bettelweiber. Außer Maria Cruz. Nicht ein einziges Mal erkannte ich ihre Stimme am anderen Ende der Leitung. Ich beantwortete die Anrufe. Reizend und präzise. Ich nahm die Nachrichten entgegen, schrieb Telefonnummern auf, notierte die Beschwerden der einen, die er übers Wochenende vergessen hatte, und der anderen, die schon zum dritten Mal anrief und immer noch keine Antwort von ihm erhalten hatte. Ich spürte genau, daß ich ihnen auf die Nerven ging. Sie fragten sich, was ich da bei ihm machte und wie lange ich bleiben würde. Wie lange ich die Aufdringlichkeit wohl ertragen mochte. Sie warteten darauf, daß ich zusammenbrechen, ihnen eine Szene machen würde. Ich hatte beschlossen, nicht zusammenzubrechen.

Es war sein Leben. Es war an ihm zu entscheiden.

Sogar Bonnie war erstaunt angesichts meiner Widerstandskraft und wollte alles genau wissen. Eines Abends rief sie an und schlug vor, wir sollten uns etwas später auf einer Vernissage downtown treffen. Von einem dieser Künstler, die heute noch völlig unbekannt sind und morgen schon weltberühmt, die Fernsehapparate mit Ketchup beschmieren und sie von allen Seiten zur Schau stellen. Reihenweise beschmierte und besudelte Fernseher, vor denen die Kritiker sich versammeln, um die Botschaft zu erahnen.

Bonnie hat noch mehr abgenommen und ist sehr stolz darauf. »Bei den Konferenzen stehe ich dauernd auf, um ihnen meine neue schlanke Linie vorzuführen«, verkündet sie triumphierend. »Ist das nicht blöde von mir!« Wir lachen beide. Ich kann in ihren Augen lesen, daß ich in ihrer Wertschätzung wieder gestiegen bin, daß sie mich wieder als Freundin betrachtet. Als Gleichwertige. Allan muß mit ihr über mich gesprochen haben. Wenn er über mich spricht, sage ich mir, beschäftige ich ihn wohl...

Das tröstet mich.

Denn es gibt auch Momente, in denen ich mir meiner nicht so sicher bin. Dieses großartigen Mädchens, das ich werden wollte. Ich habe den Eindruck, um ihn herumzustreichen, wobei er verschlossen bleibt wie ein Panzerschrank. Und dann ergreift mich wieder meine alte Angst vor dem Verlassensein.

Als wir uns eines Abends während des Essens im Raoul's, erhitzt von einer guten Flasche Bordeaux, etwas gehen lassen, lege ich meine Hand auf seine und beginne, sie sanft zu streicheln, eine unglaublich waghalsige Geste, leichtsinniger, als an jedem zweiten Abend mit ihm zu schlafen; und er sagt mir, daß er mich um einen Gefallen bitten möchte. Mein Herz macht einen Satz. Ich werde ihm jeden Gefallen tun, um den er mich bittet. Ich werde ihm beweisen, daß ich immer für ihn da bin, in jeder ernsten Lage, daß ich ihn genug liebe, um ihm jederzeit zur Seite zu stehen, und daß für mich nichts unmöglich ist. Von all dem sage ich ihm nichts, ich denke es nur, während ich zärtlich über die Fingergelenke seiner linken Hand streiche, die auf dem karierten Tischtuch liegt. Will er einen Beweis dafür, daß ich ihn wirklich liebe, ganz im Ernst, mehr als alles auf der Welt, mich selbst eingeschlossen? Ich bin bereit.

»Also folgendes: Du weißt, ich habe eine Freundin in Boston. Die, die ich sehr unregelmäßig besuche, weil sie verheiratet ist...«

»Ja, ja. Priscilla... Die große, hübsche Blonde...«

Priscilla ist sehr hübsch. Als er eines Tages seine alten Alben ordnete, zeigte er mir ein Foto von ihr. Sie macht mir keine angst: Sie wohnt in Boston, ist verheiratet und Mutter dreier Kinder.

»Ja, Priscilla. Wir haben uns vor kurzem wiedergesehen, und... sie hat beschlossen, sich scheiden zu lassen und... Na ja, jedenfalls kommt sie über Neujahr für eine Woche nach New York, und ich hätte gern, daß du dann nicht da bist, weil... du verstehst schon...«

Ich habe verstanden. Bin völlig k. o. Es raubt mir den Atem, aber ich habe verstanden. Beinahe hätte ich aufgehört, ihm die Hand zu streicheln, aber mir wurde rechtzeitig klar, daß mich das verraten würde. Also mache ich weiter, zwinge mich, den sanften, freundschaftlichen Druck meiner Finger auf seine Hand beizubehalten, und erwidere mit ebenso sanfter und freundschaftlicher Stimme, daß das überhaupt kein Problem sei, daß ich zu Bonnie ziehen würde.

Oder woandershin. Damit er sich fragt, wohin genau.

Ich verberge meine Enttäuschung und meinen Schmerz anscheinend so gut, daß er sich weiter vorwagt und anfängt, mir von Priscilla zu erzählen. Sie hatten ein wunderbares Wochenende miteinander verbracht, kurz bevor er bei Bonnie Mailer mir begegnete, und sie hatten beschlossen, bis zum nächsten Wiedersehen drei Monate verstreichen zu lassen, um zu sehen, ob ihre Leidenschaft anhielte. Offenbar hat sie angehalten, denn sie hat angerufen, um ihm zu verkünden, daß sie nach New York käme, um an seiner Seite das neue Jahr zu beginnen.

»Es war wirklich ein wunderbares Wochenende, weißt du... Sie ist eine außergewöhnliche Frau. Ich kenne ihr Haus, ihren Mann, ihre Kinder, und es ist alles so, wie ich es liebe. Alles, was ich brauche. Außerdem arbeitet sie, ist völlig unabhängig. Sie hat als Beste ihres Jahrgangs die Musikhochschule abgeschlossen...«

Ich höre nicht mehr hin. Ich tue nur so. Der alte Schmerz, den ich so gut kenne, erwacht wieder in meinem Bauch. Fade. Ich nicke und zähle innerlich 4, 5, 6, 7, 8, 9, um nicht zu schreien und damit die ganzen Anstrengungen der vergangenen Wochen hinfällig werden zu lassen. Bin völlig in mir versunken und warte darauf, daß es vorübergeht. Ich bin es ja gewohnt, weiß, daß es vorübergehen wird. Ich warte zusammengekauert. Abgeschnitten von der Außenwelt, taub und blind für die anderen. Zunächst für ihn, für das Klappern der Teller, für die Kellner, die mit roten Wangen und Schweißperlen auf der Stirn von einem Tisch zum anderen laufen. Ich betrachte sie erstaunt, wundere mich, daß sie sich weiter bewegen, während in mir alles erstarrt ist. Das ist also die Liebe? Ein ewiger Neubeginn. Immer wieder der alte Schmerz, der nur auf ein Zeichen wartet, um sich zu entfalten und mir die Eingeweide zu zerfressen. Angst, Schmerz und Wut. Wut darüber, ohnmächtig zu sein und es weiter ertragen zu müssen. Warum? Warum denn bloß? Immer wieder ist es das gleiche, auch wenn ich beschließe, mein Verhalten zu ändern, um da herauszukommen... In dem Moment höre ich die Dämonin wettern. Ah! Da hat sie sich also wieder mal ein Stückchen herausgepickt. Und genießt es. Lacht sich tot darüber. Scheißegal sind ihr meine Anstrengungen, ein großartiges Mädchen zu werden. »So ein Leben ist nichts für dich. Das habe ich dir schon hundertmal gesagt: Du bist nicht für einen einzigen Mann gemacht. Du bist geschaffen für die Begierde, die überall zu finden ist, die dich an der Kehle packt und zur Hündin macht... Hör schon auf, dir etwas vorzumachen. Sieh dir an, was du seit Wochen alles tust, um ihm zu gefallen. Du lebst wie eine Nonne. Alle Gelegenheiten, Spaß zu haben, läßt du ungenutzt verstreichen. Und das Resultat? Ein schönes Resultat! Wieder bist du dort, wo du angefangen hast. Du machst dich fix und fertig für eine bourgeoise Posaunenlehrerin, flankiert von drei Gören! Ha, ha, ha! Das geschieht dir ganz recht, altes Mädchen. Du glaubst, man kann sich einfach so ändern, nur weil man es beschlossen hat, und schon bist du wieder auf der Flucht. Auf der Flucht! Und hintergangen!«

Ich halte mir die Ohren zu und zähle weiter, um mich nicht zu verraten, um nicht zu weinen, zu schreien, er solle mich ansehen, begreifen, daß ich ihn liebe, warum er nicht mich wolle? Das ist ungerecht!

»... mit ihrem Mann, sie leben schon seit einiger Zeit getrennt, und es ist ihr gelungen, ihm klarzumachen, daß sie sich ein für allemal trennen müssen...«

23, 24, 25, 26... von der Seite schlägt sie mich, die blöde Priscilla, mit ihrem Flügelhorn, ihren drei Kindern und ihrer Wohnung, die gut riecht, nach Pecan Pie, Bohnerwachs und Blümchengardinen. 27, 28, 29, 30, 31, 32, 33... es ist mir scheißegal. Ich werde mich ordentlich durchwalken lassen und nie wieder, nie wieder alles aufgeben, um für einen einzigen Mann ein großartiges Mädchen zu werden. 34, 35, 36, 37, 38, 39... was war nur in mich gefahren, daß ich so gehandelt habe?

Die Sauce des Kalbsragouts erstarrt auf meinem Teller zu einem weißlichen Gelee. Ich trinke ein Glas nach dem anderen, um meinen Kopf und den Schmerz in meinem Bauch zu betäuben. Ich bin überhaupt nichts mehr. Fini. Weggefegt mit einigen Sätzen. Auf dem Nullpunkt. Dennoch gelingt es mir, das Gesicht zu wahren. Ich lasse die Fingermassage für eine Zigarette im Stich. Ein perfektes Alibi. Gebe vor, ich hätte mich am Nachmittag mit Süßigkeiten vollgestopft, um nicht aufessen zu müssen und um die Mahlzeit zu beschleunigen, damit ich in Frieden ins Bett schlüpfen und meine ganze Trunkenheit herausheulen kann.

Ich halte mich nicht zurück. Ich heule und heule, daß sich die Laken kräuseln. Schweigend, die Finger im Mund, ganz nahe an ihn gekauert, getrennt durch eine dünne Wand von dem Bett, in dem er glückselig ruht, entzückt darüber, eine so sympathische Freundin gefunden zu haben, die ihm zum Pauschalpreis gleichzeitig als Geliebte, Vertraute und Therapeutin dient. Ich stelle sogar eine Liste über all die Gerichte auf, die ich für ihn gekocht habe, über all die Kunstbücher, die ich ihm bei Rizzoli gekauft habe, über all die Kaschmirpullis von Brooks Brothers und Schallplatten von Sam Goody, und schlafe über der astronomischen Summe, die mich das gekostet hat, ein.

Am nächsten Morgen stehe ich, nachdem er ins Büro gefahren ist, auf und packe meine Koffer, die Augen rot und verquollen – »Man darf nicht weinen, wenn man über Dreißig ist, das verschleißt das Gewebe«, lautet Bonnie Mailers Rat.

Richtung Forsythe Street, zu Rita, der Hellseherin.

Sie ist gerade dabei, einem verzweifelten Starlet die Karten zu legen; die Frau wird von ihrem Mann erpreßt, er droht damit, eine ganze Serie Pornofotos, die sie gemacht hat, als sie kurz vorm Verhungern war, der *New York Post* zu übergeben. Inzwischen hat sie aber einen prachtvollen Vertrag mit Walt Disney Productions abgeschlossen. Rita versucht, sie zu beruhigen, indem sie ihr von Gott erzählt und davon, daß die Pik Neun, der Unglücksrabe, in ihren Karten nicht ein einziges Mal aufgetaucht sei.

»Er wird nicht bis zum äußersten gehen, das versichere ich Ihnen. Ich sehe kein Hindernis in Ihrer Karriere. Nicht das geringste. Es ist bloß eine Drohung, weiter nichts. Gott schützt Sie. Beten Sie von Zeit zu Zeit zu Gott?«

Das Starlet schnüffelt, nein, und versucht, die ins Taschentuch gefallene Kontaktlinse wiederzufinden. Sie hat keine Zeit. Sie eilt von einem Casting zum nächsten, Broadway, Werbeagenturen, Modefotos. Wie soll sie da noch Zeit für Gott finden? Und Scheiße, wo ist bloß diese verdammte Kontaktlinse? Bei dem Geld, das das Ding gekostet hat!

»Gott ist überall... Und wenn Sie früher daran gedacht hätten, wären Sie nicht in eine solche Situation geraten.«

Das Starlet verspricht Rita, Ihm mehr Zeit zu widmen, unter der Bedingung, daß die Fotos nicht erscheinen. »Und daß ich diese verfluchte Linse wiederfinde«, höre ich sie murmeln, die Augen in ihrem weißen Taschentuch vergraben. Rita gebietet ihr sofort Einhalt und sagt ihr, daß ein solcher Kuhhandel mit Gott nicht funktioniere. Der da oben sei nicht so ein lauer Freund. Entweder alles oder gar nichts. Das Starlet murrt und hantiert an den Knöpfen des rosa Viskose-Mantels mit den kleinen aufgedruckten Mickey-Mäusen.

»In jedem Fall steht jemand schützend hinter Ihnen...«

»Gott?«

»Nein. Ein älterer Herr.«

»Das ist mein Papa«, bestätigt sie mit einem breiten, vertrauensvollen Lächeln.

Die Art, in der sie »mein Papa« sagt, läßt mich in Tränen zerfließen und den Himmel mit Beschimpfungen überhäufen. Was hat er da oben zu suchen, mein Papa? Warum beschützt *er* mich nicht? Sein ganzes Leben lang hat er mich schon hängen lassen, und heute, da er Kumpel mit dem Gauner ist, nutzt er die Gelegenheit nicht einmal, um das wiedergutzumachen!

Ich verschwinde hinter dem Vorhang, der Ritas Berufsleben vom Privatleben trennt, um mich auszuschluchzen, öffne das Gefrierfach und nehme mir ein Eis. Rita findet mich, die Nase im Eisbecher, vor, von dicken Tränen überströmt.

»Da haben wir's. Die ganze Geschichte von vorn. Was ist es denn diesmal?«

»Allan hat eine Verlobte, eine ernsthafte, die Klarinette spielt... Er will sie heiraten und ihre drei Kinder adoptieren. Alles ist vorbei. Alles!«

Rita zuckt mit den Schultern.

»Aber ich habe dir doch ein großes Glück vorausgesagt. Hab Geduld. Laß ihn zu dir kommen. Ihr Mädchen seid doch alle gleich, ihr habt's eilig wie 'ne Rakete!«

»Aber ich will Allan! Keinen anderen!«

»Man möchte meinen, ein kleines Mädchen von vier Jahren... Putz dir die Nase.«

»Und dein Eis ist ekelhaft! Es ist salzig!«

»Nicht mein Eis ist salzig, du hörst bloß nicht auf, hineinzuflennen!«

Ich richtete mich bei Rita in der Forsythe Street ein. Hinter dem geschlossenen Vorhang hockend, hörte ich zu, wie die Kunden ihr Leben erzählten. Ich bekam einiges zu hören! Ganze Wagenladungen an Scheiße ließen die Kunden bei Rita ab! Ich verstand jetzt, warum sie sich zu Füßen der Plastikjungfrau geflüchtet hatte. Nichts als Geschichten übers Bumsen, über Kohle, Rache, Auge um Auge, Zahn um Zahn. Chefs, die die Kasse frisierten, sich Kokain spritzten, hatten Angst, mit der Nase im Pulver oder mit der Hand über den Rechnungen geschnappt zu werden. Frauen, die ihre Ehemänner betrogen, wollten sich scheiden lassen, erhoben aber Anspruch auf eine saftige Abfindung, um ihren arbeitsscheuen, mittellosen Geliebten aushalten zu können. Kinder drängten ihre Alten, widerrechtliche Testamente zu unterschreiben, um sie dann in schäbige Altersheime abzuschieben. Alte, sitzengelassene Geliebte brüteten schreckliche Rachepläne aus – auf der Basis von bei Vollmond abgeschnittenen Haaren und Vitriol. Mir wurde ganz schlecht hinter meinem Vorhang, aber ich blieb sitzen und hörte zu, fasziniert von den Sturzbächen der Niederträchtigkeit, die in Ritas Hellseherladen prasselten.

Rita verließ ihre Seancen immer wieder fassungslos. Entmutigt. Erschöpft. Sie streckte sich auf ihrem Diwan aus und fächelte sich mit ihrem chinesischen Fächer, verziert mit einem radschlagenden Pfau, Luft zu. Ich bereitete ihr einen Gratin Dauphinois zu – sie mochte nur kalorienreiche Kost –, Mousse au Chocolat, Gnocchi, Landhühner, die ich auf der First Avenue, Ecke Fünfte Straße kaufte, bei einem Schlachter, der sich Fritz nannte und das beste Geflügel der Stadt lieferte. Das war ihr Lieblingsgericht. Mit kleinen, im Saft des

Hühnchens knusprig braun gebackenen Kartoffeln. Sie leckte sich die Finger danach. Ich machte mir am Herd zu schaffen, um die Dämonin, die mich ununterbrochen anstachelte, nicht hören zu müssen. Die mich abends aus dem Laden drängte und durch das Palladium, das Bottom Wine oder die Wine Bar ziehen ließ. Einfach irgendwohin, Bekanntschaften machen, flüsterte sie mir ins Ohr. Bekanntschaften mit gutaussehenden Männern, die nur das eine wollen...

Zwischen der Dämonin, die mich drangsalierte, und der Kitschliese, die sich schluchzend am Herd abrackerte, hatte ich Mühe, das großartige Mädchen, das ich sein wollte, nicht aus den Augen zu verlieren.

Dennoch hielt ich durch.

Ich sagte mir, wenn schon nicht für Allan, dann würde ich eben für einen anderen ein großartiges Mädchen werden. Wenn ich bereits vor dem ersten Hindernis zusammenbräche, würde ich mir nicht mehr in die Augen sehen können. »The difficult I do it right now, the impossible will take a little while.«

Rita munterte mich auf, indem sie mir die Karten legte, die immer wieder die Ankunft eines Mannes und den Triumph der Liebe verkündeten. Ich brauchte also nur noch zu warten.

Kochend. Meine zehn Seiten überarbeitend.

Auf der Suche nach dem richtigen Wort.

Mit Unterricht an der Columbia.

Den Weihnachtsabend verbrachten Rita und ich in trauter Zweisamkeit. Mit einem Weihnachtshühnchen und knusprig-braunen Kartoffeln auf Weihnachtsart. Es war nicht sehr fröhlich. Und den Silvesterabend vor dem Fernseher. 6, 5, 4, 3, 2, 1... rief der Ansager, ein neues Jahr beginnt. HAPPY NEW YEAR! Rita riß mich an sich und versprach mir eine Kiste voller guter Dinge. Ich dachte an Allan und seine Paukenschlägerin. An ihren Silvesterabend... Happy New Year hupten die Autos in den Straßen. Die Leute umarmten einander. Wünschten einander alles Gute. Ein schlechtes Jahr ist vorüber. Es lebe das neue! Und sie sangen »Es ist nur ein auf

Wiedersehen...«, während sie nach jedem aus einem Autofenster gereckten Hals angelten, um ihn zu umschlingen. Rita stimmte sofort in den Singsang ein. Ich antwortete ihr auf französisch. Die englischen Worte kannte ich nicht. Ich sang und dachte an Papa, an unseren letzten Silvesterabend mit Austern, Sauternes, Champagner und einer dicken Zigarre... Ich gönnte mir ein kleines Vergnügen und vergoß noch ein paar Tränen, einfach nur, um diese kleine, köstliche Gewohnheit, die mich warm hielt, nicht ganz aufzugeben. Ich war am Ende nicht mehr so traurig, unglücklich und verzweifelt.

Eines Abends indes...

Joe, der mir Ring Lardner zu lesen gegeben hatte, lud mich ein, in einem Nachtclub im unteren Teil der Stadt Dizzy Gillespie zu hören. Auf der Seventh Avenue South. Ein gewienerter Nachtclub für Jazz-Fans. Den ganzen Abend über tranken wir Wodka-Tonic. Er sprach über Literatur, über große Hoffnungen und kleine Einkommen. Ich redete mir ein, er sei vielleicht der Mann, auf den ich wartete. Ganz zufällig trug ich meine grüne Bluse. Ich hatte es satt, allein zu sein. Ein für allemal satt. Ich wollte bloß mit jemandem teilen können. Einfach irgend etwas: ein dusseliges Fernsehprogramm oder ein Landhuhn!

Ich legte meinen Kopf an seine Schulter und schloß die Augen.

In seiner Wohnung öffnete ich sie wieder. Er legte eine Platte von Gillespie auf. Ich legte meinen Kopf wieder an seine Schulter. Er ergriff meine Hände, meinen Mund, meine Brüste, meine Beine. Es war mir egal. Ich wollte bloß, daß man mich liebte. Ich dachte an Allan, der sich bestimmt gerade mit seiner Baßgeige verlustierte. Ich ließ zu, daß mich Joe in sein Schlafzimmer zog, sich auf mich legte und mich voller Leidenschaft verschlang.

Ich war gar nicht da.

Die Dämonin raufte sich die Haare. Sie flüsterte mir ununterbrochen zu, ich sollte mich bewegen, etwas Stimmung aufbringen. Daß ich auf diese Weise überhaupt nichts erreichte... Was erreichen? fragte ich sie, während sich Joe über die linke Brust hermachte. Ich erreichte überhaupt nichts, das siehst du doch... Mein Leben ist ein entsetzlicher Schlamassel, wenn es um Männer geht.

Im Morgengrauen schob ich Joe, der auf mir schlief, quer übers Bett. Ich sammelte tastend meine Strümpfe, meinen Minirock und meinen Dufflecoat zusammen. Wischte mit einem Zipfel vom Laken meine verlaufene Wimperntusche ab. Nahm ein Taxi und schlüpfte in mein Bett, bevor Rita erwachte.

Alles ist schiefgegangen. Das war das letzte, was mir durch den Kopf ging, bevor ich in meine Träume versank. Und wenn... ich beschloß, nach Paris zurückzukehren. Mein Apartment, meine Freunde, Kid, den Hund, die A-na-ly-sen Pimpins, Toto und seine Warze wieder um mich zu haben. Sie wenigstens liebten mich, ich liebte sie, und das war schließlich viel interessanter, als in dieser Stadt voller Verrückter umherzuirren, die alle Angst vor der Liebe hatten.

Am nächsten Tag rief Allan an. Seit zwei Tagen suchte er mich überall. Bonnie hatte ihm schließlich geraten, mal bei Rita vorbeizuschauen. Er hatte ihre Nummer in den gelben Seiten des Telefonbuchs gefunden. Er wollte mich dringend sehen. Was ich in der kommenden halben Stunden vorhätte? Nichts, sagte ich. Dann bin ich gleich da, sagte er.

Einen Monat später haben wir geheiratet. Es geschah völlig natürlich. Eines Abends kam Allan mit einem großen Strauß weißer Rosen, die Blüten goldbraun gerändert, nach Hause. Er setzte ein Knie auf die Erde und fragte mich: »Willst du mich heiraten?« Ich habe nicht eine Sekunde lang nachgedacht und habe »ja« gesagt.

Ja zur Heirat.

Ja zur Heirat mit einem amerikanischen Schwachkopf.

Ja, um so lange wie möglich zum gleichen Mann im gleichen Bett »ja« zu sagen.

Ich war entzückt.

Er fand, daß ich zu schnell »ja« gesagt hätte, daß ich erst mal nachdenken sollte. Vielleicht würde ich mich mit ihm langweilen? Immerhin sei er ja nur ein Verkäufer von Strumpfhosen und T-Shirts, obendrein noch Amerikaner, ein alter Knabe und Base-Ball-Narr... Ob ich etwas über Base-Ball wußte? Und dann mochte er Glenn Gould nicht, und ich hörte den die ganze Zeit...

»Warum magst du Glenn Gould nicht?« fragte ich verblüfft.

Es war mit Sicherheit das erste Mal, daß ich jemanden traf, der vor dem berühmten Pianisten und seinem zerlöcherten Schemel nicht vor Begeisterung in Ohnmacht fiel.

»Ich mag nicht, wie er spielt. Zu abrupt, zu metallisch, und außerdem eignet er sich die Musik völlig an. Er hindert mich am Träumen...«

»Also dann... und du hast die ganze Zeit über, als ich ihn gespielt habe, kein Wort gesagt...?«

Die ganze Zeit über, in der ich mich so sehr gehütet hatte, aufdringlich zu sein, hatte ich ihn mit Glenn Gould gestört, aber er hatte nichts gesagt, weil...

Er liebte mich. Er hatte mich geliebt und es nicht gewußt.

Ich konnte es nicht fassen.

Es war, als wäre ein Traum Wirklichkeit geworden.

Er liebte mich und bat mich, ihn zu heiraten.

Ich hatte ein komisches Gefühl. Als wäre ich eine Schleife gefahren. Seltsam vielleicht, aber genau das: Ich war eine Schleife gefahren.

Wir heirateten in Windeseile.

In der City-Hall, unten im Business-Destrict. Wir füllten einen Bogen aus mit den Namen und Vornamen unserer Eltern, unserer Adresse, unseren Berufen, unseren vorausgegangenen Heiraten und Scheidungen. Letzteres war das einfachste. Es war für uns beide das erste Mal. Um uns herum standen andere Paare, Schwarze, Puertorikaner, Mexikaner und Asiaten, denen es nicht gelang, die richtigen englischen Wörter in die vorgesehenen Rubriken einzutragen. Wir halfen ihnen und sahen uns über unsere Kugelschreiber hinweg an, während wir die Namen und Vornamen der Aranjuez, Ho Chins oder Barangas kritzelten. Wir platzten beinahe vor Glück. Mußten es einfach teilen.

Dann stellten wie uns in die Schlange und standen schließlich vor einem Gitter; im Schalter dahinter saß eine Frau. Es war Mittagszeit. In einer Hand hielt sie einen riesigen Hamburger, mit der anderen nahm sie unsere Formulare und befahl uns mechanisch, wir sollten schwören, daß das alles die Wahrheit sei.

»Heben Sie die Hand, und sagen Sie: ›Ich schwöre es.‹«

Wir schworen. Sie ließ ihren Hamburger fallen, wischte sich die Hand am Kittel ab und setzte, während sie einen Schluck Diet Coke nahm, hinzu: »Zehn Dollar.«

Allan bezahlte zehn Dollar, und wir machten uns auf die Suche nach einem Friedensrichter. Um unsere Verbindung eintragen zu lassen. Der Taxichauffeur sagte uns, es sei nicht eilig, wir hätten zehn Tage Zeit, das zu erledigen; wir sollten lieber noch einmal darüber nachdenken. »Das ist alles reiflich überlegt«, sagten wir ihm und hielten uns fest an den Händen. Er zuckte die Schultern und fuhr uns heim – mit den

Worten, wir seien ganz schön dumm, die Hochzeit sei eine Sache, durch die man sich das Leben verderbe, er wisse darüber Bescheid, und man sollte besser auf ihn hören.

Allan fand den Namen eines Richters im Telefonbuch. Richter Charette, französischer Abstammung. Aus der Vendée. Aber er war schon seit langem kein Franzose mehr, in der vierten oder fünften Generation, und er sprach seinen Namen »Charretz« aus. Wir kamen überein, uns am nächsten Tag in Allans Apartment zu treffen. »Mit Ihren Trauzeugen«, fügte er noch hinzu, bevor er aufhängte.

Am nächsten Tag trug ich meine grüne Bluse und einen weißen Minirock. Allan band sich kunstvoll eine Krawatte, um seriös auszusehen, und kämmte sein Haar sorgfältig zur Seite. Rita war meine Trauzeugin und Bonnie Mailer Allans. Denn nach alledem hatten wir immer noch ihr zu verdanken, daß wir uns getroffen hatten. Der Richter zog seinen Mantel aus und fragte, ob er die Toilette benutzen dürfte. Dann kam er zurück und erklärte, wir möchten uns mit unserem jeweiligen Trauzeugen aufrecht in der Mitte des Raumes aufstellen, und begann, in aller Eile altenglische Phrasen zu rezitieren. Ich sagte: »I do«, ohne recht zu wissen, was genau. Aber es war mir schnuppe. Ich sah Allan an, der ebenfalls ganz ernst sagte: »I do«, und machte mir weiter keine Sorgen mehr. Danach machte der Richter eine Pause: Er wartete darauf, daß wir die Ringe tauschten. An Trauringe hatten wir nicht gedacht. Der Richter zuckte die Schultern und nahm seine kleine Rede wieder auf.

Wir hatten Champagner besorgt, dazu Sandwiches auf einem niedrigen Tisch in dem großen, leeren Wohnzimmer angerichtet und Billie Holiday aufgelegt. Nachdem der Richter sein Geschwätz beendet hatte, tranken wir den Champagner, brachten ein paar Toasts auf unser Glück und den ganzen Klimbim aus, dann aßen wir die Sandwiches. Wir sprachen über die Vendée, selbst wenn der Richter nicht mal mehr genau wußte, wo sie liegt. Er suchte nach ein paar französischen Wörtern, um mir einen Gefallen zu tun, aber es gelang ihm nicht, so lächelte er dümmlich und brachte unsere

Unterhaltung zum Stocken. Ich telefonierte mit Toto und Pimpin. Toto sagte »Bravo« und fragte, wann er meinen Mann mal zu Gesicht bekäme. Es war komisch für mich zu hören, wie man von meinem »Mann« sprach, und ich suchte mit den Augen das Zimmer nach jemandem ab, der dieser Bezeichnung entsprach... Pimpin dachte einen Moment lang nach und sagte dann: »Warte, ich werde dir einen Satz vorlesen, den ich gerade in einem Buch gefunden habe und der auf dich haarklein zutrifft.« Sie legte den Telefonhörer zur Seite und kam etwas später zurück, um ein Zitat von einem gewissen Onetti vorzulesen: »...nichts von dem, was wichtig ist, kann gedacht werden.« Das ist alles, was ich behalten habe. Das übrige war zu kompliziert. Und mir stand nicht der Sinn danach. Sie fügte hinzu, sie werde mir den kompletten Satz per Telegramm schicken, vorausgesetzt, die Schwachköpfe von der Post deformierten den Gedanken Onettis, eines argentinischen Schriftstellers, nicht. Allan rief seine Familie in Wyoming an. Jedenfalls das, was von ihr übriggeblieben war, denn sie war überallhin verstreut. Alle beglückwünschten uns.

Rita schenkte mir ein Damennecessaire mit Staubwedel für den Hausputz, wattierte Handschuhe, damit ich gefahrlos die Gerichte aus dem Ofen holen könnte, eine Soßenkelle zum Beträufeln des Brathuhns und Speziallöffel für Grapefruits, kleine Löffel mit Zacken an den Enden. Bonnie fragte uns, wohin wir unsere Hochzeitsreise machen wollten. Allan lachte: An die Hochzeitsreise habe er gar nicht gedacht. Rita murrte: Eine Hochzeit ohne Trauringe und Hochzeitsreise sei keine seriöse Hochzeit. Der Richter erklärte, er sei derselben Ansicht. Dann rülpste er, ganz diskret hinter vorgehaltener Hand, stellte sein Glas ab, drückte uns die Hand und ging kerzengerade, wie nur ein Mann des Gesetzes gehen kann, hinaus. Ich fragte Allan, ob die Zeremonie gratis gewesen sei. Er bejahte und sagte, er habe trotzdem einen Scheck für den Gemeindechor und einen für die Feuerwehr ausgestellt. Das sei so Sitte. Nach kurzer Zeit waren die Gäste gegangen, und wir waren beide ganz allein. Ich hatte Lust, sofort ins

Bett zu gehen, aber Allan sagte, das käme überhaupt nicht in Frage. Er hatte etwas Bestimmtes vor.

Wir nahmen ein Taxi. Damit wir uns während der ganzen Fahrt küssen konnten. Das Taxi fuhr die Park Avenue hinauf, drehte an der Fifth und hielt Ecke Siebenundfünfzigste Straße. Genau neben Tiffany's. Ich mußte sofort an Truman Capote und an Audrey Hepburn denken. Während Allan bezahlte, sagte der Taxifahrer, er habe gern Jungverheiratete als Fahrgäste, weil er von ihnen immer gute Trinkgelder bekäme.

Allan gab ihm ein gutes Trinkgeld und stieg aus. Ich blieb ihm auf den Hacken. Ich hatte ganz plötzlich Angst, ihn zu verlieren. Ich dachte wieder an die *New York Post* und an all die Verrückten, die mit einem Revolver in der Tasche durch die Straßen liefen, bereit, das erstbeste glückstrahlende Paar, das ihnen über den Weg lief, niederzuknallen. Man wird uns niederknallen, überlegte ich, wir strahlen zu sehr vor Glück.

Das alles ist viel zu schön.

Es ist wie ein Traum, und Träume sind nicht dazu geschaffen anzudauern. Man erwacht eines Tages, und das Erwachen ist grausam. Man kann uns jederzeit niederknallen, und hop! finden wir uns auf der Titelseite der *New York Post* wieder. »Stabbed in full honey moon.« Oder so ähnlich.

Ich begann, mir alle Verrückten um uns herum genau anzusehen. Und weiß der Himmel, daran mangelt es in den Straßen New Yorks nicht! Ich fügte mich ins Unvermeidliche, sagte mir, daß ich immerhin einen Monat Glück erlebt hätte und daß das nicht zu verachten sei.

Seit Allans Anruf bei Rita schwelgte ich im Glück. Ich hatte keinen Bodenkontakt mehr und kniff mir dauernd in den Arm, um mir zu beweisen, daß ich nicht träumte.

Er war eine halbe Stunde, nachdem wir aufgelegt hatten, angerannt gekommen. Hatte mich in seine Arme genommen und beinahe erdrückt, unter dem zärtlichen Blick Ritas, die mit gefalteten Händen der Heiligen Jungfrau dankte und dann den Blick gen Himmel hob, um alle Gebete, die sie kannte, herunterzuhaspeln. Er drückte mich und drückte mich und bat mich, niemals wieder fortzugehen. Das mit der Pianistin sei entsetzlich gewesen. Sobald er sie am La Guardia Flughafen erblickt hatte, hatte er sich gefragt, was sie hier wollte und warum er eingewilligt hatte. Er wußte nicht, wie ihr verständlich machen sollte, daß sie abhauen sollte, daß er sie nicht ertragen konnte in diesen Wänden, in denen ich meinen Geruch zurückgelassen hatte, meine Zahnpasta, eine einzelne Socke und all die schönen Kunstbücher, die er immer wieder durchblätterte und dabei murmelte, daß ich ein großartiges Mädchen sei. Priscilla hatte bereits alles entschieden: ihre Scheidung, ihren Umzug, das Einrichten des Haushalts mit ihren drei Kindern in New York. Drei Kinder! Ihr Mann mache keinerlei Schwierigkeiten. Er würde ein Jahr warten, bevor er sich scheiden ließe, um sicherzugehen, daß die Romanze seiner Frau andauere. Ein Jahr später dann würden sie sich trennen, nachdem sie eine vernünftige Alimentezahlung vereinbart hatten. Man müsse nur noch eine gute Schule für die drei Kinder finden. Drei Kinder! Eine Schule! Der Ehemann über alles unterrichtet! Allan wußte nicht mehr wo ihm der Kopf stand. Er täuschte Zahnschmerzen vor, um nebenan in MEINEM Bett zu schlafen, in dem die Laken nicht ausgewechselt worden waren. In meinem Geruch.

Mein Geruch... Er hatte sich im Bett hin und her gewälzt, hatte die Laken nach meinem Körper suchend durchwühlt, hatte das Kopfkissen umklammert, sich als einen Trottel bezeichnet, als den größten Schwachkopf, den Amerika je hervorgebracht hatte, mit Blindheit geschlagen, ein Einfaltspinsel, hatte dann seine Nase wieder im Kopfkissen vergraben und war von einer unbändigen Lust, mich zu lieben, gepackt worden. Mich wahrhaftig zu lieben. Nicht so auf die Schnelle, wie zuvor. Er führte sich Szenen vor Augen, Positionen, Zärtlichkeiten, und wand sich bei der Vorstellung, daß er mich verloren haben könnte. Für immer.

An ihn geschmiegt hörte ich mit geschlossenen Augen zu und bat ihn: »Weiter, weiter, noch mehr Liebe...«

Er streichelte mir übers Haar, küßte meine Wimpern, tätschelte meinen Schädel, um sicherzugehen, daß ich wirklich da sei, und erzählte weiter.

Am nächsten Tag hatte er schweigend gefrühstückt. Priscilla hatte das *New York Magazine* durchgeblättert und eine Liste an Filmen und Ausstellungen, die sie sehen, und von Konzerten, an denen sie teilnehmen wollte, aufgestellt. Er hatte sich in einem dunklen Saal neben dem Lincoln Center vor einem französischen Film wiedergefunden.

»Ich hatte ihn ausgesucht, um deine Sprache zu hören, mich an deinen Akzent zu erinnern, aber das ist alles, was ich behalten habe... Ich weiß nicht einmal mehr den Titel...«

Am darauffolgenden Abend hatte er in den sauren Apfel beißen und mit ihr schlafen müssen. Ihm waren keine Ausreden mehr eingefallen.

»In unserem Bett?« fragte ich und benutzte zum ersten Mal ein Possessivpronomen.

»In unserem Bett«, antwortete er. »Stell dir vor...«

Ich hatte wirklich keine Lust, mir das vorzustellen.

Am nächsten Tag hatte er ein dringendes Geschäft in der Nähe von Nairobi erfunden und war schon fast auf und davon gewesen.

»Sie fiel aber nicht darauf herein. Sie sah mich an wie einen dummen Jungen, den sie auf frischer Tat erwischt hat, und sagte ›Adieu‹. Sie sah sehr traurig aus. Mir wäre es lieber gewesen, wenn sie mir eine Szene gemacht hätte...«

Er war bis zu ihrer Abreise ins Hotel gezogen.

Von dort aus hatte er ihr einen Brief geschrieben, in dem er alles erklärte. Na ja, fast alles: daß sie viel zu überstürzt handele, daß er sich nicht imstande fühle, sich um drei Kinder und sie gleichzeitig zu kümmern. Vor allem um die drei Kinder, denn seiner Meinung nach brauche sie ihn gar nicht, sie sei groß genug, dem Leben die Zähne zu zeigen. Und er wolle um alles in der Welt jemandem nützlich sein.

»Das ist übrigens mein Problem mit den Frauen«, gestand er mir, seinen Mund an meinem Haar, »sie sind mir viel zu organisiert. Ich verlange nicht mehr, als sie zu lieben, zu beschützen, aber ihr Stundenplan ist viel zu überfüllt...«

Er lächelte, rückte ein Stück von mir ab und nahm mich dann wieder so fest in die Arme, daß er mich fast zerquetschte.

Priscilla hatte in aller Würde ihre Koffer gepackt. Sie hatte alles sorgfältig aufgeräumt, die Kaffeekanne von Kalkstein befreit, Anemonen in eine Vase gestellt und einen kleinen Zettel dazugelegt, auf dem stand: »Too bad!« Sie hat wirklich Stil, die Tante, dachte ich. Humor und Stil. Ich hätte sie gern zur Freundin gehabt. So eine wie sie fehlte mir hier furchtbar...

Allan hatte die Neujahrsnacht ganz allein in dem großen, halbleeren Zimmer verbracht mit dem Betrachten der blinkenden Fuji-Reklame. Er hatte sich seiner ganz sicher sein wollen, bevor er sich auf die Suche nach mir machte. Dann hatte er Bonnie angerufen. Sie hatte ihn als Spinner, als Unzurechnungsfähigen beschimpft. Sie kapierte überhaupt nichts mehr an unserer Geschichte. Dann hatte sie ihm den Rat gegeben, es mal bei Rita zu versuchen.

So hatten wir schließlich unsere erste Liebesnacht. Eine ganze Nacht, in der er ausschließlich für mich da war. Als hätte er mich niemals zuvor aufs Kreuz gelegt. Er schenkte jedem Teil meines Körpers Aufmerksamkeit, ließ mir Raum und sah mir die ganze Zeit in die Augen, um ja nicht das geringste zu versäumen. Wir liebten uns auf dem Dielenboden im Wohnzimmer, im Schlafzimmer, in einer Ecke des Badezimmers. Besonders in einer Ecke des Badezimmers. Der Duschvorhang fiel über uns herab, es roch nach Seife, Shampoo und Ajax-Scheuerpulver. Er sagte, er wolle mich mit allen Gerüchen des Hauses vermischen. Er hörte überhaupt nicht mehr auf mit mir zu sprechen, als wollte er all die Zeit, in der es verboten gewesen war zu sprechen – aus Angst, sich zu weit vorzuwagen –, aufholen. Er begann ganz vorsichtig, schien beinahe selbst von seinen Vertraulichkeiten überrascht zu sein, aber ich drückte ihn ganz fest an mich, um ihn zu ermutigen, und er hörte überhaupt nicht wieder auf, von sich zu erzählen. Mir waren die Frauen vor mir völlig egal. Ich hatte verstanden, daß ich inzwischen die einzige war.

Was ich aber nicht wollte, das war von meinen eigenen Liebschaften erzählen. Ich hatte viel zu große Angst, ihm weh zu tun. Angst davor, er könnte wieder in seine Befürchtungen zurückfallen, könnte mir mißtrauen, und ehrlich gesagt war ich mir auch nicht ganz sicher, wirklich von meinem Kettensägenmordsyndrom geheilt zu sein. Ich erwähnte auch meine Nacht mit Joe nicht. Das hätte ihr zu viel Bedeutung gegeben. Ich sagte mir, daß ich ihm eines Tages vielleicht alles erzählen würde. Ich würde sachte vorgehen, sobald er mich kennengelernt hätte, sobald er wüßte, wer ich wirklich bin, wüßte, was wichtig ist und was nicht. Im Moment war ich erst einmal glücklich, ihn sprechen zu hören, und hatte nicht den Eindruck, ihn zu belügen. Da ich mich in puncto Vertraulichkeiten etwas knauserig fühlte, erzählte ich ihm die Geschichte von den Ein-Dollar-Scheinen, auf die ich meine Liebeserklärungen gekritzelt hatte.

»Genau über dem Zinken von George Washington...«

Das einzige, was er einfach nicht herausbrachte, waren Koseworte oder der Satz »Ich liebe dich«. Es kam ihm nicht über die Lippen. Er hatte mich gewarnt. Er wollte mir nicht weh tun. Aber mir war das schnurzpiepegal. Also nannte er es »Badezimmerecke« oder »Fahrrad«. Irgendwie, um es zu umgehen. Und es funktionierte.

Ich hatte keinen Bammel mehr.

Hatte keine Angst mehr, er könnte die Flucht ergreifen.

Er war da. Schenkte mir seine Aufmerksamkeit. Nur mir. Ich spazierte einher, an seinen Arm gehängt wie ein triumphierendes Schlüsselbund, und schaute die anderen Frauen höhnisch an. Warf ihnen freche Blicke zu. Ich konnte nicht anders, es gehörte nun mal zu meinem neu erworbenen Glück.

Ich konnte es noch nicht fassen.

Je länger ich ihn ansah, desto mehr liebte ich ihn. Ich war richtig krank vor Liebe. Ich konnte kaum noch etwas zu mir nehmen, so sehr war ich von ihm erfüllt.

Wir trafen uns zu jeder beliebigen Tageszeit, um uns auf Parkplätzen, in Tiefgaragen, im Erdgeschoß von Bloomingdales oder auf einem U-Bahnhof zwischen zwei Verabredungen zu küssen. Wir fuhren an seiner Haltestelle vorbei, und er kam zu spät. Ich zeigte ihm die Kellnerin vom Forty Carrots, die mich so faszinierte, und er verstand sofort, warum. Er sah sie genau so, wie ich sie sah. Da wußte ich, daß ich endlich begriffen hatte, was Liebe ist: mit gleichen Augen, mit dem gleichen Ergötzen eine schwarze Fünfzigjährige in einem rosa Kittel und mit strammen Waden betrachten, bezaubert sein durch die Art und Weise, in der sie »Hi! Honey!« von sich gibt und sich ihr Leben abends in der U-Bahn und in ihrer Dreizimmerwohnung in Queens ausmalen. Ich strahlte vor Glück, während ich mein Frozen Yoghurt mit Banane verschlang und sofort noch eins bestellte.

Übers Wochenende fuhren wir hinaus und verließen das Schlafzimmer die ganze Zeit über nicht. Wir lernten einander auswendig – mit den Fingerspitzen, mit den Lippen. Schütteten unsere Erinnerungen übereinander aus.

Schafften es schließlich, miteinander übereinzustimmen.

Manchmal, wenn ich in seinen Armen lag, öffnete ich ein Auge und sah seine Handgelenke, seine Hände, seine langen Finger, seine gewölbten, transparenten Nägel, und mein Herz fing heftig an zu schlagen. Wegen Papa. Ich sagte mir, daß diese große Liebe hier nicht so ganz neu, nicht so ganz unschuldig sei, sie kam von woanders her. Vielleicht war sie deshalb so stark. Und dann schloß ich die Augen wieder und dachte an überhaupt nichts mehr. Nur an ihn. An uns.

Ich mußte mich immer wieder auf ihn stürzen. Mußte mich einfach an seinen Hals klammern, an seine Rockschöße hängen. Ich konnte es einfach nicht lassen.

Und er nahm es nicht übel.

Ich verlangte nichts weiter, als nahe bei ihm zu sein, so lange wie möglich. Er sollte mich gar nicht mehr loslassen. Mehr wollte ich nicht von ihm, vom Leben. Ohne Plan. Ohne Programm. Ich lebte von einem Tag zum anderen. Genoß mein Leben als Schlüsselbund.

Und dann kam er eines Tages nach Hause und fragte mich: »Willst du mich heiraten?«

Ich erinnere mich genau. Ich saß im Kostüm auf einem Hocker in einer Ecke des Wohnzimmers, den Rücken gegen den Kühlschrank gelehnt, und las eine Novelle von Flannery. Vielmehr las ich sie bereits zum zehnten Mal, so sehr gefiel sie mir. Genau wie die von der Geranie. Ich war sogar imstande, jedesmal zu vergessen, wie sie ausging, so gut war sie geschrieben. Immer aufs neue glaubte ich jedes Wort und ging davon aus, daß sie nicht alle von dem verrückten Mörder, der aus dem Gefängnis entflohen war, abgeknallt würden. Genau wie die Großmutter weigerte ich mich, an die Tragödie zu glauben. Bis zum Ende nörgelte ich mit ihr, diskutierte mit dem verrückten Killer, um die Schüsse im Wald nicht hören zu müssen, wo die beiden Helfershelfer den Rest der Familie erledigten. Die Großmutter war eine großartige Frau, und ich wollte einfach nicht glauben, daß auch sie am Ende starb.

Der verrückte Killer, der uns jetzt jeden Moment vor Tiffany's niederschießen kann...

So viel steht fest.

Ich schmiege mich noch ein wenig enger an Allan, halte ihn mit aller Kraft umschlungen, schließe die Augen, bin bereit, meine Seele hinzugeben.

Er drängt mich ins Innere von Tiffany's. Wir treten ein. Er hält mich bei der Hand und führt mich direkt zu den hohlköpfigen Verkäufern mit Krawatte, die sich für etwas Besseres halten, weil sie Luxusartikel verkaufen. Die sehen mich von oben bis unten an, besonders meine Füße, die in Socken und flachen Schuhen stecken. Die Kundinnen hier tragen Kroko-Pumps und dazu passende Handtaschen. All ihre Knöchel sind mit Brillis bestückt, um die herum welke Haut Wülste bildet, und sie stecken von der Schulter bis zum Knöchel in Nerz. Es ist völlig unnötig, den großen Laden abends auszufegen, die Säume der Nerzmäntel erledigen das bereits.

Ich gebe in meinem Dufflecoat, den schönsten Mann der Welt am Arm, eine Weile an. Natürlich begaffen sie ihn und fragen sich, was er wohl mit einer Tante wie mir am Hut hat!

Ich schlage ihnen ein Schnippchen und plustere mich vor Stolz auf. Ich trage keinen Ehering, aber wir sind verheiratet. Und zwar fürs Leben.

In der Mitte des Ladens, unter dem großen Kristallüster, der ding ding klirrt, wenn man die Ohren spitzt, bleibt er stehen und sagt:

»Such dir was aus. Nimm, was du willst.«

»Was ich will?«

Seine Augen sagen »ja« und strahlen, zwinkern mir tausend Worte der Liebe zu, all die Worte, die er nicht sagen kann. »Ich liebe dich. Ich bin verrückt nach dir und bereit, jede Dummheit zu begehen. Na los. Plündere das Geschäft, und ich werde Millionen Strumpfhosen und T-Shirts verkaufen, um die Rechnung zu zahlen.«

Da vergesse ich den verrückten Killer. Den Bekloppten in der Menge, aber eine andere Angst steigt in mir auf. Eine alte Angst, die mir wohlbekannt ist und mich wie festgenagelt stehenbleiben läßt. Mir die Knie weich werden läßt und den Atem nimmt. Entsetzt stehe ich da, stocksteif, mit offenem Mund: Nicht ein Verrückter wird uns töten, sondern ich bin die Verrückte. Ich mit meinem Haß auf das Glück, auf die Liebe. Ich kenne die Welle, die von den Hacken her in mir aufsteigt und mich völlig verdreht. Ich sehe wieder Allan an und flehe schweigend: Nimm mich fort von hier, hör mit dem Ganzen auf, nimm deine Worte und deine Geschenke zurück, sonst ist alles vorbei. Ich zittere, schwitze. Ich halte nach einem Stuhl Ausschau, um mich zu setzen und darauf zu hoffen, daß die Welle vorbeigeht und mich verschont. Ich wehre das Messer ab, das meinen nagelneuen Mann niederstechen wird. Mit aller Kraft wehre ich es ab. Er hätte mich nicht in diesen Laden führen dürfen. Hätte mir nicht mit den Augen zu verstehen geben dürfen, daß er verrückt nach mir ist. Ich kann nicht. Du weißt, ich kann nicht. Ich kann nichts dafür. Es war gut, daß du mir keine Worte der Liebe sagen konntest. Ich könnte sie gar nicht ertragen.

Kleine Schweißbäche strömen mir über den Hals. Befeuchten mein Haar. Kleben die Kleidung an meine Haut. Ich kann nicht mehr atmen. Mit feuchten Händen und zitternden Knien klammere ich mich an den nächsten Tresen. Ich schwanke, greife nach seinem Arm. Kämpfe mit ganzer Kraft dagegen an. Widerstehe noch. Stemme meine Hacken auf den Boden. Flehe, daß sich die Welle entfernt, das Messer abprallt. Dann werde ich schwächer. Spüre, wie Haß in mir aufsteigt. Wende meine Augen ab, um Allan, der ganz bleich geworden ist, nicht ansehen zu müssen, um ihn nicht lächerlich zu finden mit seiner großen Erklärung: »Na los. Nimm, was du willst. Ich bin ja da.« Aber das ist lächerlich... Und außerdem hat man das schon einmal mit mir gemacht.

Er hat mir schon einmal diesen Streich gespielt.

Der andere.

Der andere Mann. Mein Papa.

Um hinterher besser davonzukommen.

Hier bereitet sich genau das gleiche vor. Er wird mir was kaufen, um sich hinterher aus dem Staub zu machen.

Dessen bin ich mir ganz sicher.

Ich halte mich mit beiden Händen am Tresen fest und tue so, als konzentriere ich mich auf die Steine, die der lakaienhafte Verkäufer vor mir ausbreitet: Einzelstücke, einzigartiger Schliff, Design des Hauses, außergewöhnliches Modell... Ich zwinge mich, auf seine Worte zu hören, um meine zu vergessen. Um diesen kleinen Mechanismus in meinem Kopf abzuschalten. Diesen Massakermechanismus. Ich versenke meinen Blick in den Saphir, befeuchte meine Lippen vor dem Smaragd, trinke das grünblaue Wasser des Diamanten und warte, warte mit angehaltenem Atem darauf, daß der andere da oben, der alte Gauner, ganz schnell dazwischenkommt, bevor ich meine Kettensäge zücke. Ich flehe inständig wie nie zuvor. Bin bereit, mich mitten in dem Laden in meinem Dufflecoat und meinen flachen Schuhen auf die Knie zu werfen, um wieder so zu werden, wie ich gekommen bin: glücklich und verliebt. Bloß Schluß mit dieser Wiederholung! Nur einmal wirklich lieben lernen...!

Aber plötzlich ertönt eine andere Stimme: »Du hast Angst, weil man dir den Streich schon einmal gespielt hat, he?« flüstert mir das großartige Mädchen zu. »Das ist es, was du befürchtest? Sag schon. Aber er ist nicht derselbe, blöde Kuh. Der ist tot. Es ist vorbei. Vergangenheit. Du tust so, als hättest du ihn ausgeschaltet, dabei bringst du ihn immer wieder aufs Tapet. Akzeptier, daß man dich liebt. Nimm die Herausforderung an. Laß deinen Bammel sausen. Diese Angst im Bauch, sobald die Dinge ernst werden. Davor, selbst zu lieben, davor daß man dich liebt und dann im Stich läßt.«

Ich höre auf die kleine Stimme und warte.

Ich warte.

Allan zieht mich am Arm und verlangt Halsbänder, Ringe und Ohrringe zu sehen. Weist mit großer Geste auf die Verkaufstresen und die sich im Takt verbeugenden Lakaien dahinter. Zwei in Nerz gehüllte Nike-Tanten diskutieren am Tresen über einen birnengroßen Diamanten. Sie haben keinen Mann, der ihnen etwas schenkt. Ich dagegen habe einen, einen, den ich nicht will...

Den ich nicht mehr will. Ganz plötzlich.

An seinen Arm geklammert, gehe ich weiter, ergebe mich einer anderen Vitrine, dem Geschwätz eines anderen Verkäufers. Starre auf den blauen Samt der Auslagen, auf die herumwedelnden, weißen Manschetten. Ich will noch weiter daran glauben. Will, daß das Messer verschwindet.

Ich mache die Augen auf und zu.

Ich will bei dem Massaker nicht dabeisein. Ich werde abhauen, werde meine Beine in die Hand nehmen und einfach verduften. Ich mache meinen Arm frei, ziehe meinen Dufflecoat zurecht und mache einen Ausgang vorn links aus. Notausgang. Ich muß einfach hier raus. Wenn es mir gelingt zu flüchten, werden wir uns vielleicht einmal wiedersehen. Wenn ich meine Sinne wieder unter Kontrolle habe.

Vielleicht...

»Aber die ganze Zeit über warst du doch glücklich mit ihm«, trichtert mir die kleine Stimme ein. »Du hattest etwas begonnen. Hattest angefangen, dir zu vertrauen, dich von dem anderen zu lösen. Also was? Beim ersten Hindernis kneifst du? Na bravo! Darauf kannst du stolz sein! Erst jammerst du, man solle dich lieben, dann machst du dich beim ersten Liebesbeweis aus dem Staube. Du bist ihm böse, weil er dich liebt, weil er dir ins Netz gegangen ist, weil er dich, mit einem Knie auf der Erde, gebeten hat, ihn zu heiraten. Dabei branntest du darauf. Hieltest das nur für gerecht, wo du doch ein so großartiges Mädchen bist.«

Ich bin gar kein großartiges Mädchen. Das ist dummes Zeug. Dummes Zeug, das ich mir einrede, um bessere Laune zu bekommen. Es ist alles saublöd und wird in sich zusammenstürzen, das weiß ich. Ich glaube nicht daran. So gern ich auch daran glauben würde, ich kann es nicht mehr.

»Na und, wage es doch noch einmal! Nur einmal noch. Solange es eben noch geht, dann siehst du weiter. Wenigstens bist du dann einen Schritt vorangekommen. Ansonsten bleibst du dein ganzes Leben lang so eine Stubenhockerin, die davor zittert, ein Risiko einzugehen. Nimm das Risiko auf dich zu lieben, auf eine andere Weise, eine andere Art der Liebe...«

Die Worte dröhnen mit im Kopf.

Die Liebe ist nicht immer gleich. Das hat er mir nicht gesagt, damals...

In dem Schlafzimmer, als er ging...

Er hatte gesagt, die Liebe sei so. Sie beginne, und sie ende eines Tages. Immer wieder, immer wieder.

Sie hatte ihn gefragt, ob das immer so sein müsse: Man steht auf und geht fort. Immer? Wie ein Film, der endet und wieder von vorn beginnt, und wenn man über mehrere Vorführungen bleibt, hat man ununterbrochen Anfang und Ende, Ende und Anfang, und immer dieselbe Geschichte. Nur daß die Schauspieler nicht wissen, daß sie immer wieder dieselbe Geschichte spielen und daß man ihren Film schon hundertmal gesehen hat. Sie glauben daran und spielen wie beim ersten Mal.

Er hatte gelacht und sie fest gedrückt.

Sie war die Stärkere. Sein kleines Mädchen hatte alles verstanden. Sie hatte verstanden, was die Liebe ist.

Und heute sagt mir eine andere kleine Stimme, daß die Liebe etwas anderes sein kann. Daß ich das Abenteuer wagen muß, weil ich sonst ein alter, immer wieder abgeleierter Film werde.

Das Abenteuer wagen...

Ein neues Abenteuer.

Meines.

Mit meinen Helden und Heldinnen.

Ich spüre, wie sich der Schraubstock lockert. Ich atme wieder. Öffne die Augen. Sehe den Verkäufer an, der lächelt und uns beide beobachtet, entzückt darüber, Zeuge einer hübschen Liebesgeschichte zu sein.

Meiner Liebesgeschichte.

Wie auch immer sie aussehen möge. Auch wenn sie nur kurz anhält...

Ich nehme das Risiko auf mich.

Und noch einmal verlasse ich den Mann, der mir die Liebe beigebracht hat – auf seine Weise.

Mein Papa. Ich lasse dich hier, auf dem Verkaufstresen bei Tiffany's. Mit den Nike-Tanten, den pomadierten Verkäufern und dem tollen Schmuck.

In letzter Zeit höre ich gar nicht mehr auf, dich zu verlassen.

Dich, meinen Papa, den ich liebe.

Mir steigen Tränen in die Augen. Ich knöpfe meinen Dufflecoat auf.

Mir ist heiß.

»Ich werde noch anfangen zu schielen«, sage ich zu Allan. »Das ist zuviel Aufregung für heute.«

Zuviel Aufregung...

Los, wir hauen ab.

Er sagt:

»Das macht nichts, Badezimmerecke. Wir kommen später wieder. Gehen wir erst mal an die frische Luft.«

Wir gingen ins Plaza. In den Tearoom. Ich vertilgte zwei Schokoladeneclairs und eine ganze Kanne Tee. Wir sagten kein Wort. Aber wenn man sich in Situationen wie dieser erklären muß, liebt man sich nicht wirklich. Spricht nicht die gleiche Sprache. Und ich wußte, daß wir die gleiche Sprache hatten und jetzt nicht unbedingt Worte brauchten, denn er hatte im Forty Carrots meine stumme Faszination für die Kellnerin auf den ersten Blick verstanden, hatte sie in der U-Bahn mit ihren Plastiktüten in der Hand und, bestürmt von den quäkenden Gören, in ihrer Dreizimmerwohnung in Queens gesehen... Ich hatte das nicht geträumt. Hatte noch den Geschmack des Frozen Yoghurt auf der Zunge.

Wir blieben eine Weile in den rotsamtenen Sesseln des Plaza-Tearooms sitzen. Ohne zu sprechen. Ich hielt immer noch den Kopf gesenkt, aus Angst, ihn ganz klein, ganz weiß, ganz zusammengefallen sehen zu müssen. Lächerlich. Ich hörte auf, die Krümel des Eclairs mit meinen angefeuchteten Fingerspitzen aufzusammeln, und spürte, wie die Welle nachließ. Ich hatte den Kopf über Wasser gehalten.

Ich war gerettet...

Ich schloß die Augen und öffnete sie wieder. Mehrmals hintereinander. Um mich zu vergewissern, daß es wahr war. Ich betrachtete Allan und das Glück, das ihm aus Ohren, Nase und Mund zu strömen schien, und die Spitze des Messers verschwand. War ihm erspart geblieben.

Ich schnaufte, stieß einen lauten Seufzer aus.

Ich hatte mir gerade eine Chance zum Glück gegeben. Eines aber hatte ich kapiert: Die Schlacht war noch nicht gewonnen. Der verrückte Killer strich immer noch umher. Er konnte jederzeit und überall wieder auftauchen. Er hatte nicht aufgegeben. Er gewährte mir nur einen Aufschub. Aber ich war fest entschlossen, ihn zu bekämpfen. Ich würde mich nicht mehr an der Nase herumführen lassen. Ich war jetzt gewarnt. Ich hatte einige Dinge verstanden. Es war nicht vergebens gewesen, daß ich entschieden hatte, ein großartiges Mädchen zu werden und ein bißchen Ordnung in mein Leben zu bringen.

Also nahm ich Allan am Arm, und wir kehrten zu Tiffany's zurück. Gingen zum hintersten Tresen. Ganz nach hinten durch. Vorbei an den Diamantkolliers, den Ohrringen aus Smaragdtropfen, den Rubinen, Saphiren und Perlenketten, gefischt aus der Tiefe der Südsee, von kleinen, mageren Männern, die nicht das Notwendigste zum Essen haben, ging ich geradeaus durch den ganzen Laden hindurch. Hin zu einem kleinen Stand, der nach nichts aussah. Mit einem Verkäufer dahinter, der eine Miene machte, als wollte man ihn im Sonderangebot verkaufen. Zur Strafe, hier in diesem zugigen Winkel.

Den Tresen habe ich mir aufmerksam angeschaut, hier, wo sie alle ausgebreitet lagen: die dünnen, die dicken, die kunstvoll gearbeiteten, die ganz flachen, die voller Firlefanz, die ohne. Ich habe sie auf Herz und Nieren geprüft und dabei auf meine Finger geschaut, die flach auf dem gläsernen Tresen lagen. Und ich habe einen ausgesucht.

Einen dicken, breiten Trauring ohne Verschnörkelungen.

Ich wies Allan mit einem Blick darauf hin.

Er untersuchte ihn wie einen dicken Brocken, der all seine Ersparnisse verschlucken würde. Er wendete ihn hin und her. Blinzelte. Steckte seinen Finger hindurch, prüfte ihn sorgfältig, setzte eine sachkundige Miene auf und gab ihn dem Verkäufer mit den Worten zurück, das sei in Ordnung.

Unter einer Bedingung...

Daß er ins Innere eingravieren ließe: »Je t'aime, Bicyclette«.

Wir mußten es mehrere Male wiederholen, denn der Verkäufer begriff nicht gleich. Schließlich mußte ich es in Großbuchstaben auf ein Blatt Papier schreiben. Und dann las er es bestimmt dreimal, bevor er uns seltsam ansah, schluckte und sagte, daß das keine Schwierigkeiten machen dürfte.

»Sehr schön«, sagte Allan. »Und wann können wir ihn abholen?«

»In einer Woche«, antwortete er sehr professionell.

Bevor wir gingen, suchte Allan noch einen Trauring für sich aus: ganz fein und ohne Inschrift. Dafür war nicht genug Platz.

Wir kehrten nach Hause zurück. Legten uns in das große Bett. Ich schmiegte mich ganz nahe an Allan, steckte meine Nase an seinen Hals, atmete tief ein und schlief sofort ein. Ich hatte keine Kraft mehr.

Am nächsten Morgen wurden wir von einem Anruf der ATT geweckt. Es war eine junge Dame, die ein Telegramm aus Frankreich erhalten hatte und nicht ein Wort von dem, was da geschrieben stand, kapierte. Vielleicht könnten wir die Nachricht rekonstruieren, wenn sie sie uns Buchstabe für Buchstabe durchgab? Allan richtete sich im Bett auf, griff nach einem Stift und der *New York Times* vom Vortage. Über seine Schulter hinweg las ich: »Nichts von dem, was wichtig ist, kann gedacht werden. Alles Wichtige muß man unbewußt mit sich herumtragen wie einen Schatten. Onetti. Viel Glück euch beiden, Pimpin«.

GOLDMANN

Frauen heute

Autorinnen von heute definieren den Begriff Weiblichkeit jenseits gängiger Klischees neu und schreiben mit Witz und Selbstironie über Liebe und Leben, Erotik und Romantik. Ein zeitgemäßer Typ Frauenliteratur: emanzipiert, poetisch, provokant, unterhaltsam und anspruchsvoll zugleich.

Das große Frauenlesebuch I 42345

Renan Demirkan, Schwarzer Tee mit drei Stück Zucker 42346

Margaret Diehl, Die Männer 42347

Alice Hoffman, Der siebte Himmel 42348

Goldmann · Der Taschenbuch-Verlag